심청전

장화홍련전

채봉감별곡

심청전

장화홍련전
채봉감별곡

옛사람 씀
림호권 외 고쳐 씀

보리

겨레고전문학선집을 펴내며

우리 겨레가 갈라진 지 반백 년이 넘어서고 있습니다. 그러나 함께 산 세월은 수천, 수만 년입니다. 겨레가 다시 함께 살 그날을 위해, 우리가 함께 한 세월을 기억해야 합니다.

예부터 우리 겨레가 즐겨 온 노래와 시, 일기, 문집 들은 지난 삶의 알맹이들이 잘 갈무리된 보물단지입니다.

그동안 남과 북 양쪽에서 고전 문학을 되살리려고 줄곧 애써 왔으나, 이제껏 북녘 성과들은 남녘에서 좀처럼 보기 어려웠습니다.

북녘에서는 오래 전부터 우리 고전에 깊은 관심과 사랑을 보여 왔고 연구와 출판도 활발히 해 오고 있습니다. 그 가운데 〈조선고전문학선집〉은 북녘이 이루어 놓은 학문 연구와 출판의 큰 성과입니다. 〈조선고전문학선집〉은 가요, 가사, 한시, 패설, 소설, 기행문, 민간극, 개인 문집 들을 100권으로 묶어 내어, 고전을 연구하는 사람들과 일반 대중 모두 보게 한 뜻 깊은 책들입니다. 한문으로 된 원문을 현대문으로 옮기거나 옛글을 오늘의 것으로 바꾼 성과도 놀랍고 작품을 고른 눈도 참 좋습니다. 〈조선고전문학선집〉은 남녘에도 잘 알려진 홍기문, 리상호, 김하명, 김찬순, 오희복, 김상훈, 권택무 같은 뛰어난 학자분들이 머리를 맞대고 연구한 성과를 1983년부터 펴내기 시작하여 지금도 이어 가고 있습니다.

보리 출판사는, 조선민주주의인민공화국 문예 출판사가 펴낸 〈조선고전문학선집〉을 〈겨레고전문학선집〉이란 이름으로 다시 펴내면서, 북녘 학자와 편집진의 뜻을 존중하여 크게 고치지 않고 그대로 내는 것을 원칙으로 삼았습니다. 다만, 남과 북의 표기법이 얼마쯤 차이가 있어 남녘 사람들이 읽기 쉽게 조금씩 손질했습니다.

이 선집이, 겨레가 하나 되는 밑거름이 되고, 우리 후손들이 민족 문화 유산의 알맹이인 고전 문학이 지니고 있는 아름다움을 제대로 맛보고 이어받는 징검다리가 되기 바랍니다. 아울러 남과 북의 학자들이 자유롭게 오고 가면서 남북 학문 공동체가 이루어지는 날이 하루라도 앞당겨지기 바랍니다. 그리고 이 자리를 빌려 어려운 처지에서도 이 선집을 펴내 왔고 지금도 그 작업에 몰두하고 있는 북녘의 학자와 출판 관계자들에게 고마운 마음을 전합니다.

2004년 11월 15일

보리 출판사 대표 정낙묵

차례

심청전

채봉감별곡

장화홍련전

▪ 일러두기

1. 《심청전, 채봉감별곡, 장화홍련전》은 북의 문예출판사에서 2005년에 펴낸 《심청전》을 보리 출판사가 다시 펴내는 것이다.

2. 고쳐 쓴 이와 북 문예출판사 편집진의 뜻을 존중하는 것을 큰 원칙으로 했으나, 맞춤법과 띄어쓰기는 '한글 맞춤법' 을 따랐다.
   ㄱ. 한자어들은 두음법칙을 적용했고, 모음과 ㄴ 받침 뒤에 오는 한자 '렬' 은 '열' 로 '률' 은 '율' 로 고쳤다. 단모음으로 적은 '계' 나 '폐' 자를 '한글 맞춤법' 대로 했다.
   예 : 령험→영험, 롱담→농담, 페읍→폐읍

   ㄴ. 'ㅣ' 모음동화, 사이시옷, 된소리 따위의 표기도 '한글 맞춤법' 대로 했다.
   예 : 깨여나다→깨어나다, 미여지다→미어지다, 뒤시중→뒷시중, 을손가→을쏜가

3. 남에서는 흔히 쓰지 않는 표현이지만, 북에서 쓰는 입말들은 다 살려 두어 우리 말의 풍부한 모습을 살필 수 있게 했다.
   예 : 강구다, 겨끔내기, 대구, 돌짝밭, 두리(둘레), 때식, 맞다들다, 버룩거리다, 쇠비린내, 아수하다(아쉽다), 안해, 앉은방아, 어뜩새벽, 어이딸, 우렷하다, 우선우선하다, 웅심깊다, 잘새, 짝지다, 허거프다, 희슥하다

4. 북의 문예출판사가 펴낸 책에 실려 있던 원문을 그대로 실었다. 다만, 오자를 바로잡고, 표기를 지금 독자들이 알기 쉽도록 고쳤으며, 몇몇 낱말은 한자를 병기하였다.

심청전

옛사람 씀
림호권 고쳐 씀

어허둥둥 내 딸이야

춘삼월 좋은 시절, 봄이 왔구나.

깊은 산골짜기 눈이 녹고 얼음도 풀리니 시냇물이 흐르며 봄을 노래한다. 솔솔 부는 봄바람에 버들개지 눈트고 산에 들에 온갖 꽃이 활짝 피니 세상 만물이 때 만난 듯, 실실이 늘어진 버들가지 사이로 황금 같은 꾀꼬리가 쌍쌍이 찾아든다.

나비같이 흩날리던 꽃잎이 흐르는 물에 떨어져, 아름다운 봄소식이 소리 따라 내려가니 이곳은 황주 도화동이라. 여기에 심학규라 하는 봉사가 살고 있었다. 나이 스물에 어느 날 눈이 멀어 그 뒤로 신세가 고달팠다. 그러나 본디 인품이 점잖고 행실이 바르며 뜻이 고상하여 마을 사람 누구든 칭찬하지 않는 이가 없었다.

안해 곽씨 부인 또한 어질고 덕이 높을 뿐더러 인물도 아름답고 마음은 대같이 곧았다. 곽씨 부인은 글을 배운 이라 모르는 일이 없었다. 조상님 제사를 정성껏 받들며 예의 깍듯이 손님 대접하는 것은 물론이요, 이웃과 화목하게 지냈으며, 남편 공경과 안팎살림에 아무런 막힘이 없으니 사람들이 모두 곽씨 부인을 칭찬하였다.

심씨 집은 살림이 몹시 가난하였다. 조상에게 땅 한 뙈기 물려받은 것 없이 오막살이 단칸방에 살며 끼니도 때로 거르는 형편이었다. 그러니 곽씨 부인이 이 집에 들어온 뒤부터 팔소매를 걷어붙이고 온 동네를 돌아다니며 일감을 얻고 품을 팔아 어렵사리 살아갔다. 일 넌치고 삼백예순날을 하루도 쉬지 않고 삯바느질, 삯빨래, 삯길쌈, 삯마전 닥치는 대로 일하고, 혼인집이나 초상집에 가 상 차리느라 술 빚고 떡 찌고 하며 손발톱이 다 닳도록 품을 팔았다.

그래서 한 푼 두 푼 돈이 늘어 냥이 되고, 냥이 늘어 관이 되면 이웃의 믿을 만한 사람에게 맡겨 두었다. 그렇게 모으고 늘린 돈으로 봄가을 어김없이 조상님 제사를 받들고, 앞 못 보는 남편 병신이라 허물하지 않고 정성껏 섬겼다. 곽 씨는 그렇게 윗마을 아랫마을 두루두루 칭찬을 들으며 심 봉사와 재미나게 살아갔다.

이렇게 지내는 가운데 심학규는 달이 가고 해가 바뀌며 한 가지 허전하고 한스러운 것이 있으니, 아직까지 자식 하나 없는 것이다. 하루는 심 봉사가 외로운 마음에,

"여보 마누라, 내 말 좀 들어 보오."

하고 부인을 불렀다.

"사람이 세상에 나서 때가 되면 짝을 만나 살림을 이루지 않는 사람이 어디 있겠소. 헌데 눈 코 입 멀쩡하고 팔다리가 성한 사내도 성질 고약한 여자를 만나서 조용할 날 없는 집이 세상에 얼마

나 많소. 허나 마누라는 전생에 나와 무슨 인연이 있어 이렇게 부부가 되었는지, 앞 못 보는 남편 곁을 잠시도 떠나지 않고 어린아이 대하듯 혹시나 추울까 배고플까, 옷가지며 먹을거리며 정성껏 돌봐 주니 나야 더없이 편하지만 마누라 고생이야 이루 다 말해 무엇 하겠소. 가만히 앉아 있는 내 마음 미안하기 짝이 없으니 앞으로는 힘들고 고된 일일랑 너무 말고, 그저 사는 대로 삽시다."

심 봉사는 잠깐 말을 끊고 한동안 잠자코 앉아 있다가 다시 이어,

"그런데 여보 마누라, 내 마음에 한스러운 일이 하나 있소."

하고 한숨을 한번 쉬고 나서, 다시 말을 이었다.

"우리 나이가 벌써 마흔 아니오? 아직껏 자식 하나 두지 못했으니, 우리가 이대로 세상을 떠나면 대가 끊길 터, 우리 내외 죽은 뒤에 누가 장례를 치러 주며 해마다 제삿날에 밥 한 그릇, 물 한 대접 누가 떠 놓겠소. 가만히 생각해 보면 병신 자식이라도 아들이건 딸이건 하나라도 있으면 평생의 한을 풀 듯하니 명산대천에 가 정성 한번 드려 보는 게 어떠오?"

심 봉사의 말을 다 듣고 난 곽씨 부인은 남편의 얼굴을 바라보며,

"자식 하나 낳지 못한 죄로 말하면 벌써 쫓겨났음 직하나, 서방님 덕으로 이날 이때까지 이 집에 사니 그 고마움을 무슨 말로 다 하리까."

하고는, 그날부터 품 팔아 모은 돈으로 온갖 정성을 들인다. 명산대천 신령당, 고묘 총사, 석왕사에 석불 보살, 미륵님께 노구메 올리고, 당 짓기며, 칠성불공, 나한불공, 백일산재, 제석불공 드리옵고, 스님들 가사며 절의 등이며 창과 문도 시주하고, 신중 맞이 정성 쏟

고, 다리 적선 길 닦기에, 집에 들어 있는 날도 성주, 조왕, 터주 신께 갖은 정성 다 바치니, 공든 탑이 무너지며 심은 나무 부러지랴.

갑자년 사월 초파일에 곽씨 부인 꿈을 꾸는데 그 꿈이 참 이상도 했다. 천지가 밝은 가운데 저 위에서 상서로운 빛이 내려오며 오색 구름이 둘리더니 웬 선녀가 학을 타고 내려오는데, 칠보화관에 안개 무늬 아름다운 옷을 입고 옥 노리개를 하고 계수나무 가지를 들고 있으니, 달 속 선녀님인가, 남해 관음보살이신가? 선녀의 고운 모양에 곽씨 부인 황홀한데, 선녀가 다가와,

"소녀는 선녀 서왕모의 딸로, 복숭아를 바치러 가는 길에 옥진 선녀를 만나 이야기 나누며 노느라 늦었기에, 상제께 죄를 지었습니다. 그리하여 사람 사는 세상으로 쫓겨나 갈 길 모르고 있었더니, 여러 신령님과 보살님들이 부인 댁으로 가라 가르쳐 주셨나이다. 어여삐 여기소서!"

하며 품에 와 안기었다.

꿈에서 깬 부인이 태몽인 줄 알고 못내 기뻐하더니, 과연 그달부터 태기가 있었다. 신령님과 부처님이 도왔는지 하늘이 도왔는지, 이 모든 것이 부인의 정성에 감동한 까닭이라. 심 봉사 내외의 기쁨은 이만저만이 아니었다.

곽씨 부인 몸가짐을 조심하여, 함부로 끄트머리에 앉지 않고, 외발로 서지 않고, 바른 자리가 아니면 앉지 않고, 반듯하게 벤 것 아니면 먹지 않고, 좋지 못한 소리는 듣지 않았다. 열 달을 고이 채운 어느 날, 부인이 아이를 낳으려는지,

"애고 배야, 애고 허리야."

하고 앓으니, 심 봉사는 겁이 더럭 나서 이웃집 부인을 데려오고는, 짚 한 단 들여놓고 자그마한 상에 정화수 받쳐 놓고 부인이 아무 탈 없이 아이 낳기를 빌었다. 이윽고 향기로운 냄새가 진동하고 오색 구름이 둘리더니 곽씨 부인 정신이 아찔한 가운데 아이를 낳으니 선녀 같은 딸이었다.

이웃집 부인이 아이를 받아 탯줄 잘라 뉘어 놓고 밖으로 나간 뒤 곽씨 부인이 비로소 정신을 차려,

"여보시오 서방님, 아이가 아들이오, 딸이오?"

하고 물었다. 심 봉사는 기쁜 마음으로 아이를 더듬더듬 한참을 만지더니 허거프게 허허 웃었다.

"아기 샅을 만져 보니, 아들은 아닌 것 같구려."

사람 마음이란 것이, 아이가 없을 때는 그저 무엇이라도 배기만 바라고, 아이를 가진 다음에는 아들 낳기를 바라는 것이다.

곽씨 부인도 아들이 아니라는 말에 자못 서운하여,

"늘그막에 하나 얻은 자식이 딸이라니 그게 웬 말이오. 참으로 안타깝소!"

심 봉사도 속으로는 섭섭하나 생각을 고쳐먹고,

"여보 마누라, 그런 말은 아예 하지도 마오."

하면서, 마치 귀여운 갓난애가 보이기라도 하듯이 두 눈을 슴벅거리며 부인을 위로한다.

"딸이 아들만 못하다 해도, 아들도 잘못 두면 도리어 조상님께 욕만 미칠 것이요, 딸자식도 잘만 두면 못된 아들과 바꾸리까. 여보 마누라, 우리 이 딸을 고이 길러 예절 먼저 가르치고 바느질과

길쌈도 잘 가르쳐 나이 자거들랑 좋은 신랑감을 골라 줍시다. 그래서 둘이 의좋게 지내는 것을 즐겁게 바라보고 거기서 또 아들딸이 생겨나면 외손주 덕은 못 보리까. 딸 낳았다고 섭섭하단 말일랑 다시는 하지 마오."

이럴 때 마침 이웃집 부인이 마당 안에 들어섰다. 심 봉사는 그이더러 첫국밥을 얼른 지어 달라 하여 국밥을 삼신상에 받쳐 놓고, 옷을 여미고 공순히 무릎 꿇고 삼신께 두 손 모아 빌었다.

"삼십삼천 도솔천 이십팔수 신불 제왕 영험하온 신령님네 한마음으로 굽어 살피소서. 마흔에 점지한 딸 열 달 고이 거둬 건강히 낳게 하시니 삼신님의 넓으신 덕 백골난망 잊으리까. 다만 딸이라도 오복을 점지하사 동방삭처럼 오래 살 목숨을 주시고, 석숭의 복을 내리시고, 순임금과 증자의 효행을 본받게 하시고, 반희의 재주와 태임의 덕행과 수복을 고루 태워, 외 붇듯 가지 붇듯 잔병 없이 잘 자라나 일취월장하게 하소서."

그러고는 손으로 더듬어서 갓난애를 품에 안고 추스르며 어른다.

아가 아가 내 딸이야, 아들 겸 내 딸이야.
금을 준들 너를 사며 옥을 준들 너를 사랴.
어허둥둥 내 딸이야.

책상 위에 옥 등잔대, 새벽바람에 비단 초롱
댕기 끝에 산호 구슬, 얼음 구멍에 잉어로다.
어허둥둥 내 딸이야.

앞뒤 논밭 장만한들 이에서 더 좋으며
산호 진주 얻은들 이보다 더 반가우랴.
어허둥둥 내 딸이야.

이야기책 숙향이가 네가 되어 태어났나.
은하수 직녀성이 네가 되어 내려왔나.
어허둥둥 내 딸이야.

심학규가 이같이 밤낮으로 아이를 어르니, 곁에서 보는 부인도 섭섭한 마음 누그러들고, 집안에 귀여운 아이를 두게 된 즐거움 그지없었다.

여보 마누라, 어찌 그리 무정하오

슬프다, 세상일이란 슬픔과 즐거움에도 끝이 있고, 죽고 사는 것을 사람 뜻대로 못 하니 가엾구나.

뜻밖에 곽씨 부인은 몸조리를 잘못하여 산후증이 일어나더니 마침내 자리에 눕고 말았다. 부인은 숨이 가빠서 헐떡거리며 아무것도 먹지 못한 채 정신없이 앓는 소리를 했다.

"애고 머리야, 애고 허리야."

심 봉사는 옆에서 차마 들을 수가 없는 데다 겁까지 더럭 나서 서둘러 지팡이를 찾아 쥐며,

"여보 마누라, 잠깐만 기다리오. 내 얼른 의원한테 다녀오리다."

하고 바삐 밖으로 나간다.

동네에서 용하다는 의원을 찾아가 부인의 상태를 이야기하고 첩약을 지어 왔다.

심 봉사는 불을 피워 약을 달여서 하루 두세 번씩 부인에게 먹였으나 병세는 조금도 좋아지지 않고 나날이 글러만 갔다. 봉사는 너무나 속이 타서 나중에는 무당을 불러다가 굿도 하고 경도 읽으며 백 가지로 손을 썼으나 약으로도 못 고친 병을 귀신이 어찌 고쳐 내리오.

심 봉사 기가 막혀 곽씨 부인 곁에 앉아 온몸을 만져 보며,

"여보 마누라! 제발 정신을 차려 말 좀 해 보오. 마누라가 앓기 시작한 지 이게 벌써 며칠째요? 굶기로만 마음먹고 물 한 모금 안 마시니 기운이 빠져서 더 이렇구려. 나를 봐서라도 미음 좀 먹고 정신을 차려 보오. 하늘도 무심하지, 이게 대체 웬일이오. 이대로 마누라가 일어나지 못하고 세상을 뜬다면 앞 못 보는 내가 일가붙이 하나 없이 누구를 의지해서 살겠소. 혈혈단신 혼자 몸이 올데갈데없는 것도 원통하지만 포대기 속 저 어린것은 어쩌잔 말이오. 여보 마누라, 답답하오. 정신 차려 제발 말 좀 하구려."

곽씨 부인이 누워서 가만히 생각하니 병세가 아무래도 심상치 않아 다시는 일어나지 못할 줄 알고, 남편 손을 끌어당기며 땅이 꺼지도록 긴 한숨을 쉬더니 눈물 어린 목소리로 말했다.

"여보시오 서방님, 내 말 좀 들어 보오. 우리 내외 의좋게 백 년 살자 했건만 뜻밖에도 병이 들어 그만 죽게 되었으니, 죽는 저는 섧지 않으나 서방님 신세는 어쩌오."

곽씨 부인은 죽음을 앞에 두고 남편이 가엾어 목이 메었다. 심씨 집안에 시집와서 검은 머리 파뿌리 될 때까지 한평생을 기약하고 지내 온 모든 일이 눈물 속에 하나하나 생각났다.

'앞 못 보는 서방님과 함께 살아오는 동안 내가 잠깐이라도 마음을 놓으면 그이가 고생할까 걱정되어, 바람 부나 비가 오나 추우나 더우나 언제 한번 가렸던가. 앞마을 뒷마을 찾아다니며 품을 팔아 밥도 받고 찬거리도 얻어다가 식은 밥은 내가 먹고 더운밥은 서방님 먹여 주리지 않고 춥지 않도록 지성껏 뒷바라지해 왔는데…….

하늘이 준 명이 이뿐인지, 서방님과 인연이 끊겼는지 이제 별수 없이 죽게 되었구나. 내가 이제 세상을 뜨면 우리 서방님 사철 옷은 누가 거둬 주며 아침저녁 끼니는 어찌한단 말인가.

둘러봐야 친척 하나 없으니 외로이 홀로 남을 우리 서방님 기댈 곳 어디인가. 지팡이 하나에 의지해 더듬더듬 다니다가 구렁텅이에도 떨어지고 돌부리에도 걸려 넘어져서 신세 한탄하며 우는 양이 눈에 선하구나. 주림과 추위에 못 이겨 이 집 저 집 다니며 문간에 비껴 서서, 밥 좀 주오, 밥 좀 주오 구걸하는 소리가 귀에 쟁쟁히 들리는 듯하니, 내 죽은 넋이라도 차마 어찌 듣고 볼 텐가.

그렇게도 기다리고 바라다 마흔 넘어 낳은 자식 젖도 못 먹이고 죽는다니 웬 말이냐. 어미 없는 어린것을 뉘 젖 먹여 기르며 춘하추동 사철에 무얼 입혀 길러 내리.'

곽씨 부인은 생각할수록 기가 막히고 설움이 북받쳐서 하염없이 눈물만 흘리다가 이윽고 모든 것을 단념한 듯 마지막 말을 한다.

"여보시오 서방님, 내 말 좀 들어 주오. 저 건너 김 영감 댁에 돈 열 냥을 맡겼으니, 내 죽은 뒤에 그 돈 찾아다가 장례 치르는 데

쓰되 헤프게 쓰지 마오. 항아리에 넣어 둔 쌀은 몸 풀고 먹으려던 건데 못다 먹고 죽으니, 내 상여나 내고 난 다음 서방님 양식 하오. 진 어사 댁에서 관복 한 벌 맡아 놓은 것 흉배에 학을 수놓다가 미처 못다 놓고 보에 싸서 농 안에 두었으니 남의 집 소중한 옷 나 죽기 전에 보내시오. 뒷마을에 사는 귀덕 어미는 나와 친하게 지냈으니 나 죽은 뒤라도 어린아이 안고 가서 젖 좀 먹여 달라면 괄시 아니 하오리다.

천만다행으로 저 어린것이 죽지 않고 살아서 제 발로 걷게 되거들랑 서방님이 그것 앞세우고 내 무덤에 찾아와서, '아가, 이 무덤이 네 어미 무덤이다.' 똑똑히 가르쳐서 모녀 상봉시켜 주오.

명이 짧아 더 못 살고, 앞 못 보는 서방님께 어린 자식을 맡겨두고 두 번 다시 못 올 길로 이 몸 영영 돌아가오. 내 죽음에 가슴 아파하시다가 서방님 귀하신 몸 상하실까 걱정이니, 그리 마시고 몸 간수 잘하여 부디 오래오래 사옵시오."

곽씨 부인이 말을 마치고는 한숨을 쉬고 돌아누워 딸을 바라보다가 혀를 찬다.

"하늘도 무심하지. 네가 진작 생겼거나 내가 조금 더 살았더면 오죽이나 좋을까만, 너 태어나자 내가 죽어 땅속까지 사무칠 한을 품게 되니 죽은 어미와 산 자식이 생사 간에 무슨 죄냐. 아가, 어미젖 마지막으로 먹고 어서어서 잘 자라라."

딸에게 젖을 먹이고 나서 곽씨 부인은 다시 남편한테,

"아차, 내가 잊었소. 아이 이름일랑 청이라고 불러 주오. 이 애를 주려고 옥으로 꾸며서 지어 놓은 조바위가 함 속에 들어 있으니,

어린애가 엎치락뒤치락하거들랑 내 대신 씌워 주오. 할 말은 많지만 숨이 가빠 못 하겠소."

하고 말을 마치니, 부인이 짓는 한숨이 쓸쓸한 마가을 바람이 되고 방울져 떨어지는 눈물은 구슬픈 가랑비 되어 흩뿌리누나.

곽씨 부인 스르르 눈을 감고 고요히 잠이 드니 이미 이 세상 사람이 아니더라.

이때 심학규는 앞 못 보는 사람이라 안해가 죽은 줄도 모르고,

"여보 마누라, 사람이 병난다고 다 죽겠소? 내 얼른 의원 집에 또 다녀오리다. 마음 놓고 기다리오."

하고는 그길로 허둥지둥 집을 나섰다. 심 봉사는 앞마을로 건너가 서둘러 약을 지어 가지고 돌아와 약을 달이는데 급한 마음에 부채질을 한다. 약이 끓자 베수건에 말끔히 짜 가지고 방으로 들어오며,

"여보 마누라, 일어나 이 약 자시오."

하고 약그릇을 권했다. 허나 죽은 사람이 어찌 답을 하랴. 심 봉사 약그릇을 옆에 놓고,

"여보 마누라, 마누라."

하면서 안해를 일으키려다가 갑자기 섬뜩해서, 손발을 만져 보고서야 비로소 부인이 죽은 줄 알고 그만 기가 막혀 미칠 듯이,

"아이고 마누라, 참으로 죽었소?"

가슴을 쾅쾅, 머리를 탕탕, 발을 동동 구르면서 부르짖는다.

"여보시오 마누라, 내가 죽고 마누라가 살았더라면 저 자식을 잘 키울걸, 마누라가 죽고 병신인 내가 살았으니 저 어린것을 어찌 기르며 구차한 내 형편에 무얼 먹고 살아갈까."

세상을 떠난 곽씨 부인이 들을 수도 없건마는 심 봉사는 한바탕 푸념을 늘어놓는다.

한겨울 찬 바람 불 때
무엇 입혀 길러 내며
배고파서 칭얼댈 때
무엇 먹여 살려 낼까.

내 평생 정한 뜻이
살아도 함께 살고
죽어도 함께 죽자
오직 한맘 품었건만
황천이 어디라고
마누라만 혼자 갔나.

인제 가면 언제 올까.
먼 데 갔던 나그네가
고향 집 찾아들듯
꽃 피는 봄철 돌아오면
봄을 따라오려는가.

마누라 가신 데는
몇만 리나 멀고 멀어

이제 한번 떠나간 길
다시는 못 오는가.
나를 두고 딸 버리고
어이하여 혼자 갔나.

심 봉사는 고개를 까닥까닥 목접이질을 하며 슬피 울더니만 나중에는 맥이 빠져 풀썩 그 자리에 쓰러진다.

한편 도화동 사람들은 곽씨 부인 죽었다는 말을 듣고 살아생전 부인이 애만 쓰다 간 것을 불쌍히 여겨 남녀노소 할 것 없이 모두들 크게 슬퍼하였다. 그러던 중 마을 한 늙은이가 여럿이 모인 자리에서 먼저 말을 냈다.

"곽씨 부인이 죽은 것도 불쌍하지만 앞 못 보는 심 봉사와 갓난애가 얼마나 가엾소. 열 사람이 저마다 한 술씩만 덜면 밥 한 그릇 되듯이 우리 동네 백여 집이 한 냥씩만 내서 곽씨 부인 장사를 치러 주면 어떻겠소?"

"참 좋은 말이오."

"옳소, 그렇게 합시다."

이리하여 심 봉사네 집에 동네 아주머니들과 남정네들이 겨끔내기로 드나들며 일을 도와주고 돈과 쌀도 가져왔다. 불쌍한 곽씨 부인 수의와 관을 깨끗이 마련하여 새로 지은 상여에 실어 내놓고, 명정과 공포 앞세우고 운아삽을 앞뒤로 갈라 세우고 출상제 지낸 뒤에 상여를 움직이는데 그 치례가 볼만하구나. 푸른 비단 휘장, 흰 공단 해 가리개에 초록 비단으로 테를 두르고, 푸른 공단 드림에 금자박이 앞뒤 난간, 순금 장식 국화 물려 드리웠다. 동서남북 청의동자 머리에 쌍북상투 ■ 좌우 난간 비껴 세우고, 동쪽에는 푸른 봉황, 서쪽에는 흰 봉황, 남쪽에는 붉은 봉황, 북쪽에는 검은 봉황, 앞뒤에 청룡 새긴 벌매듭 ■ 늘여서, 생베로 만든 두건과 제복에 행전까지 갖추 차린 상두꾼들이 앞뒤에서 상여를 엇메고 이리 비틀 저리 비틀 갈지자로 나아간다.

댕그랑 땡그랑
어화 넘차 너하.

이때 심 봉사는 포대기에 싼 아이를 귀덕 어미에게 맡기고 상복을 갖추어 입은 다음, 상여 뒤채를 꽉 잡고 취한 듯 실성한 듯 따라간다.

"아이고 마누라, 나를 버리고 어디를 가나. 나하고 가세, 나하고 가. 가는 길이 만 리라도 나하고 같이 가세."

댕그랑 땡그랑
어화 넘차 너하.

상여는 그대로 앞으로 나아간다.

■ 머리를 두 갈래로 나누어 맺은 상투.
■ 끈으로 매듭을 맺는데 고를 많이 내어 벌린 것.

"여보 마누라, 어찌 그리 무정하오. 마누라 없이는 일어서도 죽을 게고 굶어서도 죽을 게니 나와 함께 같이 가세."

댕그랑 땡그랑
어화 넘차 너하.

심 봉사가 죽은 마누라를 부르며 울고불고하는데, 앞뒤에서 상두꾼들이 메기고 받는 소리 끊이지 않는다.

불쌍한 곽씨 부인
행실도 음전터니
가엾게도 죽었구나.
어화 넘차 너하.

북망산이 멀다 마소.
건넛산이 북망일세.
어화 넘차 너하.

이 세상에 난 사람
장생불사 못 하여서
이 길 한번 간다마는
어화 넘차 너하.

우리 마을 곽씨 부인
환갑상도 못 받고서
오늘 이 길 웬 말인가.
어화 넘차 너하.

새벽닭이 재우쳐 우니
기운 달 넘어가고
쓸쓸한 바람 분다.
어화 넘차 너하.

상여가 그럭저럭 건너편 산을 돌아갔다.

심 봉사는 무덤 앞에 갖가지 제물을 격식대로 차려 놓고 축문을 읊어 내려간다.

슬프도다 부인이여, 슬프도다 부인이여.
요조숙녀 우리 부인 백 년을 함께 살자
언약도 깊더니만 어이 문득 가셨는가.
두고 가신 갓난아기 무슨 수로 길러 내랴.
한번 간 우리 부인 돌아올 날 기약 없네.
소나무로 집을 삼아 자는 듯이 누웠으니
그 목소리 그 얼굴을 보도 듣도 못 하누나.
백양나무에 달이 지고 깊은 밤 쓸쓸한데
빗소리만 들려오니 무슨 말을 하소한들

이승 저승 길이 막혀 그 뉘라서 위로하리.

심 봉사는 "후유!" 한숨을 길게 쉬고 나서 갈린 목소리로 마지막 구절을 맺는다.

슬프도다 부인이여, 슬프도다 부인이여.
제사상에 차린 음식 변변치는 못하오나
부디 많이 자시고서 먼 길 편히 돌아가오.

축문을 다 읊고 난 심 봉사는 그만 억이 막혀,

"여보시오 마누라, 나는 혼자 집으로 돌아가고 마누라는 예서 살고, 으흐 으흐."

하며 와락 무덤 곁에 어푸러져 통곡하면서 서글픈 제 신세를 한탄한다.

"여보, 마누라는 깊고 깊은 이 산속에서 소나무, 잣나무를 울바자 삼고 두견이 벗이 되어 세상만사를 다 잊고서, 그래 저 산마루 밝은 달만 올려다보시려오? 내 신세는 개밥에 도토리요, 꿩 잃은 매로구려. 앞날을 생각하니 뉘를 믿고 살아가리오."

심 봉사가 무덤을 어루만지며,

"아이고아이고!"

울부짖으며 목 놓아 우니, 상여 뒤를 따라온 사람들도 뉘 아니 서러우랴. 저마다 심 봉사 손을 잡고 위로한다.

"이러지 마오. 이런다고 죽은 사람이 살아오리까."

"죽은 안해 생각 말고 어린 자식을 생각해서 그만 진정하시오."

심 봉사는 마지못해 그제야 아픈 마음을 달래며 눈물을 씻고,

"없는 형편에 절차대로 장례를 이만큼 치른 것이 모두 동네 어르신들 덕이외다. 무엇으로 이 은혜를 다 갚으오리까."

하며, 손님들에게 거듭 인사하고 마을 어귀에 이르러 사람들과 헤어져 더듬더듬 집으로 갔다.

더듬더듬 젖동냥을 다니누나

심 봉사가 집이라고 돌아와 보니 부엌은 적막하고 방 안은 텅 비었는데 향내가 남아 있다.

휑뎅그렁한 빈방에 안주인 없이 홀로 앉아 온갖 슬픔에 잠겨 있으려니, 뒷마을 귀덕 어미가 아이를 안고 들어왔다. 귀덕 어미는 넋을 잃고 쓸쓸히 앉아 있는 심 봉사에게 청이를 넘겨주며 위로한다.

"봉사님, 이제 어쩌겠소. 죽은 사람은 죽었거니와 산 사람은 살아야지요. 너무 그리 설워 말고 청이나 잘 키우오."

"고맙구려. 앞으로도 자주 와서 이 애 젖 좀 먹여 주소."

귀덕 어미가 돌아간 뒤 심 봉사는 딸을 품에 안고 지리산 갈까마귀 게 발 물어 던진 듯이 홀로 앉아 있자니 설움만 밀려왔다.

시간이 얼마나 흘렀는지 밤이 깊어 사방이 쥐 죽은 듯 고요하고 찬 바람만 문틈으로 새어 들 때, 품 안의 어린 딸이 잠 깨어 젖 달라

보챈다.

심 봉사가 아기를 추스르며 달래는데 그 소리 자못 처량하다.

아가 아가 울지 마라.
너희 엄마 먼 데 갔다.
산을 넘고 강을 건너
온단 말 없이 떠났으니
다시 올 날 모르겠다.

아가 아가 울지 마라.
너도 네 어미 잃고
설움 겨워 우는 게냐.
보고 싶어 너 우느냐.
울어 봐도 소용없다.

울지 마라 울지 마라.
네 팔자가 좋으면은
이레 만에 어미 잃고
눈먼 애비 품에 안겨
젖 달라고 울까 보냐.

아가 아가 울지 마라.
내년 삼월 봄이 오면

꽃은 다시 피련마는
어진 마음 착한 행실
잊고 살 길 바이없다.

서산에 해가 져도
네 어미 생각이요
창밖에 비 내려도
네 어미가 생각난다.
아가 아가 울지 마라.

밤이 가고 날 밝으면
동냥젖을 얻어 주마.
배고파서 우는 너나
짝을 잃고 우는 나나
두 팔자가 꼭 같구나.

그럭저럭 밤을 밝히는데 아이는 울다 힘이 없어 울음조차 못다 울고, 심 봉사는 어두운 눈 더욱 침침하여 어찌할 바를 모른다.

이윽고 먼동이 훤히 트니 우물가에서 두레박 소리가 귀에 얼른 들려왔다. 그제야 날이 밝은 줄 짐작한 심 봉사는 주섬주섬 앞가슴에 딸애를 붙안고 밖으로 나왔다.

"물 길러 오신 부인이 뉘신 줄은 모르오나, 어린것이 어미 잃고 젖 못 먹어 죽게 되었으니, 이 애 젖 좀 먹여 주시오."

그러자 여인이 대꾸하였다.

"나는 젖이 없지만 젖 있는 아낙네가 이 동네 많으니, 아기 안고 가서 젖 좀 먹여 달라면 누가 괄시하리까."

심 봉사는 아기 안고 지팡이 짚고 더듬더듬 동네로 내려가 아이 있는 집을 찾아 사립문 안으로 들어섰다.

"이 댁이 뉘 댁이온지 청할 말씀이 있소이다."

마침 그 집 부인이 밥을 짓다 말고 부엌에서 나오며,

"그 댁 사정은 말 안 해도 다 아오. 그래 얼마나 고생하시오?"

하고 측은한 눈길로 봉사를 바라본다.

심 봉사는 눈물을 흘리면서 목이 메어 말까지 떠듬거린다.

"우리 안해 살았을 때를 생각하나 눈 어두운 나를 보나 어미 잃은 이 어린것을 불쌍히 여기시고, 이 댁 귀한 아기 먹고 남은 젖 있거들랑 이 애 좀 먹여 주시오."

동서남북 두루 찾아다니면서 이렇듯 애걸하니 젖 있는 여인네치고 목석인들 괄시할 리가 있으랴.

칠월이라 한여름
김을 매다 쉬는 사이
이 애 젖 좀 먹여 주오.

맑은 여울 시냇가에
빨래하다 쉬는 사이
이 애 젖 좀 먹여 주오.

허구한 날 동네방네 돌아다니며 이렇게 동냥젖을 청하니, 부인네들도 얼른 아이를 받아 젖을 먹였다.

"여보시오 봉사님, 어렵게 생각 말고 내일도 안고 오고 모레도 안고 오시구려. 우리 아이는 못 먹여도 청이야 설마 굶기리까."

심 봉사 그 말을 듣고 마음이 뿌듯하여,

"어질고 덕이 많아 이렇게 좋은 일 하시오니, 우리 동네 부인네들 같은 분은 세상에 드물 거외다. 오래오래 사시고 복 많이 받으소서."

하며 열 번이고 스무 번이고 거듭 고마워하고는 딸을 품에 안고 집으로 돌아왔다.

아랫목에 아이를 조심히 뉘어 놓고 배를 만져 보니, 청이 배가 볼록하다. 심 봉사가 기분이 좋아 혼잣말로 아이를 어른다.

허허 내 딸 배부르다.
일 년 삼백예순날을
오늘같이 살고 지고.
이게 모두 뉘 덕인가.
동네 부인 덕이로다.
어서어서 잘 자라라.

너도 너희 엄마 닮아
어질고 효성 많은
귀염둥이 되어 다오.

어려서 고생하면
큰 인물이 되느니라.
어서어서 잘 자라라.

이러는 틈에 아이가 잠이 들어 고르로운 숨소리가 쌔근쌔근 들려오면 포대기를 살며시 덮어 주고 방을 나선다.

길쭉한 쌀자루를 한쪽 어깨에 엇비슷이 둘러메고 구붓한 등에 지팡이를 더듬거리며 이 집 저 집 동냥을 다녔다. 가까운 이웃은 물론이요, 먼 마을 사람들까지도 심 봉사네 사정이야 그 누가 모르랴. 심 봉사가 동냥하러 오면 기꺼이 쌀도 주고 돈도 주니, 자루 한 쪽에는 쌀을 넣고 한쪽에는 베를 얻어, 주는 대로 모아들였다.

닷새마다 서는 장날이면 노점마다 찾아가서 부지런히 동냥을 해다가 딸애 암죽거리로 찹쌀, 홍합 들을 사 들고 더듬더듬 돌아오는데 그 모양이 불쌍하기 그지없다.

앞 못 보는 소경이라 품팔이할 처지가 못 되므로 딸이 잠든 사이사이에 이렇듯 구걸하여 어린 자식을 기르는 한편 초하루와 보름이면 곽씨 부인 제사를 지내고 소상이며 대상도 빼놓지 않고 잘 치렀다.

심청이는 장래에 크게 될 사람이어서인지 천지신명이 도와 그랬는지 잔병 없이 무럭무럭 잘 자랐다.

제가 밥을 빌어 오리다

세월은 흐르는 물과 같아 어느덧 심청이 나이 일곱 살이 되니 제가 아버지 손을 잡고 앞장을 섰다. 아버지 생각하는 마음이 남다를 뿐 아니라 생각이 트이고 재주 또한 뛰어나서 아버지 아침저녁 진짓상과 어머니 제사상도 제 손으로 정성껏 차렸다. 이렇게 모든 일이 어른 못지않으니 보는 이마다 입에 침이 마르도록 칭찬을 아끼지 않았다.

세상에 덧없는 것이 세월이요, 무정한 것은 가난이라. 심청이네 집안 형편이 본디 딱한 데다가 이제는 아버지마저 점점 늙어 가니 어리고 연약한 몸이 무엇에 의지하여 살아가랴.

청이가 열한 살이 되니, 제 어머니를 고대로 닮았던지 일도 부지런하고 하나를 배우면 열을 알았다. 그런 데다 철이 일찍 들어 아버지 고생하는 것을 보고 있을 수만은 없었다.

하루는 심청이가 아버지 앞에 공손히 여쭈었다.

"아버지, 말씀드릴 게 있소. 말 못 하는 까마귀도 제 부모 은혜는 갚을 줄 안다는데, 사람이 되어 날짐승만도 못하겠소. 옛날 곽거라는 사람은 부모님 굶기지 않으려 어린 자식 묻으려고도 하였고, 맹종이란 사람은 어머니를 모시는 효성이 극진하여 눈 내리는 추운 날에 대밭에서 죽순을 구하였다고 하옵는데, 제 나이 열 살이 넘었으니 옛 효자만 못할망정 아버지 시장하시게야 하오리까? 아버지 눈도 어두우신데 험한 길 다니시다 넘어져 다치기 쉽고, 바람 차고 비 뿌릴 때 병나실까 걱정이오니, 오늘부터 아버지가 집 안에 앉아 계시오면, 저 혼자 다니며 밥을 빌어 아침저녁 근심을 덜으리다."

어린 딸의 기특한 말을 듣고 심 봉사는 오히려 마음이 언짢아 눈물이 글썽했다.

"네 말이 효녀로다. 허나 아무리 못난 애비라 해도 어린 너를 내보내서 한 술 두 술 얻어 온 밥을 가만히 앉아 받아먹고서야 내 마음이 편하겠느냐. 그런 소릴랑 다시는 하지 마라."

"아버지, 그런 말씀 마오. 옛적에 자로라는 사람은 백 리 밖에서 쌀을 져다가 부모를 섬겼으며, 제영이란 효녀는 아버지가 옥에 갇혀 죽게 되자 몸을 팔아서 아버지를 살렸다고 하더이다. 사람은 매한가진데 이만 일쯤 못 하겠소? 말리지 마시고 허락해 주소서."

심 봉사는 그 말을 듣고 대견하기 짝이 없다.

"효녀로다, 내 딸. 허나 네 뜻이 그렇다 해도 차마 너를 내보내지 못하겠구나."

그러나 심청이는 이튿날부터 동네로 밥을 빌러 나섰다. 먼 산에 해는 설핏하고 앞마을 지붕 위로 굴뚝마다 연기가 피어올랐다.

심청이는 깃만 남은 저고리에 헌 베치마를 입고 머리에는 볼품없는 풀빛 무명 휘양을 숙여 쓰고 나갔다. 맨발에다 뒤축 없는 짚신을 신고 헌 바가지를 손에 든 채 건넛마을을 바라보니 살을 에는 칼바람이 사정없이 몰아쳤다. 흩날리는 눈가루 속에 길은 묻히고 사람도 날짐승도 보이지 않는 매운 날씨에 동냥을 나선 심청이는 숲 속에서 어미 잃고 혼자 헤매는 산새 같았다.

심청이는 옹송그린 채 게걸음 쳐서 겨우 건넛마을에 다다르자 이 집 저 집 부엌에 들어서며 밥을 빌었다.

"우리 어머니 돌아가신 뒤, 앞 못 보는 우리 아버지 모실 길이 없어 이렇게 밥 빌러 나섰소. 염치없는 말씀이오나 댁에서 잡숫는 대로 밥 한술만 주옵소서."

보고 듣는 사람 누구나 마음이 움직여 그릇 밥에 찬이며 김치며 장까지 아끼지 않고 덜어 주었다.

"아가, 얼마나 추우냐. 어서 이리 와 몸 좀 녹이고 많이 먹고 가거라."

그러나 심청이는 아버지를 생각하여,

"추운 방에 늙은 아버지 홀로 앉아 저 오기만 기다리시니 어찌 혼자 먹으리까? 얼른 돌아가서 아버지와 함께 먹겠나이다."

하며 공손히 거절하였다.

이렇게 몇 집에서 얻은 밥이 두어 그릇 너끈히 되면 심청이는 급한 마음에 종종걸음을 쳐서 지쳐 놓은 사립문을 밀고 뜰 안으로 들어선다.

"아버지, 춥지 않소? 몹시 시장하시지요?"

심 봉사는 찬 바람 부는 겨울날에 어린 딸을 보내 놓고 마음을 놓지 못하다가, 청이 목소리가 들리자 반가워 문을 펄쩍 열어젖힌다.

"애고, 내 딸 오느냐? 왜 이리 늦었느냐?"

"아버지, 기다리시는 줄 알면서도 여러 집을 다니다 보니 늦었나이다."

심 봉사는 방 안으로 들어서는 딸애 손을 덥석 잡고,

"아이고, 가엾어라. 얼마나 추웠으면 손이 꽁꽁 얼었느냐. 어서 이리 와 화롯불 좀 쬐어라."

하고 심청이를 제 곁에 끌어 앉힌다. 부모가 자식 아끼는 마음같이 간절한 것은 없으리라. 심 봉사는 얼음같이 차디찬 손을 어루만지며 안쓰럽고 서글퍼 훌쩍훌쩍 울면서 한숨을 쉬었다.

애달프다, 내 딸 청아
기박하다, 이내 팔자
앞 못 보고 가난하니
쓸모없는 이 목숨이
살아 무엇 하겠다고
자식 고생시키는고.

심청이는 저도 따라 눈물을 흘리면서도 아버지를 위로한다.

"아버지, 서러워 마오. 자식이 부모 봉양하고 부모는 자식의 효도를 받는 것이 떳떳한 일이며 세상 이치에도 마땅하니 그리 마음 상하지 마옵소서."

심청이는 부엌에 내려가서 아궁에 불을 지펴 찬밥을 데우고 국도 끓여 부지런히 밥상을 차린다.

심청이는 이렇게 사철 내내 하루도 거르지 않고 밥과 찬을 빌어다가, 때를 놓칠세라 아버지 끼니를 알뜰하게 장만하였다.

이렇게 한 해 두 해 지나 열두어 살부터는 일거리를 얻어 품을 팔아 한결같이 아버지를 모시었다.

세월은 쏜살같아 심청이가 어느덧 열다섯 살이 되었다. 얼굴이 아름답고 효성이 놀라운 데다 재주도 많고 똑똑하였다. 예의범절도 모르는 것이 없고 무엇이나 막힘없이 해내니 타고난 천품이랄까. 그야말로 여인 중에 군자요, 새로 말하면 봉황이고, 꽃에 비기면 모란이었다. 황주 땅 도화동 사람들 사이에서 심청이가 제 어머니를 쏙 빼닮았다고 칭찬이 자자하니 이 소문이 널리널리 퍼졌다.

그러던 어느 날이었다. 하루는 도화동 건너편 무릉촌에 사는 장 승상 댁 부인이 심청이를 보려고 사람을 보내왔다. 승상 부인은 남편이 죽자 덩그러니 큰 집에서 외롭게 살고 있었다. 그러다 심청이 이야기를 듣고 마음속으로 혼자 생각하는 것이 있어 한번 만나 보고 싶었던 것이다.

심청이는 그 댁 사람이 전하는 말을 듣고 곧바로 방으로 들어가 아버지에게 여쭈었다.

"아버지, 뜻밖에도 건넛마을 장 승상 댁 마님이 사람을 보내 저를 부르시니 어찌할까요?"

"모처럼 부르신다니 가 뵈어야지. 허나 얘 청아, 그분은 재상가 부인이시다. 모든 일에 실수 없게끔 조심하여 다녀오너라."

"예, 그리하겠나이다. 제가 혹시 더뎌지면 아버지 시장하실까 싶어 진짓상을 차려 놓았으니 먼저 잡수시오. 그럼 곧 다녀오겠나이다."

심청이는 방에서 물러 나와 장씨 댁 사람을 따라나섰다.

의젓한 자태며, 단정한 걸음걸이로 한동안 가노라니 어느덧 장씨 댁 대문 앞에 이르렀다. 문 앞에 높이 자란 버드나무 한 그루가 봄빛을 자랑하고, 중문 안에 들어서니 집채가 웅장하고 네 귀 번쩍 쳐들린 추녀마다 빛은 좀 바랬으나 아직도 단청이 고왔다.

심청이 댓돌 아래 이르니 부인이 대청에 앉아 있는데, 쉰이 넘은 듯하나 옷차림이 점잖고 신수도 좋아 보였다. 장 승상 부인은 몹시 반가워하며 대청으로 심청이를 맞아들여 다정히 손을 잡고,

"네가 심청이냐? 듣던 바와 다름이 없구나."

하면서 제 앞에 앉히더니 심청이 얼굴을 자세히 뜯어본다.

꾸미지도 않았건만
선녀 같은 미인이라.
날아갈 듯 앉은 모양
맑은 여울 시냇가에
미역 감고 앉은 제비
사람 보고 놀랐는가.

백옥같이 고운 얼굴
하늘 높이 돋은 달이
물 위에 비친 듯
고운 눈 살짝 뜨니
새벽 비 갠 하늘
반짝이는 샛별 같다.

여덟 팔 자 가는 눈썹
초승달을 떠다 논 듯
두 볼에 어린 빛
갓 피어난 연꽃인가.
붉은 입술 하얀 이
말하는 양 앵무로다.

장씨 댁 부인은 자못 황홀하여 하늘의 선녀라도 앉혀 놓은 듯 또 다시 심청이를 찬찬히 살펴본다.

무릉촌에 내가 있고
도화동에 네가 나서
무릉촌에 봄이 오니
도화동에 꽃이 핀다.
하늘 기운 타고나서
뛰어난 네로구나.

부인은 이렇듯이 심청이를 마음속으로 어여삐 여기면서 조용히 입을 열었다.

"청아, 내 말 들어라. 우리 집 어른은 세상을 뜨시고 아들들은 모두 서울 가 있으며 하나 있는 딸은 다른 고장으로 시집가 산단다. 지금 내 곁에는 자식이고 손주고 하나도 없구나. 자나 깨나 말벗 없어 적적한 빈방에 마주하니 촛불이요, 기나긴 겨울밤 보내나니 옛 책이란다."

여기까지 말한 부인은 망설이는 듯하더니,

"청아, 네 양반 집안에 태어나 그렇듯 가난하니 얼마나 고생이냐. 네가 내 수양딸이 되어 주면 바느질도 가르쳐 주고 글도 읽히며 시집갈 때까지 내 거두어 주마. 그러면 외로운 나도 자식 둔 재미를 볼 수 있으려니와 네 생각은 어떠하냐?"

하고 심청이 뜻을 물었다. 심청이가 대답하여,

"팔자가 험해 난 지 이레 만에 어머니 세상을 뜨시고, 앞 못 보는 늙은 아버지가 저를 안고 다니시며 동냥젖을 얻어먹여 이만큼 자랐나이다. 어머니 얼굴조차 모르는 한을 풀 길 없사와, 저도 제 부모를 생각하듯 다른 어른들을 뵈옵는 터인데, 오늘 마님께서 모자란 저를 딸 삼고자 하시니 돌아가신 친어머니를 만난 듯 반갑고도 황송한 마음 이루 헤아릴 길 없나이다.

마님 댁 수양딸이 되면 저야 좋지마는 앞 못 보는 아버지 사철 옷 뒷바라지와 아침저녁 때식은 누가 챙겨 드리리까. 길러 준 부모 은덕은 누구나 마찬가지겠으나 제가 입은 아버지 은혜는 어디에도 견줄 데 없사와 잠시도 아버지 곁을 떠날 수 없나이다."

하고, 말을 못다 한 채 눈물만 흘려 옥 같은 얼굴이 젖어 드니, 마치 가랑비에 젖은 복사꽃이 봄바람에 흩날려 점점이 떨어지는 듯하다.

"과연 세상에 둘도 없는 효녀로구나. 내가 늙어 망령이 나서 미처 거기까지 생각을 못 하였구나."

부인은 심청이 말을 듣고 몹시 기특하게 여겼다.

그럭저럭 날이 저물어 심청이가 일어서며,

"마님 덕택으로 즐겁게 하루해를 보냈사오니 이런 영광이 또 있겠나이까. 저녁때가 다 되었으니 그만 집으로 돌아갈까 하옵니다."

부인이 몹시 서운하여 양식을 넉넉히 들려 주면서,

"청아, 내 할 말이 있다. 우리 모녀간의 정을 맺자꾸나. 잊지 말고 자주 찾아오너라."

하고 못내 아쉬운 빛을 띠며 섭섭해하였다.

"마님의 은덕과 고마우신 말씀 잊지 않겠나이다."

심청이는 부인과 작별하고 그 집을 나섰다.

공양미 삼백 섬에 눈을 뜬다면

이날 심 봉사는 장 승상 댁에 딸을 보내 놓고 하루 종일 빈방에 혼자 앉아 딸 오기만 기다렸다. 뱃가죽이 등에 붙고 구들은 식어 방은 싸늘한데 잘새들도 죄다 깃을 찾아들었는지 다만 먼 절에서 쇠북 소리만 은은히 울려왔다.

심 봉사 그제야 날 저문 줄 짐작하고 혼잣말로 탄식하였다.

우리 딸 심청이는 응당 쉬이 오련마는
무슨 일에 빠져 들어 날 저문 줄 모르는지.
부인이 잡고 아니 놓나, 동무 만나 못 오는가.
눈바람이 몰아치니 몸이 추워 못 오는가.
내 딸 같은 효성으로 길 험하다 늦어지랴.
늙은 아비 근심되어 허위단심 오련마는.

창문 밖에 새가 푸르륵 날아가도,

"청아, 너 오느냐?"

뒤꼍에서 나뭇잎만 버썩해도,

"청아, 너 오느냐?"

이렇게 심 봉사가 조바심을 내며 기다려도 딸은 오지 않는다. 심 봉사는 궁금증이 부쩍 나고 불안한 마음에 그대로 앉아 있을 수가 없어, 급한 마음에 지팡이 찾아 쥐고 딸 오는 데 마중 간다.

사립문을 밀고 밖으로 나와 더듬더듬 주춤주춤 큰길로 들어서서 한참 걸어가다가 빙판에 미끈 발을 헛디뎌 그만 앉은방아를 찧으며 미끄러졌다. 그 바람에 한 길 남짓 되는 개천 물에 풍덩하고 빠지니, 얼굴에는 온통 흙이 발리고 옷은 다 젖었다. 먼눈을 희번덕거리며 물에서 나오려고 무진 애를 써 보나 오히려 더 깊이 빠져 들고 물소리만 요란히 출렁거리니 더럭 겁이 났다.

"게 아무도 없소? 사람 살리오!"

아무리 소리쳐도 대답하는 이 없고 몸은 점점 깊이 빠져 허리 위로 물이 도니,

"아이고, 나 죽는다."

하며, 그만 찬물 속에 어푸러져 얼혼이 반쯤 나갔다.

"허푸푸, 아이고아이고, 사람 죽소!"

아무리 외치고 애타게 불러도 심 봉사 목소리만 처량히 울릴 뿐, 날 저물어 길에 사람 자취 그쳤으니 그 누가 건져 주랴.

이때 마침 저편 언덕길로 충충 걸어 올라가는 중이 하나 있었다. 얼굴은 희슥한데 나이는 쉰 안팎이요 두 귀는 축 처졌다. 그 거동을

보면 목에 염주 걸고 왼 팔목엔 작은 염주 여덟 개가 흔들흔들, 열두 마디 대지팡이에다 쇠고리를 길게 달아 철철 늘여 손에 짚고 흐늘거리며 걸어간다.

이 중이 누구인고 하니, 육관 대사 명을 받아 용궁 갔다 약주 취케 먹고 돌다리 위에서 팔선녀 희롱하던 성진이도 아니요, '삭발은 세상을 피하자는 표요, 수염을 둠은 대장부의 표라.' 하며 호령하던 사명당도 아니요, 요 건넛산 몽운사에서 시주 얻으려고 내려온 화주승이라. 산마루에 걸린 초승달은 어스름히 빛을 뿌리고 둘레가 다 고요하다. 화주승이,

"나무아미타불 관세음보살."

하고 웅얼웅얼 염불을 외면서 고갯길로 올라가는데 난데없이 사람 살리라는 소리가 바람결에 처량히 들려왔다.

중은 의아한 생각이 들어 혼자서 중얼거린다.

"무슨 소린고, 무슨 소린고. 이게 무슨 소린고. 마외역에서 목매 죽은 양 귀비 울음이냐*, 오랑캐 땅에서 처자식과 이별하던 소무의 울음이냐?* 이 소리가 웬 소리냐?"

부산하게 발길을 재촉하여 소리 나는 곳을 찾아가니 어떤 사람이 개천 물에 빠져서 거의 죽게 되었더라. 중은 펄쩍 놀라 짚고 있던 대지팡이를 내버리고 굴갓 벗고 장삼도 훨훨 벗어 되는대로 내던

---

* 당나라 때 안녹산의 난이 나자 현종은 양 귀비를 데리고 마외역까지 도망 와서는, 신하들의 권고에 못 이겨 양 귀비를 버렸고, 양 귀비는 여기서 죽었다.
* 중국 한나라 때 소무가 흉노에 사신으로 갔다가 붙들려 지낸 지 십구 년 만에 간신히 도망치지만, 그곳 여자에게서 난 아들을 두고 온다. 소무가 아들과 헤어질 때의 슬픔을 말한다.

졌다. 행전 풀고, 버선 벗고, 바짓가랑이를 둘둘 말아 바짝 걷어 올리고는 물속에서 버둥거리는 사람 허리를 후리쳐 덥석 안았다.

"후유, 다행이군."

사람을 메어서 개천 둑에 내다 앉힌 다음 자세히 살피니 전에 보던 심 봉사가 분명하므로,

"허허, 이게 대체 웬일이오?"

하고 놀란다.

그제야 심 봉사가 겨우 정신을 차리고 물었다.

"날 살린 이가 누구시오?"

"소승은 몽운사 화주승이올시다."

그 말을 듣자 심 봉사는 고개를 끄덕이며,

"그렇지, 아직은 명이 남아 스님을 만났구려. 이렇게 살려 주시니 참으로 그 은혜 못 잊겠소."

"인사는 나중에 하고 어서 댁으로 가옵시다."

화주승은 벗어 던진 옷가지를 주섬주섬 다시 입은 다음 심 봉사 손을 잡고 큰길로 나서서 집까지 함께 왔다.

방 안에 들어서자 중은 봉사의 젖은 옷을 벗기고 마른 옷을 갈아입히더니,

"그런데 어쩌다가 물에 빠지셨소?"

하고 물었다.

심 봉사 크게 한숨 쉬며 제 신세를 한탄하더니 앞뒤 사연을 말했다. 중은 딱한 사연을 잠자코 듣고 나서 무엇인가 골똘히 생각하더니 하는 말이,

"밝고 밝은 하늘땅을 못 보고 지내시는 봉사님 처지야 듣지 않은들 모르리까. 그런데 봉사님, 우리 절 부처님이 영험이 많으셔서 무엇이고 빌어서 아니 되는 일이 없고 바라면 다 이루어 주신다오. 봉사님도 우리 절 부처님께 공양미 삼백 섬을 시주하고 지성으로 빌면 아마 죽기 전에 눈을 뜨실 수 있으리다. 그러면 하늘땅 좋은 구경 다 하실 수 있으련만."

하고 못내 아쉬워한다.

심 봉사가 그 말을 듣자 제 처지는 다 잊어버리고 눈 뜬다는 소리만 반가워서,

"아니, 그게 정말이오? 여보 대사님, 그러면 공양미 삼백 섬을 권선문에 적어 가시오."

하고 거침없이 청하였다. 중이 허허 웃고,

"적으시라면 적겠으나 댁의 살림을 둘러보니 삼백 섬은커녕 석 되 쌀도 구할 길이 없을 듯하외다."

하면서 난처해하니, 심 봉사가 버럭 화를 냈다.

"여보시오 대사, 사람 잘못 봤소! 남의 집 살림을 어찌 알고 그런 말을 함부로 하오? 사람을 업수이여겨도 분수가 있지, 어떤 실없는 사람이 영험하신 부처님께 빈말을 하겠나. 그랬다가는 눈먼 걸로도 모자라 앉은뱅이마저 되게? 두말 말고 당장 적어 넣으시오. 그렇지 않으면 칼부림 날 터이니, 어서어서."

화주승이 다시 허허 웃더니,

"그렇게 성내실 것까지야. 그럼 적겠소이다."

하고 권선문을 펼쳐서는 '심학규 쌀 삼백 섬' 하고 큼직하게 쓰더니,

"그럼 안녕히 계시오. 소승은 물러가외다."
하고 돌아갔다.

심 봉사는 중을 보내고 차츰 진정이 되어 쌀 삼백 섬을 마련할 생각을 하니 도리어 큰 걱정거리가 생긴 셈이라 금세 울상이 되었다.

"아니 내가 미쳤지. 글쎄 무얼 믿고 쌀을 삼백 섬이나 권선문에 적으라 했는고. 이 일을 장차 어찌하면 좋단 말인가."

묵은 근심 새 근심이 불같이 일어나서 심 봉사는 방바닥을 치며 신세타령을 늘어놓았다.

천지신명 공평하사 차별 대우 없으련만
이내 팔자 어이하여 가난하고 눈이 멀어
해와 달이 밝은 것도 가려낼 길 전혀 없나.
처자처럼 가까운 이 이 세상에 없건마는
딸자식을 앞에 두고 나는 어이 못 보는가.

마누라가 살았으면 철을 따라 옷 근심
아침저녁 끼니 걱정 아니 해도 되련마는
나이 찬 딸자식이 동네방네 품을 팔아
근근이 두 식구가 입에 풀칠하는 터에
쌀 삼백 섬 어데 있어 호기 있게 적어 넣고
열백 번을 생각하나 방도가 아뜩하니
어찌하잔 말가.

도깨그릇 다 팔아도 한 되 곡식 살 수 없고
장롱을 판다 한들 단돈 닷 냥 되지 않고
집이나 팔자 해도 비바람을 못 가리고
몸이라도 팔자 한들 눈 못 보는 이 병신을
어느 누가 사 가리오.

어떤 사람 팔자 좋아
눈 코 입 온전하고 팔다리도 성한 데다
볏섬 높이 쌓아 두고 재물도 넉넉한데
좋은 집 비단옷에 그리운 것 없건마는
나만 혼자 무슨 죄로 이 모양 이 꼴인가.
애고애고 서러워라.

이때 심청이가 종종걸음 쳐서 집에 이르러 방문을 펄쩍 열고,

"아버지."

하고 부르다가 제 아버지 우는 모양과 그 옆에 젖은 옷가지가 아무렇게나 널려 있는 것을 보고 깜짝 놀란다.

"아이고 아버지, 이게 웬일이오? 제가 오나 마중하러 문밖에 나섰다가 이런 욕을 당하셨소? 벗으신 옷들이 물에 흠뻑 젖은 걸 보니 개천에 빠지셨소? 아이고 아버지, 오죽이나 추우시며 얼마나 분하시오?"

심청이는 재빨리 옷을 갈아입고 부엌으로 내려갔다. 흐르는 눈물을 치맛자락으로 씻으면서 밥을 짓고 찬도 만들어 얼른 상을 차려

다가,

"아버지, 시장하실 텐데 어서 진지 드시오."

하고 상 앞에 마주 앉았으나, 심 봉사는 웬일인지 밥술을 들려고 하지 않는다. 한동안 죄지은 사람처럼 머리를 처뜨리고 멍하니 있다가 맥없이,

"나 밥 아니 먹을란다."

하니, 심청이가 이상하여 물었다.

"아버지, 어디가 아파서 그러시오? 제가 더디 와서 그러시오?"

"아니다, 네가 알 일이 아니다."

그 말을 듣자 심청이는 설움이 북받쳤다.

"아버지, 그 무슨 말씀이오? 저는 아버지 한 분만 바라고 살고 아버지는 저 하나를 믿으시어 큰일 작은 일을 모두 의논하시더니, 오늘은 무슨 일로 제가 알 일이 아니라 하시오이까? 제가 비록 불효하기로 말씀하시기를 꺼리시니 저는 참말 서럽사이다."

말을 마치고 훌쩍훌쩍 우니 심 봉사가 깜짝 놀라 사실대로 말하지 않을 수 없었다.

"아가, 울지 마라. 내가 네게 숨길 일이 어디 있겠느냐. 그렇지만 이번 일을 네가 알면 크게 걱정할까 싶어 진작 말을 못 하였다.

아까 내가 너 오는가 해서 문밖에 나갔다가 개천 물에 빠져서 다 죽게 된 걸 몽운사 화주승이 건져 살려 놓고, 물에 빠진 사정을 묻기에 내 처지를 다 말하였구나. 그랬더니 그 중이, 몽운사 부처님이 영험하기 짝이 없어 공양미 삼백 섬만 시주하면 눈을 뜬다 말하기로, 우리 집 형편은 생각 못 하고 눈 뜬단 말에 그만

권선문에 내 이름을 적고 보니, 지금 와선 후회가 막심하구나."

심청이는 그 말에 당장 아무런 방법은 없으나 아버지를 애써 위로하였다.

"후회하시면 정성이 못 되오. 아버지 눈이 정말 밝아진다면 공양미 삼백 섬을 구해서 시주해야지요. 제가 어떻게든 마련해 보겠으니 너무 걱정 마옵소서."

"불쌍한 아비라고 그리 말하지만 네 아무리 하자고 해도 가난한 우리 처지에 삼백 섬은 고사하고 단 한 섬인들 구할 수 있겠느냐. 내가 미친놈이지, 미친놈이야."

심 봉사는 고개도 못 들었다.

그러니 심청이는 아버지가 더욱 가엾어서,

"아버지 그런 말씀 마오. 옛적에 왕상이란 이는 아버지를 공양하려고 얼음 구멍에서 잉어를 얻어 냈다 하온데, 그런 일들을 생각하면 옛사람만 못할망정, 정성을 다하면 하늘도 감동하신다니 무슨 도리가 나서겠지요. 너무 걱정 마옵소서."

하며 아버지를 안심시키고, 이튿날부터 온갖 치성을 드렸다. 집 뒤란에 흙과 돌로 칠성단을 뭇고 정화수 한 동이를 소반에 받쳐 놓고 밤마다 자정이면 향을 피우고 북두칠성을 우러러 무릎 꿇고 두 손 모아 빌었다.

하늘땅 신령님께 비나이다 비나이다
성황님께 비나이다 부디 살펴 주옵소서.
하늘의 해와 달은 사람의 눈과 같아

해와 달이 없사오면 무슨 분별 하오리까.
제 아버지 눈이 멀어 천지만물 못 보오니
아버지 허물을랑 이 몸으로 대신하고
아버지 눈을 떠서 천생연분 만나시고
오복을 고루 갖춰 누리도록 하옵소서.

가난하고 불쌍한 처녀 심청이는 하루도 쉬지 않고 정성껏 빌고 또 비는 수밖에 없었다.

쌀 삼백 섬에 나를 사 주오

하루는 심 봉사가 밖에 나가고 심청이 혼자 있는데, 뒷마을 귀덕 어미가 찾아와 부엌으로 들어서며 말한다.

"아가, 내 참 별일도 다 보았네."

"별일이라니요?"

"글쎄 무얼 하는 사람들인지는 몰라도 여남은씩 몰려다니면서, 값이 얼마가 들든지 열댓 살 난 처녀를 사겠다는구나. 그런 미친 놈들이 세상에 어디 있누."

귀덕 어미는 몹시 나무라서 하는 말이지만, 심청이는 그 소리에 귀가 번쩍 뜨였다.

"아주머니, 그게 정말이오?"

"내 언제 거짓말한 일 있더냐?"

"정말로 그렇다면 내 아주머니한테 청이 있소. 그 사람들 속에서 나이 들고 점잖은 이 한 분 불러다 주오."

"아니, 그런 사람을 불러 뭘 하려고?"

"이 말일랑 입 밖에 내지 말고 조용히 데려오오."

귀덕 어미는 몹시 미심쩍었으나 심청이 간청에 못 이겨,

"그럼 그리하마."

하고 돌아갔다.

얼마 뒤 귀덕 어미는 나이 지긋한 남정 하나를 데리고 왔다. 심청이가 귀덕 어미를 시켜 처녀를 사려는 내력을 물어보니, 그 사람이 대답하였다.

"우리는 본디 서울 사람으로 배를 타고 장사하러 만 리 밖을 떠다니는 장사꾼들이라오. 뱃길에 임당수라 하는 물목이 있어 자칫하면 모조리 빠져 죽기 일쑤인데, 열다섯 살 난 처녀를 제물로 바다에 넣고 제사를 지내면 물길 만 리를 아무 탈 없이 오갈 뿐더러 장사도 잘된다고 배 주인이 우리를 시켜 처녀를 구하고 있소. 입이 원수라고 이 짓을 하니 만약에 몸을 팔 처녀가 나서면 값은 관계치 않고 내겠소이다."

곁에서 듣고 있던 심청이는 눈앞이 아득하였다. 제 몸을 공양미 삼백 섬에 팔자고 하긴 했으나, 고기밥으로 팔리는 일이라니. 심청이는 한동안 아무 말도 못 하고 잠자코 있더니 이윽고 뱃사람 앞에 나서며 입을 열었다.

"내 사정을 말씀하오리다. 나는 이 동네 사람으로 우리 아버지가 앞을 못 보시는 것이 한이었는데, 하루는 몽운사 화주승 말이 공양미 삼백 섬을 부처님께 시주하면 눈을 떠 세상 만물을 볼 수 있

다 하더이다. 허나 우리 살림에 삼백 섬을 구할 길 바이없기로 근심 속에 지내다가 우연히 이렇게 만났으니 나를 사 주시오. 내 나이 열다섯이니 그 아니 적당하오."

눈먼 아버지를 위해 목숨을 바치려는 지극한 효성에 귀덕 어미의 눈에서는 눈물이 방울방울 떨어지고, 뱃사람도 가슴이 꽉 막혀 심청이를 쳐다보지도 못하고 고개를 숙인 채 잠자코 있었다. 이윽고 뱃사람은 한숨을 길게 쉬고,

"아가씨 말을 들으니 기특하고 장한 효성 비할 데 없소이다. 그 마음을 보아서는 거저라도 드려야겠지만, 배 주인이 그렇게 할 리 없고 성화가 심해 귀한 목숨과 바꾸는 일이니 그리하시오."

하고 선선히 승낙하였다.

"배 떠나는 날이 언제오이까?"

"다음 달 보름날이오니 그리 알고 잊지 마시오."

"잊을 리가 있으리까."

배꾼들은 그날로 공양미 삼백 섬을 몽운사에 실어 보냈고, 심청이는 귀덕 어미더러 이 말을 절대 입 밖에 내지 말라고 신신당부하였다.

이제부터 닥쳐올 일이 난감하여 심청이가 슬픔에 잠겨 있는데, 밖에 나갔던 아버지가 막대를 더듬거리며 들어섰다.

심청이는 맥없이 일어서서,

"아버지, 인제 오시오?"

하고, 아버지를 부축하여 맞아들이고는 입을 열었다.

"아버지."

"왜 그러느냐?"

"공양미 삼백 섬을 몽운사로 보냈사오니 안심하소서."

심 봉사는 깜짝 놀랐다. 아닌 게 아니라 저도 그 일로 밖에 나갔다가 아무런 소득도 없이 허청허청 돌아왔던 것이다.

"아니 그게 웬 말이냐? 그 많은 쌀이 어데서 나서 몽운사로 보냈느냐?"

심청이는 차마 사실대로 말할 수 없어서 잠깐 속여 여쭌다.

"전에 무릉촌 장 승상 댁 마님이 저더러 수양딸 노릇을 하라 하셨으나 아버지가 계시므로 그리하지 않았는데, 오늘 생각다 못해 찾아가서 그 말씀 올렸더니 마님께서 반가이 들으시고 쌀 삼백 섬을 선뜻 주시기에 몽운사로 보내고 수양딸로 팔렸나이다."

심 봉사는 애통한 사연을 알 리 없어 무턱대고 좋아한다.

"잘되었구나. 그런데 그 댁에서 너를 언제 데려간다더냐?"

"다음 달 보름날 데려간다 하옵디다."

"그러면 아직도 갈 날이 멀었구나. 네가 게 가서 살더라도 나 지내긴 관계찮아. 나도 좋고 너도 좋고 그 댁도 다 좋으니 일이 참말 잘되었다."

부녀간에 이같이 실속 없는 이야기를 나누었다. 심청이는 좋은 말로 아버지를 위로하였으나 배꾼들 따라갈 일을 생각하니 억이 막히고 기가 찼다. 이팔청춘 젊은 나이에 죽을 일이며 더욱이 앞 못 보는 아버지와 영이별할 일을 생각할수록 정신이 아뜩하고 앞이 캄캄하였다. 마음만 어지러워 밥 한 술, 물 한 모금이 목에 넘어가지 않았다.

이렇게 시름겨워하다가 다시 문뜩 생각해 보니 이미 엎질러진 물이요 깨진 독이며, 얼크러진 그물이요 쏟아 놓은 쌀이로다.

'내가 죽으면 사철 아버지 옷 감당은 누가 하랴. 아직 살아 있을 때 아버지 옷가지를 마지막으로 지어 드리리라.'

심청이가 이렇게 마음먹고 봄옷이며 겨울옷을 손질하여 차곡차곡 보에 싸서 장롱 속에 넣어 두고, 갓망건도 새로 사다가 말코지에 걸어 두고, 이 일 저 일 하는 사이에 열흘 가고 보름도 훌쩍 지나 배 떠날 날이 내일로 다가왔다.

밤은 깊어 고요하고 은하수도 기울었는데 아버지가 잠든 뒤에도 심청이는 잠을 못 이루었다. 희미한 등잔 아래 두 무릎을 쪼그리고 시름없이 앉아서 아무리 생각해도 몸과 마음을 달랠 길이 없다. 아버지가 벗어 놓은 버선볼이나 마지막으로 봐 드리려고 반짇고리를 당겨서 바늘에 실을 꿰니 눈물이 하염없이 쏟아졌다. 행여 들릴세라 속으로 흐느끼며 잠든 아버지 얼굴에다 제 볼도 가만히 대어 보고 손발도 살며시 어루만져 본다.

애달프다, 우리 아버지
오늘 밤만 모시면은
두 번 다시 못 뵐 테지.
내 몸 한번 죽어지면
앞 못 보는 소경 신세
누굴 믿고 사실까.

애달프다, 우리 아버지
내가 철이 든 다음에
밥 빌기를 하였더니
이제 내 몸 죽고 보면
춘하추동 사시절을
동네 걸인 되겠구나.
눈총인들 오죽하며
괄시인들 오죽하랴.

울 아버지 고이 모셔
백 살까지 봉양타가
이별을 당하여도
더한 설움 없으련만
나와 같은 생이별이
이 세상에 또 있으랴.

울 아버지 곤한 신세
홀몸으로 살자 한들
뉘라 끼니 돌봐 주며
온갖 고생 하시다가
이 세상을 떠나시면
어느 자식 또 있어서
머리 풀고 슬퍼하며

장례며 소상 대상
해마다 제삿날에
밥 한 그릇 물 한 대접
뉘라서 차려 놓으랴.

몹쓸 년의 팔자로다.
이레 만에 어미 잃고
아비마저 이별하니
이런 일이 또 있는가.

예부터 가지가지
이별이 많았다만
살아서 헤어지면
소식 들을 날이 있고
만나 볼 때 있겠으나
우리 부녀 이별은
내가 영영 죽어 가니
어느 때에 소식 알며
어느 날에 만나 볼까.

돌아가신 울 어머니
황천으로 들어가고
나는 이제 죽게 되면

수궁으로 갈 터이니
모녀 상봉 하자 한들
수궁에서 황천 가기
몇천 리나 멀다는지
황천을 묻고 물어
천 리 길을 찾아간들
어머니 나를 어이 알며
나는 어머니 어이 알리.
만일 알고 뵈옵는 날
아버지 소식 묻자오면
무슨 말로 대답할꼬.

오늘 이 밤 새지 마라.
내일 아침 솟는 해를
동해 바다에 잡아 두면
불쌍한 울 아버지
하루라도 더 뵈련만
밤이 가고 돋는 해를
그 뉘라서 막을쏜가.

야속하게 "꼬끼오, 꼬끼오." 닭 우는 소리가 들려왔다. 심청이가 소스라쳐 놀란다.

닭아 닭아 울지 마라.
네가 울면 날이 새고
날이 새면 나 죽는다.
나 죽는 건 안 설우나
의지 없는 울 아버지
어찌하고 가잔 말가.

섧게 울다 보니, 동녘이 훤히 밝아 온다.

아버지에게 마지막 진지나 지어 드리려고 살며시 방문을 열고 나와 마당에 내려서는데 사립문 밖에 사람 그림자가 어른거린다. 심청이는 가슴이 덜컥 내려앉았다.

배꾼들이 울바자 밖에서 주저주저하다 심청이더러,

"오늘이 배 떠나는 날이오니 쉬이 가게 하소서."

하니, 심청이는 대번에 눈물이 핑 돌며 가슴이 후둑후둑 뛰었다. 아버지가 들으실까 두려워 얼른 밖으로 나와 배꾼들에게 사정한다.

"여보시오 선인네들, 오늘 떠날 줄은 나도 이미 알거니와 아버진 전혀 모르고 계시니 잠깐 기다려 주시오. 내 얼른 아버지께 아침 밥 지어 올려 잡순 뒤 말씀 여쭙고 떠나도록 하오리다."

배꾼들은 심청이가 불쌍하여,

"그리하오."

하였다.

심청이는 눈물로 밥을 짓고 찬도 여러 가지 만들었다. 아버지가 아무쪼록 많이 잡숫도록 상머리에 마주 앉아 자반도 뚝뚝 떼어 숟

가락 위에 놓아 드리고 상추쌈도 싸서 입에 넣어 드리며 정성껏 권하였다.

"아버지, 진지 많이 잡수시오."

심 봉사가 영문도 모르고 좋아서 고개를 끄떡끄떡하며,

"오냐, 많이 먹으마. 오늘은 별나게 반찬이 좋구나. 뉘 집에서 제사라도 지냈느냐?"

하니, 심청이는 기가 막혀 울음이 북받쳤다. 속으로만 흐느끼다 그만 훌쩍훌쩍 소리가 나니, 심 봉사가 물색없이 귀 밝은 체한다.

"아가, 너 어디 아프냐? 감기 들었나 보구나."

걱정을 하고는 이어 묻는다.

"참, 오늘이 며칠이냐? 열닷새지?"

핏줄은 어찌할 수 없는가 보다. 심 봉사가 지난밤 꿈 이야기를 꺼낸다.

"얘 청아, 내 간밤에 꿈을 꾸니 네가 큰 수레를 타고 끝없이 가더구나. 원래 수레란 귀한 사람이 타는 것이니, 아마 오늘 무릉촌 장 승상 댁에서 너를 가마에 태워 가려나 보다."

심청이가 들어 보니 분명 제가 죽을 꿈이므로 마음이 섬뜩하였으나 내색 않고 아무쪼록 아버지 마음 편하시도록 좋게 대답하였다.

"꿈이 참 좋구먼요."

밥상을 물리고 곰방대에 담배를 꼭꼭 눌러 담아 드리고 물러 나왔다. 밖으로 나온 심청이는 세수하여 눈물 흔적을 없앤 뒤에 깨끗한 옷으로 갈아입었다. 마지막으로 조상님께 인사 올리러 뒤꼍으로 돌아가 사당에 들어서 제상에 술과 과일을 차려 놓고 향불을 피운 다음 통곡하며 축원을 드렸다.

심씨 집안 선조 대의 할아버님 할머님
불쌍하신 어머님, 부디 굽어 살피소서.
불효 여식 심청이는 아버님 눈 띄우려고
쌀 삼백 섬에 몸이 팔려 임당수로 들어가니
아버님이 눈을 떠서 어진 부인 짝을 하여
아들 낳고 딸 낳아 조상 제사 전케 하소서.
불효 여식 심청이 소원 풀어 주옵소서.

이렇게 축원을 마치고 사당 문을 나서고도 문고리를 차마 놓지 못했다.

'이 몸 이제 죽으면 이 문 누가 여닫으며 동짓날, 수릿날, 한가위 명절 돌아온들 제사상은 누가 차리고 향은 누가 사르리오.'

방으로 돌아오니, 아무 눈치 못 차리고 천연히 앉아 있는 아버지가 보였다. 더욱 서러워, 저도 모르게 펄썩 주저앉으며,

"아이고, 아버지."

외마디 소리를 지르면서 그 자리에서 혼절하고 말았다. 심 봉사가 깜짝 놀라서,

"아가, 웬일이냐? 봉사 딸이라고 누가 너를 정가하더냐? 옳지, 아마 네 뱃속에서 회가 동했나 보다. 아니면 어찌 된 일이냐? 어서 말 좀 하렴."

하고 급히 딸애 몸을 더듬는다.

심청이는 겨우 정신을 차려 입을 열었다.

"아버지."

"오냐."

"제가 못된 딸이라 아버지를 속였소."

"뭐, 네가 나를 속여? 네가 거짓말을 좀 했기로 그게 무슨 대수라고 늙은 아비를 이다지도 놀래느냐?"

심 봉사는 딸을 철없는 아이로만 생각하여 허허 웃는데, 심청이는 아버지 무릎에 엎어지며,

"아니오, 아버지. 저번 날 제가 거짓말을 했소. 그 많은 쌀 삼백 섬을 누가 거저 주오리까. 장사하는 배꾼들에게 몸이 팔려 임당수의 제물로 가기로 하와 오늘이 바로 배 떠나는 날이오니, 오늘 저를 마지막으로 보오."

사람이 슬픔도 넘치면 도리어 가슴이 막히는 법이라, 심 봉사 하도 기가 막혀 얼굴이 해쓱하게 질려서 울음도 안 나오고 눈물도 안 나오고, 그만 실성한 사람처럼 혼자서 중얼거린다.

"아이고, 이게 웬일이냐? 참말이냐, 농담이냐? 말 같지도 않다. 나더러 묻지도 않고 네 마음대로 했단 말이냐? 네가 살고 내 눈 뜨면 오죽 좋겠냐만, 네가 죽고 내 눈 떠야 그게 무슨 소용이냐. 네 어머니가 너를 낳고 이레 만에 죽은 뒤로 동냥젖으로 그만치나 자랐기에 한시름 놓았더니 이게 대체 웬 말이냐. 내 눈 팔아서 너를 살 판에, 오히려 너를 팔아 내 눈을 사다니, 그 눈은 해서 무엇 하랴. 어떤 놈의 팔자가 안해 죽고 자식마저 잃고 의지가지없는 외로운 신세가 된단 말이냐."

심 봉사는 자기 무릎 위에서 흐느끼는 딸을 후닥닥 밀치고 눈썹을 푸들푸들 떨면서 독같이 성난 목소리로 방문 밖을 향해,

"네 이 고얀 뱃놈들아, 장사도 좋다마는 사람을 사다가 제물 삼아 물에 처넣는 걸 어디서 보았느냐! 그러고도 끔찍한 죄를 면할 성싶으냐! 하느님도 굽어보고 신령들도 살펴본다. 눈먼 놈의 하나뿐인 외동딸, 철모르는 어린것을 부모 몰래 꾀어내어 샀단 말이 웬 말이냐. 쌀도 싫고 돈도 싫고 눈 뜨기도 나는 싫다.

네 이 독한 상놈들아, 일곱 해 내리 가물어 사람 잡아 빌려 할 때, 탕임금 어진 마음 '내가 지금 비는 바는 백성을 위함이라, 사람 죽여 빌 양이면 이 몸으로 대신하리라.' 하시며 제 몸을 제물 삼아 빌었느니라. 차라리 내가 대신 가마. 네 이놈들, 나를 죽여라. 평생에 맺힌 마음 죽기가 소원이다. 이놈들, 나 죽는다. 지금 내가 죽어 놓으면 네놈들은 무사할까 보냐. 무지막지한 도둑놈들, 생사람을 죽이면 《대전통편》에 다스리는 법 있느니라!"

하며 고래고래 소리치고 이를 갈며 죽기로 펄펄 뛰니, 심청이가 아버지를 붙들고 말린다.

"아버지, 진정하오. 이 일은 제가 정한 것이니 남 탓할 일이 아니오. 아버지, 제발 그러지 마옵소서."

아버지와 딸이 서로 부둥켜안고 뒹굴면서 통곡하니, 도화동 남녀노소 뉘 아니 서러우랴.

이 광경을 바라보던 배꾼들 중 하나가 무리를 둘러보며,

"여보, 사람의 탈을 쓰고 차마 어찌 보겠소. 하늘이 낸 효녀 심 소저는 말할 나위도 없거니와 심 봉사 저 양반이 참으로 불쌍하

오. 우리가 얼마씩 내어 저 양반이 굶지 않고 헐벗지 않게 좀 도와주는 것이 어떠하오?"

하고 말을 내었다.

"그 말이 옳소. 그리합시다."

배꾼들은 한결같이 찬성하고 둘러앉아 한동안 수군수군하더니 돈 삼백 냥에 입쌀 백 섬, 무명과 삼베 한 바리씩 도화동으로 실어 들였다. 그런 다음 배꾼들은 동네 어른들에게 부탁하였다.

"삼백 냥은 논을 사게 하고, 열닷 섬은 올해 양식으로 쓰며 나머지 팔십여 섬은 해마다 보릿고개 때 농사꾼에게 주었다가 가을 가서 조금씩만 붙여 받아도 앞날 먹을 것은 넉넉하리다. 무명과 삼베로는 때 맞춰서 사철 옷을 짓고 보면 봉사님이 입을 걱정도 없으리다."

동네 사람들은 그 말대로 심 봉사가 편히 지내도록 쌀을 나누어 두었다.

심청이 한 많은 길 떠나간다

이때 무릉촌 장 승상 댁 부인은 심청이가 공양미 삼백 섬에 팔려 임당수로 간다는 소문에 놀라서 계집종을 급히 불러 일렀다.

"심 소저가 제물로 팔려 죽으러 간다는구나. 심 소저더러 떠나기 전에 나를 만나 보고 가라 하고 얼른 데리고 오너라."

계집종은 부리나케 도화동으로 달려가서 심청이를 만나 부인의 말을 전했다.

심청이가 무릉촌에 이르니 장씨 댁 부인은 버선발로 뛰어 내려와 심청이를 붙안으며 눈물 섞인 목소리로,

"이 무정한 아이야, 내가 너를 한번 본 뒤로 자식처럼 여겼는데 너는 나를 잊었느냐? 말을 들으니 네가 아버지 눈을 띄우려고 배꾼들에게 팔려 간다니, 효성은 지극하나 네가 죽어 될 말이냐? 일이 그 지경이면 나한테 찾아올 게지. 그러면 일이 이 지경은 안

될 것을 어찌 그리도 무심하냐?"
하고는 심청이를 방 안으로 끌고 들어가 앉히고 마저 말한다.

"아가 청아, 내가 어떻게 해서든 쌀 삼백 섬을 마련해 볼 터이니, 뱃사람들에게 그 쌀 돌려주고 죽을 생각은 아예 말아라."

심청이는 부인의 말을 다소곳이 앉아서 잠자코 듣고 있더니 이윽고 고개를 들어 조용히 입을 열었다.

"진작 와서 말씀 못 드린 죄 있사오나 이제 와 후회한들 어쩌리까. 또 자식이 부모를 위해 정성을 다하는데 어찌 남의 재물을 바라리까. 이제 와서 삼백 섬을 도로 내준다면 뱃사람들도 그런 낭패가 없을 것이오니 그 또한 어렵삽고, 남에게 한번 값을 받고 팔았던 몸을 달포 지난 뒤 차마 무슨 낯을 들고 무르자 하오리까. 늙으신 아버지를 홀로 두고 죽는 것이 불효인 줄 모르는 바 아니오나 이것도 다 하늘의 뜻이니 어이하리까. 마님의 높은 은혜와 고마우신 말씀은 죽어 저승에 가서라도 잊지 않고 갚겠나이다."

장 승상 부인이 속으로 은근히 놀라며 심청이 얼굴빛을 살피니 한번 먹은 마음 조금도 움직이지 않을 듯하매 두 번 다시 권하지 못하였다. 그렇다고는 해도 이대로 헤어지기는 차마 못할 노릇이라 마주 잡은 손을 놓지 않고 눈물만 흘리다가 갑자기 생각난 듯,

"아가, 너는 나를 잊어도 나는 너를 못 잊겠다. 너를 한번 본 뒤로 꼭 친딸같이 정이 들어 보고 싶은 마음 어쩌지 못했는데, 이제 네가 가면 다시는 못 오리니 어찌하누? 이대로는 차마 헤어질 수 없구나. 내 화공을 불러다가 네 얼굴 네 모습을 그려 두고 보려니 잠깐만 기다려라."

하고는 화공을 부르게 하였다. 얼마 뒤 화공이 들어와 자리에 앉자 부인은 족자를 내놓으며 분부한다.

"여보시게, 저기 앉은 심 소저를 그리되 저 얼굴, 저 맵시와 시름겨운 저 자태를 보는 대로만 그려 내면 참 고맙겠네. 정성 들여 잘 그려 주시게."

화공은 족자를 볕에 쪼인 다음 버들 숯을 손에 들고 한동안 심청이를 뚫어지게 바라보고 나서 정성 들여 그려 낸다. 화폭에 심청이 윤곽이 비슷이 나타나니 화공이 오색 붓을 좌르륵 펼쳐 온갖 빛깔 무늬를 벌여 놓고 기운차게 그려 나갔다.

난초같이 푸른 머리는 아름답게 빛나고 슬픔 어린 얼굴에 눈물 자국 뚜렷하다. 가는 허리와 고운 손발이 어찌도 그리 똑같을까. 이리 보고 저리 보아도 갈데없는 심청이라, 족자를 벽에다 걸고 보니 심청이가 둘이다. 부인이 일어나서 오른손으로 심청이 목을 끌어안고 왼손으로 그림을 어루만지며 슬피 운다. 심청이도 흐르는 눈물로 볼을 적신다.

"정말로 마님께서는 전생의 제 부모이시오니 오늘 제가 떠나가면 어느 때나 또 모시오리까. 글 한 수 마님께 올리고자 하오니 그림 곁에 두고 보소서."

부인이 그 말을 반가이 여겨 붓과 벼루를 가져오게 했다. 심청이가 붓을 들어 그림 위에 시 한 수 쓰는데, 눈물이 피가 되어 점점이 떨어지더니 송이송이 꽃으로 피어나서 향기를 풍기는 듯하였다.

한 번 나서 한 번 죽긴 꿈 사이 일이언만

연연한 정 못 이기어 더운 눈물 흐르누나.
세상 시름 많다 하나 예서 더야 애달프랴.
봄이 와도 가신 님은 다시 오지 아니하네.

부인이 이 글을 보고 적이 놀라면서,

"네 글이 참으로 신선의 글귀니 오늘 네가 떠나게 된 건 아마도 하늘에서 부르셔서인가 보다."

하고 감탄하면서 부인도 두루마리 종이에다 글 한 수를 써 심청이에게 내주었다.

때 아닌 비바람이 밤사이에 휘몰아쳐
애달프다, 꽃 한 송이 바다 위에 진단 말가.
불쌍한 사람이야 하늘도 아시려든
죄 없는 아비 자식 어이 끊어 가르는고.

심청이가 글을 받아 품에 단단히 간직한 뒤 부인과 눈물로 이별하고 떠나올 때 무릉촌 사람들 모두 통곡하지 않는 이가 없었다.

심청이가 집에 돌아오자 그사이 혼자 애태우며 기다리던 심 봉사가 와락 달려들어 심청이 목을 껴안고 몸부림치며 애처롭게 운다.

나하고 같이 가자, 나하고 같이 가자.
너 혼자 가지는 못하리라.
죽어도 같이 죽고 살아도 같이 살자.

날 버리고는 못 가리라.

고기밥이 되더라도 너와 나 같이 되자.

이에 심청이도 따라 울다가 가까스로 마음을 가라앉히며 차근차근 아버지를 타이른다.

"아버지, 우리 부녀가 헤어지고 싶어 헤어지며, 전들 죽고 싶어서 죽사오리까. 자식 된 도리를 생각하면 떠날 수 없사오나 하늘의 뜻이니 어찌하오리까. 아버지, 불효녀 심청이를 아예 잊으시고 부디 눈을 뜨시어 밝은 세상 다시 보시고 착한 사람 만나 아들딸 낳고 편히 사소서."

이 말에 심 봉사는 펄쩍 뛰었다.

"아이고 청아, 그런 말 하지 마라. 이 아비가 처자를 거느리고 편히 살 팔자라면 이런 일이 있겠느냐? 날 버리고 못 간다."

심 봉사가 끌어안은 목을 놓지 않으니 심청이는 할 수 없이 동네 사람들에게 부탁하여 아버지를 겨우 떼어 놓고 울면서 말한다.

"동네 어르신들, 저 떠나면 홀로 남는 우리 아버지 의지가지 기댈 곳 없으니 오직 어르신들만 믿사옵니다. 여러 말씀 아니 드리니 깊이 헤아려 주옵소서."

마지막 부탁을 남기고 느껴 울며 돌아서니 늙은이 젊은이 모두 발을 구르며 통곡하였다.

심 봉사는 동네 사람들에게 붙들려서 따라가지는 못하고,

"애 청아, 청아, 정말 네가 늙은 아비를 두고 혼자 간단 말이냐? 나하고 같이 가자!"

고함을 지르고 몸부림을 치며 대성통곡을 하니 심청이 마음은 어떠하랴.

마음은 하냥 정든 고향에 남겨 두고, 끌리는 치맛자락을 거듭거듭 걷어안으며 배꾼들을 따라간다. 쑥대같이 흐트러진 머리카락 귀밑에 드리웠는데 피눈물이 흘러서 옷깃에 사무친다. 이리 비척 저리 비척 정신없이 걷다가 문뜩 건넛집을 바라보며 낮은 목소리로 말한다.

김 동지 댁 큰애기야,
너와 나와 동갑으로
이웃에서 서로 크며
형제같이 정을 두고
백 년이 다 가도록
인간 고락 사는 재미
함께 보자 하였건만
내 이렇게 떠나가니
풀 길 없는 한이로다.

타고난 명이 이뿐인지
나는 이제 죽거니와
의지 없는 울 아버지
딸 생각에 마음 아파
상하실까 걱정이다.

나 죽은 뒤에라도
네가 나를 생각거든
불쌍한 울 아버지
잊지 말고 돌봐 다오.

심청이는 동네 끄트머리에 이르자 정다운 듯 눈을 주며 다시 혼잣말을 한다.

우물집 작은애기야,
내가 이제 가고 보면
등잔 밑에 마주 앉아
바느질과 수놓이를
뉘와 함께 하려느냐.

작년 오월 수릿날에
그네 뛰며 놀던 일을
너도 아직 생각느냐.
오는 칠월 칠석날 밤
길쌈 바느질 잘하기를
둘이 함께 빌자더니
이제 그만 헛일이로다.
나는 이미 몸이 팔려
죽으러 가거니와

네가 나를 생각거든
불쌍한 울 아버지
나 부르며 슬피 울 제
네가 가서 위로해 다오.

너와 나와 사귄 정분
네 부모가 내 부모요
내 부모가 네 부모라
꺼림 없이 대해 주면
내 죽은 넋이라도
네 정성 알리로다.

이 집 저 집을 돌아다보며 의좋게 놀던 동무들과 마음속으로 작별하고 도화동을 떠나는데, 그 아픔에 하늘도 서러운지 맑은 날이 갑자기 변하여 푸른 하늘은 간데없고 검은 구름이 자욱이 드리운다. 이따금 후둑후둑 빗방울이 눈물같이 떨어지고 방그레 웃던 꽃들도 잠깐 새에 시들어 빛을 잃고 말았다.

푸른 산천초목들도 시름에 잠겨 있고
맑은 물에 드리운 버들 내 근심을 돕는 듯.
우나니 저 꾀꼬리 너는 무슨 회포런가.
네 가슴의 깊은 한을 내가 알진 못하여도
슬피 우는 이내 마음 너는 혹시 짐작할까.

달은 밝고 쓸쓸한데 먼 산의 저 두견이
애끊는 울음소리 어찌자고 그러느냐.
네 아무리 숲 속에서 돌아오라 울지라도
값을 받고 팔린 몸이 어이 다시 돌아가랴.

이때 문득 바람에 날린 꽃잎이 살며시 얼굴에 부딪히니, 심청이가 그 꽃을 손에 들고 바라보며 입을 열었다.

봄바람이 무심하다 그 누가 말하느냐.
만일 제가 무심타면 지는 꽃잎 왜 보내나.
저 산에 지는 꽃잎 지고 싶어 지랴마는
바람에 떨어지니 네 마음이 아니로다.
가엾어라 이내 청춘 저 꽃과 같은지라
하릴없는 이내 신세 그 누구를 탓하리오.

한 걸음에 눈물짓고 두 걸음에 돌아보며 배꾼들 뒤를 따라 심청이 한 많은 길 떠나간다.

애달픈 꽃 한 송이 바다 위에 지누나

포구에 이르니 배꾼들이 모여들어 뱃머리에 널빤지를 깔아 놓고 심청이를 이끌어 배에 앉히고는 떠날 채비를 서두른다. 닻을 감고 돛을 달아 뱃머리를 돌린 다음 두리둥둥둥 북소리를 높이 울렸다.

어기야 어야
어기야 어허야.

구슬프게 부르는 뱃노래와 더불어 장삿배는 먼 바다를 바라보고 떠나간다.

망망한 바다 위에 탕탕한 물결이라
해당화 점점이 붉게 핀 바닷가에

갈매기 떼 꾸룩꾸룩 배 위를 날아예고
하늘 날던 기러기 떼 모래밭에 내려앉네.

맑은 가락 울려오니 고깃배의 피리런가.
피리 소리 끝났건만 사람은 뵈지 않고
만경창파 출렁이는 물결만 푸르구나.
구슬픈 뱃노래가 온갖 시름 자아내며
남의 애를 끓나니 나를 두고 이름이라.

배 위에서 멀어져 가는 그리운 산천을 바라보며 심청이는 울면서 마음속으로 마지막 인사를 보냈다.

배는 쉼 없이 물살을 헤치며 나아간다. 멱라수 지나며 굴원을 생각하고, 황학루 지나 봉황대 다다라 이태백 생각하고, 심양강 지나며 백낙천을, 적벽강에서 소동파 생각한다.

웬 곳에 다다르니, 두 부인이 구슬발을 걷고 나오더니 심청이한테 말했다.

"저기 가는 심 소저야, 나를 어이 모르느냐. 순임금께서 남쪽을 살피시다 창오산에서 돌아가시매, 우리 두 몸이 대숲에서 피눈물 뿌렸더니 가지마다 아롱졌느니라. 그 깊은 한을 하소연할 데 없더니 네 효성이 지극하다기에 네게 말하노라. 물길 먼먼 길 조심하여 다녀오라."

심청이 소상강 두 왕비인 줄은 알겠으나, 죽으러 가는 사람한테 조심히 다녀오라니 참으로 괴이하구나 싶었다.

또 어느 곳을 지나니 풍랑과 함께 찬 기운이 일더니 웬 사람이 눈을 꽉 감고 가죽에 몸이 싸여 울면서 말하였다.

"저기 가는 심 소저야, 네 나를 모르리라. 나는 오나라 자서로다. 슬프구나, 우리 임금님 못된 놈의 참소만 믿고 나를 찔러 죽인 뒤 가죽으로 싸서 이 물에 던졌구나. 참으로 원통하여 월왕이 망하는 것을 보려고 내 눈을 빼서 동문에 걸었으니 보고자 한 것은 보았으되, 몸에 둘린 이 가죽은 누가 벗겨 주며 눈 없는 게 한이로구나."

또 한 곳에 다다르니 두 사람이 나오는데, 앞에 서 있는 이는 왕자의 기상이 있어 뵈는데 옷차림은 허름하니, 옛적에 진나라 땅에서 죽은 초나라 회왕이라.

"애달프고 분하여라. 진나라에 속아서 남쪽 땅에 삼 년 있다 영영 못 돌아가고 낯선 땅에 귀신이 되었구나. 진시황이 쇠몽둥이 맞는 소리 들으며 헛된 춤만 추었구려."

그러자 뒤에 서 있던 사람이 말한다.

"나는 초나라 굴원이라. 회왕을 섬기다가 못된 이의 참소를 만나 더러워진 마음을 씻으려고 이 물에 와 빠졌노라. 어여쁠사, 넋이라도 우리 임금님 모셔 볼까, 길이 한이 되어 이렇게 모시노라. 세상에 문인 재사가 몇이더뇨. 심 소저는 효성으로 죽고 나는 충심으로 죽었으니 충효는 하나라 위로코자 나왔노라. 창해 만 리 편히 가거라."

가엾은 심청이는 슬프게 탄식한다.

"아! 죽은 지 수천 년에 혼이 남아 있어 내 눈에 보이다니 이상한 일이구나. 나 죽을 징조로다."

그렇게 날이 가고 달이 갔다.

"물 위에서 보낸 밤이 몇 밤이며 배에서 지낸 날이 몇 날이더냐. 여러 달이 물결같이 흘러가니 가을바람이 불고 언덕에 귤이 열리는구나. 옛사람의 노래가 이보다 더 슬프랴. 살아서 돌아가자 한들 고향은 어디랴. 어서 죽자 해도 배꾼들이 돌아가며 지키는구나."

어느 날, 웬 곳에 배가 이르니 배꾼들이 갈팡질팡하며 닻을 물속에 넣고 돛을 내린다. 여기가 임당수였다. 이제까지 맑던 날씨가 갑자기 바뀌어 바람이 휘몰아치고 바다가 뒤집힐 듯 물결이 사나워져 바다 한가운데서 돛대가 부러지고 닻줄이 끊어지고 노도 잃고 키도 빠졌다. 세찬 바람과 성난 물결이 안개와 뒤섞여 몸부림치는데 갈 길은 천리만리구나. 사방이 갑자기 컴컴해지면서 한 치 앞도 보기 힘들고 산 같은 물결이 뱃전에 탕탕 부딪혔다.

우두머리 배꾼을 비롯한 모든 이들이 몹시 놀라고 혼이 나가서 어찌할 바를 몰라 저마다 허둥지둥 돌아쳤다. 한동안 그러더니 제사 지낼 채비를 서두른다.

섬 쌀로 밥을 짓고 큰 돼지 잡아 큰 칼 꽂아 정하게 받쳐 놓고 갖가지 과일과 삼색 다식, 오색 강정에 동이 술을 동서남북 갈라놓은 다음, 심청이를 목욕시키고 옷을 깨끗이 갈아입혀 뱃머리에 앉혔다. 우두머리 배꾼이 나와 북채를 쥐고 둥둥둥둥 두리둥둥 울리며 바다에 대고 빌었다.

"헌원씨 배를 내시고 뒷사람이 본을 받아, 하우씨가 배를 타고 큰물 다스리시고, 제갈공명의 조화로 주유가 적벽에서 크게 싸워 이길 적에 배 아니면 어이하였으리. 도연명, 소동파 옛 시인들 지국총 어사와 하며 노니 그 또한 배 있는 덕 아닌가. 우리 동무 스물네 사람 또한 장사하여 먹고살 적에 이 배 아니면 어이하리. 열다섯에 바다로 나와 해를 거듭하며 이리저리 흘러 다니며 고기 잡고 살림 마련할 적에 이 배 아니면 무슨 수로 살아가리. 오늘 임당수에 제수를 올리오니, 동해 바다, 남해 바다, 서해 바다, 북해 바다 모든 신령님들께옵서 받아 주시어 바람과 물결 재우시고, 평안한 길로 이끄시어, 천금 만금으로 소망 이뤄 주옵소서. 고수레."

빌기를 마친 뒤, 심청이더러 물에 들라고 재촉하였다.

심청이는 뱃머리에 우뚝 서서 두 손 모아 빌었다.

비나이다 비나이다, 하느님께 비나이다.
심청이 죽는 일은 조금도 섧지 않으나
앞 못 보는 제 아버지 천추의 깊은 한을
살아 계실 때 풀어 드리려 이 자리에 죽사오니
하늘이 감동하사 우리 아버지 어두운 눈을
머지않아 밝게 하여 넓은 세상 보게 하오.

사나운 바람이 아우성치고 성난 물결에 배가 곤두박질하는데, 심청이는 다 빌고 나서 뒤로 펄썩 주저앉았다가 다시금 겨우 뱃전을 잡고 일어나서 이번에는 도화동을 향하여,

"아버지, 나 죽소! 어서 눈을 뜨옵소서!"

한마디 애처로이 부르짖고 마지막으로 큰절을 드리더니, 이번에는 배꾼들을 돌아보며 일렀다.

"여보시오 여러 선인네들, 아무 탈 없이 가옵시고 천만금 이문 얻어 돌아오다 임당수를 다시 지나거든 불쌍히 죽은 내 넋을 불러 위로해 주오."

샛별 같은 눈을 감고 치마폭을 뒤집어쓴 다음, 이리저리 저리이리 뱃머리로 와락 나가 풍덩 뛰어드니, 물은 임당수요, 사람은 심봉사 딸 심청이다. 임당수 깊은 물에 떨어진 한 송이 아름다운 꽃, 과연 헛되이 물고기 밥이 된단 말인가.

무릉촌 장 승상 부인은 심청이를 떠나보내고 안타까운 마음 이기지 못하여 심청이를 그린 족자를 머리맡에 걸어 두고 날마다 바라보며 눈물로 지냈다.

하루는 족자 빛이 검어지며 그림에서 물이 흐르니, 부인이 놀라서,

"인제는 죽었구나."

하며 슬픔을 못 이겨 애간장이 끊어지는 듯, 가슴이 터지는 듯 기가 막혀 우는데, 이윽고 족자 빛이 다시금 새로워지니 참 이상스러웠다.

'누가 건져 내어 목숨을 구한 걸까?'

하지만 창해 만 리에 소식을 어찌 알리.

그날 밤 부인이 자정 넘어 제물을 갖추어 아랫사람에게 들리고

강가로 나갔다. 백사장 깨끗한 곳에 제상을 차려 놓고 축문을 소리 높이 외며 외로운 심청이 넋을 위로하였다.

심청아 심청아 아깝도다 심청아
네 아버지 감은 눈이 평생에 한이 되어
밝은 세상 보이려고 한목숨 고이 바친
지극한 네 효성 고기밥이 된단 말이냐.

하느님이 어찌하여 너를 내고 못 살리며
귀신이 어이하여 죽는 너를 못 살리나.
네가 나지 말았거나 내가 너를 몰랐거나
살아서는 멀리 있고 죽어서는 못 보니
이런 인연도 다 있는가.

그믐도 되기 전에 달이 먼저 기울고
봄이 다 가기 전에 꽃이 먼저 떨어지니
오동나무에 걸린 달은 옥 같은 네 얼굴 다시 온 듯
이슬에 젖은 꽃은 고운 네 자태 눈앞에 내리는 듯
대들보에 앉은 제비 아름다운 네 소리로
무슨 말을 하려는가.

귀밑 머리카락 네 걱정에 희어지고
남은 목숨 재촉하니 끝없는 이내 근심

너는 죽어 모르지만 나는 살아 고생이다.
한잔 술로 위로하니 슬프구나 너의 넋.
청아 청아 고이 쉬어라.

부인은 북받치는 설움에 몇 번이나 끊었다 이었다 하면서 제문을 다 읽고 향을 피웠다. 하늘도 나직하니 제문을 들은 듯 강물 위에 짙은 안개 오색구름 어리는 듯, 물결이 잔잔하니 고기들도 느끼는 듯, 청산이 고요하니 새들도 서러운 듯, 백사장에 잠든 물새 놀라 깨어 머리 들고, 등불 흐린 고깃배도 가던 길 머문다.

부인이 흐르는 눈물을 씻고 제물을 치울 때 공교롭게도 술잔이 굴러 떨어졌다. 틀림없이 심청이 넋이 온 것 같아서 부인은 또 한바탕 울다가 맥없이 집으로 돌아왔다.

이튿날 재물을 들여 강가에 대를 하나 만드니, '망녀대望女臺' 다. 다달이 초하루와 보름이면 여기에 제를 지냈고, 때때로 대에 앉아 불쌍한 심청이를 생각하며 먼 바다를 물끄러미 바라보았다.

한편, 심 봉사는 무남독녀 외딸을 잃고 모진 목숨을 끊지 못하여 근근이 이어 나갔다. 도화동 사람들은 심청이가 물에 빠져 죽은 일을 가엾이 여기며 망녀대 옆에 비를 세우고 글을 새겨 두었다.

앞 못 보는 아비의 감은 눈을 띄우려고
심청이는 제 몸 팔아 수궁으로 들어갔네.
안개 낀 만 리 물길 아득히 검푸른데

강 언덕 푸른 물이 해마다 한스럽네.

오가는 길손들도 이 글을 읽고 눈물 흘리지 않는 이가 없었다.

무릇 이 세상같이 억울하고 고르지 못한 곳이 또 어디 있으랴. 가난하고 힘없는 사람은 부모가 낳아 준 몸을 지키지도, 하늘이 주신 귀한 목숨을 부지하지도 못한다. 심청이 같은 효녀가 임당수 깊은 물에 아까운 청춘을 던져 잠기다니.

심청이가 이 세상을 이별하고 몸을 둔 곳이 저세상이라, 잇속에 눈 어두운 세상 사람이나 말 못 하는 부처야 심청이를 도우지 못하였으나, 임당수 물귀신이야 어찌 심청이를 모르리오.

임당수에 떠오른 연꽃 한 송이

옥황상제는 네 바다 용왕에게 준절히 분부하였다.

"내일 낮 정오 임당수 바닷물에 효녀 심청이가 몸을 던질 터이니, 그대들은 미리 가 기다렸다가 심청이를 수정궁으로 맞아들이라. 만일 조금이라도 시각을 어겼다가는 네 바다 용왕과 신하들 모두 죄를 면치 못하리라."

옥황상제의 분부가 지극히 엄하므로 네 바다 용왕들은 두려워서 곧바로 명을 내려, 수궁의 백만 군사들이 먼저 나가 임당수를 엄히 지키고 뒤이어 수궁 시녀 수십 명이 옥 가마를 대령하여 때를 기다렸다.

다음 날 정오가 되자 백옥 같은 처녀가 바다에 떨어졌다. 기다리고 있던 시녀들이 달려들어 양옆에서 부축하여 심청이를 고이 모셔 옥 가마에 태우니, 심청이는 정신을 차려 시녀들을 돌아보고 사양한다.

"인간 세상의 미천한 몸이온데 어찌 황송하게 용궁 가마에 오르리까."

그 말에 여러 신하들이 도리어 황공하여 아뢰었다.

"상제의 분부가 계시므로 지체하시오면 네 바다 수궁에 큰 탈이 나오니 사양 마시옵고 어서 올라타옵소서."

심청이는 사양하다 마침내 가마에 올라앉았다. 여러 시녀들이 심청이 둘레를 호위하여 수정궁으로 들어가는데 그 위풍이 자못 놀라웠다.

하늘의 신선들과 선녀들이 효녀 심청이의 행차를 구경하려고 수정궁 문 앞에 좌우로 늘어섰다. 어떤 신선은 학을 타고 어느 선녀는 난새를 탔다. 젊은 신선은 사자 등에 늠름히 앉아 있고 늙은 선녀는 구름을 타고 있었다. 알록달록한 옷을 입은 아이들이 쌍쌍이 벌여섰고 달나라 월궁 선녀, 서왕모, 마고 선녀, 낙포 선녀를 비롯하여 남악 부인과 팔선녀도 모두 이 경사스러운 자리에 모여들었다. 갖가지 고운 옷차림과 좋은 패물이 눈부시고 향기가 진동하며 왕자진의 피리, 곽 처사의 장구, 농옥의 퉁소, 금고의 거문고며 아름다운 풍악 소리에 수정궁이 떠나갈 듯하구나.

궁에 들어가니 전각 치레가 으리으리하다. 천여 칸의 수정궁이 기둥은 모두 호박이요 주추는 옥돌에다 대모 난간에 방문마다 산호 구슬발이 줄줄이 늘여 있어, 궁 안에 아름다운 빛이 가득 차 찬란하기 비길 데 없으니, 인간 세상의 것이 아니더라.

동쪽을 바라보니 삼백 자도 넘는 오랜 소나무 가지에 둥근 해가 걸려 있고, 남쪽은 대붕이 날아간 뒤 휘황한 불빛이 쪽빛으로 물들었다. 서쪽으로는 파랑새 한 쌍이 연못가에 날아들고, 북쪽으로는 고국 땅이 어드메냐 아득한 하늘 끝에 푸른 산이 희미하다. 위를 바라보니 용왕이 만백성을 다스리는 전각이요, 아래는 신하들이 용왕 앞에 조회하는 뜰이다.

꽃 같은 시녀들이 심청이를 에워싸 전각 마루 위에 모셔 놓고 온갖 음식을 차려 대접하는데, 음식들이 모두 인간 세상에서는 볼 수 없는 진귀한 것들이었다. 푸른 옥 교자상과 화류 소반 위에 산호 잔을 호박 받침에 받쳐 놓고, 금은 대접마다 온갖 산해진미가 푸짐히 담겨 있으며, 감로주에 신선로 안주하고 연잎술에 육포를 곁들여 호화롭기 짝이 없다. 금강석 쟁반에다 신선이 먹는 찐 대추를 담아 놓고 시녀들이 곁에서 심청이에게 공손히 권하였다.

이날부터 심청이가 수정궁에 머무는데 옥황상제의 엄한 분부이니 어찌 조금이라도 소홀하랴. 네 바다 용왕이 시녀들을 보내 아침저녁으로 문안하고 차례로 모시면서 사흘 만에 작은 잔치, 닷새 만에 큰 잔치를 벌이며 정성껏 심청이를 대접하였다. 이렇게 호강하며 날을 보내다가 하루는 시녀가 들어와서 알린다.

"하늘나라 옥진 부인께서 수궁으로 오신다는 기별이 왔사옵니다."

심청이는 뜻밖이라 시녀에게 물었다.

"옥진 부인이 뉘시오며 무슨 일로 오신다 하더이까?"

"그 부인은 하늘나라 선녀로 오늘 심 소저를 만나러 오신다 하옵니다."

심청이는 곧바로 시녀와 함께 옥진 부인을 맞으러 나갔다. 문득 오색구름이 푸른 하늘에 어리더니 궁궐 안에 풍악 잡히는 소리가 울려 퍼진다.

오른쪽에는 계수나무꽃이요, 왼쪽에는 복사꽃이라, 청학과 백학이 둘러싸고 공작이 쌍쌍이 너울너울 춤을 춘다. 기러기 앞세운 하늘 선녀가 앞에 서고 용궁 선녀가 뒤에 서서 엄숙하게 내려오니 난생 처음 보는 광경이다.

이윽고 행차가 옥 계단 앞으로 내려와 멈추더니 가마에서 옥진 부인이 나오는데 기품이 고상하기 이를 데 없다. 옥진 부인 두 볼에서 맑은 눈물이 방울져 굴러 내렸다.

"청아, 네 어미가 왔다."

심청이는 그제야 몹시 반가워서,

"애고, 어머니요?"

하고 와락 달려들어 품에 안기며 목이 메어 흑흑 느껴 운다. 반가움이 크면 눈물이 솟는 법이라 심청이는 기뻐 울음이 터져 나왔다. 어이딸이 한동안 서로 부둥켜안고 울기만 하다가 심청이가 어머니 손을 이끌고 방으로 들어가 마주 앉았다.

"어머니, 어머니를 여기서 뵈올 줄은 꿈에도 몰랐소. 어머니 나를 낳으시고 이내 세상을 떠나시어 아버지 덕으로 죽지 않고 이만치 자랐나이다. 제 나이 열다섯이 되도록 어머니 얼굴도 모르고 자라 한스럽더니 오늘 뜻밖에도 이렇게 어머니를 뵈니 저는 한이 없으나, 외로우신 아버지는 누구를 보고 반기시리까."

심청이는 새롭고 반가운 정에 못 이겨 어쩔 줄을 모르다가 어머니 품에 다시 안겨 얼굴도 대어 보고 손발도 쓸어 본다.

엄마 품에 안겨 보자.
젖도 인제 먹어 보자.
어리광도 부려 보니
다시없이 즐거워라.

심청이는 기쁨에 겨워 흐느끼는데 부인은 마음이 애달파서 딸애 등을 정겹게 쓸어 만진다.

"울지 마라, 내 딸아. 내가 너를 낳은 뒤에 바로 돌아오라는 상제의 분부가 급하기로 인간 세상을 떠났으나, 눈 어두우신 네 아버지 고생하며 사실 일 생각할수록 기가 막힌다. 버섯 같고 이슬 같은 네 목숨 믿지 못했건만, 하느님이 도우셔서 살았구나. 근심 속에 웃을 날 없었는데 이제 너를 만나 보니 반갑기 그지없구나.

안아 볼까 업어 볼까
귀여워라 내 딸이야.
얼굴 모습 웃는 모양
네 아버지 꼭 닮았고
손과 발이 고운 것은
어찌 그리 나 같으냐.

청아, 어려서 자라던 일을 네가 어찌 알라마는 이 집 저 집 동냥젖을 얻어먹고 이만큼 컸으니, 그동안 네 아버지 고생이야 오죽하랴. 나와 가깝게 지내던 뒷마을 귀덕 어미는 아직 살아 있느냐?"

어머니의 물음에 심청이가 대답한다.

"아버지한테 들어 아오니, 어머니 돌아가신 뒤 고생하고 지낸 일을 어찌 다 말로 하오리까."

지난 일을 돌아보며, 먼저 아버지가 저를 품에 안고 동네방네 동냥젖을 얻어먹이던 일과 일곱 살 적부터 제가 나서서 이 집 저 집 밥을 빌어 아버지를 모시던 일이며, 삯바느질과 삯빨래로 품 팔아 살던 일을 어머니에게 낱낱이 이야기하였다.

그리고 장 승상 댁 부인과 모녀의 정을 무은 뒤로 은혜를 많이 입은 일이며, 공양미 삼백 섬에 몸을 팔아 장사하는 배꾼들을 따라올 때 승상 부인이 심청이를 그려 둔 일이며, 또한 귀덕 어미가 살뜰히 살펴 준 일들을 어머니에게 빠짐없이 말하였다. 옥진 부인은 딸의 이야기를 듣고는 장 승상 부인과 귀덕 어미를 거듭거듭 칭찬하며 고마워했다.

심청이 이날부터 어머니 곁을 잠시도 떠나지 않고 지내는데 그렁저렁 여러 날이 꿈결같이 흘러갔다.

하루는 부인이 심청이더러 말했다.

"모녀간에 정겨움은 그지없으나 나는 상제께 분부받은 일이 많아서 여기 더 머물 수가 없구나. 오늘 네가 나와는 헤어지나 아버지를 다시 만나 서로 반길 때가 있으리라."

심청이는 가슴이 선뜩했다.

"아이고 어머니, 그게 무슨 말씀이오. 어머니를 오래오래 모실 줄로만 알았더니 이별이 웬 말이오. 어머니 가시면 나도 함께 가오."

안타까워 애걸도 해 보았으나 제 뜻대로 할 수는 없는 일이다. 옥진 부인은 심청이 손을 잡고 아쉬워하며,

"그럼 청아, 부디 몸 성히 잘 지내어라."

한마디 남기고 돌아서서 두어 걸음 나가더니, 차마 발길이 떨어지지 않는지 울면서 몇 번이나 뒤를 돌아보다가 홀연 연기처럼 사라지고 말았다.

옥황상제가 심청의 효행에 크게 감동해 임당수에서 데려와 온갖 대접을 다해 왔으나, 수정궁에 오래 둘 수는 없어 네 바다의 용왕을 불러 다시 영을 내렸다.

"용왕들은 들으라. 심 소저를 이제 연꽃 송이 안에 고이 모셔 임당수로 도로 내보내어라."

상제의 명령대로 곧바로 연꽃 송이에 심청이를 정중히 모셔 임당수로 보낼 때, 네 바다 용왕과 각 궁전의 시녀와 팔선녀들이 차례로 나와 작별 인사를 하였다.

"심 소저의 장한 효성, 인간 세상에 나가시면 부디 부귀영화를 오래오래 누리소서."

심청이가 감격하여,

"여러 용왕님네 은혜를 입고 온갖 호사를 다 누리다 이제 인간 세상으로 나가오니 고마운 말씀 어찌 다 드리오리까. 수궁의 귀하신 몸들 내내 평안하옵소서."

인사를 나눈 다음 심청이는 연꽃 송이 안에 들어앉아 시녀들의 정중한 호위를 받으며 수정궁을 떠났다.

얼마 뒤에 심청이는 참으로 아름다운 연꽃 속에 아늑히 자리 잡고 앉아, 바다 위에 둥실하니 떠올랐다.

푸른 하늘 끝없이 눈앞에 펼쳐지고
잔잔한 바닷물은 인간 세상 분명하다.
아름다운 해당화는 물 가운데 피어 있고
실실이 푸른 버들 바닷가에 드리웠는데
늙은 어부 고깃배에 시름없이 앉았구나.

넓은 바다 가운데 심청이가 연꽃 송이 안에 앉아 바람이 부는 대로 얼마를 떠내려가다가 한 곳에 이르니 둘레가 활짝 트였는데 햇빛이 눈부시게 쏟아지고 금파도 은파도가 번쩍거리며 빛나고 있다. 자세히 둘러보니 여기가 바로 지난날 자기가 몸을 던진 임당수였다. 돌이켜 생각하니 지난날의 설움과 기쁨이 오락가락, 꿈인가 생시인가.

바로 이때 임당수에 심청이를 제물로 바치고 장사 갔던 배꾼들이 몇천만 냥 이문을 남겨 돛대 끝에 큰 기를 꽂고 징과 북을 울리면서 돌아오고 있었다. 배가 임당수 가까이에 이르자 죽은 심청이가 생각나 그냥 지나칠 수가 없어, 심청이 넋이라도 위로해 주려고 임당수 한가운데 닻을 내렸다. 큰 소를 잡고 갖가지 과일에 동이 술로 제물을 차려 놓고서 두리둥둥둥 북을 한바탕 치다가 배꾼들이 일제히 엎드리니 늙은 사공 하나가 큰 소리로 심청의 넋을 부른다.

넋이야 넋이야
하늘이 낸 효녀
심 소저의 외로운 넋이야.
우리 여러 뱃사람들
심 소저의 덕을 입어
몇천만 냥 이문 남겨
고국으로 오거니와
심 소저의 꽃다운 넋
어느 때나 오시려오.

넋이야 넋이야
심 소저의 넋이야.
오다가다 도화동에
소저 부친 평안한가
안부 물어보오리다.
외로운 넋 떠돌지 마시고
좋은 데로 가소서.

바다의 거친 배꾼들이지만 모두 슬픔에 잠겨 심청이를 그리다가 한 곳을 바라보니 난데없는 꽃 한 송이가 이쪽으로 둥실둥실 내려왔다.

배꾼들은 우르르 뱃전으로 달려간다.

"여보게들, 저 꽃이 웬 꽃이오?"

"하늘의 계수나무꽃인가, 복사꽃인가?"

"아니, 저건 하늘 꽃도 아니요, 이 세상 꽃도 아닐 거요."

"그럼 대체 웬 꽃일까?"

"임당수에 피어났으니 심 소저의 넋인가 보오."

이 사람 저 사람이 한마디씩 제 생각을 내놓으며 떠들썩할 때, 난데없이 흰 구름 사이로 신선 하나가 학을 타고 나타나더니 큰 소리로 외쳤다.

"배꾼들아, 떠들지 마라. 그 꽃은 하늘의 꽃이니라. 보통 사람 범접케 하지 말고 각별히 모셔다가 임금 앞에 바치어라. 그렇지 아니할 때는 너희들에게 산벼락을 내리리라."

말을 마치고는 가뭇없이 사라졌다.

배꾼들은 두려워 벌벌 떨며 그 꽃을 조심히 건져 선창에 모신 다음 푸른 휘장을 둘러쳤다. 그러고 나서 닻을 잡아 올리고 돛을 다니 바람세가 절로 좋아져 이상하게도 순식간에 배가 서울에 닿았다.

그해 삼월에 황제께서 황후를 잃으니 조정의 고관 대신은 물론이요 온 나라 백성들이 슬픔에 잠겼다. 임금은 세상을 떠난 황후를 생각하니 마음이 자못 쓸쓸하여 아름다운 화초와 갖가지 꽃나무를 구해 들이니, 온 나라 방방곡곡에서 아름답고 향기로운 온갖 화초들이 모여들었다. 임금은 꽃나무들로 대궐 후원에 꽃동산을 꾸리고 정전 앞뜰도 여기저기 보기 좋게 심어 놓으니, 기이하고 아름다운 꽃들이 활짝 피어 장관을 이루었다.

어리고 성긴 가지 너를 믿지 않았더니
나 보란 듯 웃음 짓네 아름답다 매화꽃.
봄바람에 지는 꽃잎 땅에 가득 깔리어
차마 밟지 못하누나 아깝도다 배꽃이라.
사무친 한 못 이기어 두견이 울어 옐 제
마디마디 붉은 흔적 피로 물든 두견화.
황국 백국 홍국이여 영산홍에 백일홍
난초 파초 앵두화며 모란 작약 홍련화
석류 유자 머루 다래 능금꽃에 철쭉꽃
맨드라미 봉선화며 온갖 꽃이 피었구나.

범나비가 쌍쌍이 날아들어 꽃을 반겨 너울너울 춤을 춘다. 아침 저녁 황제는 들에 나와 꽃밭을 거닐면서 적이 마음이 푸근해졌다.

마침 이러할 때 장사하는 배꾼들이 황제에게 꽃 한 송이를 바치니, 그 아름답고 탐스러운 모양이 세상에 처음 보는 꽃이었다. 황제가 궁금하여 물었다.

"어디서 이 희한한 꽃을 구하였느뇨?"

"남으로 천 리 밖에 있는 임당수 바다 위에 떠 있는 것을 건져 왔나이다."

황제가 그 말을 듣고 매우 기뻐하며 신기히 여겨 곧바로 시녀들에게 분부하여 그 꽃을 옥쟁반에 옮겨 놓고 궁 안에 두게 하였다.

그러던 어느 날, 해가 지고 밤이 되어 때를 알리는 둔중한 쇠북소리가 은은히 대궐에 울렸다. 황제는 하루 정사를 마치고 이슥하여 편전에서 쉬고 있는데, 꿈인지 생시인지, 웬 신선이 학을 타고 내려와 두 손을 들어 허리 굽혀 인사하고 말하였다.

"황후 돌아가심을 상제께서 아옵시고 새로이 인연을 보내셨사오니 어서 바삐 살피소서."

말이 채 끝나기도 전에 놀라 깨니 덧없는 꿈이었다. 황제가 이상히 여겨 일어나 앉으니 밤은 깊었는데 한번 설친 잠이 좀처럼 다시 오지 않아 여기저기를 거닐었다. 마침 난간으로 비쳐 드는 달빛에 문득 보니 옥쟁반 위에 아름다운 낭자가 보였다. 그윽한 향기 속에 단정히 앉아 있는 낭자를 보고 황제는 놀랍기도 하고 기쁘기도 하여 한동안 넋을 잃고 물끄러미 바라보았다. 꿈이 아니런가? 황제는 몹시 황홀하여 어쩔 줄을 몰랐다.

그 고운 낭자가 바로 심청이라. 심청이는 밝은 달빛을 구경하러 잠시 꽃 밖으로 나왔다가 그만 황제의 눈에 띄었던 것이다.

어제는 하늘 꽃이 쟁반에 놓였더니
오늘은 고운 선녀 하늘에서 내려왔나.
꿈인 줄 알았더니 꿈이 또한 생시런가.

이튿날 아침 황제가 가까운 신하에게 이 사연을 상세히 알리자, 이윽고 삼정승 육판서를 비롯하여 문무백관 여러 신하들 모두가 서둘러 대궐로 들어와서 옥 계단 아래 엎드렸다.

"짐이 간밤에 꿈 하나를 얻고 이상히 여겼더니 우연히 한밤중에 옥 같은 소저를 보았노라. 며칠 전에 뱃사람들이 보내온 꽃 속에서 나온 것이 분명한데 소저의 고상하고 정숙한 기품이 황후의 기상인지라, 그대들의 뜻은 어떠한고?"

여러 신하들이 입을 모아 아뢰었다.

"황후 돌아가심을 하늘이 아옵시고 인연을 보낸 듯하옵나이다. 나라에 좋은 기운이 가득하와 하늘이 보살피시는 것이오니, 바라옵건대 서둘러 그 소저를 황후로 맞으소서."

황제가 그 말을 반겨 듣고 관리를 시켜 좋은 날을 받게 하여, 마침내 심청이를 황후로 맞으니 그 절차가 정중하고 위엄이 자못 대단하였다.

호화로운 칠보화관 봉비녀 죽절 빗에
낭자머리 족두리며 월패 옥패 혼례 복색
좋은 것으로 단장하니 월궁 선녀 내려온 듯
앞뒤 양옆 시녀들도 녹의홍상 빛이 난다.

청황색 비단 차일 하늘 닿게 높이 치고
용문석 금병풍에 금 촛대 붉은 초 꽂고
유리 산호 좋은 옥병 굽이굽이 진주로다.
난봉 공작 짓는 사자 청학 백학 쌍쌍이요
앵무 같은 궁녀들은 기를 잡고 늘어섰네.

모든 절차를 위엄 있게 갖추어서 혼례식을 치르니, 만조백관 좌우로 갈라서고 이부 상서가 함을 지고 납채 드린 뒤 황제를 보니,

높은 코 아름다운 수염에 용안이 환하시고, 강산의 정기를 담은 듯 배가 불룩하니 천지가 조화롭고 황하가 다시 맑아 성인 나신 듯하다. 예를 마친 뒤에 심 황후를 금으로 꾸민 덩에 태워 앞뒤로 모시며 내전으로 들어가니, 그 위풍과 예절이 거룩하고 엄숙하였다.

이때부터 심 황후의 어진 덕이 세상에 널리 퍼지니, 조정의 신하들은 물론이요 온 나라의 감사며 고을 원이며 백성들이 한결같이 엎드려 축원하였다.

"우리 황후 어진 성덕, 천수를 누리소서."

심 봉사 뺑덕 어미와 살림하는 재미에 빠져

심 봉사는 딸을 잃고 슬픔에 겨워 눈물과 한숨으로 날을 보냈다.

봄이 가고 어느덧 여름이 오니 녹음방초가 오히려 한이 되고, 지저귀는 새들도 저를 비웃는 듯 산천은 쓸쓸하고 시냇물 소리도 처량히 들려왔다.

도화동 안팎 마을의 늙은이, 젊은이 들이 심 봉사 신세를 불쌍히 여겨 때때로 찾아와서 정답게 이야기 나누고, 심청이와 함께 놀던 이웃 처녀들도 종종 와서 어찌 지내는지 살펴 주고 위로도 해 주건만 가슴속에 쌓이고 맺힌 설움과 원한은 풀 길이 없었다.

울바자 밖에서 사람 발자국 소리만 나도 심청이가 아장아장 들어오는 듯, 지루한 하루해가 저물면 밥을 빌어 가지고 서둘러 돌아와, "아버지, 시장하시지요?" 하던 딸의 소리가 들려오는 듯하였다.

하루 종일 빈방에 홀로 앉아 있노라면, 아비와 딸이 서로 의지하고 위로하며 고생을 낙으로 삼던 지난날이 안타까이 떠올라 꼭 미칠 것만 같았다.

효녀 심청이가 공양미 삼백 섬에 몸이 팔려서 임당수 깊은 물에 뛰어든 것은 오직 한 가지 아버지 눈을 띄우려고 한 노릇인데, 몽운사 부처의 영험이 없었던지 불쌍한 심학규는 딸 잃고 쌀 잃고 눈도 뜨지 못한 채 여태까지 그전 심 봉사 고대로였다.

도화동 사람들은 당초에 배꾼들의 부탁도 있고 곽씨 부인을 보아서든지 심청이를 생각해서든지 심 봉사의 일이라면 애써 도와주었다. 뱃사람들이 맡긴 돈과 곡식을 잘 간직하고 보살펴 주니, 심 봉사는 먹고 입고 지내기가 넉넉하고 살림살이는 차차 늘어 갔다.

그런데 이 마을에 뺑덕 어미라는 계집이 있는데 제 발로 심 봉사의 후처로 들어왔다. 헌데 이 계집 됨됨이가 한마디로는 다 말할 수가 없다. 그 못된 행실을 몇 가지 꼽아 보면, 쌀 퍼 주고 엿 사 먹고, 벼를 주고 고기 사 먹고, 잡곡일랑 돈으로 바꾸어 술집에서 술 사 먹기 일쑤, 빈 담뱃대를 들고 다니며 위아래 가리지 않고 담배를 청하며, 까닭 없이 이웃집에 욕 퍼붓고, 아무나 닥치는 대로 걸어 싸움질을 해 댔다. 이 밖에도 정자 밑에서 낮잠 자고, 술 취하면 한밤중에 목 놓아 울고, 동네 남자 꾀어내니, 이루 다 헤아릴 수 없다. 일 년 삼백예순날을 잠시도 입을 놀리지 않고 집안 살림을 홍시 빨듯 홀딱 다 녹여내건만, 심 봉사는 그러는 줄 알 턱 없고 독수공방 오랜 세월 끝에 모처럼 아낙과 살림 차린 재미에 푹 빠져 이 계집을 떠받들며 살아갔다.

그렇지만 뺑덕 어미 속셈은 심 봉사 앞에서 비위나 살살 맞춰 주고 재산을 털어먹다가 며칠 먹을 양식만 남겨 두고 도망갈 생각이라, 오뉴월 까마귀가 곤 수박 파먹듯이 대구 파먹기만 하였다.

이런 줄도 모르고 하루는 심 봉사가 뺑덕 어미를 불러 앉혔다.

"여보소 뺑덕이네, 우리 집 형편이 꽤 착실했는데 지금 남은 살림이 얼마 안 된다니 그게 정말인가? 이러다가 자칫하면 내가 도로 빌어먹기 쉽겠네."

뺑덕 어미가 천연스레 대답한다.

"무어 아직이야 그렇겠소? 동네에 빚이 좀 있기는 하지만서도……."

"우리가 그다지 잘 먹고 잘 입은 것도 없는데 빚질 일이 왜 있누?"

"내가 물어 줄 게 좀 있다우."

"그게 얼마나 되나?"

"얼마라고 할 것까지도 못 돼요."

"그럼 얼만데?"

"뒷동네 높은 주막에 해장술 먹은 것이 마흔 냥."

"잘 먹었다."

심 봉사 어이없어 한마디 뱉고는 반은 농담조로 물어본다.

"또 어디?"

"저 건너 불뚱이 조카네 엿 값이 서른 냥."

"잘 먹었다. 또?"

"안마을서 가져온 썬담배 값이 쉰 냥."

"그것 참 많이도 먹었네. 그래 그뿐인가?"

"또 있지요. 기름 장사한테 스무 냥."

"기름은 무얼 했나?"

"뭘 하긴. 머리에 발랐지요."

심 봉사는 어처구니가 없어 성도 나질 않는다.

"그게 단가? 실상 얼마 안 되누먼."

"그럼요, 고까짓 것 무에 많소?"

이렇게 한참 동안 이야기를 주고받고 나서, 심 봉사가 곰곰이 생각하니 기가 막히고 눈앞이 캄캄했다. 그 돈이 어떤 돈인가. 생각할수록 죽은 딸 생각이 간절하여 더욱 가엾고 그리운 마음이 뼛속까지 사무쳐서 정신없이 집을 뛰쳐나왔다.

심 봉사는 막대를 이리저리 너듬거리며 심청이가 떠나 버린 강가로 나가 아무 데나 털버덕 주저앉아 딸을 부르며 섧게 울었다.

청이야 내 딸이야 섧게 죽은 내 딸이야
임당수가 어디기에 한번 가서 못 오느냐.
황천이 어드멘지 네 어머니 뵈었거든
모녀간에 혼이라도 나를 어서 잡아가라.
청이야 내 딸이야 갈수록 네 생각에
사는 것도 다 귀찮고 눈 뜨기도 내사 싫다.

이렇듯 심 봉사는 한참이나 넋두리를 하며 샘처럼 솟는 눈물을 걷잡을 길 없어 울고 또 울다가 기가 빠져 그 자리에 쓰러졌다.

어느덧 해가 저물고 강기슭에 눅눅한 저녁 바람이 불어올 때에야

겨우 정신이 들었다. 심 봉사는 정신이 들자,

"에이, 내가 죽자. 강물 속에 첨벙 뛰어들어 청이를 따라가면 그만이지, 구태여 나 데려가길 기다릴 게 있나. 내가 죽자."

그리 마음먹고 강변에 사람 자취 끊어지기만 기다렸다. 그러나 막상 밤이 들어 둘레가 괴괴해지니, 불현듯 외로운 생각이 들고 다시 세상이 그리워져 심 봉사는 한숨을 쉬며 힘없이 일어났다. 실상 죽는 것이 서러울 것도 없고 이 세상에 무슨 미련이 남은 것도 아니건만 산목숨 끊기가 어디 그리 쉬운가.

심 봉사는 별수 없이 더듬더듬 집으로 돌아와 마누라를 찾았다.

"여보게, 뺑덕이네."

이때 뺑덕 어미는 낮에 심 봉사가 미친 사람처럼 집을 뛰쳐나간 채 밤이 깊도록 돌아오지 않자,

'제가 분명 홧김에 강물에 빠져 죽은 게지.'

생각하고 남은 살림은 다 제 차지라고 속으로 은근히 좋아하던 중, 뜻밖에 심 봉사가 돌아오는지라 당황하였다.

"네, 네. 어디 갔다 이리 늦으셨소?"

뺑덕 어미는 방문을 열며 마음에 없는 소리를 하였다. 심 봉사는 방 안으로 들어와 한동안 잠자코 앉아 있더니 무엇인가 결심한 듯 말을 했다.

"뺑덕이네, 가까이 좀 앉소. 우리 의논 좀 하세."

"무슨 의논이오?"

"우리 어디로 이사 가면 어떨까?"

"갑자기 웬 이사요?"

"글쎄 내 여기서 살자니 딸하고 둘이 지내던 일이 불쑥불쑥 생각나서 견딜 수가 없네그려. 그래서 차라리 딴 곳에 가서 살잔 말일세."

"나야 영감이 하자는 대로 하지요. 좋을 대로 하시오."

이에 심 봉사가 기분이 좋아져서 뺑덕 어미에게 이른다.

"그럼 곧 논도 팔고 밭도 팔며 동네에 맡겼던 돈도 거둬들여 떠날 채비를 서두르세."

"동네에 맡긴 돈이라니 무슨 돈 말이오?"

"우선 건넛마을 김 장사 댁에 돈 삼백 냥 맡긴 것이 있지 않나?"

"에그 봉사님, 딴소리하시네. 그 돈은 벌써 찾아다가 이달 살구 값으로 다 썼다오."

심 봉사는 어이가 없었다.

"아니, 그 많은 돈을 살구 값으로 없애다니?"

"고까짓 돈 썼기로서니 그다지도 노여워하나."

"네 말하는 꼴을 들어 보니 귀덕이네 집에 맡긴 돈도 마저 썼겠구나."

"참, 용케도 잘 아시오. 그 돈 오백 냥을 찾아와 떡 값이며 팥죽 값으로 다 나갔소."

심 봉사는 더욱 기가 막혔다.

"아이고, 이 몹쓸 년아. 하늘이 내신 효녀 내 딸 청이가 임당수로 마지막 갈 때 늙은 애비 죽는 날까지 살라고 주고 간 돈을 네년이 뭐라고 떡이며 살구 값으로 다 녹였단 말이냐?"

너무나 분하고 절통하여 심 봉사 얼굴은 붉으락푸르락하는데 뺑

덕 어미는 시치미를 떼고,

"그러면 어쩌라고요? 먹고 싶은 걸 안 먹는 재주 있소?"

하더니, 문득 간사스럽게 아양을 떨며,

"어찌 된 일인지 지난달에 달거리를 거르더니, 신 것만 당기고 밥은 아예 딱 먹기가 싫소."

하며 거짓말을 한다. 그러나 흔히 계집 앞에서 어리석은 게 사나이라 심 봉사는 그 말을 듣고 깜짝 놀란다.

"여보게, 그러면 태기가 있을라나베."

"글쎄 말이오."

"그럼 됐소. 그러나 신 것만 그렇게 많이 먹고 애를 낳으면 그놈의 자식이 시큰둥해서 쓰겠나. 허허 어쨌든 아들이건 딸이건 하나만 낳으소."

심 봉사는 속도 못 차리고 뺑덕 어미 괘씸하던 생각도 봄눈같이 사라지고 그저 좋아서 싱글벙글하였다.

며칠이 지나서 심 봉사는 세간을 다 팔아 가지고 뺑덕 어미와 함께 도화동을 떠났다.

맹인 잔치 가는 길 멀고도 멀다

심청이는 한 나라의 황후라는 귀한 몸이 되었으나 늘 가슴속에 깊은 한이 있으니, 그것은 곧 아버지 걱정이었다. 이날도 심 황후는 시녀들을 내보내고 홀로 난간에 기대 구름 속을 헤엄치는 보름달을 멍하니 바라보며 그리운 고향 생각에 잠겨 있었다.

"불쌍한 우리 아버지가 살아 계실까, 돌아가셨을까? 부처님이 영험하시어 그동안 눈을 뜨고 정처 없이 떠돌아다니시려나?"

이렇듯 한숨 쉬고 있을 때 황제가 내전으로 들어왔다. 얼른 일어나 맞아들이는데 황제는 황후의 두 눈에 눈물이 글썽하고 얼굴에 시름이 가득히 어린 것을 보고 의아하여 물었다.

"무슨 일로 얼굴에 시름이 가득하오?"

심 황후는 공손히 여쭈었다.

"저는 용궁에서 온 것이 아니오라 본디 황주 땅 도화동에 사옵는 심학규의 딸이옵니다. 부친이 앞을 못 보아 그것이 사무친 한이 되옵던 중, 몽운사 부처님께 공양미 삼백 섬을 시주하면 감은 눈을 뜬다 하옵기로, 살림은 가난하고 삼백 섬 마련할 길이 없어 마침내 배꾼들에게 이 몸을 팔아 임당수에 몸을 던졌더이다. 그런데 뜻밖에 용왕의 덕을 입어 도로 살아서 이렇게 몸이 귀히 되었사오나, 다만 아버지가 살아 계신지조차 알지 못하와 걱정하던 중이옵나이다."

황제는 이 말을 듣고 깊이 감동하여,

"황후는 과연 여인들 가운데 가장 큰 효녀로소이다. 그러나 어찌 이런 일을 이제야 말하시오?"

하고, 가까운 신하를 불러들여 황주 도화동에 사는 심학규를 서울로 데려오게 하였다.

그러나 며칠 뒤에 황주 원에게서, 심학규라는 소경이 다른 고을로 간다 하고 도화동을 떠난 뒤로 소식을 모른다는 기별이 왔다. 황제가 매우 안타까워하니, 심 황후가 다시 황제에게 청하였다.

"이 세상 병신 가운데 소경이 제일 불쌍하오니 널리 살펴 헤아리시옵소서. 대궐에 맹인 잔치를 베푸시기로 온 나라에 알리시어 서울로 소경을 모조리 불러올리시면 제 아버지를 찾을 길이 있을까 하오며, 이 또한 나라의 큰 기쁨이 될까 하나이다."

황제는 이 말을 옳게 여기어 바로 신하를 불러 이달 그믐날까지 며칠 동안 서울 황궁에서 맹인 잔치를 연다는 나라의 영을 알리게 하였다. 각 도 각 현에서는 엄한 영을 받들고 곳곳마다 거리거리에 방을 내걸어 늙은이 젊은이 할 것 없이 소경이면 누구나 서울로 올려 보냈다.

그 가운데 병든 소경은 약 먹여 몸조리 시켜 올려 보내고, 살림이 넉넉하다고 여러 군데 청을 넣어 잔치에 빠지려는 소경은 볼기로 다스려 올려 보내고, 옷 없고 노자 없어서 못 가겠다는 소경은 돈 주고 옷 주어 보낸다. 이러니 젊은 소경, 늙은 소경 앞서거니 뒤서거니 하면서 연이어 서울로 올라갔다.

그러나 심 봉사는 어디로 가서 살기에 이 소문을 모르고 있는고. 맹인 잔치 방이 나붙었을 때쯤, 이미 심 봉사는 뺑덕 어미를 데리고 도화동을 떠나 산 설고 물 선 마을에서 근근이 살고 있었다.

하루는 심 봉사 집에 관가의 사령 하나가 꺼떡꺼떡 찾아왔다.

"여보 심 봉사, 고을 원님께서 부르시니 어서 가십시다."

심 봉사는 이 말을 듣고 깜짝 놀랐다.

"아니, 나는 못 가오. 아무 죄 없소."

"죄가 있든 없든 잔말 말고 어서 가십시다. 서울에서 봉사님을 불러올려 벼슬을 주고 좋은 집과 땅도 준다 합디다."

심 봉사가 어인 영문인지 모르고 사령을 따라서 관가에 들어가니, 원님이 이르기를,

"나라에서 맹인 잔치를 여신다니 이달 그믐 전에 서울에 가 닿도록 내일 곧 올라가라."

하는지라, 속으로 싫지는 않으나 괴죄죄한 옷주제며 행색이 초라하기 짝이 없다.

"가자 해도 옷 없고 노잣돈 없어 서울 먼 길 못 가겠소."

심 봉사가 우정 생떼를 쓰니 원이 허허 웃고, 바로 관원을 시켜

심 봉사에게 옷과 노잣돈을 내주었다. 심 봉사는 그것들을 받아 가지고 집으로 돌아와 뺑덕 어미를 보고 기뻐하며 말했다.

"여보게 마누라, 내 오늘 관가에 갔더니 서울서 맹인 잔치를 한다고 날더러 가 보라데. 내 얼른 다녀오겠으니 그사이 마누라는 집안 잘 거두고 나 오기 기다리소."

뺑덕 어미는 이참에 심 봉사를 따라가서 서울 구경이나 실컷 하고 오리라 하여 천연덕스럽게 꾸며 댔다.

"바늘 가는 데 실 아니 따라갈까요. 나도 같이 가겠소."

그러지 않아도 심 봉사는 처음으로 가 보는 서울 길이라 혼자 갈 일이 난감하던 차라, 뺑덕 어미 말을 듣고 은근히 좋아하였다.

"고마운 말일세. 서울 구경도 할 겸 거참 잘 되었네. 같이 가 보세나."

이렇게 내외가 마음 맞아 길 떠날 행장을 차리는데 그 꼴이 볼만하다. 제주 말총 갓양태 비스듬히 젖혀 쓰고, 굵은 베 중치막에 무명 전대 둘러 띠고, 노잣돈은 보에 싸서 어깨 넘어 둘러메고, 닳아 빠진 대지팡이 왼손에 들었구나.

뺑덕 어미를 앞세우고 심 봉사는 길타령을 부르면서 서울로 올라간다.

어이 가리 어이 가리.
오늘 가다 어데 자며 내일 가다 어데 쉴까.
어떤 사람 팔자 좋아 부귀영화 누리는데
이놈 팔잔 웬 팔자로 자식 없고 눈 못 보니

내가 이제 서울 간들 어느 누가 날 반기랴.
어이 가리 어이 가리.
이 보소 뺑덕이네 답답하네 말 좀 하소.
내 눈이 밝았으면 저 산 이름 무엇이요
이 길 가면 어디인지 내가 알아 갈 터인데
눈앞 분별 못 하는 놈 어디인 줄 알겠는가.
어이 가리 어이 가리.

한 곳에 다다르니 이미 날이 저물어 주막에 들어 자기로 하였는데, 그 근처에 황 봉사라 하는 소경이 살았다. 뺑덕 어미가 잡것이라는 소문은 여기저기 자자하여 이미 알고 있던지라 한번 만나 보기를 은근히 바라던 차에, 마침 그 주막에 들었단 말을 듣고 주막집 주인과 짜고서 뺑덕 어미를 슬그머니 꾀어냈다.

뺑덕 어미가 속으로 생각하였다.

'심 봉사를 따라서 서울로 맹인 잔치에 간다 해도 눈 뜬 계집이야 그 틈에 끼지도 못 할 터요, 그렇다고 집으로 돌아가자 해도 동네 빚과 외상값에 졸리기만 할 판이니, 그럴 바에야 차라리 황 봉사를 따라가는 편이 나으리라.'

마침내 이날 밤 심 봉사가 깊이 잠든 짬에 노잣돈과 행장까지 말끔히 챙겨 가지고 황 봉사를 따라 뺑소니를 쳤다.

불쌍한 심 봉사는 그런 줄은 꿈에도 모르고 훤히 날이 밝아서야 일어나서,

"여보 뺑덕 어미, 어서 일어나 가세. 무슨 잠을 그리 자나?"

하며 말을 거나, 이미 밤사이에 수십 리나 도망친 계집이 어찌 대답을 하리오.

"여보 마누라, 마누라!"

아무리 불러 보아도 끝내 대답이 없다. 심 봉사가 의심이 더럭 나서 머리맡을 더듬으니 아닌 게 아니라 행장과 노잣돈이 든 보따리가 온데간데없다. 심 봉사는 가슴이 덜컥 내려앉으며 앞일이 막막하였다.

여보게 뺑덕이네
나를 두고 어데 갔나.
나하고 같이 가세
나를 두고 어데 갔나.
애고애고 내 일이야.

서울 천 리 먼먼 길을
뉘와 함께 동행하며
누굴 믿고 가란 말가.
나를 두고 어데 갔나.
애고애고 내 일이야.

이렇듯이 탄식하다가 다시 생각하고,

"아서라. 그깟 년을 생각하니 내가 도리어 잡놈이다. 어진 부인 죽음도 겪었으며 세상에 둘도 없는 내 딸 청이와 생이별도 하였는데 그런 천하잡년을 다시 생각하면 내가 미친놈이지."
하다가 그래도 못 잊어,
"애고, 뺑덕이네."
하고 다시 한 번 부르다가 심 봉사는 그곳을 떠나 혼자서 서울로 비척거리며 올라간다.
때는 오뉴월이라 더위는 불같은데 심 봉사가 비지땀을 흘리면서 한 곳에 다다르니, 돌 위로 흘러가는 시냇물 소리가 좔좔 들려오고 미역 감는 아이들 웃고 지껄이는 소리가 떠들썩하게 났다.
"에라, 나도 미역이나 한번 감아 보자."
심 봉사는 물소리 나는 곳으로 다가가서 갓망건 벗어 놓고 고의적삼 훨훨 벗어 차곡차곡 개켜서는 바람에 날아갈세라 큰 돌멩이로 지질러 놓은 다음 엉금엉금 물속으로 들어갔다.
한동안 시원하게 미역을 감고,
"에이, 참말 시원하다. 몸이 개운하니 백 리 천 리 날아갈 것 같구나."
하며 점벙점벙 물가로 나와서 옷을 입으려고 더듬어 보니 벗어 놓은 자리에 옷이 없다.
"아이고, 나보다 배고픈 도둑놈이 내 옷을 몽땅 훔쳐 갔구나."
기막힌 가운데도 문득 설움이 북받쳤다.
"애고, 이 몹쓸 도둑놈아, 훔쳐 갈 것이 없어서 내 것을 가져간단 말이냐. 이 세상 병신 중에 나 같은 사람이 또 있겠냐. 해와 달이 밝다마는 동서를 가릴 줄 모르니 내 팔자가 한이로다. 어서 죽어 저승 가서 내 딸 청이 만나 보리라."

벌거벗은 알봉사가 불볕 아래 홀로 앉아서 아무리 신세 한탄을 한들 그 누가 옷을 주랴.

그때 마침 큰길에서 길을 비키라는 벽제 소리가 위엄 있게 들려왔다. 심 봉사가 그 소리를 반겨 듣고,

'옳다, 저 관원에게 억지나 좀 쓸밖에.'

하고 벌떡 일어나 부자지만 움켜쥐고 주춤주춤 앞으로 나가면서,

"아뢰어라 사령아, 서울 가는 봉사가 원님께 사뢰올 말씀이 있다고 여쭈어라."

하고 크게 소리쳤다.

마침 무릉 고을 원님이 서울 갔다 돌아오는 길인데 대낮에 난데없는 알봉사가 나타나서 소리치므로 이상히 여겨 행차를 멈추었다.

"어디 사는 소경인데 옷은 어찌 벗었으며 무슨 말을 하려느냐?"

심 봉사가 알몸으로 길가에 넙죽 엎드리며,

"예, 저는 황주 도화동 사람으로 나이 스물에 눈 잃은 소경이옵나이다. 서울 맹인 잔치에 가는 길이온데, 하도 더워 냇물에서 미역을 감다가 옷과 행장을 모두 잃었사오니 널리 헤아리시와 찾아 주소서."

원님은 그 말을 듣고 보니 사정이 딱하므로 다시 물었다.

"그러면 무엇 무엇을 잃었느냐?"

심 봉사가 잃은 것을 낱낱이 아뢰었다.

"네 사정은 알 만하나 갑자기 어디 가서 찾겠느냐. 옷 한 벌 마련해 줄 터이니 어서 입고 서울로 올라가거라."

원님이 사령 하나를 불러서,

"너는 벙거지를 써도 탈 없으니 갓을 벗어 저 소경 주어라."
하고 나서 가마꾼을 불러서,
"넌 수건을 쓰고 망건 벗어서 소경 주어라."
하였다. 이렇듯 분부하여 위아래 옷 한 벌에 버선과 신까지 다 마련해 주는데 심 봉사가 받아서 쓰고 입고 신고 보니, 모두 제가 잃은 물건보다 훨씬 좋은 것들이다.

원님에게 거듭 절하고 나서 다시 서울로 올라간다.

어이 가리 어이 가리.
날개 돋친 용마 타면 당장 서울 닿으련만
바싹 마른 내 다리로 몇 날 걸어 서울 갈까.
눈 어둡고 약한 놈이 서울 먼 길 어이 가리.
어이 가리 어이 가리.
서울로 간다마는 아는 사람 뉘 있으리.
용궁이 아니어든 우리 딸을 만나 보며
저승이 아니어든 우리 부인 만날쏘냐.
궁하고도 병든 몸이 머나먼 길 어이 갈꼬.
어이 가리 어이 가리.

신세타령하며 부지런히 걷고 걸으니 서울도 그리 멀지 않다.

가는 길에 웬 다리를 건너는데, 어떤 여인이,

"거기 가는 분이 심 봉사요? 나 좀 보시오."
하였다. 심 봉사 생각에 누가 나를 알랴 싶건마는, 그 여인을 따라

가니 집이 굉장했다. 상 차려 내오는 품이 제법 잘사는 집이었다.

"봉사님, 저하고 방으로 들어갑시다."

"여보시오, 무슨 궁금한 것 있소? 근심 있으시오? 나는 눈만 봉사지 점도 못 치고 경도 못 읽는다오."

"긴말 마시고 어서 듭시다."

심 봉사 생각에,

'아이고, 암만해도 내가 보쌈에 들었나 보다.'

하며 마지못해 방에 드니, 웬 부인인지 은근히 말하였다.

"당신이 심 봉사요?"

"어찌 아시오?"

"아는 수가 있지요. 내 성은 안가요, 열 살 못 돼 눈이 멀어 점치는 법을 배웠소. 스물다섯 넘도록 짝을 얻지 않은 것은 다 운수가 있어서라오. 간밤에 꿈을 꾸니 해와 달이 떨어져 있거늘, 해와 달은 사람으로 치면 눈과 귀라, 내 배필이 소경인 줄 알겠고, 그것이 물에 빠지니 심씨인 줄 알겠더이다. 그래서 봉사님을 이리 오시라 했으니 나와 인연인가 싶소."

심 봉사 속마음은 좋으나 짐짓 아닌 척 말한다.

"글쎄, 어디 그렇기를 바랄 수 있겠소?"

그날 밤 안씨 여인과 한 이불에서 즐거이 보냈다. 그런데 심 봉사가 걱정스러운 얼굴을 하고 있으니, 안씨 여인이 묻는다.

"우리가 백 년 배필을 맺었는데 웬 걱정이 그리 많으시오?"

"간밤에 꿈을 꾸니 내 가죽을 벗겨 북을 메워 치는 것이 보이고, 나뭇잎이 떨어져 뿌리를 다 덮은 것이 보이고, 불기운이 치솟는

데 벌 떼가 날아다니니, 분명히 나 죽을 꿈 아니오?"

안씨 여인이 한참을 생각하더니 꿈 풀이를 한다.

"그 꿈 아주 좋은 꿈이오. 가죽을 벗겨 북을 메웠다니 가죽은 궁성宮聲이라 궁궐에 든다는 뜻이며, 나뭇잎이 뿌리를 덮으니 헤어졌던 부모 자식 다시 만난다는 뜻이며, 불길에 벌 떼가 날아다닌다 함은 즐거워 춤출 일이 생긴다는 말이구려."

심 봉사 길게 한숨을 쉰다.

"내 딸 청이는 임당수에서 죽었으니 어느 자식을 만나리오."

그 집에서 며칠을 더 머무르다가 헤어지고 다시 서울 가는 길에 올랐다.

서울에 다다르니 이 고을 저 고을에서 올라온 소경들이 들거니 나거니 하며 객줏집에서 들끓고 있었다. 소경이 어찌나 많이 모였는지 눈 성한 사람까지 모두 소경으로 보일 지경이었다.

이때 임금의 명령을 받은 군졸들이 호기 있게 깃발을 날리면서 골목골목에서 큰 소리로 외쳐 댔다.

"팔도 온 고을서 온 소경님네, 맹인 잔치 오늘이 마지막이니 바삐들 가서 참례하오."

심 봉사는 이때 객줏집에서 쉬고 있다가 그 소리를 듣고 후닥닥 일어나 서둘러 옷을 차려입고 길 가는 사람들에게 물어서 대궐로 찾아갔다.

한편 대궐에서는 맹인 잔치를 열고서부터 날마다 수문장이 들어오는 소경마다 사는 곳과 이름을 하나하나 적고서야 비로소 대궐 안에 들여놓곤 하였다.

심 봉사는 이날도 한나절 지나서야 대궐 문 앞에 이르렀는데 웬 일인지 둘레가 다 조용하였다. 벌써 잔치를 치른 지도 여러 날째 되므로 이제까지 곳곳에서 올라온 소경들이 모두 돌아갔고, 이날 아침나절에 찾아온 축들까지도 다 대궐 안에 들여보냈으므로 수문장이 맹인 명부를 거둬 가지고 들어가 버린 것이다.

심 봉사가 어쩔 줄 몰라 서성거리고 있는데 마침 문 지키는 군졸 하나가 심 봉사를 발견하고 묻는다.

"여보, 봉사님도 잔치에 오셨소?"

"예, 그렇소."

"오늘이 마지막 날인데 어찌 그리 늦으셨소? 수문장이 벌써 맹인 명부를 가지고 들어가 버렸다오."

문지기는 심 봉사가 딱해하는 것을 한참 보다가 선심을 써서 그냥 대궐 안으로 들여보내 주었다.

눈을 뜨니 해와 달이 반가워라

이날 심 황후는 수문장이 마지막으로 올린 맹인 명부를 살펴보는데, 아무리 훑어보아도 역시 '심학규'라는 이름 석 자는 찾아낼 수가 없었다. 늘 궁녀들이 곁에 있어 한번 마음 놓고 쉽게 울어 보지도 못하고, 옥난간에 비껴 앉아 산호 구슬발에 낯을 대고 속으로만 흐느끼며 혼잣말로 한탄해 마지않았다.

하늘은 사람 내고 사람은 하늘 믿어
수천 년을 살았건만 하늘도 무심한가.
고마우신 처분으로 맹인 잔치 하옵기는
행여나 우리 아버지 만나 볼까 함인데
오늘도 못 오시니 이내 가슴 미어지네.
불쌍하신 울 아버지 올해 예순 늙은 몸으로

병들어서 못 오시나 오던 길에 낭패 보셨나.
불효 여식 날 보내고 너무 슬퍼 세상 뜨셨나.
부처님 덕에 감은 눈 뜨고 소경 축에서 빠지셨나.
잔치도 끝나는데 우리 아버지 못 오시어
내 살아 귀히 된 줄 아실 길이 없으시니
어찌 아니 원통한가.

이렇게 애통하다가 심 황후는 또다시 눈물을 씻고 산호 구슬발 사이로 잔칫상 받은 소경들을 하나하나 살펴보았다.

하늘을 덮을 듯 드높이 친 차일 아래 시중드는 궁녀들이 오락가락하고, 소경들이 어머어마하게 잘 차린 잔칫상을 앞에 놓고 거나하게 취했는데, 맨 끝 자리에 앉은 소경 하나가 이제야 막 상을 받는 참이었다. 자세히 살펴보니 희끗희끗 머리는 반나마 희었는데 귀밑에 검은 점이 표나게 눈에 띄니 아무래도 아버지 같았다.

심 황후가 긴가민가하면서 궁녀를 불러,

"저기 앉은 저 소경을 이리로 데려오라."

분부하니, 그 소경이 궁녀를 따라와 황공히 옥난간 아래 엎드린다. 심 황후는 아무리 보아도 꼭 아버지 같아서 조용히 물었다.

"어디 사는 소경이며 왜 이리 늦으셨소?"

심 봉사는 정답고 살뜰하게 묻는 목소리에 죽은 청이 생각이 더욱 간절하여 눈물을 쏟으면서 낱낱이 아뢴다.

"소인은 본디 황주 도화동에 사옵고 성명은 심학규이온데, 소년 시절에 눈이 멀고 마흔에 안해마저 잃었사옵니다. 그리하여 포대기 속 어린 딸을 동냥젖으로 겨우겨우 길러 내어 열다섯 살이 되었는데 이름은 청이라 하옵나이다. 우리 청이는 하늘이 낸 효녀인지라 그 애가 밥을 빌어다가 목숨을 이어 살아가옵던 중, 몽운사 부처님께 공양미 삼백 섬만 시주하면 이 아비가 눈을 뜬다는 말을 듣고, 하루는 장사하는 배꾼들에게 몸이 팔려 임당수 깊은 물속에 빠져 죽었사옵니다. 딸을 죽이고도 눈을 못 뜬 몹쓸 놈의 이내 팔자 벌써 죽자 하였사오나, 폐하께 이 원통한 사연을 아뢴 다음 죽자고 머나먼 서울 길 멀다 않고 왔사옵니다."

말을 마치자 흰 머리칼 흩날리는 심 봉사 두 눈에서 눈물이 주르르 흘러내리더니, 앞으로 엎드러져 땅을 치며 통곡해 마지않았다.

"아이고, 청아, 내 딸 청아."

황후는 처음부터 심 봉사가 제 이름을 말할 때,

'아이고, 아버지가 맞구나.'

하고 두 눈에서 눈물이 솟고 뼈가 녹는 듯했으나, 겨우 참아 가며 아버지의 말을 끝까지 듣고 있었다.

얼마나 안타까이 기다리고 기다렸던 순간인가. 기쁨에 오히려 억이 막혀 황후는 한동안 넋을 잃었다가, "내 딸 청아." 하고 심 봉사가 땅을 칠 때에야 꿈에서 깨어난 듯 한달음에 번개같이 옥 계단을 내려갔다.

"아이고 우리 아버지, 불쌍하신 아버지."

외마디 소리를 터뜨리며 심 봉사를 그러안고 몸부림을 쳤다.

심 봉사가 울다 말고 소스라쳐 놀랐다.

'나를 보고 아버지라니, 이게 웬 소린고?'

심 황후는 안타까워 아버지 몸을 잡아 흔들며,

"아이고 아버지, 여태 눈을 못 뜨셨소? 임당수에 빠져 죽은 심청이가 살아왔소. 눈을 떠서 나를 보옵소서."

하고 걷잡을 수 없이 눈물을 흘리고 또 흘렸다.

심 봉사가 그제야 제 딸 청이가 틀림없음을 깨닫고 어떻게나 반가웠던지 두 손으로 눈을 쓱쓱 비비며,

"으으, 이게 웬 말이냐? 내 딸 청이가 살아 있단 말이 웬 말이냐? 내 딸이면 어디 보자."

하고 심청이 얼굴을 두루 어루만질 때, 문득 난데없는 오색구름이 자욱이 대궐을 뒤덮으며 청학, 백학에 봉황새와 공작 들이 구름과 안개 속을 오락가락하더니 심 봉사 감은 눈이 번쩍 뜨인다. 순간 하늘과 땅이 환히 밝아 빛난다. 심 봉사는 취한 듯 미친 듯 문득 소리를 질렀다.

"아이고 어머니, 대체 무슨 일로 눈앞이 환하더니 세상이 허전허전하구나. 감았던 눈을 뜨니 온갖 빛깔 세상 만물이 반갑도다."

한동안 두리번거리며 사방을 둘러보다가 정말 자기가 눈 뜬 줄을 알자 어찌나 기쁜지 덩실덩실 춤을 추는데 볼만하다.

얼씨구나 좋을시고 지화자 좋을시고.
이런 기쁜 일 또 있을까 이 애 이게 누구냐.
목소리는 들었지만 얼굴은 처음 본다.
칠보화관 황홀하여 두렷하고 어여쁠사.

죽었던 딸 만나 보니 부녀 상봉 기꺼웁고
멀었던 눈 뜨고 보니 해와 달이 반가워라.
어둠침침 빈방에 불을 켠 듯 눈부시고
고생 끝에 낙이 온다 나를 두고 한 말이라.

얼씨구나 좋을시고 지화자 좋을시고.
어둡던 눈을 뜨니 궁궐이 웬일이며
내 딸 청이 황후 되기 천천만만 뜻밖이지.

푸른 바다 임당수에 죽은 딸이 황후 되고
앞 못 본 지 수십 년에 하루아침 눈을 뜨니
허허 세상 사람들아 이런 말도 들었습나.
얼씨구 좋을시고 이런 기쁨 또 어디 있나.

이제는 봉사가 아니라 황후의 아버지가 된 심학규가 이다지도 좋아하니 딸의 기쁨을 어이 다 말하랴.

심청이는 좋아 춤추는 아버지를 하염없는 눈물 속에 바라보고, 그 자리에 모인 여러 궁녀들도 끝없는 감격 속에 부녀 상봉의 기쁨을 함께 나누었다. 황후가 아버지 손을 이끌어 내전으로 드니, 황제도 기뻐하며 심학규로 부원군을 봉하시고 집과 논밭을 내리시고, 뺑덕 어미와 황 봉사는 잡아들여 죄를 물었으며, 도화동 백성들은 부역을 덜어 주셨으며, 귀덕 어미에게도 상을 내렸다.

황후는 어릴 적 동무들을 궁으로 불러 서로 손잡고 울며 이야기하고 놀았다. 또한 장 승상 부인을 불러 족자를 내어 놓고 울다 웃다 하니 이런 날도 있는가 싶었다.

심 부원군은 조상 묘와 곽씨 부인 무덤에 가 인사한 뒤, 안씨 여인과 짝을 지어 정답게 살았다.

심 황후 어진 성덕이 온 나라에 빛이 되니, 백성들 집집마다 식구끼리 서로 공경하며 잘살았더라.

채봉감별곡

옛사람 씀
최창섭 고쳐 씀

김 진사 딸 채봉이의 유다른 인연

간밤부터 부는 바람 소리에 가을철이 제법 영글었다. 모란봉의 찬 바람은 단풍 진 가랑잎을 흩날려 평양성 안으로 날라 간다.

성 밖에 사는 김 진사 집 딸 채봉이는 뉘엿뉘엿 저물어 가는 저녁 햇발을 안고 서켠 퇴창 턱에 홀로 몸을 기대고 앉아 바람에 떨어지는 나뭇잎을 하염없이 바라보고 있었다.

김 진사는 평양에서 세도도 있고 재산도 남부러울 것 없는 양반이나 다만 한 가지 자식 없는 것이 한이다가 늘그막에 딸자식 하나를 보았는데 바로 채봉이다. 금이야 옥이야 기르니 채봉이는 재주가 뛰어나 바느질이나 무명낳이 솜씨며 시 짓고 글 쓰는 솜씨가 날로 늘어 갔다. 게다가 얼굴이 아름답고 몸매가 날씬하여 보기 드문 미인이었으니, 김 진사 내외는 딸을 더없이 귀히 여기면서 딸과 어울리는 짝을 무어서 가까이 두고 한평생 낙을 삼자고 했다. 널리 수

소문하여 사윗감을 골라 보나 평양 같은 좁은 고장에선 채봉이 짝이 될 만한 젊은이가 없어, 어느 날 김 진사는 사윗감을 구하러 서울로 올라갔다.

채봉이 나이 열여섯 꽃나이라. 딴채에서 홀로 지내면서 매화꽃이 피었다 지고 버들가지에 꾀꼬리만 울어 예도 설레니, 가슴속에 한 번 찾아온 봄을 어쩔 수 없었다.

어느덧 봄이 가고 여름이 지나도 마음속으로 은근히 기다리는 반가운 소식은 까마득하고, 뜨락에 깔린 가랑잎에 벌써 으스스한 가을바람이 설레니 저도 모르게 괴어오르는 시름과 한숨을 누를 길이 없다. 서산에 저무는 햇발을 멍하니 바라보다가 날아가는 단풍잎을 따라 이끌리듯 뒤뜰로 나오며 가라앉은 목소리로 몸종을 불렀다.

"애, 취향아, 뒤뜰로 나오렴."

"예."

대답 소리와 함께 취향이가 쪼르르 따라 나왔다. 둘은 어느덧 동산에 올라섰다.

"어마나, 벌써 나뭇잎이 빨갛게 물들었네요. 그렇게 푸르청청하던 빛은 다 어디로 가고 어느새 누렇고 빨간 물을 들여 놨담."

"글쎄, 세월도 빠르구나. 이 동산에 홍도니 벽도니 삼색도니 하는 갖가지 복사꽃이 피고 붓털 같은 버들잎이 뾰족뾰족 돋아나던 때가 어제 같더니 앞뜰엔 벌써 오동잎만 우수수 떨어지누나. 좋은 계절은 다 가고 찬 바람이 부는 걸 보니 사람의 한생도 이처럼 쉬이 늙겠구나."

"그러게 말이어요. 진사님께서 버들가지를 채찍 삼아 말 타고 떠나시던 게 어제 같은데 한여름이 다 가고 가을이 됐는데도 감감 소식이 없으시와요."

채봉이가 문득 떨어진 가랑잎을 주워 들고 고운 얼굴에 대면서 어쩌면 바람결에도 꺾일 듯 휘청거리는 가는 허리를 펴고 서 있는데, 문득 서쪽 담장 터진 데서 나뭇가지가 흔들거리더니 사람 소리가 들려왔다. 채봉이가 깜짝 놀라 돌아다보니, 웬 도령이 나뭇가지를 휘어잡고 담장 안을 엿보고 있지 않는가. 나이는 열여덟아홉쯤 됨 직하고 깨끗한 옷차림에 얼굴이 해말갛고 풍채가 빼어나 한눈에 마음이 끌린다. 그러나 채봉이는 부끄러운 마음에 낯이 붉어져 더는 고개 들 생각을 못 하고 그저 취향이를 시켜 동산으로 난 문을 얼른 잠그게 하더니 초당으로 들어가 버렸다.

두 처녀가 서둘러 들어가며 문 거는 것을 보고 도령은 담 터진 데로 들어와 이리저리 두루 살피며 동산을 구경하다가 고운 아가씨가 앉았던 자리에 가 앉아 보니 어쩐지 향기가 남아 있는 듯하였다.

'한번 들어가더니 얼씬도 않는구나. 이거야 마음이 들떠서 견딜 수가 있나. 아무려나, 그 고운 처녀를 다시 볼 순 없을까?'

도령은 이렇게 한숨짓고 초당만 바라보았다. 그러다가 문득 발밑을 보니 두어 자 되는 명주 수건이 떨어져 있었다. 수건을 집어 들고 펼쳐 보니, 수건 끝에 '채봉' 이란 두 글자가 수놓여 있다.

"그 처녀의 수건이구나. 채봉이 그의 이름이겠지."

도령은 금세 따스한 향기가 품속에 스며드니 무슨 보물이라도 얻은 듯이 기뻤다.

이때 문득 초당 안에서 도란거리는 말소리가 들려왔다. 도령은 얼른 담 터진 데로 도로 나와 가만히 동정을 살폈다. 아까 들어갔던 처녀 중 하나가 다시 나오더니 뭔가를 두루 찾고 있는 눈치다.

"아이참, 이상도 해라. 금방 떨어진 수건이 어디로 갔을까?"

혼잣소리로 종알대는 품이 아까는 부리나케 들어가느라고 수건 떨어지는 것을 몰랐다가 이제야 생각나 찾으러 나온 것이 분명했다. 취향이 말을 엿듣는 도령의 입가엔 능청스런 웃음이 어렸다.

"벌써 여기에 와 있는 물건을 암만 찾아봐야 있나? 괜히 애만 쓰지."

도령은 제 말이 입 밖으로 나오는 줄도 몰랐다. 수건을 찾던 취향이는 그 말을 듣고 고개를 들더니 앞으로 나가왔다.

"뉘신지 모르오나 방금 하신 말씀을 들으니 수건을 주우신 것 같은데 돌려주시면 고맙겠사와요."

"수건이 누구 것이냐?"

도령은 시치미를 뗐다.

"저희 댁 아가씨 것입니다."

도령은 수건을 슬쩍 내보이기만 했다.

"이 물건이 틀림없다면 도로 줄 터이니 아가씨더러 몸소 와서 가져가시란다고 일러라."

"어마나, 그게 무슨 말씀이와요? 규중 처녀가 어찌 바깥손님을 함부로 만나리까? 농담 마시고 어서 주옵소서."

"물건 임자를 내 눈으로 보고 주려는 건데 농담이라니. 그래, 넌 누구냐?"

"전 아가씨를 모시는 취향이옵니다."

"너희 아가씨는 이름이 무엇이냐?"

취향이는 얼굴에 방긋 웃음을 띠었다.

"남의 집 처녀 이름은 알아서 뭘 하시려오? 얼토당토않은 말씀 마시고 어서 수건이나 주소서."

도령은 진득이 달라붙을 작정으로 한바탕 껄껄 웃었다.

"얘, 취향아, 이름이란 건 남자 것이건 여자 것이건 다 부르게 마련인데, 얼토당토않다는 게 뭐냐?"

"처녀의 이름이야 부모가 부르자고 지은 게지, 바깥 남자들이 어찌 남의 집 처녀 이름을 함부로 부르리까?"

"네 말도 그럴듯하다만 난 이름을 알고야 수건을 내줄 터이니, 이름을 댈 테면 대고 말 테면 말려무나."

취향이는 도령을 빤히 쳐다보며 속궁리를 했다.

'어떤 양반집 자손인지 몰라도 인물 참 잘났네. 우리 집 아가씨한테 짝이 지지 않는 데다 수건에 아가씨 이름이 있어 다 알고도 묻는 건데 알려 준다고 무슨 상관이랴.'

취향이는 곧 상긋 웃음발을 띠고 못 이기는 체 입을 열었다.

"그렇게 알고 싶으시면 가르쳐 드릴 테니 수건일랑 주소서."

"아무렴, 주다 뿐이겠느냐."

"채봉이라고 하와요."

도령은 유쾌하게 웃었다.

"하하, 채봉이라고 말하기 그렇게 어렵느냐? 이 수건에도 이름은 쓰여 있지만 네 말을 들어 보자는 게였다. 수건을 내줄 테니 게 좀 서 있어라! 잠깐 다녀오마."

"다녀오실 때 오시더라도 수건은 주고 가소서."

도령은 들은 척도 않고 부랴부랴 아랫집으로 들어가더니 조금 지나 수건에 진한 먹글씨로 시 한 수를 써 가지고 왔다.

"난 대동문 밖에 사는 장필성이란 사람이다. 아버님이 선천 부사로 계시다가 세상을 뜨셔서 지금 홀어머니를 모시고 지내는데, 마침한 자리가 없어서 아직 장가를 못 들었구나. 그러니 아가씨한테 가서 좋은 짝을 찾고 있는 사람이더라고 말하고 이 수건을 드려라. 수건을 보시면 무슨 답장이 있을 게다. 미안하다만 회답을 가져다 다오. 예서 내 기다리마."

필성은 취향이에게 수건을 내주었다. 수건을 받아든 취향이는 질겁해서 말했다.

"어마나, 이걸 어떻게 갖다 드리와요? 글씨를 써서 수건을 버려 놨으니 갖다 드리면 단박에 꾸중하실 텐데 이걸 어쩌면 좋사와요!"

"수건을 버린 게야 내 잘못이지, 네야 뭐 걱정할 게 있느냐. 갖다 드려 보려무나. 이 은혜는 다음에 크게 갚으마."

취향이는 마지못해 수건을 가지고 초당으로 들어갔다.

한편, 수건을 찾아오라고 취향이를 내보내고 채봉이는 난간에 몸을 기대고 앉아 기다리다가 취향이가 한 식경이나 되어도 들어오지 않자 속이 어수선했다.

'이 애가 무슨 까닭에 여태 오지 않나? 수건을 찾느라고 늦는 겐가? 혹 엿보던 도령이 수건을 집어 가지고 안 주는 바람에 실랑

이를 하고 있는 겐가?'

이렇게 생각이 도령에게 미치자 채봉이는 다시금 그리로만 끌리는 자신을 어쩔 수 없었다.

'그 도령은 대체 누굴까? 남자 가운데도 그렇게 잘난 인물이 있구나! 그 인물에다 속에 든 것까지 있다면 얼마나 좋겠어. 허나 배운 게 없는 시골뜨기면 정말 인물이 아깝지!'

그러던 채봉이는 순간 몸을 소스라쳤다.

'어마! 내가 무슨 생각을 하고 있는 게야? 처녀 몸으로 웬 남정네 생각을 하고 있다니.'

채봉이가 한창 이 생각 저 생각에 잠겨 있을 때 취향이가 수건을 가지고 들어섰다.

"참, 세상에 희한한 일도 있지요."

취향이는 들어서자마자 늦은 발뺌이라도 하듯 수선을 떨었다.

"얘, 무슨 일이 그리 희한해서 무얼 하다 인제야 돌아오느냐?"

"글쎄, 암만 찾아도 수건이 없어서 이상하다 했더니, 아까 담 밖에서 엿보던 그 도령이 수건을 집어 가지고 있잖아요. 사연을 말하고 달라고 했더니 웬 말이 그리 많은지 옥신각신하다가 끝내는 이렇게 글까지 써 줍디다. 할 수 없이 받아 가지고는 왔지만 아가씨께 꾸중 듣지나 않을는지요."

"늦는 눈치가 그런 줄 알았다."

"아유, 근데 그 양반이 인물도 얼마나 잘났는지요!"

취향이는 짐짓 너스레를 떨며 수건을 채봉이 앞에 내놓았다. 얼굴이 빨갛게 물들며 수건을 펴던 채봉이 눈에 묵향 싱그러운 글줄

이 들어왔다.

그대의 비단 수건 몸시도 향기로워
정다운 그 마음을 하늘이 전해 준 듯.
은근히 주고받은 우리 노래들
청실홍실 되어 이 사랑 꽃피우리.

그 아래 날짜를 적고 '장필성 올림'이라고 했다.

채봉이는 더욱 얼굴이 붉어지며 생각에 골똘한 듯 온 눈정기를 한데 모으고 있었다. 그 눈치를 알고 취향이는 생글생글 웃으며 졸랐다.

"뭐라고 썼어요? 좀 알려 주시와요!"

"말하면 네가 알기나 하겠느냐? 아무려나 수건을 못 찾으면 말지, 부질없이 이런 걸 받아 가지고 오다니. 하여튼 남의 글을 받아 보고 회답을 아니 할 수도 없고 어찌하면 좋단 말이냐?"

"아무렇게나 두어 자 적어 주셔요. 그분이 지금 밖에 서서 기다리고 계셔요."

채봉이는 마지못해 방으로 들어가 글 한 구를 적은 종이를 들고 나와 취향이에게 내주었다.

"이번은 처음이니 마지못해 회답은 한다마는 앞으로 그런 글일랑 아예 가져오지 마라!"

취향이는 회답을 받아 들고 뜻있게 방긋 웃었다.

"아가씨는 뭐라고 썼어요? 아유, 글을 모르니, 이런 답답이라고야!"

채봉이는 다시 얼굴을 빨갛게 물들이며 취향이 잔등을 탁 쳤다.

"있다가 밤에 알려 줄 테니 어서 갖다 주고 오너라. 근데 그분이 아랫집에서 글을 지어 가지고 나오더라고? 그분이 이번에도 또 그 집으로 들어가나 좀 보고 오렴."

"예."

취향이는 나가다 말고 한마디 보탰다.

"김 첨사 댁에서 지낸다고 하더이다."

"그럼 김 첨사 댁하고 어떻게 되나 물어보아라."

취향이는 바삐 나와 장 도령이 있는 데로 가서 채봉의 글을 내주었다.

장 도령은 채봉의 글을 빼앗듯 받아 들고 한눈에 읽었다.

바라노니 그대 부디 사랑의 꿈 버리시라.
글공부 힘들여야 과거 급제 뜻 이루리.

장 도령은 몇 번이나 다시 곱씹어 읽더니만 감동 어린 눈으로 취향이를 바라보았다. 취향이도 장 도령의 속을 알아차린 듯 방긋 웃어 보였다.

"회답을 갖다 줘 고맙구나. 그런데 아가씨 나이가 몇이나 되셨느냐?"

"지금 열여섯이옵니다."

"그래! 열여섯 살 처녀가 어찌 이리 글공부를 했을까?"

"진사님께서 금이야 옥이야 기르시면서 알뜰히 글공부를 시키신답니다."

"지금 진사님께선 댁에 계시느냐?"

"서울 가셨나이다."

"무슨 일로 가셨느냐?"

"자세히는 모르오나 아마 사윗감을 찾으러 가셨는가 보옵니다."

필성은 그 말에 가슴이 철렁해 다시 재우쳐 물었다.

"그래? 아가씨를 서울로 시집보낼 모양이더냐?"

"평양 바닥엔 마땅한 인물이 없다고 하시면서 올라가셨는데 알 수 없사와요. 그런데 도련님은 김 첨사 댁과 어떻게 되시옵니까?"

"내 외가댁이다. 그건 그렇고, 너한테 청이 하나 있는데 들어주겠느냐?"

"무슨 말씀이온지 들을 만하면 듣고 못 들을 만하면 못 듣지요, 뭐."

"딴 게 아니다. 너희 아가씨도 절세미인이고 나도 헌헌장부가 아니냐. 그러니 예서 더 훌륭한 짝이 어데 있겠느냐. 처음 만나서 이런 부탁하긴 좀 그렇다만, 네가 나서서 아가씨와 한번 만나게 해 주면 은혜 잊지 않으마."

취향이는 그 말을 듣고 무슨 속궁리를 하는지 한동안 덤덤히 선 채 할끔할끔 도령을 쳐다보고만 있다.

"왜 대답은 안 하고 쳐다만 보느냐?"

"우리 댁 진사님께서 이 일을 아시면 전 죽을 목숨이니, 아예 그런 말씀일랑 마시고 매파를 보내서 통혼하는 게 좋겠나이다."

"옳다. 나도 그 생각이 없지 않다만 아가씨를 한번 만나 보고 중매 할멈을 보낼 생각이다. 그러니 우선 네가 나와 아가씨 사이에 들어 인연을 이어 다오!"

취향이는 그 자리에서 속으로 따져 본다.

'문벌도 맞설 만하지, 인물도 짝이 지지 않지. 그러니 정말 훌륭한 배필이네. 한번 해 보고 볼 판이야.'

취향이는 잠깐 궁리를 하다가 필성의 귀에 입을 가까이 대고 두어 마디 속삭이고는, 스스로도 그럴듯해 방긋 웃었다.

"아시겠지요? 되고 안 되는 건 도련님께 달렸으니 실수 없이 하시와요."

"정말 그렇게만 해 주면 네 은혜를 죽어도 잊지 않겠다."

"아유, 그런 말씀 마시고 기회나 놓치지 마시와요."

"그래, 난 너만 믿고 가겠다."

약속을 받은 도령이 더없이 흐뭇해서 김 첨사 집으로 돌아가고 취향이는 쪼르르 초당으로 들어갔다.

이때 채봉이는 수건을 펼쳐 놓고 앉아서 그것을 몇 번이고 되읽으며 애틋한 생각이 간절한 듯 취향이가 들어서는 것도 모르고 혼잣말을 하고 있었다.

"인물 잘나고 말주변 좋고 글 잘 짓고 슬기로운 젊은인데 어째서 과거 시험엔 급제를 못 했을까? 집안이 어려워서인가? 마땅한 혼처가 없어서 짝 없이 지내나? 세상엔 남자 여자가 다르다곤 하지만 마땅한 짝을 만나지 못한 사람이 또 있구나!"

취향이는 발소리를 죽이고 살금살금 와서 채봉이가 혼자 하는 말을 듣고는 아닌 보살 하고 앞으로 나서며 너스레를 떨었다.

"호호, 무슨 말씀을 그렇게 혼자 하셔요? 아가씨가 직녀가 되겠다면 전 오작교나 돼 볼까요?"

채봉이는 대뜸 얼굴이 빨개진다.

"이 애가 못하는 소리가 없구나. 그래, 그 글을 갖다 주니 뭐라고 하더냐?"

"시를 보더니 그냥 입이 터진 팥 자루처럼 벌어져서 어쩔 줄 모르고 좋아하시더이다. 뭐 절세미인과 헌헌장부는 훌륭한 짝이라면서 자기로선 더 바랄 게 없다나요."

채봉이는 그 말에 더는 묻지 않고 다소곳이 머리를 숙인 채 안채로 들어갔다.

달빛 아래 인연 맺은 군자와 숙녀

취향이가 장 도령과 약속은 했지만 좀처럼 틈을 타지 못해 은근히 걱정하던 터에, 어느 날 저녁 아가씨와 함께 초당에 앉아 있노라니 때마침 동산 마루에 달이 우렷이 솟아오르자 문득 채봉이를 꾀어낼 생각이 들었다.

"달빛이 어쩜 이리도 밝을까! 뒷산에 올라 달구경이나 하지 않겠사와요?"

"정말 보름달이라 밝기도 하구나. 그럼 뒤뜰에 가서 달구경이나 할까?"

채봉이는 취향이를 데리고 뒤란으로 나가 달빛을 밟으며 이리저리 거닐었다. 이때 장 도령은 저녁을 일찌감치 먹고 담 터진 데로 들어와 조마조마 가슴을 조이며 기다리고 있었다. 취향이가 채봉이와 함께 뒤뜰로 나오는 것이 보이자 얼른 나무 그늘에 몸을 숨기고 동정만 살폈다. 취향이가 도령 숨어 있는 데를 자주 힐끔거리더니, 마침내 기침 소리를 두어 번 냈다. 나오라는 기척이다. 필성은 날렵하게 몸을 놀려 환한 달빛을 받으며 채봉이 앞에 우뚝 나섰다. 흠칠 놀란 채봉이는 얼른 몸을 피하려 했다. 순간 눈치 빠른 취향이가 얼른 그 앞을 막아 나섰다.

"아가씨, 놀라지 마소서. 이분은 전날 아가씨가 글로 대답을 주신 장 도련님이옵니다."

"그분이 무슨 일로 우리 집 뒤뜰로 들어오셨단 말이냐? 빨리 나가시라고 해라!"

채봉은 새침하게 눈을 내리깔고 서릿발처럼 쌀쌀하게 말했다.

취향이는 바빠났다. 그러나 미처 대꾸할 사이도 없이 어느새 필성이 채봉이 앞에 선뜻 나서서 점잖게 고개를 숙여 인사를 했다.

"제 말은 벌써 취향이한테서 들으신 줄 아옵니다. 저더러 나가라 하시나, 꽃 본 나비가 어찌 그저 지나치며, 물 본 기러기가 어찌 어부를 두려워하리까. 그러니 아가씨를 사모하는 제 마음을 저버리지 마소서. 숙녀와 군자의 좋은 인연을 맺어 한평생을 같이함이 제 소원이외다."

채봉이는 달다 쓰다 말이 없었다. 다만 고운 얼굴을 붉히며 달빛 속에 오도카니 서 있었다. 취향이는 기회를 놓칠세라 재빨리 입을 열었다.

"아가씨, 두 분이 이렇게 만나신 것도 어찌 연분이 아니리까? 며칠 전에 수건을 잃은 것도 우연한 일이 아니요, 또 수건을 도련님이 주운 것도 다 연분이니 사람의 힘으론 막지 못할 것이옵니다.

또 도련님 댁과는 지체도 맞는 데다 도련님이 여태 홀로 계신 것도 아가씨를 기다린 게 아니오리까. 모두 연분이지요. 그러니 아가씨는 망설이지 말고 대답하셔서 백 년 대사를 정하옵소서."

채봉이 더욱 부끄러워 왼고개를 틀고 있으니, 숨소리마저 죽인 성싶다. 필성은 조바심이 나 한 발자국 앞으로 나섰다.

"아가씨가 말씀이 없는 건 절 하찮게 보시고 짝이 기운다고 생각하시기 때문인지요? 끝내 대답을 아니 해 주신다면 전 이 가련한 목숨을 버릴밖에 없으니 어서 말씀해 보소서."

가까이 다가서는 필성의 후더운 입김에 눌린 듯 채봉이는 고개를 더욱 숙였다. 그러나 그 수그린 고개 밑에서 잦아드는 성싶게 모깃소리만 한 목소리가 새어 나왔다.

"전날 도련님께서 주신 시구도 여태 잊지 않고 있고 취향이한테서 들은 말도 있고 한데 제가 무슨 다른 말씀을 하오리까."

반승낙이나 마찬가지였다. 필성은 채봉이를 더욱 정겹게 바라보았다. 취향이도 그 말이 떨어지자 반가운 생각이 들어 필성을 바라보며,

"그만하면 저희 아가씨 뜻을 아셨을 것이니 도련님은 댁으로 돌아가셔서 중매 할멈을 내세워 청혼하는 게 좋겠사와요."

하고는, 채봉이와 둘이서 초당으로 들어갔다.

처녀들이 그림자처럼 앞서거니 뒤서거니 초당 안으로 사라진 뒤에도 필성은 채봉이의 꽃다운 자태가 눈에 밟혀 초당만 바라보며 맑고 밝은 달빛 속에 장승처럼 오래오래 서 있다가 돌아갔다.

이럴 즈음 채봉이 어머니 이 씨가 달이 하도 밝아 딸을 찾아 초당

으로 나왔다가 채봉이와 취향이가 없는 것이 이상하여 뒤뜰로 찾아 나왔다. 문득 난데없는 남자 목소리가 바람결에 실려 왔다.

이 씨는 수상쩍은 생각이 들어 몸을 숨기고 귀를 강구었다. 채봉이가 취향이를 데리고 어떤 남자와 주거니 받거니 하는 말소리가 또렷이 들려왔다. 이 씨는 가슴이 활랑거렸다.

'웬 남정네가 높은 담장 안 금이야 옥이야 키우는 남의 집 처녀와 저리 수작을 하고 있단 말이냐?'

마음 같아서는 단박 나서서 야단을 칠 법도 하지만 체면도 있고 사연도 모르면서 나서기가 무엇한 노릇이어서 눈을 비비며 바라보기만 하는데, 어쩌면 남자 얼굴이 저리도 백옥 같고 신수가 저리도 잘났을까. 채봉이와 함께 달빛 속에 서 있는 모양이 한 쌍의 원앙 같았다.

이 씨는 넋 나간 듯 바라보며 수작하는 이야기를 듣고만 서 있다가 취향이가 남자를 보내고 채봉이와 함께 초당 쪽으로 오는 것을 보자, 한 걸음 앞질러 초당 마루 위에 아닌 보살을 하고 앉았다. 뒤미처 채봉이와 취향이가 초당에 들어섰다.

"아가, 이 늦은 시간에 어데 갔다 오느냐?"

이 씨는 시치미를 떼고 딸에게 넌지시 물었다. 채봉이는 속이 뜨끔했다. 취향이가 얼른 나섰다.

"달이 하도 밝아 뒤뜰에서 놀다가 이제야 옵니다."

"어린것들이 무섭지도 않느냐? 요새 듣자니 뒤뜰 담 터진 데로 사람이 드나드는 모양이더라. 그러니 밤중엔 아예 나가지 마라. 그래, 방금 듣자 하니 남정네 목소리가 나던데 누가 들어왔느냐?"

채봉이는 천만뜻밖에 어머니 말을 듣고 숙은 고개가 더욱 숙어 들었다. 취향이도 찔끔하여 말문이 딱 막혔다.

'마님이 벌써 엿들으셨구나.'

어찌할 줄 모르는 채봉이와 취향이를 보고 이 씨가 재우쳐 묻는데, 노여운 목소리가 처녀들 머리 위로 채찍처럼 내리쳤다.

"왜 대답들이 없느냐? 웬 남자와 말을 주고받기에 꾸짖어 내보내는 줄 알았거늘, 너희들 눈치를 보니 무슨 사정이 있는 게로구나. 이제라도 있는 대로 말하면 먼저 손을 써 진사님 오신 담에 좋도록 말씀드리겠다만, 거짓을 말한다면 진사님께 일러 혼쭐을 낼 테니 그리 알고 사실대로 말해라. 얘 취향아, 넌 사정을 자세히 알 테지? 만일 속이는 날이면 너부터 가만 안 둘 것이야."

이 씨가 엄포를 놓자, 채봉이는 더욱 주눅이 들어 쩔쩔맸으나 취향이는 마음을 다잡았다.

'이미 마님이 아셨으니 더 기일 수도 없는 바에야 있는 대로 털어 바쳐서 일이 펴이도록 하는 게 옳지.'

그러고는 부인 앞에 나앉았다.

"마님께서 그리 말씀하시는데 어찌 속이겠나이까. 다 제 잘못이니 만 번 죽어 아까울 게 없나이다."

이 씨는 취향이 말이 더욱 수상쩍었다.

"아니, 그게 무슨 소리냐? 대체 무슨 잘못을 저질렀기에 그러느냐? 어서 말해 보아라!"

취향이는 그동안의 사연을 낱낱이 털어 바쳤다. 얼마 전에 단풍 구경하러 뒤뜰에 나갔다가 수건을 잃어서 찾으러 갔더니 그 수건이 천만뜻밖에도 장 도령의 손에 들어가 있던 일이며, 그것이 인연이 되어 서로 글귀를 주고받은 일이며, 오늘 밤은 달구경을 나갔다가 또 그 도령과 맞다들어 말을 주고받은 일 들을 죄다 쏟아 놓았다. 그러고는 장 도령 신수가 정말 잘났더란 말까지 수선 떨며 보탰다.

"아유, 그 도련님이 참 어찌나 잘생겼는지 평양 땅엔 그런 인물이 또 있을 것 같지 않사와요. 그러니 아가씨 배필이 돼도 부끄럽지 않겠사옵니다."

취향이 말을 끝까지 듣고 나서 이 씨는 한동안 생각에 잠겼다가 꺼질 듯 한숨을 내쉬었다.

"이 일을 네 아버님이 아시면 큰일 나겠구나. 어찌하면 탈이 없을꼬?"

이 씨가 의논 삼아 묻자, 취향이는 이때다 싶어 얼른 부인의 말을 받았다.

"이게 다 연분이옵지요. 기왕 이렇게 된 일을 걱정만 하시면 어찌하오리까. 마님께서 마음먹기에 달렸으니 어려울 게 있겠나이까?"

"그래 어찌하면 좋겠느냐?"

취향이는 넌지시 채봉이를 곁눈질해 보더니, 채봉이가 듣지 못하게 이 씨의 귀에 대고 귀띔을 하고는 해쭉 웃어 보였다.

"그렇게만 하면 이런 사연을 알 사람도 없을 뿐더러 일은 또 얼마나 잘되겠나이까!"

이 씨는 자못 귀가 솔깃했다.

"네 말도 그럴듯하다만 장 도령네 지체가 어떻더냐?"

"한번 청해다 물어보면 알 일이 아니옵니까? 장 선천 댁 아드님인데 앞집 김 첨사 댁이 외가라고 하시니 지체는 우리 댁과 다를 바 없사와요."

이 씨는 한결 마음이 누그러졌다.

"혼인이란 사람의 힘만으론 할 수 없느니라. 연분이 없으면 한방 안에 사는 사이라도 남남이나 같고, 연분이 되려면 수만 리 밖 사람하고도 인연이 닿는 법이니라. 허나 일이 이렇게 됐으니 네 말대로 하겠다만, 그 도령이 썼다는 글귀 좀 보자꾸나. 어데 있느냐?"

취향이는 얼른 옷장을 열고 수건을 꺼내 이 씨 앞에 펼쳐 놓았다. 이 씨는 필성의 글씨를 보고 눈이 휘둥그레졌다. 꽤 흐뭇한 눈치다.

"아가, 네 마음은 짐작이 가니 더 말은 않겠다만 한 가지 걱정되는 건 네 아버님이 서울에서 혼인을 정하고 내려오시면 어쩌겠느냐?"

그러자 취향이가 깔깔 웃었다.

"아유, 마님은 별걱정을 다 하시와요. 암만 정하고 내려오신대도 예장을 받은 것도 아닌데 파혼하기가 무에 그리 힘들어서 걱정을 하시와요?"

"하긴, 인제 별수 없구나. 설사 예장을 받았더래도 파혼하는 수밖에 없겠다."

이 씨는 뜻밖의 일을 맞고도 사윗감이 사뭇 마음에 드는 터라 밤가는 줄도 모르고 의논을 다 하고 나서야 안방으로 들어갔다.

중매 할멈 왔는가

장필성은 그날 밤 채봉이를 만나 저희들끼리나마 백년가약을 맺고는 집으로 돌아와 어머니 앞에 앉았다.

"어머니, 제가 나이 열여덟인데도 어머니 아침저녁을 봉양할 사람이 없는 데다 집안 살림이 점점 더 구차해 가니 정말 딱하옵니다. 듣노라니 평양성 밖 김 진사 댁 딸이 얌전하고 재주가 많다는데 중매 할멈을 보내서 통혼을 해 봤으면 좋겠나이다."

최 씨는 아들의 갑작스런 청이 더없이 반가웠으나 한편으로는 걱정이 앞섰다.

"네 나이 지금 열여덟이니 그런 생각이 왜 없겠냐마는 김 진사 댁이 우리 사는 형편과 아주 다르니 그쪽에서 그러마 하겠느냐?"

"일이 되고 안 되고는 하늘에 달렸지만 일을 꾸미는 건 사람에게 달렸으니 통혼이야 못 해 보오리까."

"해 보기는 하겠다만 들을는지 몰라서 하는 말이다."

이튿날 최 씨는 중매 할멈을 김 진사 집에 보냈다.

이 씨는 혼자 방 안에 앉아서 채봉이 혼사를 두고 두루 궁리하고 있는 중이었다. 그때 중매 할멈이 들어섰다.

"마님, 그동안 평안하셨나이까?"

"할멈 오는가!"

이 씨는 문득 나타난 중매 할멈을 반겨 맞았다.

"요새 잘 안 보이기에 좋은 일이 많은가 보다 했지. 오늘은 무슨 바람이 불어서 왔나?"

이 씨가 반기는 바람에 중매 할멈은 신명이 나서 방으로 들어와 앉았다.

"좋은 신랑감이 있기에 왔나이다."

이 씨는 속으로 짐작이 갔으나 모르는 체했다.

"어떤 신랑감인가?"

"다름 아니라 대동문 밖 장 선천 댁 아드님인데 인물 잘나고 풍채 좋고 글 잘하고 명필이외다. 그러니 이 댁 따님의 배필이 됨직하기에 말씀드리옵니다. 중매 노릇을 삼십 년이나 해 와도 이런 자리는 평생 처음 보는 터라, 두 댁 혼사가 맺어지면 중매한 생색이 날까 하옵니다."

"나도 일찍이 그 도령이 뛰어난 인물이란 말은 들었네만 한번 내 눈으로 보고 싶으니 하루 집으로 데려오게."

"그렇게 합지요. 그럼 내일 신랑을 데리고 오겠나이다."

김 진사 집을 나선 중매 할멈은 한달음으로 장 도령 집으로 가 이 씨가 하던 말을 그대로 외웠다. 최 씨는 기뻐서 그날 밤으로 새 옷 한 벌을 서둘러 지었다.

이튿날 아들에게 새 옷을 입히고 보니 과연 빼어난 풍채가 한층 더 두드러져 좋은 붓으로도 이루 다 그릴 수 없었다.

필성이 중매 할멈을 따라 김 진사 집으로 가니, 이 씨가 안방을 깨끗이 거두고 안으로 맞아들였다. 필성이 방으로 들어서자마자 이 씨에게 절을 하니, 이 씨는 앉은 채 허리를 반쯤 구부려 절을 받으면서도 사뭇 필성한테서 눈길을 떼지 못했다. 인물이며 풍채가 보던 중 처음인 데다 예절도 반듯하니 이 씨는 기쁨을 누를 길 없는 듯 몹시 반기며 말을 건넸다.

"여보게, 내가 자네를 청하기는 했으나 이렇게 만나 보니 과연 기껍기 그지없네. 우리 양주 쉰 되도록 살붙이라고는 딸 하나뿐인데 그것이 배운 것도 없고 아직 철이 없다네. 아마 댁 어머님께서 헛소문을 들으시고 통혼을 하신 모양인데, 나야 물론 싫단 말은 않겠네. 사주단자나 걸어 놓고 진사님이 서울서 오시거든 성례를 할 터이니 그리 알고 어른께 여쭙게."

이 씨는 그러고 나서 웃는 얼굴로 필성 앞에 수건 하나를 내놓고 넌지시 물었다.

"자네가 글공부를 많이 했다니 이 글을 누가 지은 겐지 짐작하겠나?"

필성은 무심코 고개를 들고 수건을 보았다. 수건에 쓰인 글은 곧 제가 채봉에게 지어 보냈던 글이 아닌가. 필성은 퍽이나 민망하였으나 탄로 난 것이 오히려 다행스럽기도 했다. 필성은 짐짓 눈길을 떨어뜨리고 공손히 대답했다.

"왜 모르오리까? 존귀한 가문을 어지럽혀 죄송하기 이를 데 없나이다."

"내 진작 다 알고 하는 말인데 무슨 딴 뜻이 있겠나. 마음 놓고 돌아가 글공부에나 힘써 대장부의 근본을 잃지 말게."

"마음에 깊이 새겨 두고 말씀대로 하겠나이다."

필성은 점잖이 인사를 하고 나서 설레는 가슴을 안고 김 진사 댁을 나섰다.

그때 마침 안으로 들어왔던 취향이가 도령과 부인이 주고받는 말을 죄다 엿듣고 뽀얗게 초당으로 달려 나갔다.

"아가씨, 아가씨, 도련님이 지금 안방에서 마님과 이야기를 하는 걸 보니 아마 일이 성사됐나 보옵니다. 아이 좋아라!"

취향이는 들떠서 문틈으로 필성이 나가는 모양을 가리키며 호들갑을 떨었다.

"아가씨, 저분이 신랑이 되기로 정해졌나이다. 저 양반 처갓집 다녀가는 거동 좀 보소서!"

취향이는 제가 혼인하는 양 좋아서 어쩔 줄 모르고, 채봉이는 얼굴을 빨갛게 물들이며 애써 기쁨을 숨겼다.

사윗감 듣본다더니 벼슬부터 얻은 김 진사

김 진사 집에선 어이딸이 좋은 혼사를 맺고 김 진사가 어서 돌아오기만 기다리고 있었다. 그런데 사윗감을 찾으러 서울에 올라간 김 진사는 딴 속셈이 있어 돌아갈 날을 무작정 드티기만 하고 있었다. 당초 사윗감을 듣보러 간다고 하면서도 속으로는 벼슬자리 구할 생각이 앞서 숱한 재산을 싸 가지고 올라간 터였다. 그래서 서울 장안 남북 촌 세돗집 찾을 내기에 눈이 벌게 돌아가고 있었다.

김 진사는 먼저 허 판서가 제일가는 세돗집으로서 온 조정이 붙좇고 있다는 소문을 듣고 그 집에 뻔질나게 드나드는 손님 하나를 가까이 사귀어 놓았다. 그 사람은 양주 목사 벼슬을 지냈다 해서 김 양주로 통하는데, 사람됨이 좀스럽고 아첨을 일삼으며 벼슬을 사고파는 데 이골이 난 거간꾼이었다. 김 진사가 큰 재산을 가지고 벼슬자리를 구하러 왔단 말을 듣고 김 양주는 금구덩이나 만난 듯이 반기며 무척이나 가까이 굴었다. 은근히 평양에 사람을 띄워 김 진사가 실속이 있는지 없는지를 알아보기까지 했다. 김 진사의 재산이 착실한 줄을 알게 되자 김 양주는 자못 안타까운 듯 넌지시 구슬렸다.

"여보 종씨, 서울에 올라와서 그럭저럭 또 철이 바뀌는데 아직 일은 안 되고 돈만 축나니 남의 일 같지 않아 보기 딱하구려."

김 진사는 그 말이 어찌 고마운지 몰랐다.

"돈이야 관계있소마는 종씨가 애쓰는 게 되레 미안하구려."

"천만에 말씀이오. 좋은 방도가 하나 있긴 한데 해 보시려오?"

"무엇이오?"

김 진사는 사뭇 귀가 솔깃했다.

"종씨가 진사로만 있으니, 벼슬이 우선 구품으로는 올라야 할 것 아니오?"

"그렇지요."

"그럼, 우선 돈 천 냥만 주시오. 왕릉에 있는 정자각을 이번에 수리하는데 거기에 이름을 넣고 구품 벼슬부터 하시게 하리다."

구품 벼슬 한다는 말에 입이 헤벌어진 김 진사는 종로 백목전에서 찾게 되어 있는 돈표를 선뜻 김 양주에게 내주었다.

"구품 벼슬만 하면 고을 사또 되기는 쉽겠소?"

"암, 그렇고말고요. 벼슬엔 층층대 같은 절차가 있어서 고을 사또를 하자면 반드시 구품 벼슬부터 해야 한다오. 구품을 못 하면 오백 날이 가도 다음 벼슬을 할 수가 없다오."

"나야 시골 사람이라 아는 게 있소이까. 영감 하시기에 달렸지요."

"걱정 마시오. 내가 어련히 다 알아서 하지 않으리오. 그저 뒤나 잘 대시오."

"예, 주선만 잘해 주시구려."

김 진사는 김 양주가 오랜 벗인 양 싶었다.

"돈이 얼마나 되오? 허 판서 욕심에 여간한 돈 가지고는 안 된다오."

김 진사는 김 양주를 믿고 제 호주머니 사정을 털어놓았다.

"돈이라고 가지고 올라온 게 한 오천 냥밖에 없구려."

김 양주에게 김 진사는 이미 올가미에 걸려든 노루였다.

"오천 냥 가지고야 되겠소? 적어도 만 냥 하나는 가져야 현감이라도 얻어 한다오."

김 진사는 속으로 바빠났다.

"그럼 표라도 써 넣고 내려가서 치릅시다그려."

"그래도 좋소. 아무튼 사흘 안으로 구품 벼슬을 내리는 임금님 칙지를 갖다 드릴 테니 한턱이나 내오."

임금님 칙지란 말에 김 진사는 황홀해졌다.

"한턱뿐이겠소? 두 턱이라도 내리다."

김 진사는 단단히 약조를 하고 김 양주를 보냈다. 그러고는 돈 마련할 방도를 찾느라고 번번이 잠을 놓치면서도 이제 벼슬을 안고 올 김 양주가 무척 기다려졌다.

드디어 기다리던 김 양주가 나타났다. 나타나자마자 나라의 명령을 베낀 종이 한 장과 칙지를 내놓으면서 생색을 내느라고 너스레를 떨었다.

"종씨, 이번 구품 벼슬은 만 냥이면 참 싸다오. 자, 칙지는 함부로 받는 게 아니니, 예법대로 사모관대를 하고 궁궐이 있는 북쪽을 바라고 네 번 절한 다음에 깨끗한 상에 받아 놓으시오."

"관이랑 띠랑 있어야 하지 않겠소이까?"

"참, 그게 없겠구려. 가만 계시오. 내 집에 있으니까 가져오라고 합시다."

김 양주는 하인을 시켜 관과 띠를 가져오게 했다. 관과 띠가 오자, 김 진사는 하라는 대로 관 쓰고 띠 띠고 나서 북쪽을 바라 네 번 절한 뒤 칙지를 받았다. 받고 보니 김 진사는 새삼스럽게 김 양주만치 고마운 사람이 없어 보였다.

"영감 덕분에 오늘 이같이 임금님의 은혜를 입었소이다."

김 양주는 속마음과는 달리 짐짓 점잔을 뺐다.

"나야 뭐 심부름이나 했을 뿐이지 무슨 힘이 있소. 허 판서 대감이 두루 보살펴 주신 덕분이지요. 아무려나 관과 띠를 가지고 온 사람에게 고마움이나 표하시구려. 으레 그리하는 법이라오."

"참, 영감께서 깨우쳐 주지 않았더라면 실수할 뻔했소그려."

김 진사는 김 양주 귀띔대로 명주 한 필에 무명 한 끝을 받쳐 주어 보내고 나서 다시 하인을 시켜 좋은 탕건을 사 오게 했다. 옷도 관도 새로운 것으로 얼싸하게 차려입고 나니 신수가 더욱 훤했다.

"허허, 훌륭한 참봉 나리가 되셨구려."

김 양주는 김 참봉을 쳐다보며 듣기 좋게 구슬렸다. 한껏 흐뭇해진 김 참봉은 금세 그럴듯한 생각이 절로 나서,

"영감, 구품 벼슬을 하게 된 턱을 어찌 아니하겠소. 어디든지 가서 소리나 한마디 들으면서 술이나 한잔 듭시다."

하고 김 양주를 바라보았다.

김 참봉 딴엔 속이 버치만 해져서 한 소리였다. 그러나 김 양주의 속은 달랐다. 돈 백 냥쯤은 사례로 내놓으려니 했는데 술로 때우려고 드니 괘씸한 생각이 들었으나 점잖은 체면에 내색은 못 하고 짐짓 사양하는 체했다.

"천만에 말씀이오. 한턱이 다 뭐요. 일전에 농담으로 실없는 소리를 한 걸 곧이들었소?"

"아무렇게 들었건 상관있소? 어쨌든 갑시다. 내가 서울 온 뒤로 기생집이라고는 구경도 못 했는데 구경 좀 시켜 주시구려."

김 양주는 잔뜩 뒤틀린 심사를 누잣히고 못 이기는 체했다.

"그럽시다그려. 어려울 게 있겠소? 그저 종씨 씀씀이가 지나칠까 해서 그러는 게요."

"그토록 알아주시니 더 말할 게 없소이다. 하여간 갑시다."

"정 그렇다면 갑시다."

둘은 밖으로 나섰다.

"어떤 집이 좋소이까?"

"그야 산홍이도 좋고, 옥희도 좋고, 난홍이도 좋지. 어떤 집으로 가시겠소?"

김 참봉은 대중할 수가 없어 생각나는 대로 대답했다.

"그저 소리 잘하는 기생한테 갑시다그려."

"그럼 오궁골 난홍이네로 갑시다."

둘은 오궁골로 갔다. 난홍이 집에 이르러 김 양주는 대문 앞에서 두어 마디 거듭 불렀다.

"이리 오너라. 이리 오너라!"

"놀음 가고 없소!"

안에서 대답이 들리자 김 양주가 입맛을 다시며 말했다.

"우리가 난홍이와 인연이 없나 보오. 남문동 산홍이 집으로 갑시다."

김 참봉은 절에 간 색시마냥 김 양주 하자는 대로 할밖에 없었다. 남대문까지 따라가니 어느 집 문 앞에 이르러 김 양주는 또 앞서 본새로 안에 대고 두어 번 큰 소리로 불렀다.

"이리 오너라. 이리 오너라!"

오궁골에서처럼 안에서 대답이 나왔다. 이번엔,

"들어오오!"

한다.

"산홍이가 있나 보오. 들어갑시다."

김 양주를 따라 안으로 들어간 김 참봉은 그만 주춤했다. 아랫목에 앉은 기생을 바라고 방 안이 터지도록 사람들이 둘러앉아 있었다. 그러나 김 양주는 제집에나 온 듯 스스럼이 없다.

"평안들 하오?"

둘러앉은 사람들한테 김 양주가 인사치레를 던졌다.

"예, 평안하오."

사람들이 병창이나 하듯 일제히 대꾸했다.

김 양주는 벌써 둘러앉은 사람들에겐 아랑곳없이 기생에게 말을 던졌다.

"별일 없고?"

"예, 평안하시와요?"

기생은 어느새 자리에서 일어서며 김 양주에게 인사를 차렸다.

김 양주는 기생의 인사를 받아넘기고 판을 치다시피 좌우를 둘러보며 말을 던졌다.

"자리 좀 좁시다!"

김 양주의 말이 떨어지자 모두 조금씩 조이니 둘이 앉을 자리가 훤하게 났다. 김 양주는 그 자리에 앉자 무슨 생각을 하는지 담배만 뻑뻑 빨아 댔다.

사람들은 흥이 깨진 듯 말이 없었다. 말은 없으나 김 양주가 내뿜는 담배 연기가 용문산 안개 끼듯 서려 천장이 보이지 않도록 방 안에 차 넘치자 은근히 눈살들을 찡기는 품이 김 양주가 만만한 인간 같으면 맞대 놓고,

"도대체 어떤 놈이관데 이리 무례한 짓을 하느냐? 아무런 델 가도 너 같은 놈은 처음 보겠다. 썩 나가거라!"

하고 호통을 칠 테지만, 김 양주로 말하면 허 판서의 세도에 등 대고 으스대는 위인인 만큼 아니꼽기는 하나 어쩌지는 못하는 눈치들이었다.

하나 둘씩 차차 자리를 물리고 나가니, 나중에는 주인 기생과 김 양주, 김 참봉 셋만 남았다.

"허허, 그 외입쟁이들이 우리가 오니까 왜 다들 꽁무니를 뺄까?"

김 양주가 능글맞게 시치미를 떼고 말했다.

"새 사람이 들어오면 옛 사람은 나가게 마련이지요."

산홍이가 상글상글 웃으며 장단을 맞춰 주었다.

"과연 외입판 말투로구나. 애, 산홍아, 상이나 얼른 차려 오라고 하려무나."

산홍이는 미닫이를 열고 소리쳤다.

"이리 좀 오오!"

"왜 그러나?"

건넌방에서 대꾸하는 소리가 들리더니, 뒤이어 어떤 사내가 불쑥 나왔다. 옷은 이 도령이 어사출또하기 전 옷같이 꾀죄죄하고 이마엔 망건 자리도 나지 않았는데, 귀 뒤로 후줄근하게 늘어진 머리털은 수양버들 같고 얼굴은 누렇게 떴다.

"약주 좀 차려 오오!"

사내가 뒤축도 없는 미투리를 질질 끌며 밖으로 나가더니 얼마 만에 술상이 들어왔다. 산홍이는 술 주전자를 잡아 잔에 가득 부어 놓고 김 양주에게 권했다.

"영감, 잔 드시와요."

"어떻게 먹으란 말이냐?"

"어떻게라니요? 잔 잡으실 줄 모르셔요?"

기생은 고운 눈을 할끗 할겼다.

"애, 나도 술 마실 줄은 안다만 너희 집에 와서 술 마실 적에야 거 있지 않느냐. 권주가라는 거 한 가락 들어 보자꾸나!"

산홍이는 잔을 들어 김 양주에게 권하고 나서 고운 청을 뽑아 권주가를 불렀다.

잡으시오 잡으시오.
이 술 한잔 잡으시오.
이 술은 술이 아니라
한 무제 승로반*의
이슬 받은 것이오니
이 술 한잔 잡으시면
천만년을 사오리다.

김 양주가 마시고 나자, 산홍이는 또 한 잔 찰찰 부어 이번엔 김 참봉에게 권했다.

"권주가를 했으니 이번엔 다른 걸 하려오."

"네 마음대로 하려무나."

김 참봉이 딴 소견이 없으니 산홍이는 술잔을 든 채 간드러지게 가락을 뽑는다.

창밖에 국화 심어
국화 밑에 술 빚어 두니
술 익자 국화 피고
벗님 오자 달 뜨누나.
아이야 거문고 내어 청쳐라.
님 맞이하리로다.

---

* 한 무제가 장생불사하기 위해 하늘에서 내리는 이슬을 받아 마시던 쟁반.

김 참봉은 히죽벌쭉하면서 덮어놓고 기생을 칭찬한다.

"얘, 그 소리 좋구나. 과연 명기로다!"

김 양주는 틈을 주지 않고 기생에게,

"얘 산홍아, 수고한 끝에 편이라는 거 하나 부르려무나!"

그 말에 산홍이는 상글상글 웃어 보였다.

"황송한 말씀이지만, 주면 줄수록 양양이라더니 들을수록 양양이외까?"

"요년! 서방 구경을 못 하게 할라! 그게 무슨 버릇없는 말이냐!"

김 양주는 짐짓 호통을 쳤으나 얼굴은 벼룩거리고 있었다.

"영감과 흉허물이 없어서 응석 삼아 한 말인데 뭘 그리 나무라시와요?"

아양을 떨며 하는 모양이 똑 기생의 수작이다. 김 양주는 속없이 웃어넘겼다.

"허허, 고 계집애. 나 역시 정말이겠냐만 너도 어찌 그런 말을 한단 말이냐?"

"실수했사와요. 편을 하나 하라시니 편이나 불러 용서받을까요? 그런데 요새 목이 쉬어서 목청이 나올까 모르겠소."

산홍이는 목을 가다듬느라고 두세 번 기침을 했다. 이어 쉬었다는 목에서 구슬 같은 소리가 흘러나왔다.

조선 명산 높이 솟은 금빛 봉우리
깎아 세운 듯 푸른 하늘 찌르고
돌벼랑은 우뚝 솟아 삼각산이요

남산의 묘한 바위 머리 쳐든 누에로다.
왼쪽 용은 낙산이요, 오른쪽 범은 인왕산일세.
상서로운 빛 허공에 어리고 땅 위에 깃들어
밝은 기운 거룩하여 훌륭한 인재를 낳으니
아름답도다, 우리 산천의 웅장함이여!

"수고했네!"

"천만의 말씀이와요. 무슨 수고겠어요."

오는 말에 가는 말로 받아 넘기는 기생의 인사치레다. 김 양주는 김 참봉에게 눈길을 던졌다. 어떠냐고 묻는 눈치다. 김 참봉은 제 돈을 쓰면서도 이것이 다 김 양주 덕인가 싶은 모양이다.

"여러 달 동안 객지에 나와 심회가 울적하더니 오늘에야 마음이 상쾌하외다."

김 양주 술이 거나해 감에 따라 본색이 더욱 드러난다.

"허허, 울적할 때 이런 노랫소리를 들으면 가슴이 탁 트일 게요. 오늘은 취하도록 마십시다."

김 참봉을 부추기며 잔에 잔을 거듭하여 취하도록 마시고 난 김 양주는 거푸 김 참봉을 구슬려 가며 은근히 올가미를 죄었다.

"종씨, 어떻게 해서든 허 판서 댁에만 잘 나들게 되면 판서나 정승도 할는지 모르니 꼭 나 하라는 대로만 하오!"

"암, 두말이 있겠소이까. 난 종씨만 하늘같이 믿고 있소이다."

김 참봉은 취할수록 김 양주가 더욱 가깝게 느껴지니 그 양반 하는 말은 무어든 다 반갑기만 했다.

"내일은 허 판서한테 가서 뵙시다."

"내 가서 뵈올 것까지 있겠소? 종씨가 있는데."

"그래도 한번 가서 눈앞에 뵈어야 앞으로 좋은 일이 많다오."

"그렇다면 종씨 하라는 대로 합시다그려."

밤이 이슥토록 이런 말을 주고받고 하면서 잔뜩 먹고 마시는 동안에 김 양주는 김 참봉 마음을 속속들이 낚아 놓았다. 그리하여 김 참봉은 김 양주에게 잠방이마저 벗어 줄 마음이었다.

서울에서 얻은 사위

이튿날은 김 양주와 김 참봉이 허 판서 집에 함께 가기로 한 날이다. 그리하여 이쪽도 저쪽도 아침 일찍 일어나 몸단장을 깨끗이 하고 집을 나서 내수사 앞에서 만났다.

"종씨, 병이나 나지 않았소? 궁금해서 찾아가던 길이오."

김 양주가 반색하며 다가왔다.

"난 아뭏지도 않소만 영감 괜찮으셨소? 나도 궁금해서 댁으로 문안 가던 참이외다."

"거참 미안하게 됐소. 그럼 어서 허 판서 댁에나 갑시다."

김 참봉은 김 양주를 따라 사직골 허 판서 집으로 갔다.

허 판서 집 사랑으로 쑥 들어간 김 양주가 한참 만에야 나와서 함께 들어가자 하니 김 참봉이 옷매무시를 고치고 따라 들어갔다.

김 양주가 이번엔 사랑채를 지나 딴채로 쑥 들어갔다. 이내 안에서 우렁우렁한 목소리가 울려 나왔다.

"방으로 들어와 뵈어라!"

김 참봉은 방으로 들어가 절을 하고서야 간신히 눈길을 들었다.

"이 사람이 그저께 참봉 벼슬을 한 사람인가?"

허 판서가 김 양주에게 물었다.

"예, 그러하옵니다."

김 양주는 허 판서가 묻는 말에 짐짓 머리가 방바닥에 닿도록 허리를 구부리고 아뢰었다. 허 판서는 김 참봉을 떠보듯이 찬찬히 쳐다보더니 슬쩍 구슬렀다.

"흠, 아주 단정한 선비로군. 자네, 어디 사또 한자리 하고 싶다지? 우선 시험 삼아 조그만 데로 과천 현감이나 해 볼까? 그래 과천이 좋을 게야. 울고 들어가서 웃고 나온다는 곳이니까."

김 참봉은 영문을 몰라 얼떨했다. 그러자 김 양주가 나서며 물었다.

"지금 과천이 벼슬자리가 비었나이까?"

김 양주는 마치 처음 듣는 말이기나 한 듯 물으나 허 판서와 이미 짜고든 놀음이었다.

"그래, 과천 현감이 그만두겠노라고 임금께 상소를 했다네."

"그럼 값은 얼마쯤이나 하겠나이까?"

김 양주는 말을 요진통으로 끌어들였다. 그러자 허 판서는 위엄 있게 헛기침을 하더니 점잖이 말을 꺼냈다.

"만 냥 하나는 있어야 할걸? 나야 사람을 고르면 그만이지만 다른 사람들이야 어디 그런가."

김 참봉은 조그만 벼슬자리 하나에 돈 만 냥을 따먹는 놀음판임을 알 리 없어 감지덕지하여 이마를 조아렸다.

"대감 덕분에 구품 벼슬을 하고 이제 또 현감까지 하게 되니 황송하기 그지없나이다."

"별소릴 다 하는구먼. 오늘 현감 벼슬을 시켜 줄 테니 돈표나 써 두고 가게."

허 판서의 말이 시원스레 떨어지자 김 양주는 기다렸다는 듯 얼른 벼룻집을 열고 먹부터 갈려 들었다. 그런데 마침 연적에 물이 없다. 김 양주가 방울 줄을 당겨 소리가 달랑 나니 열여섯 나 보이는 곱게 생긴 소년 하나가 대답 소리를 길게 뽑으며 나타났다.

"옜다, 여기 물을 넣어 오너라!"

소년은 연적을 받아 들고 나갔다. 사내아이인데도 얼굴이 떠오르는 대보름달같이 훤한 것이 첫눈에 띄었다. 뛰어나게 잘난 용모가 보던 중 처음이라 참봉은 느닷없이 채봉이가 생각나서 감탄이 절로 나왔다.

"그 아이 신통히도 우리 딸아이같이 잘도 났군! 어느 날에나 저런 사위를 얻어서 짝을 무어 주누!"

저도 모르게 새어 나온 이 말이, 오백 리 밖에서 이쪽 형편은 아무것도 모르고 다만 아버지가 돌아오기만 기다리는 채봉이 운명에 모진 비바람을 안기게 될 줄이야 김 참봉인들 어찌 알았으랴!

허 판서와 김 양주가 그 말을 들었던 것이다. 그 고운 사내아이는 허 판서 집에서 심부름하는 아이인데, 허 판서는 그 아이가 어찌나 마음에 드는지 남자건 여자건 따질 것 없이 세상에 그 아이처럼 인물 잘난 아이가 없다고 생각하는 터였다. 그런데 김 참봉 입에서 나온 말로 미루어 보니 그 딸의 인물 또한 저 아이의 인물에 견줄 만한 것이 틀림없으니, 허 판서는 그 순간에 문득 딴 욕심이 났다. 그러나 허 판서의 구렁이 같은 속을 알 길이 없는 김 참봉은, 이윽해서 연적을 갖다 놓고 나가는 소년의 용모를 황홀하게 바라보고 있었다. 이때 먹을 다 갈고 난 김 양주가 김 참봉의 어깨를 탁 쳤다.

"뭘 그리 정신없이 보고 있소? 어서 돈표나 써 놓고 나갑시다."

"예, 쓰지요."

김 참봉은 엉겁결에 대답은 해 놓았으나 제정신이 들자 돈 만 냥이 당장은 몸에 없는 것이 걱정이 되어,

"그런데 종씨."

하고 김 양주의 낯을 살폈다.

"왜 그러오?"

"오천 냥은 지금 있고 오천 냥은 평양에 기별해서 가져오게 하든지, 그렇잖으면 내가 내려가야 할 터인데 어쩌면 좋겠소?"

허 판서는 본디 벼슬 파는 데 이골이 난 양반인 데다 김 참봉이 돈 밑천이나 가지고 있다는 말을 들어 아는 터이므로 선뜻 허락하였다.

"오천 냥 찾을 표는 날 주고 나머지 오천 냥은 어음만 써 두었다가 나중에 들여놓게."

김 참봉은 그 자리에서 오천 냥 돈표를 내놓고 지금 없는 오천 냥은 어음으로 써 놓았다.

허 판서는 그것들을 받아 책상 서랍에 넣고 나서 속이 자못 흐뭇

해서 거푸 웃는 낯으로 김 참봉을 바라보았다.

"내일이면 과천 현감 벼슬을 할 터이니 이제부턴 김 과천이라고 부르지, 김 과천!"

"황송하옵니다!"

김 참봉은 또다시 방바닥에 이마를 조아렸다.

"내일이면 할 걸 이제부터 부른들 무슨 상관 있겠나? 허허! 그런데 아까 내 심부름꾼 아이놈을 보고 뭐라고 했나?"

김 참봉은 주춤했다. 어쩐지 면구스러웠으나 속마음을 그대로 아뢰었다.

"하도 사람됨이 얌전하기에 칭찬했나이다."

"글쎄 칭찬한 줄은 알지. 그런데 사위를 삼았으면 좋겠다지 않았나?"

허 판서는 딴 속셈이 있어 묻는 말이건만, 김 참봉은 그런 것까지 물어 주는 것이 적이 고마워 곧이곧대로 털어 바쳤다.

"그러하옵니다. 제게 아직 철들지 않은 딸자식 하나가 있사온데 됨됨이가 과히 못나지 않아서 부모 된 마음에 그만 못지않은 신랑감을 구해서 짝을 무어 주려고, 지금 열여섯 살인데도 여태 시집을 안 보내고 있나이다. 그런데 댁의 심부름꾼 아이를 보니 용모가 제 딸자식과 기울지 않기에 무심결에 나온 말이 대감께 들렸나 보옵니다."

김 참봉의 말을 듣자 허 판서는 더러운 욕심이 불같이 일어 체면도 돌볼 겨를이 없이 너털웃음을 쳐 가며 제 뱃속을 거리낌 없이 드러냈다.

"여보게 김 과천, 우리 집 그 아이놈하고 나하고 어느 쪽이 나은가?"

김 참봉은 그 물음이 송구스러웠다.

"황송한 말씀이옵니다."

"황송하다고 할 게 아니네. 내가 김 과천에게 청할 말이 있어서 그러는데 반갑게 들어주겠나?"

"대감의 말씀이오면 죽음인들 마다할 수 있겠나이까?"

"다른 청이 아니라 내가 자네 사위가 되면 어떻겠나?"

"사위라니요?"

김 참봉은 제 귀를 의심했다. 너무나 뜻밖의 말이라 속이 떨리기까지 했다.

"천만의 말씀이옵니다."

"천만의 말씀이랄 게 아니네. 내 말을 들어 보게. 김 양주 이 사람이 내 속을 다 아네. 작년에 내 별실이 죽은 뒤로는 마땅한 사람이 없어서 지금껏 쓸쓸하게 지내는 터일세. 그러니 다행히 자네가 딸을 준다면 자네 딸도 호강시키려니와 또 자네도 고을 사또 노릇만 하겠나? 감사라든가 참판, 판서인들 못 하겠나!"

그래도 김 참봉은 그 말이 믿기지 않아 김 양주 쪽을 슬쩍 건너다보았다. 마주 바라보며 고개를 끄덕이는 김 양주의 눈길엔 허 판서의 말이 진담이라는 뜻이 들어 있었다. 그러고 보면 판서의 말이 농담만 같지 않기도 했다. 아니 그 말이 어쩌면 진심일지도 모른다고 생각하니 김 참봉은 대뜸 귀가 솔깃했다.

애당초 서울에 올라온 것은 금이야 옥이야 하는 딸에게 맞춤한 사윗감을 얻어 짝을 무어 주어 길이 낙을 보자는 것이었다. 그런데 평안도 사람으로는 벼슬하기가 하늘의 별 따기만치나 어려운 시절에 허 판서 같은 세도 있는 재상을 알게 되어 구품 벼슬에 현감까지 하고, 이제 또 이야기를 주고받다 보니 높은 벼슬과 큰 재산이 당장 한 몸에 휘감길 성싶으니 딸 채봉이를 주고픈 생각이 불길같이 이는 것을 어찌할 수 없었다.

아닌 게 아니라 채봉이는 본디 됨됨이가 녹록지 않아 부잣집 첩 아니면 재취 자리로 시집을 보내야만 할 것 같았다. 그럴 바엔 애초에 재상집 첩으로 주어 호강이나 시키고 자기는 그 덕에 이를테면 임금님 가시아비 부럽지 않게 벼슬이나 실컷 얻어 하는 것이 상수였다. 난데없는 호박이 넝쿨째 굴러 온 셈이다. 김 참봉은 기꺼이 승낙했다.

"철없는 딸자식을 그토록 미쁘게 생각해 주시는데 어찌 감히 마다하겠나이까. 다만 딸자식이 아직 어려서 대감님 뜻을 감당할 수 있을지 걱정이옵니다."

"허허, 별소릴 다 하네그려. 들어 보니, 평양 사람들은 남자나 여자나 숙성하다더구먼. 그래, 언제 떠나겠나?"

"내일로 내려가서 데리고 오겠나이다."

"그럼 빨리 데리고 올라오게. 그동안 난 자네 일을 봐줄 테니."

김 참봉은 벌써부터 천하를 얻은 듯 기쁘기 그지없었다. 하루가 더딜세라 이튿날 허 판서에게 하직하고 곧 평양으로 내려갔다.

평양 살림 몽땅 팔고 서울 가자

채봉이 혼인을 정한 이 씨는 남편 김 진사가 내려올 동안에 딸의 잔치 채비를 하느라고 이리저리 바빴다.

이럴 때에 김 진사가 홀연 대문 안에 들어섰다.

"마누라, 어디 갔소?"

방 안에서 딸의 옷을 마르고 있던 이 씨는 밖에서 나는 남편 목소리를 듣고는 손에 쥐었던 가위도 집어던지고 허겁지겁 뛰어나갔다. 김 진사가 툇마루에 턱 걸터앉아 있었다. 이 씨는 눈이 빠지도록 기다리던 남편을 보자 반가움보다 역정이 앞섰다.

"왜 이리 더디 내려오시오? 난 그새 애기 혼사를 정해 놓고 진사님 내려오기만 안타까이 기다렸소!"

"무엇이? 혼인을 정했다고?"

김 참봉은 이 씨의 말을 듣고 기겁하여 눈을 부라리며 소리를 질렸다.

"누구와 정했단 말이오?"

"먼 길에 피곤하실 테니 어서 방으로 들어와 앉으시오. 이야기는 차차 한들 어떻소?"

"아니, 여기도 괜찮소. 우선 급하니 그 말부터 하오! 그런데 내가 아직도 진사님이오? 그새 참봉 첫 벼슬을 했는데."

참봉이라는 소리를 듣고 이 씨는 남편이 보란 듯이 벗어 주는 갓이며 탕건을 정신없이 벽에 걸고는 참봉 옆에 바싹 다가앉았다.

"아이고, 참봉이라니 이게 웬 경사오이까! 올해 우리 집 운수가 거푸 틔었구려. 영감은 첫 벼슬을 하고 딸은 혼사를 정하고. 그런데 왜 혼인 정했단 말에 질겁을 하시오?"

"먼저 듣고 봐야겠으니 그 말부터 하오!"

"대동문 밖 장 선천 댁 아들과 정했다오."

"장 선천?"

김 참봉은 껑충 뛰었다.

"장 선천 아들과 정했다고? 그 거지 다 된 것하고? 흥, 내가 기막힌 사위를 정하고 내려왔으니, 애기를 데리고 서울로 올라갈 채비나 하오! 서울 가서 살잔 말이오!"

"기막힌 사위라고요?"

이 씨는 눈이 휘둥그레졌다.

"어떤 사위요?"

김 참봉은 말 나가는 대로 큰소리를 탕탕 쳤다.

"흥, 알면 기절할 거요. 누구인고 하니 날아가는 새도 떨어뜨린다는 사직골 허 판서요!"

"허 판서라니요? 허 판서가 아들이 있소?"

"바로 허 판서란 말이오!"

"뭐라고요?"

이 씨는 억이 막혀 입을 딱 벌렸다. 끔찍도 하고 기가 막히기도 했다.

"그래, 허 판서라면 본처란 말이오, 부실이란 말이오?"

"본처도 아니요, 부실도 아니요, 별실이오."

"난 못 하겠소! 허 판서 아니라 허 정승이라도 못 하겠소!"

"왜 못 해?"

김 참봉은 참지 못하고 소래기를 질렀다.

"영감이 서울 가시더니 마음이 변했나 보구려. 언제는 우리 애기처럼 얌전한 신랑을 골라서 곁에 두고 재미나 보자고 하시더니 오늘은 이게 웬 말씀이오? 그래 딸자식 하나를 금싸래기처럼 길러서 남의 첩 노릇을 시키잔 말이오?"

이 씨는 가슴이 답답해서 앓는 소리를 내는데 김 참봉은 너털웃음을 쳤다.

"허허허, 아무리 남의 첩 노릇을 해도 호강하고 몸 편안하면 제일이지!"

"에그, 남의 눈엣가시 노릇을 하다가 무슨 화를 입을지 몰라 늘 바늘방석에 앉아 있는 것 같을 텐데도 그저 호강만 하면 제일이란 말이오? 난 죽어도 그런 호강은 안 시키겠소!"

이 씨는 기를 쓰고 반대했다. 그러나 허파에 바람이 잔뜩 들어 온 김 참봉은 마누라가 복을 마다하여 그저 코 막고 답답한 소리만 하니 제 쪽에서 더 열이 올라서 무릎을 치며 고래고래 소리를 질렀다.

"그런 자리가 싫어? 원, 저런 복처리■를 보았나! 딴소리 말고 내 말 좀 들어 봐! 들으면 춤출 일이 있단 말이오!"

"무엇이 그리 좋다고 춤을 춘단 말이오? 아이고!"

이 씨는 실쭉해서 뒤로 물러앉았다.

"아니 여보, 내가 벼슬도 못 해 보고 늙는 걸 우선 허 판서 덕에 참봉 벼슬을 했지, 또 내일모레 과천 현감을 할 테지, 인제 우리 채봉이가 그리로 들어가 살기만 하면 제 한평생 좋으니 좋아, 애비는 감사를 한다 참판을 한다 하니 좋아, 그땐 또 마누라도 정경부인은 떼 놓은 당상이란 말이오. 그러니 이런 경사가 어디 있겠소? 두말 말고 채봉이를 데리고 올라갑시다!"

이 씨도 차츰 귀가 솔깃해지더니 영감이 감사, 참판을 하고 자기가 정경부인이 된다는 말에 마음이 누그러들어 고작 딸 핑계를 대며 못 이기는 체 수그러졌다.

"영감이 정 그렇다면야 어쩌겠소만, 애기가 좋다고 할지 모르겠소."

채봉이는 초당에 들어앉아 글을 읽다가 문득 아버지 목소리가 들려오는 바람에 취향이를 데리고 초당을 나와 가만히 엿듣자니 안에서 들려오는 말인즉 제 혼삿말이었다. 주춤하고 멈춰 서서 안에서 하는 말을 죄다 엿듣다가 말소리가 그치자 방 안으로 들어갔다.

■ 복이 없는 사람.

채봉이는 아버지 앞에 단정히 꿇어앉으며 나부시 절을 했다.

"아버님, 먼 길 안녕히 다녀오셨습니까?"

"오냐, 잘 있었느냐?"

김 참봉은 이젠 딸이 갑절이나 귀한 생각이 들어 채봉이 등을 살뜰히 어루만지며 반겼다.

"그래, 그동안 글공부도 잘하고 바느질도 많이 익혔겠구나."

혼자 좋아서 어쩔 줄 모르는 김 참봉은 거푸 벙글거리며 마누라에게 고개를 돌렸다.

"여보 마누라, 참 애기가 이젠 바느질을 배워도 쓸데가 없겠소. 침모가 있어서 으레 다 해 바칠 게 아니오?"

채봉이는 그저 고개를 다소곳이 숙인 채 두 볼을 발그레 물들이고 있을 뿐이었다. 욕심에 눈이 어두워진 김 참봉은 딸의 낯빛은 눈치도 못 채고 딸의 마음속을 떠볼 생각이 났다.

"아가, 너 재상집 소실이 좋으냐, 여염집 아낙네가 좋으냐? 아비 어미 앞에서야 부끄러울 게 있느냐. 네 생각대로 말해 봐라!"

보통 여염집 처녀 같으면 아무리 부모 앞이라 할지라도 제 속마음을 선뜻 입 밖에 내지 못할는지 모른다. 그러나 채봉이는 워낙 속이 깊거니와 필성이를 사모하는 마음이 간절한 데다가 또 방금 부모들이 주고받는 말도 엿들은 터라 그 담찬 성미에 낯빛을 바로 하고 선뜻 대답했다.

"아버지, 전 차라리 닭의 부리가 될망정 소꼬리가 되긴 싫사옵니다."

"허허허! 고놈 참……."

김 참봉은 너털웃음을 쳤다. 딸애의 바시시 열렸다 꼭 다물리는 조촐한 입이며 의젓한 몸가짐 앞에 허거픈 웃음으로 제 부끄러운 속마음을 숨기려는 듯했다.

"네가 남의 작은댁 구경을 못 해서 그런 소릴 하누나. 소실 노릇도 시골 말이지 서울 재상집 별실이야, 참 세상에 그런 호강이 또 있는 줄 아느냐?"

이때 이 씨는 짐짓 영감을 나무라는 체하면서 두둔하고 나섰다.

"영감은 자식더러 별말씀을 다 하십니다. 자식이란 으레 아버지 하시는 대로 좇는 법인데 그런 말은 물어 뭘 하시오? 얘, 넌 네 방으로 건너가거라!"

채봉이는 군말 없이 일어나 방에서 나갔다.

채봉이를 내보낸 두 내외는 서울 올라갈 의논을 다시 펼쳐 놓았다. 그리하여 끝내는 세간을 몽땅 팔아 가지고 서울로 올라갈 길채비를 하기로 의논이 맞았다.

안방에서 나온 채봉이는 초당으로 돌아와 필성에게로 달리는 애틋한 정과 애달픈 마음을 둘 곳이 없었다. 생각할수록 눈앞이 아뜩하여 저도 모르게 한숨만 거푸 나왔다.

'세상 모든 일이 뜬구름 같다더니 부모조차 못 믿겠구나. 돈이 뭐고 권세가 뭐기에 나 하나를 그처럼 사랑하던 내 아버지 내 어머니가 하루아침에 마음이 변해서, 나더러 굳은 약속을 어기고 남의 첩이 되라고 하나. 참말 가엾고도 한심한 일이로구나. 내 부모는 돈과 권세에 눈이 어두워 그렇겠지만 나야 한 번 허락한 마음을 어찌 어긴단 말인가! 차라리 한동안 부모에게 근심을 끼치

더라도 믿음을 저버려서는 안 되지.'

채봉이는 이렇게 결심하고 마음을 다잡았으나 눈물이 하염없이 흘러내려 옷깃을 적신다. 아무 때고 가슴속을 터놓을 곳은 취향이밖에 없었다.

"얘 취향아, 너와 내가 몇 해 동안이나 친동기간처럼 여기고 지내 왔으니, 지금 내 애매한 사정을 알아줄 사람도 세상엔 너밖에 없구나. 장 도련님과의 일은 너도 잘 알지만 아무리 부모의 영이라 한대도 그 언약이야 어길 수 있겠느냐? 그러니 이 일을 어찌하면 좋겠느냐?"

"글쎄 말이어요. 당초엔 서울에서 정혼을 하고 오시더라도 그 혼사를 물리겠다고 말씀하시던 마님조차 인젠 마음이 바뀌었으니 어쩌겠어요. 아마 아가씨도 서울로 올라가서 대감 댁 별실 마님이 될 수밖에 딴 도리가 없을까 봐요. 그런데 아가씨는 훌쩍 올라가면 그만이겠지만 전 이곳에 남아서 도련님을 무슨 낯으로 뵈오리까."

취향이도 마음이 아득했다.

"얘, 그러지 않고도 될 길이 있다."

채봉이는 마음속으로 결심한 것을 누가 들을세라 취향이 귀에 대고 속삭였다.

"아무리 궁리해도 그 길밖엔 없구나. 꼭 내 말대로 해 다오."

취향이는 눈을 반짝이며 고개를 까딱거리기는 하면서도 미심쩍어 했다.

"하지만 진사님과 마님께서 오죽하시겠어요? 아무려나 아가씨 생각이 정 그러시다면 시키는 대로 하지요."

김 참봉 일가는 이튿날 어뜩새벽에 길을 떠났다.

채봉이는 주머니에서 돈 오십 냥을 남모르게 꺼내 취향이에게 슬쩍 쥐여 주고 부디 어젯밤 약속을 잊지 말라고 당부했다. 그러고는 취향이와 총총히 작별하고 바삐 가마에 올라앉았다. 채봉이 속내를 모르는 김 참봉과 이 씨는 채봉이가 마음을 돌린 것이 천만다행이라고 기뻐하며 가마꾼들을 재촉해 길을 떠났다.

불길 속에 사라진 채봉

첫새벽에 떠나려던 길이 이것저것 앞뒤로 보살피다 나니 얼마 못 가 한낮이 되고 말았다. 기왕 늦은 바엔 이튿날 떠나도 좋으련만 김 진사가 조바심치며 하루가 멀다 하고 떠난 터라 냅다 길 재촉을 했다. 중화 땅에 들어서자 만리교에서 해가 저무는 바람에 마침 조용한 주막을 만나 거기에 들었다.

이 씨와 채봉이는 안채로 들어가고 김 참봉은 바깥방에서 쉬었다. 그런데 한밤중에 난데없이 사방에서 요란한 소리가 일어났다. 그 소리에 놀라 깬 김 참봉이 부랴부랴 자리에서 일어나 허겁지겁 밖으로 나와 보니 하늘로 불길이 치솟고, 눈앞엔 그리기 어려운 참상이 벌어지고 있었다. 난데없는 불한당 떼가 물밀듯이 사방에서 밀려들어 사람들을 보는 족족 베어 죽이고 찔러 죽이며 돌아다녔다. 집 안에 있던 사람들은 모두 어디로 달아났는지 텅 비고 가까이

엔 어리친 강아지 한 마리 볼 수 없다.

금세 눈앞이 새뽀애진 김 참봉은 허둥지둥 주막 안채로 뛰어 들어갔다. 마누라도 채봉이도 없다. 사방엔 들리나니 목 놓아 우는 소리뿐이다.

"채봉아, 채봉아!"

김 참봉이 어찌할 줄 모르고 그저 정신없이 딸의 이름만 부르고 있는데 불한당 떼가 주막 앞으로 들이닥쳤다. 그 바람에 방에 둔 짐은 미처 꺼낼 생각도 못 하고 그대로 담을 뛰어넘어 곡소리가 나는 쪽을 바라고 줄달음을 쳤다. 한참을 뛰다가 돌아보니 마을이며 집들이 온통 불길에 휩싸였다. 그 불속엔 김 참봉의 짐 보따리도 있을 것이다. 그러나 짐 속에 든 돈 생각도 할 경황이 없이 애오라지 마누라와 채봉이를 목이 터지도록 부르며 좇아갔다.

한편 이 씨는 채봉이를 데리고 안방에서 자다가 주인마누라가 황급히 흔들어 깨우는 바람에 소스라쳐 깨어났다. 옆에 누웠던 채봉이는 온데간데없고 하늘을 뒤덮은 불빛으로 사방이 대낮같이 밝고 그저 울부짖는 아우성 소리가 귀청을 때렸다. 얼이 빠진 이 씨는 얼결에 주인마누라를 따라 뒷문으로 빠져나와 정신없이 내달렸다. 앞길엔 피난하는 남녀가 마구 뒤섞여 갈팡질팡 달리고 있었다. 영감과 채봉이도 분명 저 속에 섞여 달아나려니 생각하고 이 씨는 숨이 턱에 닿아 목구멍에서 쇠비린내가 올라오건만 기를 쓰고 달려가며 채봉이를 연거푸 불렀다. 그러나 대답이 없다. 이 씨는 채봉이를 부르다 대답이 없으면 참봉을 부르며 달려가는 판인데 문득 뒤에서 채봉이를 부르는 소리가 들려왔다. 이 씨는 달리던 걸음을 멈추고 고개를 돌리면서 채봉이를 불렀다.

앞에서 마주 부르는 이 씨 목소리를 들었는지 숨이 하늘에 닿은 김 참봉이 헐레벌떡 달려들어 이 씨의 어깨를 와락 붙들더니 소 영각하는 듯한 소리를 냈다.

"채봉이는 어데 갔소?"

"애고, 이 일을 어쩌면 좋단 말이오! 나도 영감과 채봉이를 찾느라고 예까지 달려오는 길인데, 글쎄, 채봉이가 어데 갔단 말이외까? 사람들 속에 섞였나 어서 찾아봅시다!"

두 내외는 손을 마주 잡고 눈앞을 가릴 수 없는 캄캄한 밤길을 허둥지둥 더듬어 가며 거푸 채봉이를 불렀으나 여전히 대답을 들을 수 없었다.

사람들 자취도 점점 드물어 가고 이젠 두 내외가 부르는 소리마저 기진했다. 둘은 그만 땅에 펄썩 주저앉고 말았다.

"애고애고, 이 일을 어찌하누? 우리 채봉이는 이 난리통에 죽었구나! 죽지 않았으면 도적한테 잡혀갔을 테니 이런 변이 어디 있단 말이오!"

이 씨는 아픈 가슴을 쥐어짰다. 그러는 동안에 얼마나 시간이 흘렀는지 어둠 속에서 문득 주막집 주인마누라가 나타났다.

"손님네들, 도적놈들이 노략질을 다해 가지고 도망을 갔쇠다. 마을도 피난 갔던 사람들이 돌아와서 불을 다 껐다오. 어서 집으로 갑시다."

주막으로 돌아온 이 씨는 간신히 정신을 가다듬고 방으로 들어가 행여나 하고 다시 채봉이를 찾으나 있을 리 없었다.

김 참봉은 김 참봉대로 급히 바깥방으로 들어가 보니 도적이 벌써 짐을 풀어 헤치고 재산을 다 가져갔다. 김 참봉은 눈앞이 캄캄해서 쓰러지듯 방바닥에 주저앉아 짐짝을 안고 창자가 끊어지는 듯 울음을 터뜨렸다.

"어이구, 어이구!"

이 씨는 안에서 영감의 울음소리를 듣노라니 더욱 설움이 북받쳐 채봉이 짐 보따리를 안고 목 놓아 울었다.

"채봉아, 채봉아, 넌 어디 가고 네 몸 세간만 남았단 말이냐? 죽었느냐 살았느냐? 죽었으면 잊어나 버리련만 도적한테 붙들려 갔으면 고생이 오죽하겠느냐!"

이 씨는 뼈가 녹는 듯이 울어 대고 그 울음소리를 듣고 어청어청 다가온 김 참봉도 이 씨를 붙들고 흐느꼈다. 그 울음소리며 흐느낌 소리가 방에 가득 차 옆에서 듣기에도 가엾기 그지없었다.

듣다 못해선지 주인마누라가 옆으로 다가와 앉으며,

"울지들 마오. 가엾은 말이야 어찌 다하겠소만 이곳이 워낙 도적의 행패가 심해 놔서 재물 잃고 자식 잃은 사람이 한둘이 아니라오. 운수가 사나워서 그런 걸 울기만 하면 어쩌겠소."

하며 위로하니, 김 참봉 내외는 차츰 마음을 가라앉히고 자리에 누웠다. 이 씨는 서러운 생각으로 밤을 새웠고 김 참봉도 밤을 뜬눈으로 밝혔다. 지금 당장이라도 제 목숨을 제 손으로 끊고 싶기도 했으나 한편 눈뜨기 시작한 헛된 욕심이 이런 지경에서도 다시 머리를 쳐들었다. 서울에 돈 오천 냥을 맡긴 것도 있고 올라만 가면 과천 현감 자리가 있을 터이니 차라리 서울로 올라가서 벼슬부터 해 놓고 나서 채봉이를 수소문해서 찾고 재물도 봉창하리라는 욕심이 모락모락 솟아올랐다.

두 내외는 도둑맞고 남은 짐들을 이것저것 팔아서 노자를 삼고 이튿날 길을 떠났다.

서울에 이른 두 내외는 참봉이 전에 묵었던 객줏집에 들었다. 김 참봉은 이튿날 허 판서를 찾아갔다. 허 판서는 김 참봉을 보자 몹시 반겨 맞으며,

"김 과천 오시나? 그래, 먼 길 올라오느라고 노독이 났겠군. 자, 우선 급할 테니 과천 현감이 어떤 것인가 구경하게."

하고 문갑에서 왕의 칙지를 꺼내 놓았다. 그것을 본 김 참봉은 그만 가슴이 물러앉는 듯하여 얼빠진 사람마냥 눈물만 흘리며 칙지 받을 엄두도 못 내고 있었다. 그 속을 알 리 없는 허 판서는 김 참봉이 너무 황송해서 눈물을 흘리나 보다 생각하며 껄껄 웃었다.

"왜 그러나? 하기야 너무 반가워서 그러겠지!"

김 참봉은 그제야 일어나 절을 하고 칙지를 받아 앞에 놨다.

"대감 덕으로 이렇게 나라의 은혜를 입었습니다마는 저는 운수가 나빠서 그만 죽을 둥 살 둥 올라오다 보니 대감 뵈올 낯이 없나이다."

허 판서는 깜짝 놀라 덮치듯 다우쳐 물었다.

"그게 무슨 소리야? 죽을 뻔하다니?"

김 참봉은 죄송한 낯빛으로 서울로 올라오는 길에 봉한당을 만난 끔찍한 사연을 낱낱이 아뢨다.

김 참봉의 말을 다 듣고 난 허 판서는 가엾어하는 빛은 꼬물만큼

도 없이 대뜸 눈이 실쭉해지며 속으로,

'이런 맹랑한 놈을 보게. 아무튼 과천 현감은 떼 놓은 당상이라고, 내려갈 땐 허락을 다 해 놓고 이제 올라와선 딴소리를 쳐?'

하면서도, 김 참봉의 얼굴을 훑어보며 짐짓 놀란 체를 했다.

"대단히 놀라운 말일세. 그래 재물은 도적이 가져갔더라도 딸이야 왜 못 찾아 가지고 온단 말인가?"

김 참봉은 허 판서가 그럴수록 더욱 죄송하여 그저 굽신거리기만 했다.

"아무리 찾아봐도 찾을 수가 없었나이다. 대감님 힘을 빌려 찾아볼 생각으로 우선 올라오기부터 했나이다."

그 말을 듣자, 허 판서는 노기가 등등해서 죄었다.

"이놈, 부모라는 작자가 난리 중에 딸을 잃고도 찾을 생각은 않고 남의 힘을 빌려서 찾자고 내버리고 왔어? 이 고약한 놈!"

성이 꼭두까지 난 허 판서는 이어 하인을 불렀다.

"이놈을 당장 가두어라!"

그러고도 분이 삭지 않은 듯 허 판서는 김 참봉을 노려보며 으름장을 놓았다.

"이놈, 딸을 데려오든지 돈 오천 냥을 마저 바치든지 해야 무사하리라! 그따위 소릴 뉘 앞에서 하느냐? 시골 내려간 동안에 주선 다 해 주마고 했더니 현감 자리는 이미 해 놓은 벼슬이라고 이제 와서 그따위 소리를 해?"

김 참봉은 더 말을 해 보자고 했으나 허 판서의 불호령이 떨어지자마자 달려든 하인 놈들에게 끌려 나가 찍소리도 못하고 골방에 갇히고 말았다.

한편 이 씨는 객줏집에 홀로 앉아 딸 생각에 눈물을 흘리며 참봉이 오기만 기다렸다. 그러나 영감은 하루가 지나고 이틀이 지나도 돌아오지 않았다. 이 씨는 그제야 불길한 생각이 들어 사람을 시켜 알아보았다. 영감이 허 판서 집에 갇혀 있다는 게 아닌가. 이 씨는 그만 장마철에 토담 무너져 내리듯 가슴이 내려앉는 것만 같았다.

"에그머니, 이 일을 어찌하누. 자다가 얻은 병인가, 졸다가 얻은 병인가. 인제는 속절없이 채봉이 소식도 못 알아보고 죽겠구나."

이 씨는 앞이 캄캄해서 방바닥을 치며 또 목 놓아 울었다.

"아니, 왜 그러오?"

객줏집 주인이 다가와 묻자, 이 씨는 그동안 겪은 일을 죽 내리엮었다. 놀랍고도 불쌍한 사연을 듣고 주인은 입을 벌린 채 혀를 홰홰 내둘렀다.

"정말 안됐소. 돈 주고 병을 산 셈이구려. 바깥양반은 좀체 나오실 수 없을 거외다. 이런 일이 한두 번이어야지요. 아무려나 돈을 마련해 놓든지 따님을 찾아다 바치든지 해야 나오지, 그러기 전엔 틀렸소. 정말 딱하구려."

"돈 마련도 할 수 없고 딸을 찾을 수도 없으니 볼 장은 다 본 거외다."

이 씨는 아무 궁량도 나지 않고 그저 막막하여 애오라지 애꿎은 눈물만 흘렸다.

"그것 참 안됐구먼요. 하지만 세상일을 알 수가 있소? 혹 따님이 밤중에 피난을 해서 평양으로 갔는지도 모르지요. 그러니 평양으로 내려가 찾아보우. 여기에야 우만 날 있은들 소용없소."

그럴 법한 말이기도 했다. 하긴 다른 도리가 없기도 했다.

"그 말씀이 옳소. 그런데 노자가 없으니 어찌 오백여 리를 내려가오? 어렵지만 이걸 좀 팔아다 주오."

이 씨는 머리에서 비녀를 빼 주었다. 집주인은 비녀를 팔아 이윽해서 돌아왔다. 이 씨는 비녀 값을 노잣돈 삼아 평양으로 내려갔다.

"기생이 될망정 재상 첩은 싫소."

무릇 세상의 근심과 고생은 뜻하지 않게 생기는 법이다. 그때 채봉이는 서울로 떠나기 앞서 취향이와 취향 어미더러 몰래 뒤를 따라오라고, 그리하면 중로에 몸을 빼어 나오겠다고 단단히 약조해 두었다. 하여 불한당이 만리교에 들이닥치기 퍽이나 앞서 이 씨가 잠든 틈을 타서 주막을 빠져나와, 약속한 장소에서 취향이와 취향 어미를 만나 평양으로 도로 내려왔다. 그러니 그날 밤 만리교에서 아버지, 어머니가 도적을 만나 그 지경이 된 줄은 꿈에도 모르고 다만 취향이 집에 눌러앉아 아버지의 기별을 기다렸다. 그러면서 차차 길을 얻어 장필성과도 만나리라 마음먹고 글쓰기와 그림 그리기에 재미를 붙이고 있었다.

이때 이 씨는 밤낮을 줄창 걸어서 열흘 만에야 평양에 닿았다. 막상 오고 보니 갈 데라고는 막연했다. 이 씨는 딸이 이리로 왔다면 으레 취향이네 집으로 갔으리라 짐작하고 대번에 대동문으로 들어섰다. 좌우를 돌아보니 전과 다른 것이란 하나도 없는데 변한 것은 다만 먼 길에 지친 자신과 초라해진 옷주제뿐이었다.

"겨우 한 달 만에 내 꼴이 어쩌면 이렇게 됐단 말인가!"

이 씨는 한탄하면서 애련당골로 접어들어 곧바로 취향이네 집을 찾아갔다.

이때 취향이와 채봉이는 마주 앉아 앞으로 헤쳐 나갈 일을 의논하고 있는 참이었다.

"취향아, 취향아!"

그 목소리를 어찌 모르랴. 채봉이와 취향이는 한달음에 우르르 뛰어나왔다. 채봉이를 미처 보지 못한 이 씨는 앞선 취향이를 보고 달려들었다.

"얘 취향아, 우리 집 애기 여기 안 왔느냐?"

채봉이는 얼른 앞으로 나서며 어머니 손을 잡았다.

"어머니, 저 여기 있어요!"

이 씨는 채봉이를 얼싸안았다. 목소리는 벌써 눈물에 젖었다.

"아이고, 네가 살아 있었구나! 근데 이 일을 어찌하면 좋단 말이냐? 우리 집이 이리 불시에 망할 줄 꿈에나 생각했겠느냐!"

채봉이는 어머니 말을 듣고 소스라쳐 놀라며,

"망하다니요? 이 못난 계집애 때문에 무슨 풍파가 생겼나이까?"

하고 다우쳐 물었다.

이 씨는 간신히 정신을 가다듬고 채봉이를 붙들고 천천히 방으로 들어가 앉았다.

"그래, 네가 어떻게 돼서 여기 왔느냐?"

어머니의 옷주제를 보고 채봉이는 대답은 나중이고 어머니 걱정이 앞섰다.

"어머니, 그 이야기는 나중에 할 테니 어머니부터 말씀해 보셔요. 아버지는 어데 계시고 어머니는 무슨 일로 이리 혼자 오셨어요?"

이 씨는 새삼스레 억이 막혀 한동안 앉아만 있다가 만리교에서 도적 떼를 만난 이야기며, 서울 허 판서가 영감을 가두고 을러멘다는 이야기를 죄다 하였다.

"이 일을 어찌하면 좋겠느냐? 돈 오천 냥을 해 놓든지 널 데려오든지 하라 하니, 아버지를 살리려면 나하고 함께 서울로 올라가자!"

채봉이는 채봉이대로 눈물을 머금고 그날 밤 취향이와 약속하고 만리교에서 도망쳐 온 이야기를 대충 하고 나서 어머니 앞에 제 마음을 터놓았다.

"어머니, 전 죽어도 서울은 못 올라가겠나이다. 자식 하나 죽은 셈 치시어요!"

이 씨 얼굴엔 금세 애걸하는 성싶은 빛이 구름처럼 서렸다.

"아버지는 죽어도 좋단 말이냐? 돈 마련을 해 놓든지 널 데려오든지 하라는데 너라도 가야 할 게 아니냐!"

덤덤히 앉아 있는 채봉이 가슴에는 오만 가지 생각이 어지러이 갈마들었다.

'가엾은 부모님은 있던 재산을 다 날려 버리고 이젠 범 아가리에 들어간 셈이구나. 허나 내가 죽는 한이 있더라도 한번 먹은 마음을 바꿀 수는 없지. 한 몸을 쪼갤 수도 없는 노릇이니 이 일을 어찌하면 좋단 말인가. 부모님을 위해 서울로 올라가자니 도련님께 죄가 될 것이고, 그렇다고 돈 마련도 못 하고 나마저 올라가지 않는 날엔 부모님이 변을 면치 못할 게 아닌가. 차라리 이 몸이 죽으면 이도 저도 다 잊어버릴 수 있겠지만, 그리 되면 나야 죽어 허물없는 몸이 될지 모르나 늙고 병든 부모는 속절없이 죽을 것이 분명하니, 죽자 해도 죽을 수 없고 살자 해도 살 수가 없구나. 넓고 넓은 세상에 가엾은 내 몸 하나 둘 곳이 이다지도 없단 말인가! 세상에 그 누구든 우리 부모님을 구해 줄 사람만 있다면, 나더러 종노릇을 시키면 종노릇을 하고 기생 노릇을 시키면 기생 노릇도 서슴지 않으련만…….'

그러나 막상 마음을 그렇게 먹고 나니 간장이 녹아내리듯 하염없이 눈물이 흐르고 흘러 옷자락을 적셨다.

이슥하여 마음을 다잡은 채봉이는 낯빛을 고치고 어머니를 바라보았다.

"어머니, 제가 돈을 마련해 보겠나이다."

이 씨는 눈에 생기를 띠었으나 잠깐이었다.

"오천 냥이나 되는 돈을 네가 어찌 마련한단 말이냐?"

"걱정 마시고 며칠만 기다려 보옵소서."

채봉이는 가슴이 아프고 쓰렸다. 그러나 딸의 속내를 모르는 이 씨는 반갑기도 하고 한편 딸이 어찌하려는지 궁금하기도 하여 딸의 눈치만 보고 있었다.

채봉이는 샘물처럼 솟아 흐르는 눈물을 치맛자락으로 훔치고 나서 취향이에게 넌지시 눈길을 들었다.

"취향아, 네 어머니가 어디 갔느냐?"

"봉선이네 집에 갔소."

"어서 가서 좀 오라고 해라!"

밖으로 나간 취향이는 한 식경이나 돼서야 어머니와 함께 돌아왔다. 취향 어미는 이 씨를 보자 깜짝 놀라며 와락 달려들었다.

"에그머니, 마님이 웬일이시외까?"

이 씨는 나오나니 한숨뿐이다.

"아이고, 우리 집이 기둥뿌리 하나 남지 않고 갑자기 이 지경이 됐으니 기가 막혀 말이 안 나오네."

"아니, 왜 그렇게 되셨소이까? 벼슬하러 올라가신다더니……. 아무려나 그동안 아가씨를 못 봐 오죽하셨겠소이까."

"어멈."

채봉이는 취향 어미에게 눈길을 돌렸다.

"내가 청할 말이 있는데 힘 좀 써 주려나?"

"무슨 말씀이시오?"

"부끄러워 말이 잘 안 나오네."

채봉이는 어줍은 얼굴로 잠시 머뭇거리다가 입을 뗐다.

"내 몸을 좀 팔아 주게."

"그게 무슨 말씀이외까? 망령된 말씀을 하시는구려!"

취향 어미는 펄쩍 뛰었다.

"참말일세!"

채봉이 올차게 대답했다. 그러나 그 말을 누가 믿으랴. 채봉이는 취향 어미에게 앞뒤 사연을 차근차근 이야기했다. 다 듣고 나서야 취향 어미는 진정 딱한 듯 눈물을 흘리며 남의 일 같지 않아 꺼질 듯이 한숨을 쉰다.

"에그머니나, 딱하기도 해라! 어쩌다 이런 변이 생겼소? 그런데 몸을 팔면 어떤 데다 팔게요?"

"이런 형편에 어찌 자리를 고르겠나. 쉽사리 돈 나올 데만 주선해 주게."

"글쎄, 기생이나 되시면 돈이야 쉽사리 나오지만서도."

"복 없는 팔자니 아무거면 상관있겠나. 기생이라도 좋으니 괜찮은 곳이 있겠나?"

"아무러면 기생 노릇이야 어찌하시려오. 자리가 하나 있긴 하지만……."

"어디인가?"

"아까 봉선이네 집엘 갔더니 봉선 어미가 봉선이를 팔아 서울로 올려 보내고 이제 집이 비어서 기생 하나를 사지 못해 애먹더이다."

"그렇다면 곧 주선을 해 주게."

이 씨는 옆에 앉아서 채봉이 하는 소리를 듣고 한심하고 기가 막혀 가만있을 수 없었다.

"애 채봉아, 난 네 속을 알 수가 없구나. 그래, 재상집 소실은 싫고 기생 노릇 하기는 좋단 말이냐? 내가 널 길러서 마땅한 사위는 얻어 주지 못할망정 기생 노릇을 어찌 시키겠느냐? 네가 정말 아버지를 살릴 생각이거든 나하고 같이 서울로 올라가자!"

"전 기생이 될망정 재상 첩은 바라지 않소."

"아가씨, 무슨 마음을 그렇게 가지시오? 그러지 마시고 마님과 함께 올라가시오."

취향 어미가 진정으로 권해도, 채봉이는 흔들리지 않았다.

"난 살아도 평양, 죽어도 평양, 여기서 떠날 생각은 없으니 부질없이 권하지 말게."

이 씨도 취향 어미도 채봉이 속마음을 알 수가 없다. 채봉이 고집이 천만 못마땅하나 이제 와서 채봉이 뜻을 꺾을 도리가 없다.

별수 없이 취향 어미는 자리에서 일어나 봉선 어미를 찾아갔다. 봉선 어미는 채봉이가 인물 잘나고 재주가 뛰어난 줄을 이미 아는 터라 취향 어미한테서 그 말을 듣고 호박이 넝쿨째 굴러 온 듯 기뻐했다.

"그게 정말이오?"

"정말이고말고. 어떤 소리라고 거짓말하겠소?"

"정말이라면야 게서 더 좋을 데가 어데 있겠소. 근데 돈은 얼마나 달라고 합디까?"

"그건 만나서 의논하구려. 봉선이는 얼마에 팔았는지 그쯤이면 되겠지."

"칠천 냥 내고 데려갔소."

"아무튼 같이 가서 의논합시다."

얼마 뒤에 취향 어미가 봉선 어미를 데리고 돌아오니, 채봉이는 일어나 봉선 어미를 반가이 맞이하였다.

"봉선 어머니 오시오? 청이 있어 불렀소. 내가 기생이 되려는데 마음에 어떠하오?"

"마음엔 좋지만 정말인지 알 수 없구려."

"정말이오. 취향 어미에게 대강이나마 들었소?"

"들었소. 헌데 돈은 얼마나 쓰려오?"

"육천 냥만 주시오."

봉선 어미는 어깨에서 짐이라도 부린 것처럼 속이 개운해서 그냥 깔깔 웃었다.

"그리하지! 봉선이가 가더니 채봉이가 오는 걸 보니 내가 봉하고 인연이 깊은 모양일세."

이 씨는 봉선 어미가 갖다 주는 돈 육천 냥을 받고는 돈 받았다는 표를 써 주고도 채봉이 한 짓이 하도 어이가 없어 좀체 가슴에서 내려가지 않았다.

'저런 복 찰 년이 있나. 오냐, 나도 모르겠다.'

그래도 이 씨는 어미 된 도리와 핏줄의 정을 어찌하지 못해 채봉이 손을 꼭 잡고,

"아가, 정말 네 맘이 그러냐? 네 입으로 한평생 장 서방을 따르겠다더니 오늘 너 하는 짓을 보니 정말 그런 게야?"

하며 한숨을 쉬었다.

"어머니, 제 걱정일랑 마시고, 서울 가셔서 아버지나 나오게 하시고 채봉이는 만리교에서 불에 타 죽었더라고 말씀하소서."

채봉이는 받은 돈에서 오천오백 냥을 어머니한테 주었다.

"오천 냥으론 아버지 나오시게 하고, 오백 냥으론 아버지 나오시

거든 노자로 쓰시면서 오소서. 오백 냥은 제가 쓰겠나이다."

딴 도리가 없었다. 영감이나 구해 내고 차차 일을 처리하리라고 마음먹은 이 씨는 눈물을 씻으며 돈을 받았다.

이튿날 이 씨는 서울 길로 타박타박 올라갔다. 애처로운 딸의 모습이 눈에 밟혀 걸음이 나아가지 않았다.

기생 송이가 되어 다시 만난 님

채봉이는 어머니를 서울로 올려 보내고 나서 봉선 어미 집으로 옮겨 갔다. 기생이 되면서 이름도 '송松'이라고 바꾸었다. 자기의 절개를 사시장철 푸른 솔에 비김으로써 장 도령과 맺은 언약 한평생 변치 말자는 뜻이기도 했다. 그러나 기생 어미는 채봉이가 이른 봄철에 피어나는 꽃송이같이 더더욱 대견하고 보배 덩이만 같아 사방에 소문을 퍼뜨렸다. 그리하여 평양 젊은이들은 새로 나타난 송이란 기생이 인물도 고운 데다 글 잘 짓고 그림 잘 그린다는 소문을 듣고 저마다 보려고 들었다. 그렇지만 송이는 모두 물리치고 이상한 문제를 내었다.

바라노니 그대 부디 사랑의 꿈 버리시라.
글공부 힘들여야 과거 급제 뜻 이루리.

이런 글귀를 방문에 써 붙이고, 이 시가 어떤 시인지, 무엇에 회답한 시인지 알아내라고 했다. 그러나 그 시는 전날 장필성이 쓴 시에 대답한 시인 만큼 그 시를 알 사람은 오직 채봉이와 장필성뿐, 그 밖엔 하늘도 땅도 알 리 없는 일이었다. 이는 오직 채봉이가 장필성과 언약한 자신의 절개를 지키기 위한 갸륵하고도 깜찍한 궁리에서 나온 처사였다.

그 소문이 평양 바닥에 짜하게 퍼져, 한 사람이 열 사람에게 물어보고, 열 사람이 백 사람에게 물으니, 외입하는 사람이나 아니 하는 사람이나 입으로 외기를 중이 나무아미타불 외듯 하되, 누구도 그 시를 알아낼 재주가 없었다. 그러다 나니 속이 달아오른 것은 바로 기생 어미였다. 기생 어미란 대체로 나룻배 사공과 같아서 한 번이라도 더 건네주고 한 사람이라도 더 배에 태우려고 기다리는 법이다. 더군다나 큰 밑천까지 들인 봉선 어미로서는 첫마수걸이부터 손님이 얼씬 못하니 비위가 잔뜩 뒤틀렸다.

'그 잘난 글귀 때문에 손님이 없어 마수걸이도 없고 이게 무슨 꼴이람.'

그런데 송이는 본디 글재주, 그림 재주가 있어 손님들이 글과 그림들을 받아 가니 그 품값만 해도 놀음차에 못지않아 기생 어미는 차츰 송이 하는 짓이 어쩌면 웅심깊어 보이기도 했다.

'글이며 그림 받아 가는 품값이 이렇게 많으니, 글귀를 알아맞히는 사람이 나타나서 송이 머리를 얹어 주는 날이면 얼마나 많은 돈이 생기랴. 원, 평양 바닥에 글하는 사람이 이다지도 없나.'

이렇게 글귀 알아낼 사람이 적이 기다려졌다.

한편 장필성은 김 진사가 서울에서 내려오면 혼인을 하려니 생각하고 기다렸다. 그런데 김 진사가 내려와서 두말없이 집안 식구들을 거느리고 서울로 이사 갔단 말을 듣고는 천만 낙심하여,

'열 길 물속은 알아도 한 길 사람 속은 알 수 없다더니 참 세상 인심이란 헤아리기 어렵구나.'

하고 아예 단념하고 있는 터였다. 그러나 가끔 채봉이 보낸 답시를 들여다보며 괴롭고 서글픈 심사에 잠기곤 하였다.

그런데 하루는 어떤 친구가 찾아와서 기생 송이 이야기를 펴놓고 한번 생각해 보라면서 시 한 편을 내놓았다. 필성은 무심코 받아 보고 깜짝 놀랐다. 전날 김 진사 집 뒤뜰에서 취향이한테 받은 채봉이 시가 틀림없었다. 그렇다면 몹시 수상쩍은 일이다. 이 시는 자기와 채봉이밖엔 알 사람이 없는데 그것이 어찌 기생 방문에 붙었으며, 또 그 기생이 어떤 계집이기에 글귀를 풀 사람을 구하고 있단 말인가.

필성은 이에 송이란 기생을 한번 만나 속내를 알아보리라 마음먹었다.

"이전에 이런 시가 있기는 있나?"

친구가 따져 물었지만, 필성은 짐짓 모르는 체 시치미를 떼었다.

"글쎄, 아무리 생각해도 알 수가 없네그려."

친구를 보내고 난 필성은 궁금증이 부쩍 일어 곧바로 송이 집을 찾아갔다. 그는 기생 어미를 건너다보며 말했다.

"내가 글귀를 알아내 보겠소."

기생 어미는 이제야 임자가 나타났나 보다고 반색하였다. 그러나

위아래를 훑어보니 옷차림새가 초라하여 기생 어미는 맞갖잖은 듯 바라보다가 물었다.

"한 번도 뵌 적이 없는데 댁이 어딘가요?"

"난 대동문 밖에 사는 장필성이오."

기생 어미가 앞서고 장필성이 뒤따라 들어갔다. 안으로 들어간 기생 어미는 송이를 불렀다.

"송아, 대동문 밖에 사는 장생이 글귀를 풀겠다고 하시는데 방으로 모시고 말씀을 들어 봐라!"

쓸쓸히 방 안에 앉아 붓으로 매화며 난초를 그리던 송이는 대동문 밖 장생이란 말에 금세 낯빛이 해쓱하니 질리고 가슴속은 방망이질하듯 울렁거려 어찌할 바를 몰랐다. 그립고 그립던 님을 만나 소원을 풀게 되었으니 오죽 반가우랴! 그러나 정작 만나려니 제 신세가 전날과 오늘이 너무도 달라 반가움보다 분한 마음과 열적은 생각이 겹쳐 들어 눈앞이 아찔했다. 그러나 송이는 이내 마음을 다잡고 조용히 일어섰다.

"그럼 들어오시라고 하시오!"

"이리 들어오셔서 말씀하시오!"

기생 어미는 필성을 돌아보며 채봉이 말을 옮겼다.

필성은 방으로 들어서며 먼저 아랫목에 앉은 기생부터 바라보았다. 갈데없는 김 진사 딸 채봉이었다. 이어 문 위에 붙인 글을 보니 채봉의 글씨가 틀림없었다.

송이도 들어서는 필성을 보았다. 갈데없는 필성이요, 자나 깨나 그리던 님이었다. 채봉이는 볼 낯이 없어 얼굴을 들지 못하고 다소

곳이 앉아 있다가 잦아드는 목소리로 간신히 말을 건넸다.

"글귀를 푸신다니 말씀해 보소서."

채봉이는 어쩌면 제 말이 무척 쌀쌀한 성도 싶었다. 그러나 기생 어미 앞에서 반갑고 정다운 눈치를 보일 수도 없었다. 필성도 그 마음을 짐작하고 그제야 송이를 바라보며 모르는 체하고 입을 뗐다.

"내 재간껏 풀어 보이겠는데 송이 생각과 같을는지?"

필성은 취향이에게 써 주었던 글을 좀 비유해서 풀었다. 송이 눈엔 어느덧 눈물이 가랑가랑 맺혔다. 간신히 얼굴을 든 송이는 기생 어미를 쳐다보며,

"이분이 맞히셨소."

하고 나직이 숨을 쉬었다.

기생 어미는 필성과 송이 둘만이 아는 그 속내는 모르건만, 하도 오래 기다려 오던 터라 덮어놓고 반가웠다.

필성은 다만 채봉이가 어찌하여 이런 신세가 되었는지 몰라 무척 궁금하나 기생 어미 앞이라 멋쩍게 앉아 있었다. 채봉이는 이미 필성의 그런 마음을 눈치 채고 어미가 자리를 뜰 구실을 만들었다.

"어머니, 내가 이미 약조한 대로 오늘은 장 서방님을 모실 터이니 주안상이나 차려다 주오."

기생 어미는 치맛자락에 바람이 일듯이 방을 나가면서 장 서방의 초라한 꼴을 보고 마수걸이에 헛방이나 치지 않을까 싶기도 했으나 한편 되생각해 보니 장 서방으로 하여 송이가 다음부터는 손님을 받을 터이니 서운할 것도 없었다. 기생 어미는 술상을 조출히 차려 가지고 들어와서는 제법 너스레까지 떨었다.

"세상에 글만 한 보배가 없쇠다. 오늘 장 서방님이 저런 꽃 같은 기생의 머리를 얹어 주시게 됐으니 글 아니면 될 법이나 한 노릇이겠소!"

기생 어미가 나가고 나니 송이 머리는 더욱 숙어지고 얼굴은 빨갛게 물들었다. 그러나 송이는 얼른 마음을 다잡고 주전자를 들어 은잔이 찰찰 넘치도록 술을 따랐다.

"서방님은 지난 일을 다 잊으셨는지도 모르겠소. 제가 지금 기생 노릇을 하고 있지만 몸은 조금도 더럽히지 않고 있으니, 더럽다 마시고 술 한잔 드시고 우리 인연이 다시 이어진 걸로 아옵소서. 제 몸이 이렇게까지 된 사연은 밤이 이슥하면 말씀드리리다."

송이 목소리는 잦아드는 듯 애달팠다. 필성은 애간장이 녹는 듯, 쓰라림을 간신히 견뎌 내면서 송이 앞에다가도 술 한 잔을 부었다.

"지나간 일은 말할 것 없고 그대가 이처럼 된 것도 내가 복이 없어서이니 가슴 아픈 이야길랑 이따 하기로 하고 흉허물 없이 같이 드오."

송이는 눈물이 앞을 가려 잔을 드는 척했다. 필성 역시 한 잔 들고 상을 물렸다.

둘은 뜬눈으로 밤을 지샜다. 때는 늦은 봄이라 산에 들에 온갖 꽃이 활짝 피고 풀 냄새가 그윽하다. 밝은 달은 휘영청 창에 비쳐 들고 어디선가 접동새 소리가 처량하여 자연 둘의 마음도 서글펐다.

채봉이에게는, 지난날 뒤뜰에서 꿈결같이 만난 뒤로 가슴속에만 품어 온 장 도령이다. 그 장 도령을 이처럼 다시 만나기는 이 밤이 처음이다. 그땐 어엿한 제집 뒷동산에서 여염집 처녀의 몸으로 만났던 사람인데 오늘은 기생집에서 기생의 몸으로 만나니, 제 사랑은 일편단심 송죽같이 변함이 없건만 장 도령의 마음이 어떤지는 알 수 없었다.

장필성도 지난날 추억만 가지고도 반갑기 그지없는 만남이건만 기생 된 저쪽 생각이 어떤지는 알 수 없다. 이렇듯 둘은 서로 마음을 가늠하기 어려워 고요한 밤에 덤덤히 마주 앉아 있었다.

이윽고 필성이 먼저 입을 뗐다.

"지난날엔 여염집 처녀라 함부로 말도 못 했지만 오늘은 기생 송이로 대할밖에 없구려. 어찌하다 기생이 되었소?"

송이는 그런 물음을 듣자 제 기구한 신세가 새삼스러워 눈물이 치맛자락에 떨어졌다. 장필성은 그 모습을 보자 가엾고 불쌍한 마음을 누를 길이 없다.

"그대 몸이 비록 오늘은 기생이 됐지만 나는 지난날 뒷동산에서 맹세한 그 마음 조금도 변함이 없소. 그러니 마음 놓고 무슨 일로 이처럼 됐는지 그 이야기나 하오."

송이가 수건으로 눈물을 훔치는데 손이 바르르 떨린다.

"서방님이 그처럼 말씀하시니 더욱 황송하옵니다. 그전엔 제가 여염집 처녀였으니 안해로 여기셨지만 지금은 기생의 몸이니 몸이 아무리 옥같이 깨끗한들 어찌 안해로 맞아 주시리까. 절개란 것이 여자의 목숨인 줄 저도 모르지 않지만 죽을 지경에 들어서도 죽지 않은 건 죽어서도 못 잊을 서방님을 생각했기 때문이오. 그러니 부모님 목숨을 구하느라고 기생으로는 팔렸지만 이 몸이 천만번 죽어 불속에 들더라도 절개만은 지킬 것이니 버리지 말아

주소서."

필성은 애간장이 다 녹는 성싶다.

"걱정 마오. 그대 마음이 그런데 내 마음인들 어찌 다르리오. 나 역시 남자의 신의를 지켜 그대를 저버리지 않겠소. 그대 몸이 잠깐의 액운으로 이같이 됐지만 마음이 변치 않은 줄 안 이상 그대를 안해로 맞으려 하오. 한 가지 걱정은 내 집안 형편이 어려워 당장은 그대 몸을 빼낼 도리가 없구려."

"그건 걱정 마옵소서. 제가 형편을 봐 가면서 차츰 몸을 빼내겠나이다."

처음엔 서로 스스러워 자세한 말을 못 했지만, 한번 속을 터놓자 하룻밤에 맺은 정이 몇십 년 살아온 부부의 정이런듯 은근히 깊어만 갔다.

"그래, 무슨 일로 이리 됐소? 난 처음에 서울로 이사했단 말을 듣고 속으로 세상인심 헤아리기 어렵다 한탄만 했더랬소."

채봉이는 그동안 겪은 일들을 필성 앞에 펼쳐 놓았다.

아버지가 서울에서 내려와 하던 말이며, 처음엔 반대하던 어머니마저 마음이 달라져 서울로 따라 올라가던 일이며, 올라갈 때 취향이와 몰래 약속했다가 만리교 주막에서 밤중에 도망해 온 일이며, 부모님은 도적을 만나 재산을 잃고 서울로 올라가 오천 냥 돈을 해 놓든가 딸을 찾아 놓든가 하라는 허 판서의 으름장에 걸려 아버지는 그 집에 갇히고 어머니가 자기를 찾아왔던 사연, 그리고 몸을 팔아 돈을 마련해 서울로 올려 보낸 일들을 낱낱이 이야기하였다.

채봉이는 사랑하는 님을 만나 가슴에 서리고 쌓였던 정회를 쏟아 놓고 나니 부모 생각이 새삼 간절하여 절로 한숨이 나고 눈물은 하염없이 솟구쳤다.

"어머니는 돈 가지고 올라가신 지 달포나 됐는데도 감감 소식이 없어 걱정이옵니다."

장필성은 말로밖에 위로할 수 없는 제 처지가 안타까웠다.

"난 그런 줄도 모르고 분하고 야속하다고만 했더랬소."

둘은 밤이 이슥토록 도란도란 이야기하며 사무친 정을 풀고서야 촛불을 끄니 원앙이 맑은 물에 깃들이는 것 같았다.

그 뒤 사흘이 지나서 송이는 돈 백 냥을 꺼내 필성 앞에 내놓았다.

"놀음차를 어미한테 물어야 하니 이 돈을 주시고 내일 또 오소서."

필성은 송이가 내놓은 돈 백 냥을 받아 가지고 있다가 기생 어미를 불러 그 돈을 주었다. 애당초 장필성의 초라한 주제를 보고 왼고개를 틀었던 기생 어미는 돈을 보자 천만뜻밖이어서 좋아 어쩔 줄을 몰랐다.

다음 날부터 필성은 날마다 찾아왔다. 기생 어미는 조금도 싫은 기색을 않고 맞이했다. 그런데 하루는 마침 돈 있고 세도도 있음 직한 젊은이가 손님으로 찾아들었다. 기생 어미는 반겨 맞으며 집에 들여놓고 송이한테 와서 손님을 받았노라고 알렸다. 송이는 깜짝 놀라 부랴부랴 돈 삼백 냥을 어미 앞에 내놓았다.

"에그마, 장 서방님이 아까 가시면서 한 달만 더 머물겠다고 하셨는데, 어머니 어데 가신 새 주고 간 걸 깜빡 잊었소. 어쩌나, 무슨 일에나 차례가 있는 법인데."

기생 어미는 돈 삼백 냥을 보자 그만 입이 터진 팥 자루처럼 헤벌어졌다.

"아무렴, 차례가 있고말고. 그런 줄 몰랐구나."

그날부터 필성은 한 달 동안을 송이와 같이 지냈다. 송이는 가끔 필성에게 돈을 주어 기생 어미에게 용을 쓰게 했다. 기생 어미는 너무 좋아서 필성에게 입 안의 혀처럼 고분고분 굴었다.

둘의 사랑은 날로 깊어만 갔다. 그러나 필성은 가난한 처지이고 송이도 남은 돈이 차차 밑창이 드러나고 보니 몸 빼낼 길이 막막하여 근심이었다.

이 감사 집에 들어간 채봉

이때 이보국이란 양반이 평양 감사로 내려왔다. 나이 여든에 못 해 본 벼슬이 없건만 이날 이때까지 평양 감사는 못 해 본 터에 평양이 예부터 경치가 좋단 말을 듣고 물정도 알 겸해서 일부러 감사로 내려와 을밀대 아래 집을 짓고 지냈다. 그런데 송이란 기생이 글과 그림 재주가 뛰어나다는 말을 듣고 하루는 송이를 불렀다.

송이는 감사의 부름을 받고 속으로 무척 기뻤다.

'옳다, 인제야 내가 이 굴속에서 벗어나게 됐구나!'

송이는 심부름꾼을 따라 이 감사 집으로 갔다. 감사는 자기 앞에 꿇고 앉아 의젓하게 절하는 송이를 반가이 맞으면서 불그레한 얼굴에 흰 수염을 쓸었다.

"오냐, 네가 송이냐? 이제 보니 듣던 말과 같구나. 그래 네가 글과 그림을 잘한다는데 과연 그러하냐?"

송이는 두 손을 마주 잡고 공손히 대답해 올렸다.

"변변치 못하옵니다."

"내 눈으로 보고 싶구나."

감사는 손수 종이와 붓, 벼루며 먹을 내놓았다.

송이는 못 이기는 체 고운 손으로 진하게 먹을 갈아 듬뿍이 붓에 찍어 하얀 종이에 단숨에 써 나갔다. 글자마다 구슬처럼 빛이 났다.

"글씨 보고 너를 보니 과연 헛소문이 아니구나. 글씨나 네 사람됨을 보아하니 기생 될 아이가 아닌데 어찌하여 기생이 됐느냐?"

이 감사는 글씨를 보고 칭찬을 했다. 송이는 감사의 너그러운 마음씨를 보니 제 처지를 구해 줄 것만 같아 한편으로는 그 물음이 무척 기뻤으나 다른 한편으로는 옛 생각이 절로 나서 창자가 끊이는 듯 애달파 사연을 아뢰노라니 자연 목이 메었다.

"저는 본디 성 밖에 사는 김 진사의 딸로 태어나 고이 자랐나이다. 그런데 부모님께 빚이 있어 어쩔 수 없이 스스로 몸을 팔았나이다."

감사는 감동한 빛을 숨기지 않았다.

"허허, 네가 과연 효녀로구나. 네 부모는 어데 있으며 무슨 빚이 있었더란 말이냐?"

송이는 옷깃을 여미며 몸가짐을 고치고 나서 아버지가 서울로 벼슬자리 구하러 간 일부터 어머니가 내려와 빚 걱정하던 일이며 어찌할 수 없어 몸을 팔아 돈을 마련해 보내던 일에 이르기까지 간단히 아뢰었다.

이 감사는 그 이야기를 들으며 제 생각을 했다. 늙어 눈이 잘 보이지 않으니 그 숱한 공문을 낱낱이 제 눈으로 훑어볼 수가 없어 남들에게 보이고 그 뜻을 물어서 처리하는 형편이라 언제나 마음이 께름칙했다. 그런데 지금 송이란 기생을 보니 글이 넉넉한 데다 나이 어린 여자라 남자보다 꼼꼼하게 잘 볼 것이고 또 제 몸을 액운에서 건져 주면 그 은혜에 감동해서 심복이 될 것도 같았다. 그러니 저 기생을 가까이 두고 부려 보리란 생각이 들어 송이를 조용한 방에 불러 놓고 뜻을 물었다.

"내가 나이 많아 눈이 어두워 공문을 내 눈으로 처리하지 못하니 네가 내 눈이 돼서 곧은 마음을 가지고 일을 봐 주면 어떻겠느냐? 네가 내 곁에 있으면 장차 네 부모도 만날 길이 열릴 터이니."

송이는 몹시 기쁘고 고마워서 일어나 절을 했다.

"천한 기생을 불쌍히 여기시어 이같이 큰 은혜를 베푸시니 이 몸이 죽어 흙이 돼도 잊지 못하겠사옵니다. 허나 몸값이 있사오니 말씀 받들기 어려울까 하나이다."

"이것아, 내가 너를 부리자고 하면서 몸값을 주고 데려오지 아무러면 그저 오라고 하겠느냐. 그래, 몸값이 얼마냐?"

"본전이 육천 냥이옵니다."

"오냐, 걱정 마라!"

이 감사는 바로 심부름꾼을 보내 기생 어미를 불러들였다. 그리고 그 자리에서 돈 칠천 냥을 내주며 물었다.

"송이를 내가 부리려고 하느니라. 해서 본전에 천 냥을 덧붙여서 주려는데 네 마음에 어떠하냐?"

기생 어미는 송이를 놓기가 아수했으나 누구 앞이라고 감히 딴말을 낼 수 있으랴.

"사또께서 몸값을 안 주시고 바치라 하셔도 거역할 수 없는 터에 하물며 돈을 더 주시기까지 하니 또 무슨 말이 있겠사오리까."

기생 어미는 돈을 받아 가지고 송구스레 물러갔다.

그 뒤로 송이는 감사가 있는 별당 건넌방에서 홀로 지내면서 감사 앞에 나가 이것저것 이르는 대로 일을 처리했다. 그런데 기생 노릇에서 벗어나 자유롭고 편한 몸이 된 것은 천만다행이나 밤낮으로 잊지 못하는 부모 생각과 만날 길이 바이없는 장 도령 생각에 마음 한구석엔 언제나 시름이 가득했다. 감사 앞에선 감히 내색하지 못하고 제 방에 혼자 있을 때면 밤낮없이 한숨과 설움으로 세월을 보냈다.

한편, 장필성은 채봉이 소문을 듣고 마음이 놓였으나, 송이가 사는 딴채엔 뭇사람들이 드나드는 것을 엄격히 단속하고 있을 터이므로 도저히 만날 길이 없어 속이 바작바작 죄어들었다. 그러다가 문득 저도 감사 옆에서 일하면 채봉이를 쉬이 만날 수 있지 않을까 싶었다. 그래서 두루 알아보니 마침 감사가 글 잘하는 이방을 구한다는 소식에 필성은 이리저리 길을 찾아 이방이 되었다. 필성은 몸 바쳐 열성껏 일했다.

감사도 그런 필성을 보고 무척 기뻐하며 칭찬을 아끼지 않았다.

"네가 과연 안팎이 같은 사람이구나. 필성아, 이방이란 것은 윗사람을 섬기고 아랫사람을 다루는 책임이 무거우니 아무쪼록 일을 잘하여 백성들의 원한이 없도록 해라!"

필성은 허리를 굽혀 감사의 분부를 받들었다. 문서들을 가지고 안에 드나들 때마다 송이 소식을 알려고 하건만 별당이 워낙 깊고 깊어 눈앞이면서도 천 리 먼 곳과 같아 알 도리가 없었다.

송이는 송이대로 별당에 들어앉아서 이 감사가 들어와 공문을 쓰라면 공문을 쓰고 판결문을 내라면 판결문을 내고 하면서 나날을 보냈다. 하루는 문득 공문 한 장을 보니 필성의 글씨가 분명했다. 속으로는 이상한 생각이 들면서도 혹 필성이 관아에 들어왔는지도 모른다는 짐작이 들어 송이는 감사에게 넌지시 물었다.

"요새 공문 들어온 것을 보면 전과 글씨가 다른데 이방이 갈렸사옵니까?"

"그래, 이방을 장필성이란 사람으로 갈았다. 그 글씨를 봐라. 잘 썼지 않으냐?"

송이는 장필성이란 말에 귀가 반짝 트이고 남몰래 가슴이 설렜다.

'어떻게 하면 한번 만나 보나? 만나진 못한다 해도 편지라도 주고받았으면…….'

송이는 생각이 많아졌다. 중간 다리로 사람을 내세우자니 감사 어른이 알면 무슨 벌을 내릴지 모를 일이었다.

이렇듯 필성이도 채봉이도 서로 기회를 엿보건만 틈을 타지 못해, 서로 글씨만 보고 서글피 지내는 것이 반년이 넘고 보니 그리움만 쌓이고 쌓여 서로 상사병이 날 지경이었다.

가을밤에 추풍감별곡을 짓누나

구월도 보름날 밤, 밝은 달빛은 남창에 비치고 밤하늘에 외기러기는 끼룩끼룩 짝을 찾아 날아가고 동산 솔숲 속에 접동새 슬피 울어 예사 사람도 마음이 어수선한데 하물며 쓸쓸한 방에 외로이 눈물로 세월을 보내는 송이야 오죽하랴. 어지러운 마음도 잊어버리고 잠깐 책상머리에 기대어 졸던 송이는 기러기 소리에 놀라 눈을 떴다. 달빛이 남창 발 허리에 가득 비치고 고즈넉이 지는 가랑잎 소리가 쓸쓸하여, 잠시 꿈결에 잊었던 애달픈 심사가 다시금 가슴에 차올라 어느덧 눈물이 쏟아졌다. 남창을 열고 달빛을 내다보니 나오나니 한숨이었다.

"달아, 너는 이내 마음을 알겠구나. 지난해 이맘때 뒷동산 밝은 달 아래 만났던 내 님, 달은 다시 보면서도 어찌하여 내 님은 다시 볼 수 없는고. 그 옛날 강에 덩실 배 띄우고 거문고를 뜯던 여인은 마음속에 그리던 시인을 달빛 속에 만나 가슴에 맺힌 사연 다 털어놓고 마음껏 원을 풀었다는데, 어쩌면 나는 복이 없어 이 밝은 달 아래 가슴속에 서리고 쌓인 사연 풀 길 없으니 내 신세 가엾구나. 말 못 하고 가슴에 맺힌 사연 적어나 보리라."

송이는 벼루를 꺼내 먹을 흠뻑 갈아 놓고 비단 같은 흰 종이를 책상에 펼쳤다. 그런 다음 가냘프고 고운 손에 좋은 붓을 골라 듬뿍 먹을 찍었다. 생각보다는 한숨과 탄식이 앞서는 바람에 한동안 속절없이 앉아 있다가 문득 고개를 들어 공중에 높이 뜬 달을 우러러 보았다. 그러더니 '추풍감별곡秋風感別曲' 이란 다섯 자를 첫머리에 써 놓는다. 뒤이어 막혔던 물목이 터진 듯 생각이 노래가 되고 노래가 글이 되어 붓끝을 따라 쉴 새 없이 쏟아져 나왔다.

어젯밤 바람 소리 가을 온 게 분명쿠나.
외로운 잠자리에 사랑의 꿈 설깨어
참대 살창 반쯤 열고 쓸쓸히 앉았으니
만 리 하늘가에 흰 구름 흩어지고
오랜 강산에 찬 기운이 새로워라.

마음도 서글픈데 풍물도 느끼는 듯
나뭇가지에 부는 바람 이별의 한 아뢰는 듯
국화에 맺힌 이슬 이별의 눈물 머금어라.
버드나무 성긴 벌에 봄 꾀꼬리 이미 가고
달 밝은 숲 속에서 소쩍새 구슬피 우네.

님 여의고 녹은 간장 하마한들 끊기련만
봄날에 즐기던 일 예런가 꿈이런가.
창밖 실비 고요한데 젖어 드는 깊은 정
밤새도록 속삭이며 백 년 살자 굳은 언약
모란봉이 높고 높고 대동강이 깊고 깊어
무너질 줄 몰랐으니 끊길 줄 알았으랴.
좋은 일에 헤살 많다 예부터 일러 오니
앞에 두고 못 만남은 그 뉘의 탓이런가.

불현듯 부는 바람 꽃떨기를 뒤흔드니
쌍쌍이 놀던 벌 나비 애달프게 흩어지네.
궁궐 깊이 감춘 보물 훔쳐 낼 길 바이없고
새장에 갇힌 앵무 다시 희롱 어려워라.
눈앞이 천 리 같아 바라보기 아득하고
은하수 오작교 끊겼으니 건너갈 길 묘연하다.

은정이 그쳤거든 차라리 잊히지
아름다운 그 모습 밤낮으로 눈에 밟혀
못 보아 병이 되고 못 잊어 원수로다.
하 많은 시름 원한 골수에 사무쳐라.
하물며 가을바람 타는 속을 부쳐 대니
눈앞에 보이나니 모두 다 시름이라.
가랑잎 지는 소리 풀벌레 우는 소리

무심히 듣노라면 아랑곳없건마는
이별의 한 간절하니 소리소리 수심이라.

굽이굽이 맺힌 시름 어이하면 풀어내랴.
아이야 술 부어라 행여나 시름 풀릴까.
잔 넘치게 가득 부어 취하도록 마신 뒤에
저물녘에 산길 걸어 을밀대 올라가니
풍치마저 예와 달라 온 세상이 쓸쓸쿠나.
능라도 잎 진 버들 성긴 가지 서글프고
모란봉 꽃 진 나무 서리 맞아 나부끼누나.

인간 세상 덧없음을 어이 다 가늠하랴.
아련히 눈을 들고 멀리 바라보니
마탄에 이는 물결 옛정을 자아내고
용악산 저물녘은 막막한 심사 같구나.
보통문 송객정에 이별 아껴 설워 마라.■
옛 장수 장한 뜻도 죽기로 이별 설워
장막에서 슬픈 노래 눈물로 불렀으나
싸움판에 패하고는 울었단 말 못 들었네.

■ 능라도, 모란봉, 용악산, 대동강은 평양에 있는 섬, 산, 강이다. 을밀대, 보통문, 영명사, 부벽루 들도 평양에 있는 정자, 성문, 절, 누각 들이다.

세상 생겨 몇몇 해며 이별한 이 누구누구
그 많은 남녀 중에 나 같은 이 뉘 있으랴.
대동강에 뜨는 저 배 가는 곳이 어드메뇨.
만단 시름 실은 뒤에 험한 강을 건너가서
우리 님 계신 곳에 쉬이쉬이 풀고 지고.
성 위에 저문 정경 내 차마 못 볼레라.

긴 탄식 짧은 한숨 난간에 기대서니
들려오는 저 종소리 묻나니 어느 절고.
짚신을 떨쳐 신고 발걸음도 조심조심
영명사 찾아들어, 중아 물어보자
인간 이별 내신 부처 어느 절에 앉으신고.
님은 다시 못 볼망정 부처 앞에 소원 빌어
님 그리는 일편단심 차라리 죽어져서
백골은 진토 되나 혼령은 높이 날아
님 앉으신 난간 앞에 어울러 보리로다.

다시금 생각하니 이 또한 운수로다.
지팡막대 고쳐 짚고 부벽루 올라 보니
들 밖 점점이 봉우리는 구름 위에 솟았고
맑은 강에 흐르는 물 하늘과 한 빛이라.
이윽고 떠오른 달 맑고 밝은 빛을 뿌려
그리운 님의 얼굴 뵈온 듯 반겼더니

난데없는 한 점 구름 밝은 달빛 가리누나.
어와 이 웬일인고 조물주 탓이로다.
저 구름 언제 걷혀 밝은 빛을 다시 볼까.

옛 시인의 시 읊으며 오락가락 거니노니
찬 이슬 서릿바람에 취한 술 다 깨었네.
가랑잎 깔고 앉아 술 항아리 다시 열고
잔에 잔을 거듭할 제 거나하게 취했어라.
내나니 탄식이요, 쉬나니 한숨인데
에라 발을 밀어 걸어나 보자.

발 닿는 대로 가는 길에 애련당 든단 말가.
연꽃 가지 꺾어 들고 정겹게 바라보니
물 위에 비친 꽃은 날 반기는 님이런 듯
잎 사이에 듣는 비는 이내 심정 아뢰는 듯
흰 갈매기 쌍쌍이 여뀌꽃 핀 못가에 날고
쌍을 지어 노는 원앙 푸른 물에 자맥질하네.
이 인생 불쌍함이 미물만도 못하여라.

홀연히 다 떨치고 흰말에 채찍 얹어
산이든 구름이든 가는 대로 갈까 해도
이내 마음 어지러워 갈 곳이 아득하다.
한숨 쉬고 탄식하며 들길로 돌아오니

간 곳마다 뵈는 경치 어이 그리 심란한가.
울 밑에 피는 국화, 담 안에 섰는 단풍
님과 함께 볼 양이면 경치 좋다 하련마는
이내 마음 울적하니 도리어 서글퍼라.

무정세월 쏜살같아 덧없이 흘러가니
좋은 철은 지나가고 가을은 깊었어라.
마루 밑에 귀뚜라미 너는 어이 내가 미워
지는 달 새는 밤에 잠시도 쉬지 않고
시륵시륵 시르륵 슬피 울어
적이 남은 이내 간장 어이 마저 썩여 주나.
마을 닭도 더디 울어 밤도 자못 깊었어라.

찬 바람에 놀란 기러기 하늘 위에 높이 떠서
끼룩끼룩 끼루룩 짝을 불러 슬피 우니
춘삼월 달 밝은 밤 접동새 소리도 서럽거든
오동잎 지는 가을밤에 어이 차마 들을쏜가.
네 비록 미물이나 사정은 나와 같구나.
한 장 종이 펼쳐 놓고 세세 사연 적으리니
거듭 당부하거니와 이내 마음 가져다가
달빛 어린 창문 너머 님 앞에 던져 주렴.
목석 아닌 사람이어든 님도 절로 느끼리라.

지루한 이 이별이 생각사록 끝이 없네.
인연 없어 못 보는지 유정하여 그리운지
아예 인연 없었으면 유정인들 어이하며
유정함이 없었으면 그립던들 어이하랴.
연분도 없지 않고 유정도 하건마는
한 성안에 있으면서 어이 이리 못 보는고.
그 옛날이야기에 한 쌍의 젊은이들
달 밝은 밤 서로 만나 가슴 깊이 서린 정을
풀었다는 그 사연도 내겐 한낱 꿈이로다.

그리운 정 마지못해 문 열고 바라보니
무심한 뜬구름은 끊겼다가 다시 잇네.
우리 님 계신 곳은 저 구름 아래련만
오고 갈 둘 사이에 무슨 강이 막혔관데
막막하고 아득하여 소식마저 끊겼는가.

둘 데 없는 이내 사정 어데다가 두어 두고
벽에 걸린 거문고를 마지못해 내려놓고
사랑 노래 한 곡조를 한숨 섞어 타고 나니
그 여운 은은하여 원망인 듯 한탄인 듯
사랑의 옛 곡조는 의연히 있건마는
그 노래에 반하였던 그 여인 자취 없네.

속절없는 이 이별 잊기 또한 어렵도다.
전생 이생 무슨 죄로 우리 둘이 생겨나서
인간 백 년 얼마기에 서로 헤어져 그리는고.
하늘땅도 이 뜻 알아 이별 없기 원이로다.
글자가 생긴 뒤로 얄미운 '이별' 두 자
옛 황제 책 태울 땐 어느 틈새 숨었다가
지금껏 전해 내려 이내 한 몸 병이 된고.

진한 먹 흠씬 갈아 좋은 붓 덤썩 풀어
달과 매화 난초 참대 그리는 게 옳건마는
달 밝은 창문 앞에 나는 무얼 그리는고.
'사랑'이란 두 글자를 나를 위해 그렸도다.
저 달과 저 구름은 님 계신 곳 굽어보리.
가슴속 깊은 시름 나 혼자뿐 아니로다.

가뜩이나 심란한데 해는 어이 쉬이 지나.
잘새는 깃을 찾아 무리무리 돌아가고
밤 정경은 애달픈데 먼 데 숲이 희미하다.
반짝반짝 떠도는 빛 반딧불이 제철 찾네.

쓸쓸한 빈방 안에 그린 듯이 홀로 앉아
지난 일 밀쳐 내고 오는 시름 생각하니
산 넘어 준령이요 강 건너 바다로다.

앞 남산 구름같이 볼수록 멀어진다.
애끊는 긴긴 밤에 차마 어이 견딜쏘냐.
아무쪼록 잠이 들어 꿈속에 보려 하나
베개는 싸늘하고 이부자리 선뜩한데
꺼져 가는 등잔 밑에 꿈 이루기 어려워라.

촛불 하나 벗을 삼아 잠 못 들고 앉았으니
용악산 새벽달이 날샐 녘을 알리누나.
앉았다가 누웠다가 다시금 일어 앉아
이리저리 생각사록 겹겹이 원수로다.
설움 가면 기쁨 온다 그 말 안 지 오래건만
하늘이 감동하고 이 땅도 뜻을 두어
삼밧줄로 억척스레 연분을 다시 맺어
그 어느 날 강가에서 옛 님을 만나면은
봄바람 가을 달에 거울 보듯 마주 앉아
이런 일 저런 말 정답게 나누리라.

백 년이 다하도록 끝없이 즐기다가
아들 낳고 딸 낳고 여한 없이 지낼 적에
인심이 곱지 않아 뉘라서 시비 걸면
저무는 호수 위에 비단 돛 높이 달고
가다가 아무 데나 산 높고 물 맑은 곳
양지바른 남향에 초가 몇 칸 지으리라.

집터를 볼라치면 평생소원 이루어서
앞에 우뚝 산이 솟아 경치 좋고 살기 좋아
푸른 솔이 우거지니 울바자는 무엇 하며
맑은 시내 흘러가니 우물 파서 무엇 하랴.
꿀맛 샘물 기름진 땅 농사나 지어 보자.
돌짝밭을 깊이 갈아 조밥을 먹을망정
백 년이 다하도록 이별 없기 원이로다.

다시금 생각해도 한스러운 이별일세.
이별의 한, 산 같은데 애끊는 넋 불러 볼 뿐
손잡고 반겨 만나 쌓인 정 풀고 지고.
님 이별하던 날에 내 어이 못 죽었나.
대천 바다 깊은 물에 풍덩실 빠지련만
지금까지 살았어도 부모와 님 못 만난 건
하늘도 미워하고 조물이 시기함이로다.

그 목소리 귀에 쟁쟁 생각지 말자 해도
그 자태 눈에 아른 잊으려도 못 잊겠네.
님 그리운 상사병 어이하면 고쳐 낼꼬.
그 옛날 이름 높던 명의가 살아난들
골수에 깊이 든 병 제 어이 고칠쏜가.

님 생각에 지친 이 몸 침상 위에 잠이 들어

그리운 우리 님 꿈 가운데 설핏 만나
슬픔 기쁨 한데 엉켜 채 풀지 못했는데
뉘 집의 퉁소런가 가을바람에 실려 와
처량한 곡조로 잠든 나를 깨우누나.

송이는 다 쓰고 나서 붓을 놓고 정신없이 앉아 있다. 어느덧 밤은 이슥하여 달은 높이 걸렸는데 남쪽으로 날아가는 기러기 소리만 구슬프다. 멀어지는 기러기 소리를 따라 송이도 정신이 아득히 멀어지면서 저도 모르게 책상머리에 엎드려 그만 잠이 들었다.

낮에 생각던 일들이 꿈이 되어, 송이는 꿈속에서 나비처럼 날개를 펼치고 바람에 실려 허공을 떠다니는데 사방을 두루 살펴보니 자나 깨나 잊지 못하던 장 도령이 쓸쓸한 빈방에 홀로 누워 지난날 제가 보낸 답시를 내놓고 보고 있지 않는가. 필성은 보다가는 울고 울다가는 보느라고 좀처럼 잠들지 못하고 몸을 뒤척이고만 있다. 송이는 도령한테 달려들어 맞붙잡고 울었다. 그런데 꿈속의 울음이 잠꼬대가 되어 아주 내처 울음이 되고 말았다.

사람이 늙으면 위아래를 막론하고 잠이 없는 법이라 이때 이 감사도 그랬다. 나이는 여든이나 직분이 관찰사이고 보니 어떻게 하면 백성들의 원성을 듣지 않고 지낼 수 있을까 하는 생각에 잠을 이루지 못하고 누워 있었다. 그런데 문득 송이 방에서 느껴 우는 소리가 들려오므로 깜짝 놀라,

'저 애가 나이 열일곱에 저렇게 우는 데는 반드시 무슨 곡절이 있을 게야.'

하고 짐작 가는 대로 자리에서 일어나 가만히 나와 보았다.

송이는 남창을 열어 놓은 채 책상머리에 엎드렸는데 촛불은 돋우어 있고 책상 위엔 뭔가 써 놓은 종이가 있었다. 이 감사는 가만히 방에 들어가 두루마리 종이를 펼쳐 보았다.

'추풍감별곡이라.'

감사는 시를 훑어보고 어깨를 흔들어 송이를 깨웠다.

송이는 깜빡 놀라 눈을 떠 이 감사를 보고는 그 자리에서 소스라쳐 일어섰다. 이 감사의 손엔 두루마리가 쥐여 있다. 감사의 우선우선한 얼굴엔 인자한 빛이 어리어 있다.

"놀랄 것 없다. 윗사람 아랫사람 구별은 있을망정 나는 널 친딸처럼 생각하느니라. 무슨 사정이 있거든 내게 말하면 그만 아니냐. 마음에 조금이라도 걸리는 게 있거들랑 오늘 다 말해 보아라. 난 널 친딸처럼 여기는데 넌 날 애비처럼 생각지 않고 한스러운 일이 있는데도 말을 않고 있었단 말이냐?"

송이는 너무나 죄송스러워 어찌할 바를 모르다가 겨우 입을 열었다.

"제 죄 만 번 죽어 마땅하옵니다."

감사는 그만 웃음을 터뜨렸다.

"허허, 네 속내를 들어 보자는 게다. 그러니 마음에 있는 대로 죄다 말해 보아라!"

송이는 땀이 등골에 배고 몸이 떨려 말을 못 하다가 감사가 재촉하니 마지못해 단정히 입을 열었다.

"그처럼 물으시는데 제가 어찌 숨기겠사오리까."

송이는 눈물을 훔치고 서서 손을 마주 잡았다. 그러고는 처음 뒷동산에서 장필성과 글을 주고받던 일이며 어머니가 장생을 불러서 혼사를 정하던 일을 말씀 올렸다. 그리고 제 아버지 김 진사가 서울로 올라가서 벼슬을 구하다가 허 판서와 관계 맺게 된 일이며, 허 판서가 저를 첩으로 달라 하여 아버지는 승낙했으나, 저는 장생과 한 언약을 지키느라고 부모님을 따라가지 않은 일하며, 그 뒤에 어머니가 찾아왔기에 몸을 팔아 돈을 마련해 올려 보내고 기생이 된 일, 기생이 된 뒤에도 내내 장생을 못 잊어 글귀를 내걸고 그를 찾아내 마침내 깊은 인연 맺은 일까지 다 말하였다.

송이가 그 자리에 엎드려 흐느껴 우니, 감사는 송이 등을 어루만지며,

"송아, 울지 마라. 네 사정이 그런 줄 내 몰랐구나. 이제라도 알았으니 네 소원을 왜 못 풀어 주겠느냐. 이제 알고 보니 장필성도 사정이 있어서 이방으로 들어왔구나. 내일 장필성을 불러서 보게 해 주마!"

하고 나직이 한숨을 쉰다.

"대감의 은혜는 바다와 같아 아무리 갚아도 다 갚지 못할까 하나이다."

참으로 눈물이란 것은 인정의 지극한 이슬인지 모른다. 억울하고 그리워도 눈물, 좋고 반가워도 눈물이 앞선다. 감사의 말이 하도 황송하여 송이는 저도 모르게 또 눈물을 흘렸다. 반갑고 기쁜 마음에 새삼스레 부모 생각이 더욱 사무쳐 그 말까지 한다.

"황송한 분부에 몸 둘 바를 모르겠사옵니다. 허나 저희 부모가

저 때문에 봉변을 당하는데 여태 소식도 몰라 한이옵니다."

감사는 송이 말을 듣고 빙그레 웃었다.

"허허, 네 마음이 정말 기특하구나. 진실로 효녀로다. 오냐, 그것도 빨리 손써서 알아볼 터이니 걱정 마라!"

감사는 한마디 남기고 안방으로 건너왔다. 자리에 누워 송이가 쓴 두루마리를 보고 또 보고 몇 번을 뒤쳐 보면서 칭찬이 절로 나오는 것을 어쩌지 못했다.

이튿날 이른 아침에 장필성은 감사의 부름을 받았다. 처음 당하는 일이어서 필성은 적이 이상한 생각이 들기도 했다.

'사또가 이렇게 일찍 부르신 일은 한 번도 없었는데 무슨 일일까?'

필성이 감사한테 들어가 인사를 드리니, 감사는 기꺼운 낯으로 별당으로 들어오라 일렀다. 필성은 더욱 이상히 여기며 따라 들어갔다. 그리고 감사가 송이를 부르자 건넌방에서 송이가 들어왔다.

둘은 서로 보고 놀라며 말을 못 하고 마주 앉아 있는데 말 없는 둘의 마음은 두 사람만이 알 일. 감히 말을 못 하고 덤덤히 앉아 있는 둘을 보고 감사는 그제야 껄껄 웃더니 필성에게 말을 건넸다.

"필성아, 네가 송이를 만나려고 하찮은 이방 자리에 스스로 들어와서 예닐곱 달이 되도록 못 보다가 오늘에야 보니 마음이 어떠하냐?"

필성은 어찌할 바를 몰랐다.

"황송할 뿐이옵니다."

"내 이미 네 사정을 알았으니 안심해라. 너희 둘을 앉혀 놓고 보니 둘 다 타고난 아름다운 자질들을 감출 수 없구나. 오늘 곧 송이를 내주겠는데 네가 송이 수건에 써 준 글에 '청실홍실 되어 이 사랑 꽃피우리.' 하며 언약이 깊었던 만큼 잔치를 아니 열 수 없느니. 하여 송이 부모가 내려온 뒤에 내가 중매를 서서 혼인을 시킬 테니 그리들 알아라. 아무려나 오랫동안 서로 그려 온 정회가 쌓이고 또 쌓였을 터이니 송이를 데리고 저 방으로 건너가거라!"

건넌방으로 건너온 둘은 그동안 그리던 정회를 풀면서 먼저 이렇게 다시 만나게 된 이야기부터 주고받았다.

"허허, 사또께서 우리 일을 알고 이런 은덕을 내려 주시니 이게 대체 어찌 된 일이오?"

필성은 감동을 숨기지 못했고, 송이도 같은 마음이었다.

"꿈에서나 만나던 서방님을 지금 생시에 뵙게 된 사연은 다른 게 아니라, 어제 달빛이 하도 밝아 마음에 우러나는 대로 글을 쓰다 책상에 놓은 채 잠이 들었는데, 꿈에 서방님을 만나 붙들고 울다가 그만 잠꼬대를 했나 보옵니다. 사또께서 저를 깨워서 물으시기에 그동안의 사연을 죄다 여쭈었더니 오늘 이렇게 되었나이다. 정말 이 은혜를 어찌하면 갚을 수 있을지."

송이는 뼈가 녹아 흐르는 듯 눈물을 하염없이 흘렸다.

이때 마침 동헌에서 명령 소리가 길게 들렸다. 송이는 깜짝 놀라 필성을 일으켰다.

"공사령이 내렸으니 어서 가 보소서. 인젠 우리 소원이 다 풀렸으니 은혜로 보아서도 앞으로 공사에 더욱 힘써 주오."

필성은 그 말이 반갑기만 했다.

"그 말 명심할 테니 걱정 마오. 그리고 하루바삐 장인 장모가 돌아오시도록 손을 쓰오."

둘의 얼굴에 가득하던 근심스런 빛은 아침 햇살에 안개 스러지듯 가시고 기쁜 빛만이 넘쳐 났다.

둘은 바삐 작별하고 자리에서 물러났다. 감사는 이미 공사를 다 처리하고 필성을 부르더니 김 진사를 빼내기 위해 형조에 보낼 공문을 쓰라 이르고는 그 공문을 들려서 서울로 사람을 띄웠다.

채봉과 필성이 맺어지는구려

평양성 안에서 채봉이가 이렇듯 모진 풍랑을 겪다가 좋은 운수가 틔었을 때, 그런 줄을 모르는 김 진사는 오백 리 밖 서울에서 옥에 갇혀 신음하고 있는가 하면, 하늘과 땅을 뒤흔들듯 서슬 푸르던 허 판서는 세도를 잃을 운명 앞에 놓여 있었다.

채봉이한테서 돈을 받아 가지고 서울로 올라간 이 씨는 그 오천 냥을 바치고는 김 진사를 놓아 달라고 했다. 그러나 허 판서는 돈만 받고 오히려 과천 현감 벼슬도 떼 버리고 또 함부로 양반을 속였다는 생트집을 걸고 딸까지 찾아 놓아야 김 진사를 무사히 내놓아 준다고 했다.

김 진사는 하도 기가 막혀 악을 썼다.

"내 딸은 벌써 죽었으니 날 살리든 죽이든 대감 마음대로 하시오!"

그 말에 상투 끝까지 성이 난 허 판서는 옥중 귀신을 만들겠노라며 김 진사를 그냥 가두어 둘 잡도리를 했다.

이 씨는 하는 수 없이 채비를 길게 잡을 수밖에 없었다.

'글쎄, 일이 이렇게 되고서야 이제 평양에 가서 채봉이한테 이런 말을 또 한들 무슨 소용이 있겠나. 인젠 채봉이 쪽에서 마음이 있다 하더라도 별 뾰족한 수는 없을 터이니 사나 죽으나 예서 끝장을 볼밖에 없다.'

그리하여 이 씨는 남의 집 방을 얻어 바느질품을 팔아 옥에 갇힌 남편 뒷바라지를 했다.

그런데 허 판서는 벼슬을 팔아먹다 못해 욕심을 지나치게 부려 탄로가 났고, 그만 벼슬에서 떨어졌다. 나라에서는 허 씨 집안이며 외견, 처견을 모두 멸족하고 그 집에 가까이 다니던 축들도 모두 잡아들여 죄가 가볍고 무거운 정도에 따라 하나하나 벌했다. 그 판에 김 양주는 목이 매달리고, 허 씨가 집에 사사로이 가두어 둔 김 진사는 우선 나라 옥에 옮겨 앉아 죄가 있는지 없는지 조사를 받게 되었다. 그때 마침 평양 감사의 보고가 들어와 나라에서 더는 의심하지 않고 김 진사를 풀어 주었다.

김 진사가 옥문을 나서니 이 씨가 밖에서 기다리고 있었다. 셋방으로 돌아온 둘은 그제야 붙들고 한바탕 통곡을 했다.

"채봉이가 이 애비만 믿고 허가 놈의 첩이 되었더라면 그 어린것이 참혹한 화를 입을 뻔했구려. 그러니 기생으로 팔린 게 되레 죽기보다는 다행이오. 아무려나 애비와 딸자식 간이지만 채봉이 볼 낯이 없구려."

"이도 저도 다 운수인 걸 어쩌겠소. 이미 지나간 일은 말할 것 없이 평양으로 내려가서 채봉이 몸이나 빼낼 마련을 합시다."

그길로 두 내외는 걸어서 평양에 내려왔다. 산천 풍물은 예나 다름없건만 자기들 신세는 왜 이다지도 달라졌는가.

김 씨 내외는 먼저 취향이네 집으로 찾아갔다. 취향 어미와 취향이가 맞받아 나오며 여간 반가워하지 않는데, 김 진사는 우선 궁금한 말부터 물었다.

"아가씨는 잘 있느냐?"

"예, 잘 계십니다."

취향이는 그동안 채봉이가 겪은 일들을 내리엮었다. 봉선 어미 집에서 글귀로 장 서방을 만난 일하며 이 감사가 몸값을 갚고 데려다 둔 일들을 죄다 말했다. 김 진사는 취향이 말을 듣노라니, 눈앞에 보이는 듯 선했다.

"그래, 요사이도 아가씨를 봤느냐?"

"감사 댁으로 들어간 뒤엔 못 봤나이다. 남자고 여자고 누구도 드나들지 못하도록 엄하게 단속하고 있나이다."

그 말을 들은 김 씨 내외는 곧바로 이 감사를 찾아갔다. 이 감사는 그들을 첫낯에도 오랜 벗처럼 반기며 딴채로 불러들이더니 채봉이를 불러왔다.

셋은 맞붙들고 한바탕 울었다. 그동안 맺힌 시름과 설움이 녹아 눈물로 된 듯싶었다.

이윽고 채봉이는 눈물을 씻고 단정히 앉아 지난 일들을 부모 앞에 낱낱이 이야기했다.

김 진사는 감격을 누를 길이 없어 감사 앞에 엎드리며 다시 절을 했다.

"대감의 바다 같은 은혜 죽어서도 잊지 못하겠나이다."

이 감사는 껄껄 웃었다.

"그건 감사이자 윗사람으로서 마땅히 할 일이지 은혜랄 게 없네. 사람이 헛된 영화를 바라다간 패가망신하기 쉬운 법이라, 어린 자식을 생각해서라도 앞으로는 그러지 말게. 그래도 자넨 복이 많아서 송이 같은 딸을 두고 또 장필성 같은 사위를 맞게 된 게야. 참말로 다행일세. 오늘 송이를 내줄 테니 서둘러 혼인 잔치를 하고 집안 살림도 오붓하게 꾸리게."

이어 이 감사는 송이에게 오랫동안 아랫사람으로 부려 온 사례로 집과 돈과 곡식을 내주었다.

김 씨 내외와 채봉이는 고마워서 몇 번이고 절을 하고 이 감사 집을 나왔다. 그 뒤 김 진사 집에선 좋은 날을 골라 장필성을 맞이해 혼인 잔치를 성대하게 차렸다.

아아, 채봉이의 슬픈 회포와 반가운 정이 지금은 어떠할까?

장화홍련전

옛사람 씀
신진순 고쳐 씀

아름다운 꽃 두 송이, 장화와 홍련

때는 세종 대왕 시절이다. 평안도 철산군에 배무용이라는 사람이 살고 있었다. 본디 그 고장 양반으로 좌수를 지냈는데 그 고을치고는 웬만한 집안이었다. 배 좌수는 성품이 어질고 살림도 넉넉하여 그리운 것이 없었지만 다만 자식이 없어 내외가 늘 서운하였다.

하루는 부인 장 씨가 몸이 고단하여 자리에 기대 앉아 잠깐 졸았다. 문득 하늘에서 신선이 내려와 꽃 한 송이를 주니 부인이 받으려 하자, 갑자기 센바람이 일어나면서 그 꽃이 선녀로 변하여 부인 품에 안기는 것이다. 부인이 놀라 깨니 그저 허무한 꿈이었으나 참으로 또렷이 기억이 났다.

부인이 이상히 여겨 좌수를 불러들여 꿈 이야기를 하였더니 좌수가 기뻐하며 말하였다.

"우리한테 자식이 없는 것을 불쌍히 여겨 하늘에서 귀한 자식을 보내 주시려는가 보오."

내외가 기뻐하는데 과연 그달부터 태기가 있어 열 달이 차자, 하루는 방 안 가득히 향기가 진동하며 장 씨가 아이를 낳으니 옥 같은 딸이었다.

아이가 얼굴도 뛰어나게 어여쁘고 기질이 훌륭하여 좌수 내외는 아름다운 꽃에 견주어 '장화薔花'라 이름 짓고 손안에 든 구슬처럼 귀히 여겼다.

장화가 두어 살 되자 장 씨에게 또 태기가 있어 열 달이 차니, 좌수 내외 이번에는 아들이기를 밤낮으로 바랐는데 또 딸을 낳았다. 서운하지만 어쩔 수 없는 일이라 단념하고 아기가 붉은 연꽃인 양 곱다 하여 이름을 '홍련紅蓮'이라 하였다.

장화 형제가 점점 자라면서 인물이 잘나고 성품이 순할 뿐 아니라 효성 또한 지극하였다. 좌수 내외는 딸들이 이렇듯 남달리 자라는 것을 보고 한없이 기쁘면서도, 나이에 비해 너무도 의젓한 것이 적이 불안스럽기도 하였다.

아이들 커 가는 걸 보며 웃음으로 지내다가 어느 날 장 씨가 우연히 병이 들어 몸져누웠다. 좌수와 장화가 밤낮으로 곁을 떠나지 않고 좋다는 약은 다 쓰면서 정성껏 병구완을 하건만 병은 날로 더 깊어 갈 뿐 조금도 나아지지 않았다. 장화는 초조하여 어머니 병이 낫기를 하늘에 빌고 또 빌었지만, 장 씨는 제 병이 낫지 못할 줄 이미 짐작하고 있었다.

하루는 장 씨가 두 딸을 곁에 불러 앉히고 좌수를 청하였다. 두 딸의 손을 잡고 슬퍼하며 남편에게 말하였다.

"제가 전생에 지은 죄가 많아 얼마 더 살지 못할 것 같사옵니다. 죽기는 서럽지 않사오나 이 어린것들을 키우지 못하고 가려니 죽어서도 눈을 감을 수 없을 듯하옵니다. 이 철부지들을 남겨 둔 한을 품고 저는 가거니와 외로운 넋이 되어도 걱정스러운 것이 있사옵니다. 제가 죽은 뒤 낭군께서 다시 안해를 맞으실 텐데, 그러면 자연 마음이 변하지 않을까 두렵사옵니다. 낭군은 제 마지막 부탁을 잊지 말고 전날의 정을 생각하시어 두 딸을 사랑하며 고이 길러 주소서. 그리하여 나이 차거든 훌륭한 짝을 무어 주신다면 제가 허공에 떠도는 외로운 넋이 되어서라도 그 은혜 기어이 갚으오리다."

부인은 이렇게 당부하고 길게 탄식하더니 마침내 숨을 거두었다. 어린 장화가 동생을 안고 하늘을 우러러 슬피 우니 그 가여운 모습은 돌심장을 지닌 사람일지라도 눈물 흘리지 않을 수 없었다.

이럭저럭 장사 지낼 날이 되어 선산에 장 씨를 고이 묻는데, 이때 장화는 겨우 일곱 살, 홍련이는 세 살이었다.

장화가 어린 나이에 아침저녁으로 상식을 받들며 낮이나 밤이나 슬퍼하는 사이에 어느덧 세월이 흘러 삼년상도 지나가 버렸다.

달이 가고 해가 갈수록 장화는 더더욱 철이 들어서 이제는 제법 어머니 없는 집안 살림을 잘 꾸려 나갔다. 홀로 된 아버지가 불편할세라 뒷시중을 들며 아침저녁 끼니도 제 손으로 지었으며, 어린 홍련이를 보살폈다. 그리고 어머니 장 씨가 살아생전에 가꾸어 오던 앞마당 꽃밭과 뒤란 채마밭도 정성껏 가꾸니, 봄이 오면 씨를 뿌려 물을 주고 김도 매어 여름내 신선한 푸성귀로 아버지 입맛을 돋우어 드렸다.

어린 나이에 이렇게 바지런히 집안일을 돌보면서도 장화는 돌아가신 어머니를 잊을 수 없었다. 서산에 지는 해를 보아도 어머니가 그립고, 동산에 떠오르는 달을 보아도 어머니 생각이 간절하여 눈물지었으며, 뒤뜰에 꽃이 피어도, 섬돌 틈에 풀이 돋아도 어머니 생각이 북받쳐, 어머니는 어찌하여 저희를 남겨 두고 다시 못 올 길을 혼자 가셨는가 슬퍼하였다.

한편 좌수는 죽은 안해의 유언을 잊은 것은 아니지만 아들이 없으니 대가 끊어질까 걱정되어 삼년상이 지나자 혼처를 두루 구했으나, 마땅한 데가 쉽게 나서지 않았다. 이때 마침 허씨 집안에 나이 든 처녀가 있다는 말을 들었다. 그런데 인물이 하도 변변치 못하여 후처 자리라도 마다하지 않는다기에 배 좌수는 허 씨에게 장가 들었다.

그러나 막상 신부를 데려다 놓고 보니 기가 막혔다. 우선 생김새가 볼만했는데, 두 볼은 한 자가 넘게 처졌고, 눈은 퉁방울이요, 코는 질흙으로 빚은 술병이요, 입은 메기입이다. 머리털은 돼지 털 같고, 키는 장승만 하고, 목소리는 이리가 내는 소리 같으며, 허리는 두 아름이나 되는 것이 곰배팔이요, 다리는 퉁퉁 부은 수중다리에다가 쌍언청이까지 겸했으며, 그 주둥이를 썰어 내면 열 사발은 되는 데다 얼굴이 콩멍석처럼 얽기까지 했으니, 그 꼬락서니란 차마 눈 뜨고 바로 보기 어려웠다. 게다가 심보는 겉보기보다 더 험상궂어 아무도 못 할 노릇만 골라 가며 해 대니, 집에 두기가 한시라도 딱한 형편이었다.

그래도 그것이 계집이라고 태기가 있어 연달아 아들 삼 형제를 낳으니 좌수가 마지못해 참지만 늘 딸애들과 더불어 장씨 부인을 그리워하곤 했다.

좌수는 두 딸을 잠시라도 보지 못하면 마음이 놓이지 않아, 어디를 나갔다가 돌아오면 먼저 딸애들 방에 들어가 두 딸의 손을 잡고 눈물을 흘렸다.

"너희가 쓸쓸한 방구석에서 어미를 그리워하니 이 늙은 아비 가슴이 아프구나."

좌수가 이러는 것을 한집에서 보는 허 씨는 오장 육부가 뒤틀릴 지경이었다. 그러니 장화와 홍련이를 헐뜯느라고 허 씨는 생트집이 심하였다.

하루는 좌수가 보다 못해 마누라를 불러 놓고,

"우리 집안이 본디 가난했는데 저 애들 어미가 가지고 온 재물이 많아서 그 덕에 지금 넉넉하게 지내는 거요. 그대가 먹고 지내는 것이 다 장화 어미 재물이니, 그 은혜를 생각해서라도 저 애들을 잘 돌봐 줘야 할 텐데 그러지는 못할망정 오히려 괴롭히니 그게 무슨 짓이오? 다시는 그러지 마오."

하고 조용히 타일렀다.

그러나 승냥이 같은 그 마음이 어찌 제 잘못을 뉘우칠 줄 알랴. 오히려 그 뒤부터는 심보가 더욱 고약해졌다. 어떻게든 장화 형제를 없애 치워야 재산을 제 자식들 몫으로 만들 수 있으려니 생각하고 허 씨는 자나 깨나 장화와 홍련이를 죽일 궁리만 골똘히 하였다.

하루는 좌수가 딸애들 방에 들어와 앉으며 두 딸을 살펴보니, 서

로 손을 잡고 눈물로 옷깃을 적시는지라,

"너희가 또 죽은 어미 생각을 하는구나."

하고 저도 모르게 눈물을 흘리면서 위로하였다.

"이제는 너희가 이렇게 컸으니 너희 어미가 살았더라면 오죽 좋았으랴만, 내 팔자가 기구하여 허 씨를 만나 너희가 눈칫밥을 먹으니 볼 낯이 없구나. 너희가 슬퍼하는 까닭은 듣지 않아도 짐작이 간다만, 이제는 죽은 어미 생각 말고 기운을 차려라."

좌수는 이렇게 딸들을 달랬다.

이때 허 씨가 창틈으로 이 광경을 엿보고는 더욱 분통이 터져서 하루바삐 장화 형제를 해칠 궁리만 했다.

흉녀 허 씨의 계교

어느 날 허 씨는 제 맏아들 장쇠를 시켜서 큰 쥐 한 마리를 잡아 오게 했다. 그러고는 그 쥐를 몰래 튀해서 피를 듬뿍 발라 낙태한 핏덩이 모양으로 만들어 가지고, 장화가 잠든 틈에 그 방에 들어가 이불 밑에 슬며시 넣어 두고 나왔다.

그러고 나서 좌수가 안방에 들기를 기다리는데, 마침 좌수가 사랑방에서 들어왔다. 허 씨가 좌수를 보자 군은 얼굴로 혀를 끌끌 찼다. 좌수가 이상히 여겨 그 까닭을 물으니, 허 씨가,

"집안에 남부끄러운 일이 생겼으나, 제가 말씀 올리면 낭군은 또 계모의 모해라 하실 것 같아 감히 말을 내지 못하였나이다. 낭군은 친부모라 집을 나서면서 이르고 들어오면서 반기시지만, 그 살뜰한 정을 자식들은 전혀 알아주지 않고 부정한 행실을 일삼더이다. 나야 친어미도 아니어서 짐작이 가도 잠자코 있었나이다.

그런데 오늘은 큰애가 늦도록 일어나지 않기에 몸이 불편한가 하여 들어가 보니, 아니나 다를까 장화가 낙태를 하고 누워 있다가 저를 보고는 미처 수습하지 못한 채 당황하니, 저도 놀랍고 가슴이 떨려 어찌할 바를 모르겠더이다. 이 일을 아는 것은 장화와 저뿐이오나 이런 일이 바깥에 알려지면 대대로 내려오는 점잖은 집안에서 어찌 낯을 들고 세상을 대하오리까."

하면서 몹시 근심에 싸인 듯 한숨을 쉬었다.

좌수는 깜짝 놀라 정신이 아뜩했다. 부인 손에 이끌려 딸애들 방에 들어가 보니 장화 형제는 깊이 잠들어 있었다. 허 씨가 이불을 들추는데 얼핏 보니 과연 핏덩이가 보였다. 좌수가 그만 얼혼이 나가서 떨고만 있으니, 허 씨는 피 묻은 쥐를 들고 흔들며 여러 말로 좌수를 속여 넘겼다.

못나고 어리석은 좌수는 허 씨의 흉계를 알아채지 못하고 낯빛이 허얘서,

"그러니 이 일을 장차 어쩌면 좋겠소?"

하고 탄식하며 허 씨에게 매달렸다.

"이미 벌어진 일이니 이제는 어찌 됐든 남이 모르도록 처리하는 수밖에 다른 도리가 없나이다. 허나 장화를 이대로 두면 아무 때 가서도 일이 드러나고야 말 것이옵니다. 장화를 죽여서 흔적을 없애자 해도 남들이야 이런 사정은 모르고 의붓어미가 못돼서 죄 없는 전실 자식을 모해하고 죽였다고 할 것이요, 그렇다고 저것을 그대로 두어 이 일이 알려지면 집안 망신을 면치 못할 것이오니, 차라리 제가 먼저 죽어서 아무것도 모르는 편이 나을까 하옵

니다."

허 씨는 거짓으로 죽는 시늉까지 하였다.

미련한 배 좌수는 계집의 흉악한 짓거리인 줄 조금도 깨닫지 못하고 허둥지둥 말렸다.

"그대의 의젓한 성품을 내 진작부터 알고 있으니 다른 걱정은 아예 말고, 이 일을 어찌했으면 좋겠는지 어서 말해 보오. 당신 말대로 하리다."

좌수는 급한 마음에 이렇게 말은 했지만 억이 막혀 눈물이 절로 솟았다.

흉녀는 좌수가 감쪽같이 속아 넘어간 것을 보고,

'이제는 내 원을 풀 때가 왔구나.'

했지만 겉으로는 더욱 요란히 탄식하며 진심인 양 혀를 놀렸다.

"차라리 제가 죽어 버려 아무것도 모르고 말자 했던 노릇인데, 낭군이 이처럼 몹시 걱정하시니 할 수 없이 참겠나이다. 허나 장화를 죽이지 않고서는 가문에 화를 면할 수가 없으리니, 이럴 수도 없고 저럴 수도 없고 어찌하리까. 아무래도 빨리 처치해서 이 일이 세상에 알려지지 않도록 하소서."

이런 말을 들으니 좌수는 죽은 처의 유언이 생각나 기가 막혔지만, 한편으로는 딸의 행실이 괘씸하고 남이 알까 두려워 딸을 처치해 버릴 묘책을 허 씨와 의논했다. 허 씨는 짐짓 난처한 낯으로 대답했다.

"이 일은 아주 은밀히 처리해야겠으니 장화를 불러내 제 외삼촌 집에 다녀오라 속이고, 장쇠더러 함께 가다가 도중에 있는 연못에 떠밀어 버리라고 하여 없애는 것이 가장 좋을 듯하나이다."

좌수가 그럴듯하다 여겨 장쇠를 불러 이리이리하라고 허 씨에게 들은 대로 꾀를 일러 주었다.

이때 장화와 홍련이는 죽은 어머니 생각을 하면서 함께 울다가 설움 끝에 깊이 잠들었으니, 흉녀의 이런 모함을 어찌 알 수 있으리오. 그러나 꿈결에도 어쩐지 몸과 마음이 괴롭고 답답하여 잠을 깬 장화는 몹시 뒤숭숭했다. 다시 잠을 청해도 잠이 오지 않아서 일어나 앉아 있는데, 아버지께서 부르신다는 말을 듣고 아닌 밤중에 무슨 일인가 놀라면서 얼른 아버지 앞에 나아가니, 좌수가 딸에게 말했다.

"너희 외삼촌 집이 예서 멀지 않으니 잠깐 다녀오너라."

장화는 너무도 뜻밖이라 놀랐다. 여태껏 문밖 멀리 나가 본 적이 없는지라 겁도 나고, 아버지가 깊은 밤에 왜 이러시는지 알 수 없고 서럽기도 하여 눈물을 글썽거렸다.

"아버님께서는 어쩐 일로 갑자기 밤중에 길도 모르는 데를 가라 하시나이까?"

좌수는 성을 버럭 냈다.

"네 아우 장쇠를 데리고 가라 하지 않느냐! 무슨 쓸데없는 잔말로 아비 영을 거스르느냐!"

장화는 느껴 울며 아버지에게 다시 간절히 청을 올렸다.

"아버님께서 죽으라 하신들 어찌 영을 거역하오리까마는 밤이 깊었기에 어린 생각에 말씀드리옵니다. 꼭 가라 하시오니, 황송하오나 다만 바라는 것은 날이나 새거든 가게 하여 주옵소서."

좌수가 어리석고 옹졸한 사람이기는 하지만 정에 끌려 망설이니, 흉녀 허 씨가 방에서 문을 박차고 뛰어나와 장화를 꾸짖었다.

"너는 아버지 뜻을 따르지 않고 무슨 잔말을 늘어놓으며 대답질이냐!"

장화는 계모의 불호령까지 듣고 나니 더욱 서러우나 하는 수 없이 울면서,

"아버님 뜻이 그러하시니 여쭐 말씀 없사와 분부대로 하겠사옵니다."

하고, 제 방에 들어가 홍련이를 깨워 일으켜 손을 잡고 흐느끼며 말하였다.

"홍련아, 정신 차리고 내 말을 들어라. 어찌하여 그러시는지 알 수는 없지만 아버지가 나더러 이 깊은 밤에 외가에 다녀오라고 하시는구나. 별수 없이 가기는 간다마는 아무래도 이 길에 좋지 못한 일이 생길 것만 같다. 떠나는 길이 급해서 하고픈 말을 다 할 겨를이 없다만, 너를 이 쓸쓸한 빈방에 혼자 두고 가려니 가슴이 미어지는구나."

어머니를 잃고 난 뒤로 외로운 형제가 서로 의지하여 잠시도 떨어지지 않고 지내다가 뜻밖에 이런 일을 당하여 밤길을 떠나니, 장화는 제 걱정보다 어린 동생이 혼자 지낼 일이 기가 막혀 간장이 녹는 듯하였다.

"아무튼 잘 있어라. 별일 없으면 쉬이 돌아올 테니 그사이 언니 보고 싶은 생각이 나더라도 참고 기다려라."

장화는 옷을 갈아입고 나서 다시 홍련이 손을 붙잡고 타이른다.

"홍련아, 나 없는 동안 아버님과 어머님을 정성껏 섬겨 꾸지람 듣지 않도록 조심해라. 내 가서 오래 있지 않고 한 사흘 안으로 돌아올 테니 그때까지 어떤 괴로운 일이 있더라도 참고 기다려야 한다. 허나 나는 그동안 네가 보고 싶어서 어쩐단 말이냐! 홍련아, 너를 두고 가는 내 마음도 이루 헤아릴 수 없구나. 나를 생각해서라도 너무 슬퍼 말고 부디 잘 있어라."

장화는 말을 마치고도 자꾸 흐느끼며 손을 잡고 차마 놓지를 못하였다.

슬프구나, 살아 있을 때 그렇게도 장화 형제를 사랑하던 어머니는 어찌하여 이런 때 불쌍한 두 아이를 굽어 살필 줄 모르는가!

홍련이가 뜻밖의 이야기를 듣고 가슴이 미어지는 듯해 서로 붙잡고 통곡하니, 허 씨가 밖에서 엿보다가 쫓아 들어와서 큰소리로 꾸짖었다.

"홍련이 넌 왜 이리 방정을 떠느냐! 장쇠야, 네 누이를 데리고 빨리 다녀오지 못하겠느냐!"

개돼지만도 못한 장쇠는 염라대왕의 분부나 받들듯 소리를 벼락같이 지르면서 어깨춤을 추며 삼간 마루를 탕탕 굴렀다.

"누님, 어서 나오쇼! 아버지 말을 안 들어 괜히 나까지 욕먹히니 이런 억울할 데가 있나."

재촉이 불같았다. 장화가 하릴없이 홍련이 손을 떼어 놓고 돌아서니, 홍련이가 언니의 옷자락을 붙잡고 울면서 쫓아왔다.

"언니! 갑자기 날 버리고 어딜 혼자 가려고 하오! 가려거든 나도 함께 가오!"

장화는 홍련이가 우는 모습에 간장이 마디마디 끊어지는 듯하였다.

"홍련아, 내 얼른 다녀올 테니, 울지 말고 잘 있어라."

목이 잠겨 말을 잇지 못하니 하인들도 곁에서 눈물을 머금었다.

홍련이가 언니 치맛자락을 굳이 잡고 놓지 않으니, 흉녀가 달려들어 홍련이 손을 잡아 뿌리치면서 꾸짖는다.

"언니가 외가에 가는데 네가 어째서 이렇게 요사를 떠느냐!"

홍련이는 하릴없이 물러섰다.

흉녀가 장쇠에게 넌지시 눈짓을 하니 장쇠의 재촉이 성화같아, 장화는 홍련이를 떼어 놓고 아버지 앞에 나아가 작별 인사를 드리고서 말 위에 올라 울면서 떠나갔다.

애매한 죽음을 하늘이 밝혀 주소서

장쇠가 말을 바삐 몰아 산골 깊이 들어가 한 곳에 다다르니 첩첩 산중에 물은 골짜기마다 쏼쏼 흐르고 아름드리 소나무와 잣나무들이 빼곡 들어찼다. 초목이 무성하고 사람 자취도 없는 적막한 산골에 달빛만 휘영청 밝은데 접동새가 사람의 간장을 끊는 듯 구슬피 울어 댔다.

장화가 문득 내려다보니 솔숲 속에 우중충한 못이 있었다. 두리가 아득히 넓고 깊이를 알 수 없는 검푸른 물을 보는 순간 정신이 아뜩해졌다.

이때 장쇠가 말고삐를 잡고 내리라 하니, 장화는 몹시 놀랐다.

"왜 여기서 내리라느냐?"

"누이가 제 죄를 알 텐데 뭘 물어? 외가에 가라고 한 건 참말이 아냐. 누이가 행실을 옳게 못 가진 일이 많았지만 어머니가 착해서 모르는 체했던 건데, 누이가 애까지 배고 낙태를 한 게 드러났기 때문에, 나보고 남들 모르게 못 속에 집어넣고 오라고 해서 같이 온 거야. 어서 물속으로 들어가!"

장쇠는 장화를 끌어내렸다. 장화는 맑은 하늘에서 벼락이 떨어진 듯 넋을 잃고 한탄하였다.

"하늘도 야속하오. 이 일이 웬일이오! 어찌하여 장화를 이 세상에 내시고 또 어찌하여 몹쓸 누명을 씌워 이 깊은 못에 빠져 죽어 원혼이 되게 하시는가.

하늘이시여, 굽어 살피소서! 장화는 세상에 난 뒤로 문밖을 모르고 살았는데 오늘 애매한 누명을 쓰게 되니 전생의 죄악이 이처럼 무거웠던가. 우리 어머님은 어째서 세상을 버리시고 불쌍한 나를 남기시어 간악한 인간의 모해를 입어 부나비가 불에 뛰어들어 타 죽듯 덧없이 죽게 하시나? 죽기는 서럽지 않으나 원통한 이 누명은 어느 때나 벗으며, 외로운 저 동생은 장차 어찌하리오."

장화는 슬피 울다 못해 넋을 잃었다. 그 가엾은 모습은 목석이라도 불쌍히 여기련만 흉악하고 무정한 장쇠 놈은 재촉만 하는구나.

"적막한 이 산속에 밤도 깊었는데 아무래도 죽을 목숨 발악해도 소용없으니, 어서 물에 들어가!"

장화는 정신을 가다듬고 말했다.

"장쇠야, 내 말을 좀 들어 다오. 우리가 어머니는 다르나 같은 아버지의 정기를 받은 동기간이 아니냐. 전에 우리 서로 사이좋게 지낸 정을 생각해서라도 영영 황천으로 가는 목숨을 불쌍히 여겨 내게 잠깐 말미를 다오. 그러면 내 삼촌 집에 잠깐 가서 돌아가신 어머님 산소에 인사라도 하고 또 외롭게 남을 홍련이를 부탁해 놓고 죽으련다. 절대로 내가 살아 보려고 하는 말이 아니란다. 내가 죄 없는 것을 밝히려 들면 계모의 노여움을 사겠고, 내가 살려고 한다면 아버님 명령을 거스르는 것이 되니, 부모님이 시키는 대로 할 것이다. 다만 너한테 바라는 것은 한 가지니, 잠깐 삼촌 댁에 다녀와서 죽게 해 다오."

애원하는 목소리는 애절하고 가엾어 듣기에도 가슴 아프건만, 인정사정 모르는 장쇠 놈은 가여운 기색은 조금도 없이 재촉이 불같았다.

"안 돼. 어서 물에 들어!"

장화는 더욱 기가 막혀 통곡하다가 하늘을 우러러 두 손을 마주 모으고 빌었다.

"밝은 하늘이시여, 제 원통한 사정을 살피소서. 제 팔자 기구하여 일곱 살에 어머님을 여의옵고 형제 서로 의지하면서 서산에 지는 해와 동산 마루에 돋는 달을 바라보면 간장이 녹는 듯, 뒤뜰에 피는 꽃과 섬돌 아래 돋는 풀을 보고서도 눈물로 세월을 보냈나이다.

삼 년 지나 계모 들어오매 그 성품이 흉악하여 구박이 심한지라, 서럽고 애달픈 마음 누를 길 없어 낮이면 오직 아버님만 바라고 밤이면 돌아가신 어머님을 생각하며 형제 서로 손을 잡고 긴긴 여름날과 지루한 겨울밤을 한숨과 탄식으로 지냈나이다.

그러다가 마침내 오늘 흉악한 계모의 모진 손아귀를 벗어나지 못하여 물에 빠져 죽사오니, 이 장화가 천만 애매함을 하늘은 굽어보사 밝혀 주옵소서! 가엾은 제 동생 홍련이도 불쌍히 여기사 부모님 눈에 거슬리는 일이 없도록 이끌어 주옵시고, 부모님 모시고 길이 행복을 누리게 하옵소서!"

다 빌고 나서 장화는 못가에 신발을 벗어 놓고 한 손으로 붉은 치맛자락을 휘어잡았다. 눈물이 비 오듯 흐르는 얼굴을 돌려, 오던 길을 돌아보고, 실성한 듯 발을 구르고 홍련이를 부르며 통곡하였다.

"가엾은 홍련아, 쓸쓸한 방에 너 혼자 남았으니 이젠 누구를 의지해 살아간단 말이냐. 너를 두고 죽는 나도 애간장이 굽이굽이 다 녹는구나."

장화는 말을 마치고 검푸른 물결에 텀벙 뛰어들었다. 그러자 문득 물기둥이 하늘까지 뻗쳐오르더니 찬바람이 일고 달이 빛을 잃었다.

그때 산속에서 큰 범 한 마리가 내달아 나왔다.

"네 어미가 흉악해서 죄 없는 자식을 모해하여 억울하게 죽이니, 어찌 하늘이 무심하랴!"

범이 큰소리로 꾸짖으며 달려들어, 장쇠 놈의 두 귀와 한쪽 팔, 한쪽 다리를 덥석 물어 떼어 먹고 온데간데없이 사라지고 말았다. 장쇠는 그만 기절하여 땅에 꺼꾸러지고 장화가 탔던 말은 펄쩍 놀라 달아났다.

언니 따라 나도 가오

흉녀가 장쇠를 보내 놓고 나서 기다리고 있는데, 밤이 깊도록 돌아오지 않아 몹시 궁금히 여기던 참에 문득 장화를 태워 보낸 말이 밖에서 소리를 질렀다. 장쇠가 장화를 죽이고 돌아오는 줄로만 알고 달려 나가 보니, 사람은 없고 말만 온몸에 땀을 흘리면서 뛰어들었다. 흉녀는 몹시 놀라 하인들을 불러 횃불을 밝히고 말이 오던 자취를 따라가 찾아보게 하였다.

하인들이 웬 곳에 이르니 누가 쓰러져 있기에 놀라 자세히 보니 장쇠가 한 팔, 한 다리와 두 귀가 없고 피를 많이 흘린 채 쓰러져 있었다. 하인들이 놀라 어쩔 줄 모르는데 문득 어데선가 향내가 진동하며 찬바람이 일어 모두 이상히 여겨 살펴보니 그 냄새는 못 가운데서 풍겨 왔다.

하인들이 장쇠를 구해 가지고 돌아오니 어미는 깜짝 놀라 곧바로 약을 먹이고 다친 곳을 동여매 주었다. 장쇠가 비로소 정신을 차리자, 그제야 흉녀가 숨을 돌리고 무슨 일이 있었는가 물었다. 장쇠가 앞뒤 사연을 다 말하니 흉녀는 더욱 분하여 홍련이마저 죽여 앙갚음을 하리라 밤낮으로 별렀다.

이때 좌수는 장쇠가 변을 당한 것을 보고서야 장화가 애매하게 죽은 줄을 깨닫고 슬퍼해 마지않았다.

한편 홍련이는 아무 일도 모르다가 집안이 소란스러운 것이 이상하여 계모에게 물으니, 흉녀는 왈칵 성을 내며 소리를 질렀다.

"장쇠가 요사스러운 네 언니를 데리고 가다가 길에서 범을 만나 물려서 위독하다."

"그럼 우리 언니는 어디 있나이까? 예? 언니는요?"

홍련이가 자꾸만 더 캐묻자 계모는 눈을 흘기며 쏘아붙이기를,

"시끄럽게 무슨 말을 자꾸 물어 대느냐!"

하고 홍련이를 떠밀어 뿌리치고 일어나 버렸다.

홍련이는 가슴이 터져 오고 온몸이 떨려 제 방으로 돌아와서 언니를 부르며 울다가 깜빡 잠이 들었다.

꿈 같기도 하고 아닌 듯도 한데 장화가 물속에서 누런 용을 타고 나와 북쪽 바다로 떠나기에, 홍련이가 웬일인가 물어보려 하니, 장화는 본체만체하였다. 이에 홍련이는 울며 소리쳤다.

"언니! 언니는 어째 나를 본 체도 않고 혼자 어디를 가오?"

그러자 장화가 눈물을 뿌리며,

"홍련아, 이제 내 몸은 너와 길이 다르단다. 나는 옥황상제 영을 받아 삼신산으로 약초를 캐러 가니, 길이 바빠서 너와 길게 이야

기 나누지 못하겠구나. 나를 무정하다고 생각지 마라. 내 뒷날 너를 데려가마."

하는데, 이때 별안간 장화가 탄 용이 소리를 질러 홍련이가 놀라 잠을 깨니 한 토막 꿈이었다. 섬뜩한 바람이 돌고 온몸이 땀에 흠뻑 젖어서 정신이 아찔했다.

이날 홍련이는 아버지한테 꿈 이야기를 하며 목 놓아 울었다.

"아버님, 오늘은 제 마음에 꼭 무엇을 잃어버린 듯 허전하고 슬프니, 아무래도 언니가 이번 길에 무슨 일이 생겨 해를 입은 것 같나이다."

울며 하소연하는 어린 딸의 말에 좌수는 가슴이 막혀 한마디도 못하고 다만 눈물만 흘리고 있는데, 곁에 있던 흉녀가 문득 낯빛이 변하면서,

"어린것이 무슨 군말을 그리 지껄여 공연히 어른들 마음을 어지럽히느냐!"

소리치며 홍련이 등을 떠밀어 내쫓았다.

홍련이는 울면서 혼자 생각을 더듬었다.

'내가 꿈 이야기를 했더니 아버지는 슬퍼하시며 아무 말도 못 하시고, 계모는 얼굴빛이 변해서 날 구박하니 반드시 무슨 곡절이 있구나.'

이렇게 짐작한 홍련이는 진상을 알아내려 애쓰다가, 하루는 흉녀가 없는 틈을 타서 장쇠를 불러 달래면서 장화가 간 곳을 물었다.

장쇠는 못난 만큼 남을 속일 줄도 몰라 그날 있었던 일을 다 털어놓았다. 홍련이는 언니가 애매하게 죽은 것을 알고 깜짝 놀라 까무

러쳤다가, 겨우 정신을 차려 언니를 부르며 슬피 울었다.

"불쌍해라, 우리 언니. 음흉도 하구나, 계모는. 가엾은 우리 언니 한창 피어나는 꽃나이에 더러운 누명을 쓰고 물에 빠져 천추에 사무친 원혼이 되었으니 뼈에 맺힌 이 원한을 어떻게 풀어 볼까나! 참혹하다, 우리 언니. 불쌍한 이 동생을 쓸쓸한 빈방에 외로이 남겨 두고 어디 가서 다시 오지 못하는가! 황천에 가 있어도 이 동생이 보고 싶어 피눈물을 흘리리니 간장이 다 녹아나리라. 세상에 이런 기막히고 가슴 아픈 일이 또 어디 있으리오.

밝고 밝은 하늘은 살피소서. 제가 세 살에 어머니를 잃고 언니를 의지하여 자라옵더니 무슨 죄가 그리 많아 이런 변을 또 당하나이까. 언니처럼 더러운 욕을 보지 말고 차라리 저도 일찍 죽어 넋이라도 저승에서 언니와 함께 지내고자 하옵나이다."

홍련이는 구슬같이 맑은 눈물을 얼굴 가득 흘리며 아뜩해졌다. 아무리 언니가 죽은 곳을 찾으려 하나 깊은 곳 규방에서만 지내던 처녀의 몸으로 문밖 길을 모르니 어찌 찾아가리오.

홍련이는 먹지도 않고 자지도 않고 밤낮으로 한탄만 하는데, 어느 날 파랑새 한 마리가 날아와서 꽃밭 사이로 오락가락하는 것이 보였다.

'불쌍한 우리 언니! 우리 둘이 서로 헤어져 한이 되니 저 파랑새가 나를 언니 있는 데로 데려다 주려고 온 것이로구나.'

홍련이가 속으로 그리 생각하며 슬픈 마음을 가누지 못하여 안절부절못하는데, 파랑새가 온데간데없이 사라지니 서운하기 그지없었다.

날이 다시 밝아 오자 홍련이는 또 파랑새가 오기를 기다렸다. 그러나 끝내 새가 오지 않자 슬픔을 이기지 못해 종일 울다가 해가 졌다. 홍련이는 창밖을 내다보며 혼자 생각했다.

'인젠 파랑새가 오지 않더라도 내가 언니 죽은 곳을 찾아가야겠다. 아버님께 이런 말을 여쭈면 못 가게 하실 터이니 편지를 써 놓고 나는 가리라.'

홍련이는 곧 종이와 붓을 꺼내어 쓰기 시작했다.

아버님 보시옵소서. 일찍이 저희 형제 어머님을 이별하고 서로 의지하여 지내옵다가, 천만뜻밖에도 언니가 죄 없이 몹쓸 누명을 쓰고 원통히 죽었으니 어찌 슬프고 애통하지 않겠나이까. 불효 여식 홍련이는 아버님을 십여 년이나 모시다가 오늘 불쌍한 언니를 좇아가옵니다. 이제부터는 아버님 얼굴을 다시 뵈옵지 못하며 목소리조차 들을 길 바이없사와 눈물이 앞을 가리고 가슴이 막혀 더 무슨 말씀을 올려야 할지 모르겠사옵니다. 바라옵건대 아버님께서는 이 못난 홍련이를 생각지 마시고 부디 오래오래 사시옵소서.

유서를 다 쓰고 나니 때는 저녁 무렵이라 달빛이 뜰에 가득하고 맑은 바람이 솔솔 불어왔다. 문득 어데선지 파랑새가 날아와서 나뭇가지에 앉으며 홍련이를 반기는 듯 지저귀었다.

"파랑새야, 네가 우리 언니 있는 데를 가르쳐 주러 왔니?"

파랑새는 마치 그렇다는 듯이 머리를 끄덕였다.

"참말 네가 길을 가르쳐 주러 왔거든 어서 알려 다오."

파랑새는 날개를 퍼덕이며 어서 가자고 재촉하는 것만 같았다.

"그럼 잠깐만 기다려라. 함께 가자."

홍련이는 아버지 주무시는 머리맡에 유서를 놓고 서둘러 방문을 나서며 또 한번 슬피 울었다.

"슬프구나, 이제 나가면 언제 다시 이 집에 들어서랴!"

홍련이가 파랑새를 따라가는데 몇 리를 못 가서 동쪽 하늘이 밝아 왔다. 점점 더 걸어갈수록 겹겹이 에워싼 푸른 산에 큰 소나무들이 우거져 빼곡 찼는데 온갖 새들이 슬피 울어 듣는 이의 마음을 울적하게 하였다.

파랑새가 웬 못가에 이르러 주저하며 더 가지 않자 홍련이가 두리를 살펴보니 물 위에 오색구름이 자욱한데, 그 속에서 홍련이를 부르는 소리가 슬픈 울음에 섞여 들려왔다.

"홍련아, 너는 무슨 죄로 천금 같은 목숨을 속절없이 버리려 하느냐. 사람이 한번 죽으면 다시 살아날 수 없단다. 불쌍한 홍련아, 세상일을 누가 알랴. 그런 생각 다시는 말고 어서 집에 돌아가거라. 부모님을 정성껏 모시고 어질고 현명한 낭군 만나 아들딸 낳고 잘살면서 돌아가신 어머님의 혼을 위로해 드려라."

홍련이는 장화의 목소리를 알아듣고 다급히 언니를 찾았다.

"언니! 언니는 전생에 무슨 죄로 나를 두고 여기 와서 혼자 외롭게 있소? 나는 언니를 버리고 혼자 살 수 없으니 언니하고 함께 있으려오!"

언니 목소리가 또 나는가 하여 아무리 귀를 기울여도 말소리는 다시 나지 않고 공중에서 울음소리만 들려왔다. 홍련이는 더욱 서러워 정신을 차리지 못하다가 겨우 진정하고 하늘에다 절을 하면서 빌었다.

"비나이다, 비나이다. 빙옥처럼 깨끗한 우리 언니, 천추에 사무친 몹쓸 누명을 벗겨 주옵소서. 천지신명은 홍련이의 이 애달픈 심정을 굽어 살피소서."

홍련이가 목 놓아 우는데 이때 어디선가 홍련이를 부르는 소리가 들려왔다. 홍련이는 더욱 슬퍼 오른손으로 치맛자락을 부여잡고 물속에 뛰어드니, 슬프고 애달프구나. 해도 빛을 잃는구나.

그 뒤부터는 못물 위에 안개가 자욱하게 서리고 그 속에서 구슬픈 울음소리와 함께 계모의 모해로 하여 애매히 죽은 장화 형제의 넋두리가 밤낮으로 들려오니 먼 데 사는 사람들도 다 듣고 알게 되었다.

사또 앞의 원혼

철산 고을에서는 이상한 일이 벌어지고 있었다. 새로 부임해 오는 부사들마다 이튿날 뜨는 해를 보지 못하고 죽는 것이다. 그러니 철산에는 아예 부사로 오려는 사람이 없는 데다가 해마다 흉년까지 드니, 백성들은 사방으로 뿔뿔이 흩어지고 고을이 텅 비었다.

이러한 사정을 여러 번 임금에게 아뢰니 조정에서 의론이 분분했지만 뾰족한 수가 없었다. 그러던 어느 날 정동호라는 사람이 철산 부사로 가겠다고 나섰다. 이 사람은 성질이 강직하고 말과 몸가짐이 점잖은 사람이었다. 임금이 이 말을 듣고 그를 불러,

"철산 고을에 이상한 변이 있어 고을이 텅 비었다 하여 몹시 걱정했는데, 그대가 스스로 가겠다 하니 다행하고 반가운 일이로다."

하고는 그 자리에서 철산 부사로 임명하였다.

부사는 임금에게 인사를 드리고 물러 나와 그날로 출발하였다. 철산 고을에 다다르자 부사는 이방을 불러 물었다.

"듣자니 너희 고을에 부사가 내려오면 그날로 죽는다고 하는데, 과연 그러하냐?"

"말씀 올리기 황송하옵니다만 몇 년 전부터 사또님마다 오시는 대로, 밤이면 어렴풋이 잠이 들었다가 꿈을 깨지 못하시고 죽사오니, 그 까닭을 알 수가 없사옵니다."

부사는 그 말을 다 듣고 나서 이렇게 일렀다.

"너희는 오늘 밤 불을 꺼 놓되, 자지 말고 가만히 동정을 살펴라."

이방이 명령을 듣고 나간 다음, 부사는 숙소에 나가서 등불을 밝히고 책을 읽고 있었다.

밤이 이슥해지자 문득 방 안에 찬바람이 일며 정신이 아뜩해졌다. 어찌 된 영문인지 알 수 없는데, 웬 미인이 초록 저고리에 다홍치마를 떨쳐입고 들어와 절을 하는지라, 부사는 정신을 가다듬고 물어보았다.

"너는 어떠한 여자관데 이 깊은 밤에 내 처소에 들어왔느냐?"

미인이 고개를 숙이고 일어나더니 다시 절하고 나서 말하였다.

"저는 이 고을에 사는 배 좌수의 딸 홍련이라 하옵니다. 저희 언니 장화가 일곱 살 되고 제가 세 살 나던 해에 어머니를 여의고 아버지를 의지하여 지내옵는데, 아버지가 후처를 얻사오매 후처의 성품이 사납고 시기심이 많아 저희를 박대하였사옵니다. 그러던 중 계모가 연이어 아들 삼 형제를 낳으니 아버지는 흑백을 가릴 줄 모르게 되어 계모가 저희 형제를 헐뜯는 말을 곧이듣게 되었사옵니다.

저희는 그래도 의붓어미를 정성껏 섬겼지만 날이 갈수록 더욱 저희를 모질게 대했사옵니다. 다름 아니오라, 돌아가신 저희 어머니에게 재산이 많아 종이 수십 명이요 논밭이 천여 석지기에 재물도 수레에 실어 나를 만큼 많사옵니다. 계모는, 저희 형제가 시집가면 재산을 다 가지고 갈까 하여 저희를 죽이고 재산을 빼앗아 제 자식에게 주려고 늘 저희 형제를 모해할 생각만 품고 있었사옵니다. 그러다가 마침내 흉계를 꾸며 큰 쥐를 튀해서 피를 발라 언니 이불 밑에 넣고 낙태한 핏덩이라고 아버지를 속였사옵니다. 이렇게 죄를 만들어서는 제 언니더러 외삼촌 집에 다녀오라고 속여, 계모가 제 아들 장쇠를 시켜 언니를 말에 태워 데려다가 못 속에 넣어 죽였사옵니다.

제가 이 일을 알고 가슴이 터지는 가운데 혼자 생각하온즉 구차스럽게 살아남아 있다가 저도 그런 흉계에 빠질까 두려워서 마침내 언니가 죽은 못에 저 또한 빠져 죽었사옵니다.

제가 죽은 것은 서럽지 않사오나 언니가 뒤집어쓴 더러운 누명을 씻을 길이 없어 더욱 원통하와, 사또님이 새로 오실 때마다 이 사연을 말씀 올리고자 하였으나 모두 채 말을 꺼내기도 전에 놀라 돌아가시니 뼈에 맺힌 원한을 오늘까지 풀지 못하였사옵니다.

이제 하늘이 도우사 현명하신 사또님을 맞이하여 감히 뼈에 사무친 사정을 아뢰오니, 사또께서는 제 슬픈 넋을 가엾이 여기시어 깊고 깊은 이 원한을 풀어 주옵시고 언니의 누명을 벗겨 주옵소서."

말을 마치고 미인이 일어나 절하고 나가니, 부사 괴이히 여기며 속으로 생각하였다.

'이런 일이 있다니, 그래서 고을이 폐읍이 되었도다."

배 좌수 내외를 잡아들이라

날이 밝자 부사는 동헌에 나아가 구실아치를 불렀다.

"이 고을에 배 좌수라는 사람이 있느냐?"

"예, 과연 배 좌수가 있나이다. 그런데 두 딸은 일찍 죽고 세 아들만 데리고 살고 있나이다."

"두 딸은 어찌하여 죽었더냐?"

"자세히는 알지 못하오나 대강 들리는 말은, 큰딸은 무슨 죄가 있어 연못에 빠져 죽었고, 유난히 의가 좋았던 그 동생은 밤낮으로 울기만 하더니 마침내 언니를 따라 저도 연못에 빠져 죽어 원혼이 되더니만, 날마다 못가에 나와 앉아 울면서 '계모의 모해로 죽었다.' 고 넋두리를 늘어놓으니 지나는 사람들마다 듣고 눈물 흘리지 않는 이가 없다고 하옵니다."

부사는 곧바로 사령을 불러 명령을 내렸다.

"배 좌수 내외를 잡아들이라!"

명령이 떨어지자 곧 좌수 내외가 잡혀 오니 부사가 좌수에게 물었다.

"내 듣자니 전처에게서 두 딸과 후처에게서 세 아들을 얻었다 하는데 참말이냐?"

"그러하오이다."

"다 살아 있는고?"

"두 딸은 병들어 죽었고 세 아들만 살아 있소이다."

"두 딸은 무슨 병으로 죽었는고? 바른대로 말하면 죽음을 면하려니와 그렇지 아니하면 단매에 목숨을 잃으리라!"

좌수는 얼굴이 흙빛이 되어 아무 말도 못 하는데, 흉녀가 이 말을 듣고 펄쩍 놀라 아뢰었다.

"사또께옵서 이미 알고 물으시는데 어찌 털끝만치라도 거짓을 아뢰오리까. 전실에게 두 딸이 있어 자라나옵더니 맏딸이 몸가짐을 잘못하여 처녀 몸으로 아이를 가졌기에 남들이 알까 두려워 종들도 모르게 약을 먹여 낙태를 시켰사옵니다. 허나 남들은 이런 줄은 모르고 계모의 모해인 줄 아올 듯하옵기에 제가 장화더러, '네 죄는 죽어 마땅하나 너를 죽이면 남들이 내가 모해한 것으로 짐작하겠기에 네 죄를 용서할 테니, 앞으로 다시는 이러한 짓을 저지르지 말고 마음을 고쳐라. 남이 알면 우리 집을 업수이 여길 것이니 그리 되면 어찌 낯을 들고 사람들을 대하겠느냐.' 고 꾸짖었나이다. 그러자 저도 죄를 알고 부모 보기가 부끄러워 제 스스로 밤에 나가 못에 빠져 죽었사옵니다.

그 아우 홍련이도 제 형의 행실을 본받아 밤을 타서 도망간 지 해포가 넘었사오나 자취를 찾을 수 없을 뿐 아니오라, 양반의 자식이 행실을 그르치고 나간 것을 누구에게 말하여 찾으오리까? 이런 사정으로 찾지 못하고 지냈나이다."

말을 다 듣고 부사가 물었다.

"네 말이 그럴진대 낙태한 것을 가져오면 알 수 있으렷다."

흉녀가,

"제가 낳은 자식이 아닌 까닭에 이런 일을 당할 줄 알고 낙태한 것을 깊이 간직해 두었다가 여기 가져왔나이다."

하며 바로 품속에서 꺼내 바쳤다. 부사가 보니 낙태한 것이 분명하였다.

"네 말이 그럴듯하나 죽은 지 오래되어 분명히 경위를 밝힐 수 없으니 잠시 물러가 있으라. 내 생각하여 처리하리라."

부사가 배 좌수 내외를 놓아주었다.

이날 밤에 홍련 형제가 완연히 부사 앞에 나와 절을 하고 여쭈었다.

"저희가 천만뜻밖에 명철하신 사또님을 만나 억울한 누명을 씻을까 바라옵더니, 사또님께서 흉녀의 간사스러운 꾀에 넘어가실 줄 어찌 알았사오리까."

슬피 울다가 다시 이어서,

"하늘의 해처럼 밝으신 사또께서는 깊이 살펴 주시옵소서. 옛날부터 계모에게서 화를 입은 이야기가 얼마나 많사옵니까. 저희 형제 뼈에 사무친 아픔은 어린아이들도 다 아는 일이온데, 사또께서 간악한 계집의 말을 곧이들으시어 전혀 깨닫지 못하시니 어찌 애달프지 않사오리까?

바라옵건대 흉녀를 다시 부르시어 낙태한 것을 올리라 하여 그 배를 갈라 보시면 반드시 아실 것이오니, 저희 형제를 부디 불쌍히 여기시어 법대로 밝혀 주시옵소서. 또한 저희 아버지는 본성은 착하나 사리에 어두운 탓으로 흉녀의 간사한 꾐에 빠져 옳고 그른 것을 가리지 못하오니 너그러이 용서하여 주시옵기를 바라나이다."

하고, 홍련 형제가 일어나 절하더니만 푸른 학을 타고 하늘 높이 날아 올라갔다.

부사 그 말을 들으니 모든 것이 또렷해지며 제가 흉녀에게 속은 것을 깨닫고 더욱 노하여 날이 밝기를 기다렸다.

사지가 끊어진 흉녀

날이 밝자 부사는 모든 구실아치들과 하인들을 좌우에 벌여 세워 위엄을 돋우고, 좌수 내외를 벼락같이 잡아들였다. 다른 말은 묻지 않고 낙태한 것을 다시 바치라 하여 잘 살펴보니, 사람의 태가 아닌 게 분명했다. 사또는 아랫사람들에게 명령하였다.

"저것의 배를 가르라!"

호령이 서릿발 같아 구실아치들이 곧 칼을 가져다가 배를 가르고 보니 그 속에 쥐똥이 가득 차 있었다. 곁에 서 있던 사람들이 다 흉녀의 간사한 꾀를 깨닫고, 저마다 침을 뱉어 흉녀를 꾸짖으며 홍련 형제의 애매한 죽음을 불쌍히 여겨 눈물을 흘렸다.

부사는 크게 노하여 흉녀의 목에 큰칼을 씌우고 소리 높여 호령하였다.

"이 간사스러운 년! 네가 세상에 다시없을 몹쓸 죄를 짓고도 거리낌 없이 교묘한 말로 속이려 하기에 내 생각하는 바 있어 너를 일단 놓아주었거니와, 이제 또 무슨 거짓말을 꾸며 대어 변명코자 하느냐? 네가 국법을 가벼이 여기고 못할 짓을 하여 죄 없는 전실 자식을 죽였으니, 어찌 된 일인지 바른대로 아뢰어 조금이라도 형벌을 덜게 하라!"

좌수가 이 광경을 보고는 애매한 자식을 원통히 죽게 한 죄를 뉘우치며 눈물을 흘리면서 부사에게 말했다.

"시골의 어리석고 미련한 백성이지만 제 죄를 어찌 모르오리까. 사또님 처분대로 하겠나이다. 전처 장 씨는 성품이 매우 현숙하였사오나 안타깝게도 일찍 죽고, 두 딸이 있어 부녀가 서로 의지하여 위로하며 지내옵더니, 대를 이을 아들이 없어 후처를 얻어 삼 형제를 낳아 몹시 기뻐하옵던 중, 하루는 저 흉물스러운 계집이 낯빛을 바꾸어 말하기를, '당신이 늘 장화를 그리도 귀여워하시더니만 그 아이 행실이 고약하여 낙태까지 하였으니 딸애들 방에 들어가 보시지요.' 하며 애들 방으로 가 장화의 이불을 들추기에, 제가 놀라 어두운 눈으로 보니 과연 낙태한 것이 분명한지라, 이 미련한 것이 전처의 유언마저 잊고 흉녀의 간교에 빠져 죽을죄를 저질렀사옵니다. 제가 지은 죄 만 번 죽어 마땅하옵니다."

말을 끝내고 좌수 통곡하니 부사가 울음소리를 금하고, 흉녀를 형틀에 올려 매고 죄를 물었다. 흉녀는 매를 이기지 못하여 자백을 하면서도 절반은 꾸며 댔다.

"저희 허씨 집안은 대대로 세도 있는 집안이었으나 집안 형세가 점점 기울어 의지가지없을 때에 좌수가 간청하기에 제가 후처로 들어오니, 전실 딸 형제가 있는데 행동이 매우 아름다워 제 친자식처럼 길렀사옵니다. 그런데 딸애들이 나이가 들면서부터 차츰 하는 짓이 고약해지면서 백번 말해도 한 마디도 듣지 않고 성실치 못한 일이 많아 말썽이 심하옵기로, 때때로 깨우쳐 주고 타일러 아무쪼록 사람이 되도록 권했사옵니다.

하루는 저희 형제끼리 비밀스레 말하는 것을 우연히 엿들으매 그 이야기가 과연 제가 늘 걱정하던 대로 불측스러운 일이온지라 몹시 놀랍고 괘씸했으나, 남편에게 말하면 모해하는 것으로 알 것이 틀림없으므로 어쩔 수 없이 남편 모르게 쥐를 잡아서 피를 묻혀 장화의 이불 밑에 넣고 낙태하였다 했사옵니다. 그러고 나서 제 자식인 장쇠에게 꾀를 가르쳐 장화를 유인하여 연못에 넣어 죽였삽더니, 그 아우 홍련이가 또한 화를 만날까 두려워 밤을 타서 몰래 도망쳤사옵니다. 저는 법대로 처분하실 것을 기다리려니와 제 아들 장쇠는 이 일로 이미 천벌을 받아 병신이 되었사오니 그 아이 죄는 용서하여 주옵소서."

부사가 허 씨와 장쇠의 자백을 듣고 흉녀가 저지른 죄를 소상히 알게 되니, 장화 형제의 원통한 죽음이 더욱 불쌍하였다.

"이 사건은 부모 자식 사이의 도리를 그르친 일이니 내 특별히 나라에 고해야겠다."

부사는 평안 감사에게 이 일을 알렸다.

감사가 듣고 크게 놀라,

"이런 일은 예부터 들어 본 적이 없는 극악한 일이로다."

하며 곧바로 이 일을 글로 써 임금께 올렸다.

임금이 홍련 형제를 불쌍히 여기어 답을 내리니, 이에 부사는 모든 관속들을 양옆에 늘여 세워 위엄을 갖추고 흉녀는 능지처참하고 아들 장쇠는 목매달아 죽인 다음, 좌수를 뜰아래 꿇어앉히고 꾸짖었다.

"네가 아무리 어리석기로서니 흉녀의 간사스러운 꾀를 깨닫지 못하고 애매한 자식을 죽일 수 있단 말이냐! 마땅히 그 죄를 다스릴 것이로되 홍련 형제의 부탁도 있고, 이 고을 백성들이 모두 청원하기로 네 죄를 특별히 용서하니 뼈에 새겨 간직하라."

좌수는 몹시 고마워하며 부사에게 절하고 두 아들을 데리고 나갔다.

부사가 몸소 아랫사람들을 거느리고 장화 형제가 죽은 못으로 가서 물을 퍼내니, 두 처녀의 시체가 마치 옥으로 된 침상에서 자는 듯 곱게 누워 있는데, 얼굴이 조금도 변하지 않아 살아 있는 사람 같았다.

부사는 관을 갖추어 좋은 묏자리에 장사를 지내 주고 무덤 앞에는 길이가 석 자 되는 비석을 세웠다. 그 비석에는 '조선 평안도 철산군 배무용의 딸 장화와 홍련의 묘'라 새겼다.

부사가 장화 형제의 장사를 끝내고 돌아와서 고을 일에 바쁘게 지내다가 하루는 몸이 곤해서 책상에 기대어 잠깐 조는데 문득 장화 형제가 들어와 절을 하였다.

"저희가 사또 같은 어르신을 만나 뼈에 사무친 한을 풀었을 뿐 아니라 저희 시체까지 거두어 주시고 아버지의 죄도 용서하여 주셨으니, 그 은혜 하늘같이 높고 바다보다 깊사와 저승에서라도 기어이 은혜를 갚사오리다."

말을 마치고 장화 형제 사라져 버리는지라, 부사 놀라 깨니 한 자락 꿈이었다.

그 뒤 부사는 차츰 벼슬자리가 올라 통제사에 이르렀다.

장화와 홍련이 다시 태어나니

배 좌수는 나라의 처분으로 두 딸의 원혼을 위로하기는 하였지만, 그래도 마음에 즐거움이 없고 밤이나 낮이나 오직 딸들의 애매한 죽음이 서러워 딸들 모습이 보이는 듯하고 목소리가 들리는 것만 같아서 미칠 지경이었다. 그저 이승에서 딸들과 다시 부녀의 인연을 맺어 남은 한을 풀고자 빌 뿐이었다.

아침저녁으로 끼니를 보살펴 주는 사람조차 없으니 마음 붙일 데도 없었다. 그리하여 어쩔 수 없이 혼처를 구하는데, 이웃 고을에서 구실살이하는 윤광호의 딸을 권하는 이가 있어 장가를 들었다. 신부는 나이가 열여덟인데 용모와 재질이 뛰어나고 성품이 온순하여 자못 점잖은 집안의 부녀자다운 풍모를 갖춘지라, 좌수 크게 기뻐하여 부부 사이가 애틋하였다.

하루는 좌수가 사랑채에서 두 딸 생각으로 밤이 깊도록 잠을 이루지 못하고 뒤척이는데, 꿈결에 갑자기 장화 형제가 몸단장을 황홀히 차리고 살아 있을 때처럼 들어와 절을 하며 말했다.

"저희가 팔자가 험해서 어머님을 일찍 여의고 또 전생에 죄가 많아 모진 계모를 만나 마침내 애매한 누명을 쓰고 아버님 곁을 떠나니, 너무도 원통하고 서글퍼 이 사연을 옥황상제께 아뢰었나이다. 상제께서 깊이 살펴 주시어 말씀하시기를, '너희 형편이 가엾으나 이것 또한 너희 팔자라 누구를 원망하랴. 그러나 너희 아버지와 인연이 아직 끝나지 않았으니, 다시 세상에 나가 아버지와 딸의 정분을 맺어 서로 원을 풀라.' 하시고는 물러가라 하시니, 그 뜻을 알 수가 없나이다."

좌수가 딸들을 붙잡고 반기다가 닭 우는 소리에 잠을 깨었다. 좌수는 무엇을 잃어버린 듯, 취한 것도 같고 미친 것도 같아 마음을 걷잡을 수가 없었다.

어느 날, 후처 윤 씨 또한 꿈을 꾸니, 선녀가 구름을 타고 내려와 연꽃 두 송이를 주며,

"이것은 장화와 홍련이라. 그들의 기구한 팔자를 옥황상제께서 불쌍히 여겨 부인께 내리시는 것이니 귀하게 길러서 영광과 복을 누리시라."

하고 사라져 버렸다.

윤 씨가 잠을 깨어 보니 꿈속에서 받은 꽃송이가 그대로 손에 쥐여 있고 좋은 냄새가 방 안에 가득하므로, 하도 신기하여 좌수를 청하여 꽃을 보이고 꿈 이야기를 하였다.

"장화와 홍련이가 누구이옵니까?"

좌수가 이 말을 듣고 연꽃을 바라보니 꽃이 너울거리는 것이 꼭 반기는 것만 같아 두 딸을 다시 만난 듯 눈물을 흘리며 딸애들 사연을 이야기해 주었다. 그러고 나서,

"내가 전날 그런 꿈을 꾸었는데 오늘은 부인이 또 그런 꿈을 꾸었으니, 틀림없이 두 딸이 부인에게 태어날 징조인 것 같소."

하며, 서로 기뻐서 옥병에 꽃을 꽂아 책상 위에 올려놓고 때때로 바라보며 즐기니 그로 하여 슬픔이 한결 가셨다.

윤 씨에게 그달부터 태기가 있어 열 달이 되어 가니, 배가 유난히 부른 것으로 보아 쌍둥이가 분명하였다. 달이 차면서 하루는 윤 씨가 피곤하여 자리에 누웠다가 이윽고 아이를 낳으니 계집아이 둘이었다. 좌수는 밖에 있다가 들어와 부인을 위로하며 아기를 보니 얼굴 생김생김이 옥으로 새긴 것 같았고 아름답기가 꼭 그 연꽃 같았다. 좌수 내외 몹시 기뻐 그 옥병을 돌아다보니 꽃이 이미 사라져 버리고 없는지라, 이는 틀림없이 꽃이 변하여 딸애들이 된 것이라고 희한해하면서, 아기들 이름을 다시 장화와 홍련이라 짓고 손안에 든 구슬처럼 귀하게 길렀다.

세월은 흐르는 물과 같아 아기들이 너덧 살이 되자 몸들이 실하고 성품도 순했다. 열다섯 살이 되니 덕스럽고 재질 또한 뛰어난지라 좌수 내외의 사랑은 비할 데가 없었다. 그러므로 딸애들과 맞는 훌륭한 짝을 구하려고 중매 할멈을 널리 내세웠는데도 마땅한 혼처가 없어 몹시 근심하고 있었다.

이때 평양에 이연호라는 사람이 살고 있었다. 재산은 수만에 달하는 부자이지만, 오직 한 가지 대를 물릴 자식이 없어서 근심하다

가 늦게야 꿈에 신령을 보고는 쌍둥이 아들 형제를 두게 되었다. 형제 이름은 윤필, 윤석이라 하였다. 나이가 열다섯 되었는데 용모가 잘나고 글재주도 뛰어나서 딸 둔 사람마다 모두 탐을 내서 중매 할멈을 보내 청혼했다. 그러나 그 집도 신중하게 며느릿감을 고르던 중이라 모두 물리치다가, 배 좌수의 딸들이 남달리 잘났다는 말을 듣고 크게 기뻐하며 혼인을 청했다. 그리하여 두 집이 서로 뜻이 맞아서 혼인 날짜를 정하니 때는 구월 보름이었다.

이때 나라에서 과거를 보이는데 윤필 형제가 장원 급제하였다. 임금이 형제의 사람됨을 기특히 여겨 한림학사를 내리니, 윤필 형제는 임금께 절을 올리고 이어 말미를 청하여 바로 집으로 내려왔다.

아들들이 내려오자 이연호는 잔치를 베풀고 일가붙이들과 벗들을 청하여 즐기는데, 고을 사또는 악대와 선물을 보내오고 감사와 서윤[■]이 장원 급제한 새 사람들을 축하하러 찾아와 술잔을 나누며 칭찬하니 이 집안에서는 고금에 드문 영광이었다.

이럭저럭 혼인날이 되매 한림 형제가 예복을 갖추어 입고 풍악을 잡히면서 신부 집에 이르러 혼례를 마치고 신부들을 맞이하여 함께 집에 돌아와 시부모께 보이니, 장화와 홍련이의 고운 모습은 한 쌍의 구슬이요 두 개의 아름다운 백옥 같았다. 자식들 내외를 보는 부모들의 기쁨은 이루 헤아릴 수 없었다.

그 뒤 장화와 홍련이는 시부모를 효성으로 모시고 남편을 지성으

■ 서울과 평양에 두던 종4품 벼슬.

로 받들었다. 장화는 아들 형제에 딸 하나를 낳아 맏아들은 문관 벼슬을 하여 공경재상이 되고 둘째 아들은 무관 벼슬을 하여 대장이 되었으며, 홍련은 아들 형제를 두었는데 맏아들은 벼슬이 정랑에 이르고 둘째 아들은 학문을 즐기며 거문고에 능하고 글을 잘했다.

배 좌수 나이 아흔이 되자 나라에서는 특별히 좌찬성이라는 벼슬을 내리니 남은 생을 영광스레 잘 보내었다.

한림 형제들도 장화 홍련과 함께 의좋게 한집에서 자손들 많이 거느리고 복되게 오래오래 살았다. 장화 형제는 일흔이 넘어 한가지로 죽었더라.

원문

심청전
채봉감별곡
장화홍련전

세 소설에 관하여

심청전 원문

삼춘화류호시절三春花柳好時節에 초목군생지물草木群生之物이 개유이자락皆有以自樂[1] 한데 춘풍도리화개야春風桃李花開夜[2]하고 백화만발하다. 춘수만사택春水滿四澤하고 하운夏雲이 다기봉多奇峰[3]이라, 간수澗水는 잔잔하여 산곡山曲 간으로 흘러가고 푸른 언덕 위에는 학이 무리 지어 와 왕래하고 황금 같은 꾀꼬리는 양류楊柳 간으로 날아들고 소상강瀟湘江[4] 떼기러기는 북천北天으로 날아가고 낙화는 유접遊蝶[5] 같고 유접은 낙화같이 펄펄 날리다가 임당수臨堂水[6] 흐르는 물에 힘없이 떨어지매 아름다운 봄소식이 소리를 따라 흔적 없이 내려가는 곳은 황주 도화동이라.

심학규라 하는 봉사 있으니 세대 잠영지족簪纓之族[7]으로 성명盛名이 자자터니 가운이 영체零替[8]하여 소년에 안맹眼盲하니 향곡鄕曲[9] 간에 곤한 신세로도 강근지족强近之族[10]이 없고 겸하여 안맹하니 뉘라서 대접할까마는 본이 양반의 후예로서 행실이 청렴정직하고 지개志概 고상하여 일동일정을 조금도 경솔히 아니 하니 그 동리 눈 뜬 사람은 모두 다 칭찬하는 터이라. 그 안해 곽씨 부인 또한 현철하여 임사姙姒의 덕과 장강莊姜의 색色과 목란木蘭의 절개[11]와 《예기禮記》《가례家禮》 '내칙편內則篇' 과 '주남周南' '소남召南'

---

1) 모두 함께 있으면서 스스로 즐기는 것.

2) 봄바람에 복숭아와 오얏 꽃이 밤에 피다.

3) 봄물은 네 못에 가득 차고 여름 구름은 기이한 봉오리에 많도다. 도연명의 시 '사시四時'의 한 구절이다.

4) 중국 호남성 소수와 상수가 합쳐져 동정호로 흘러드는 강물.

5) 이 꽃 저 꽃 좇아 날아다니며 노니는 나비.

6) 풍랑이 몹시 험하다는 물 이름. 황해도 앞에 임당수라고 불리는 곳이 있다.

7) 대대로 이름난 벼슬을 지낸 명문.

8) 세력이나 살림이 줄어들어 보잘것없이 됨.

9) 궁벽한 시골.

10) 가까운 친족.

11) 임사姙姒는 중국 주나라 문왕의 어머니인 태임太姙과 문왕의 왕비 태사太姒로, 모두 덕이 높았다. 장강은 중국 춘추시대 사람 위 장공의 안해인데 얼굴이 아주 아름다웠다. 목

'관저關雎' 시를 모를 것이 바이없고 봉제사奉祭祀 접빈객接賓客[12]과 인리隣里에 화목하고 가장 공경, 치산治産 범절[13], 백집사百執事 가감可堪[14]이라.

그러나 가세가 빈한하니 이제夷齊[15]의 청렴이요, 안자顏子의 가난이라, 기구지업箕裘之業[16] 바이없어 일간두옥一間斗屋 단표자簞瓢子에 반소사음수飯疏食飮水를 하는 터[17]에 곽외郭外에 편토片土 없고[18] 낭하廊下에 노비 없어 가련한 곽씨 부인 몸을 버려 품을 팔제 삯바느질, 삯빨래, 삯길쌈, 삯마전, 염색하기, 혼상婚喪 대사 음식 설비, 술 빚기, 떡 찌기, 일 년 삼백육십 일을 잠시라도 놀지 않고 품을 팔아 모으는데, 푼을 모아 돈〔錢〕이 되면 돈을 모아 냥兩을 만들고 냥을 모아 관貫이 되면 인근동 사람 중에 착실한 데 주었다가 실수 없이 받아들여 춘추 시향春秋時享 봉제사와 앞 못 보는 가장 공경 시종이 여일하니 가난과 병신은 조금도 허물 될 것 없고 상하 면 사람들이 부러하고 칭찬하는 소리에 재미있게 세월을 보내더라.

그러나 그같이 지내는 중에도 심학규의 가슴에는 한갓 억울한 한을 품은 것은 슬하에 일점혈육이 없음으로, 하루는 심 봉사가 마누라를 곁에 불러 앉히고,

"여보 마누라, 거기 앉아 내 말씀 들어 보오. 사람이 세상에 나서 부부야 뉘 없을까마는 이목구비 성한 사람도 불측不測 계집을 얻어 부부 불화 많거니와, 마누라는 전생에 나와 무슨 은혜 있어 이생에 부부 되어 앞 못 보는 가장 나를 한시 반때 놀지 않고 불철주야 벌어들여 어린아이 받들듯이 행여나 추워할까 배고파할까 의복 음식 때를 맞추어 지성으로 봉양하니, 나는 편하다 하려니와 마누라 고생살이 도리어 불안하니 괴로운 일 너무 말고 사는 대로 사옵시다.

그러나 내 마음에 지원至冤한 일이 있소. 우리가 연광年光이 사십이나 슬하에 일점혈육이 없으니 조상 향화祖上香火를 끊게 되니 죽어 황천에 돌아간들 무슨 면목으로 조상을 대하오며 우리 양주 사후 신세 초종장례初終葬禮 소대기小大朞며 연년 오는 기제사며 밥 한 그릇 물 한 모금 뉘라서 떠 놓으리까. 병신 자식이라도 남녀간 낳아 보면 평생

란은 중국 고대 전설 속 효녀. 남자 차림을 하고서 아버지 대신 십이 년 동안이나 수자리 살고 돌아왔으나 그가 여자임을 아무도 몰랐다고 한다.

12) 조상의 제사를 받들고 손님을 접대하는 것.

13) 집안 살림의 온갖 일.

14) 모든 일을 다 감당하여 처리할 수 있는 것.

15) 백이와 숙제.

16) 할아버지, 아버지 때부터 내려온 가업.

17) 한 칸 되는 작고 보잘것없는 집에서 도시락밥 먹고 표주박 물을 마시는데 푸성귀에 찬물만 먹는 아주 가난한 살림.

18) 성 밖에 한 조각 땅도 없고.

한을 풀 듯하니 어찌하면 좋을는지 명산대천에 정성이나 드려 보오."

"옛글에 있는 말씀 불효 삼천에 무후위대無後爲大라[19] 하였으니 자식 두고 싶은 마음이야 뉘 없사오리까. 소첩의 죄가 응당 내침 직하오나 가군家君의 넓으신 덕으로 지금까지 보존하였으니 몸을 팔고 뼈를 간들 무슨 일을 못 하리까마는, 가장의 정대하신 성정 의향을 알지 못하여 발설치 못하였삽더니 먼저 말씀하시니 무슨 일을 못 하리까. 지성껏 하오리다."

이렇게 대답하고 그날부터 품을 팔아 모은 재물 왼갖 정성 다 드린다. 명산대천 신령당, 고묘총사古廟叢祠, 석왕사釋王寺에 석불보살石佛菩薩, 미륵님전 노구 맞이[20], 당堂 짓기와 칠성불공, 나한羅漢 불공, 백일산재百日散齋, 제석帝釋 불공, 가사袈裟 시주, 인등引燈 시주, 창호窓戶 시주, 신중神衆 맞이, 다리 적선, 길 닦기와, 집에 들어 있는 날도 성주, 조왕竈王, 터주, 제신 갖가지로 다 지내니, 공든 탑이 무너지며 심은 나무 부러지랴.

갑자 사월 초파일날 꿈 하나를 얻었으니 이상 맹랑하고 괴이하다. 천지 명랑하고 서기瑞氣 반공盤空하며 오색채운 두르더니 선인 옥녀 학을 타고 하늘로서 내려온다. 머리 위 화관花冠이요 몸에는 하의霞衣로다. 월패月佩[21]를 느짓 차고 옥패 소리 쟁쟁하며 계화桂花 가지 손에 들고 천연히 내려와서, 부인 앞에 재배하고 곁으로 오는 양이 뚜렷한 월궁항아 달 속으로 들어온 듯 남해 관음이 해중으로 돌아온 듯 심신이 황홀하여 진정치 못할 적에 선녀의 고운 모양 애연히 여쭈오되,

"소녀는 다른 사람 아니오라 서왕모西王母의 딸이러니, 반도蟠桃[22] 진상 가는 길에 옥진비자玉眞妃子 잠깐 만나 수작하옵다가 때가 조금 늦었기로 상제께 득죄하고 인간으로 정배定配하여 갈 바를 모르더니, 태상노군太上老君, 후토부인后土夫人[23], 제불보살, 석가님이 댁으로 지시하여 지금 찾아왔사오니 어여삐 여기소서."

하고 품에 와 안기거늘, 곽씨 부인 잠을 깨니 남가일몽이라. 양주 몽사夢事를 의논하니 둘의 꿈이 한가지라, 태몽인 줄 짐작하고 마음에 희한하여 못내 기뻐 여기더니 그달부터 태기 있으니 신불의 힘이런가 하늘이 도우심이런가. 부인이 정성이 지극하므로 하늘이 과연 감동하심이러라.

곽씨 부인 어진 범절 조심히 극진하여 좌불변坐不邊하고 입불필立不蹕하며 석부정부좌席不正不坐하며 할부정불식割不正不食하고 이불청음성耳不聽淫聲하고 목불시사색目不視邪色하여[24] 십 삭을 고이 채우더니, 하루는 해복 기미가 있어 부인이, "애고, 배야. 애고,

---

19) 삼천 가지 불효 가운데 자식을 못 낳아 대가 끊기는 것이 가장 큰 불효라.

20) 놋쇠로 만든 노구솥에 밥을 지어 산천의 신령에게 제사 지내는 것.

21) 허리나 가슴에 차는 노리개.

22) 중국 전설에 나오는 신선들이 먹는다는 복숭아.

23) 태상노군은 노자老子이고, 후토부인은 땅의 여신.

허리야!" 몸져누워 앓으니, 심 봉사 겁을 내어 이웃집을 찾아가서 친한 부인 데려다가 해산구완 시켜 낼 제, 짚 한 단 들여놓고 새 사발 정한수를 소반상에 받쳐 놓고 좌불안석 급한 마음 순산하기 바랄 적에, 향취가 진동하며 채운이 두르더니 혼미 중에 탄생하니 선녀 같은 딸이로다. 윗집 부인 들어와서 아기를 받은 후에 삼을 갈라[25] 누여 놓고 밖으로 나갔는데, 곽씨 부인 정신 차려,

"여보시오 서방님, 순산은 하였으나 남녀간에 무엇이오?"

심 봉사 기쁜 마음 아기를 더듬어 샅을 만져 보아 한참을 만지더니 웃으며 하는 말이,

"아기 샅을 만져 보니 아마 아들은 아닌가 보오."

배태하기 전에는 배태나 하기 희망이요, 배태한 후는 아들 되기 희망하는 마음은 내외가 일반이라 곽씨 부인 설워하여,

"만득晩得으로 낳은 자식 딸이라니 절통하오."

심 봉사 대답하되,

"마누라 그 말 마오. 딸이 아들만 못하다 해도 아들도 잘못 두면 욕급선조辱及先祖[26]할 것이요, 딸자식도 잘 두면 못된 아들과 바꾸리까. 우리 이 딸 고이 길러 예절 먼저 가르치고 침선방적針線紡績 잘 가르쳐, 요조숙녀窈窕淑女 좋은 배필 군자호구君子好逑, 잘 가리어 금슬우지琴瑟友之[27] 즐기오고 종사우선선螽斯羽詵詵하면[28] 외손봉사는 못 하리까? 그런 말은 다시 마오."

윗집 부인 당부하여 첫국밥을 얼른 지어 삼신상에 받쳐 놓고 의관을 정히 하고 두 무릎 공순히 꿇고 삼신께 두 손 합장 비는데,

"삼십삼천 도솔천 이십팔수 신불제왕 영험하온 신령님네 화위동심化爲動心[29] 하옵소서. 사십 후에 점지한 딸 십 삭 고이 거둬 순산을 시키시니 삼신님의 넓으신 덕 백골난망 잊으리까. 다만 독녀 딸이라도 오복을 점지하여 동방삭의 명을 주고 석숭石崇의 복을 내려, 대순大舜 증자曾子 효행[30]이며 반희班姬[31]의 재질이며 수복을 고루 태워 외 붇듯 가

24) 아이 가진 이는, 앉되 위험한 가장자리에 앉지 않으며, 서되 외발로 서지 않고, 앉을 자리가 바르지 않으면 앉지 않으며, 음식도 반듯하게 벤 것이 아니면 먹지 않고, 음탕한 소리를 듣지 않으며 사특한 것을 보지 않는다는 뜻으로 《열녀전》에 나오는 말이다.

25) 어린애가 나오면 탯줄을 끊고 태를 가르는 것.

26) 자손이 잘못하여 조상까지 욕을 먹이는 것.

27) 부부가 화목하고 의좋게 살아가는 것.

28) 메뚜기들처럼 자손이 바글바글하면 종사螽斯는 메뚜기이고, 선선詵詵은 화목하게 모여드는 모양. 메뚜기는 새끼를 치면 한 번에 아흔아홉 마리씩 친다고 하여 자손이 번창하는 것을 비유하는 말이다.

29) 마음을 움직이는 것.

지 붇듯 잔병 없이 잘 자라나 일취월장 시킵소서."

빌기를 마친 후 더운 국밥 떠다 놓고 산모를 먹인 후 심 봉사 다시 생각하니 비록 딸일망정 기쁘고 귀한 마음 비할 데 없는지라, 눈으로 보든 못하고 손으로 더듬거리며 아기를 어르는데,

"아가 아가 내 딸이야, 아들 겸 내 딸이야. 금을 준들 너를 사며 옥을 준들 너를 사랴. 어둥둥 내 딸이야. 열 소경의 한 막대, 분방서안粉房書案 옥등경玉燈檠, 새벽바람 사초롱[32], 댕기 끝에 진주, 얼음 궁게 잉어[33]로구나. 어둥둥 내 딸이야. 남전북답南田北畓 장만한들 이에서 더 좋으며 산호 진주 얻었던들 이에서 반가우랴. 표진강의 숙향이가 네가 되어 태였느냐, 은하수 직녀성이 네가 되어 내려왔나. 어둥둥 내 딸이야."

심학규는 이같이 주야로 즐겨할 제 정말로 반가운 마음으로 이러하니 산모의 섭섭한 마음도 위로되어 서로 즐겁기 측량없더라.

슬프다! 세상사 애락哀樂이 수數가 있고[34] 사생死生이 명命이 있는지라, 운수소도運數所到[35]에 가련한 몸을 용서치 않도다. 뜻밖에 곽씨 부인 산후별증이 일어나 호흡을 천촉喘促하며 식음을 전폐하고 정신이 없이 앓는데,

"애고 머리야, 애고 허리야."

하는 소리, 심 봉사 겁을 내어 문의問醫하여 약을 쓰고 경도 읽고 굿도 하고 백 가지로 서둘러도 죽기로 든 병이라 인력으로 구할쏘냐. 심 봉사 기가 막혀 곽씨 부인 곁에 앉아 전신을 만져 보며,

"여보, 여보시오 마누라, 정신 차려 말을 하오. 식음을 전폐하니 기허氣虛하여 이러하오. 삼신님께 탈이 되어 제석님의 탈이 났나. 하릴없이 죽게 되니 이것이 웬일이라오. 만일 불행 죽게 되면 눈 어둔 이놈 팔자 일가친척 바이없어 혈혈단신 이내 몸이 올데갈데없어지니 그도 또한 원통한데 강보에 이 여식을 어찌를 하잔 말이오."

곽씨 부인 생각하니 자기의 앓는 병세 살지를 못할 줄 알고 봉사에게 유언한다. 가군의

30) 대순은 중국 순임금이고, 증자는 공자의 제자. 이 두 사람은 효행으로 이름이 높았다.

31) 중국 동한의 재주 있는 여자로 반고班固의 동생인데 이름은 소昭이다. 남편이 죽자 궁중으로 불려가 황후에게 글을 가르쳤다. '여계 칠장女戒七章'을 지었으며 반고가 이루지 못하고 죽은 《한서》를 계승하여 완성했다.

32) 분방서안은 아름답게 장식한 방에 놓인 책상, 옥등경은 옥으로 만든 등잔대, 사초롱은 생견으로 만들어 잘 비치는 엷은 깁을 바른 초롱.

33) 중국 진晉나라 때 효자 왕상王祥이 어머니를 위하여 겨울날 개천에 나가 얼음을 깨니, 잉어가 잡혔다는 이야기가 있다.

34) 슬프고 즐거운 일이 다 사람 힘으로는 아니 되며 모두 하늘에서 정해 준 운수에 따르고.

35) 운수가 이르는 곳.

손을 잡고 후유 한숨 길게 쉬며,

"여보시오 서방님, 내 말씀 들어 보오. 우리 부부 해로하여 백년 동거 하쟀더니 명한命限을 못 이기어 필경은 죽을 테니 죽는 나는 섧지 않으나 가군 신세 어이하리.

내 평생 먹은 마음 앞 못 보는 가장님을 내가 조금 범연하면 고생되기 쉽겠기에, 풍한서습風寒暑濕[36] 가리지 않고 남촌 북촌 품을 팔아 밥도 받고 반찬 얻어, 식은 밥은 내가 먹고 더운밥은 가군 드려 주리지 않고 춥지 않게 극진 공경하옵더니, 천명이 이뿐인지 인연이 끊겼는지 하릴없이 죽게 되니 내가 만일 죽게 되면 의복 뒤를 뉘 거두며 조석 공궤朝夕供饋[37] 뉘라 할까. 사고무친四顧無親 혈혈단신 의탁할 곳 바이없어 지팡막대 검쳐 잡고 더듬더듬 다니다가 구렁에도 떨어지고 돌에도 채어 넘어져 신세 자탄 우는 모양 눈으로 보는 듯하고, 기한飢寒을 못 이기어 가가문전 다니면서 '밥 좀 주오.' 슬픈 소리 귀에 쟁쟁 들리는 듯, 나 죽은 혼백인들 차마 어찌 듣고 보며, 주야장천 기다리다 사십 후에 낳은 자식 젖 한 번도 못 먹이고 죽단 말이 무슨 일고. 어미 없는 어린것을 뉘 젖 먹여 길러 내며 춘하추동 사시절을 무엇 입혀 길러 내리. 이 몸 아차 죽게 되면 멀고 먼 황천길을 눈물 가려 어이 가며 앞이 막혀 어이 갈꼬.

여보시오, 서방님. 저 건너 김 동지 댁 돈 열 냥 맡겼으니 그 돈은 찾아다가 나 죽은 초상시에 약략略略히 쓰옵시고, 항아리 넣은 양식 산미産米로 두었더니 못다 먹고 죽어 가니 출상이나 한 연후에 두고 양식 하옵시고, 진 어사 댁 관대冠帶 한 벌 흉배에 학을 놓다 못다 놓고 보에 싸서 농 안에 넣었으니 남의 댁 중한 의복 나 죽기 전 보내옵고, 뒷말 귀덕 어미 나와 친한 사람이니 내가 죽은 후라도 어린아이 안고 가서 젖 좀 먹여 달라 하면 괄시 아니 하오리다.

천행으로 저 자식이 죽지 않고 살아나서 제 발로 걷거들랑 앞세고 길을 물어, 내 묘 앞에 찾아와서 '아가, 이 무덤이 너의 모친 무덤이다.' 역력히 가르쳐서 모녀 상봉시켜 주오. 천명을 못 이기어 앞 못 보는 가장에게 어린 자식 떼쳐 두고 영결종천永訣終天 돌아가니 가군의 귀하신 몸 애통하여 상치 말고 천만 보존하옵소서."

차생此生에 미진한 한을 후생後生에 다시 만나 이별 없이 살자 하고 한숨 쉬고 돌아누워 어린아이에게 낯을 대고 혀를 차며,

"천지도 무심하고 귀신도 야속하다. 네가 진작 생겼거나 내가 조금 더 살거나, 너 낳자 나 죽으니 한량없는 구천지통九泉之痛[38] 너로 하여 품게 되니 죽은 어미 산 자식이 생사간에 무슨 죄냐. 아가, 젖 망종[39] 먹고 어서어서 잘 살아라."

---

36) 바람 불고 춥고 덥고 습한 것.

37) 아침저녁 끼니를 장만하여 드리는 것.

38) 땅속까지 사무치는 애통함.

39) 마지막으로.

봉사더러,

"아차 내가 잊었소. 이 애 이름을랑 청이라 불러 주오. 이 애 주려고 지은 굴레 진옥판眞玉板 홍술 진주 드림 붙여 달아[40] 함 속에 넣었으니 엎치락뒤치락하거들랑 나 본 듯이 씌워 주오. 할 말이 무궁하나 숨이 가빠 못 하겠소."

말을 마치매 한숨 겨워 부는 바람 삽삽 비풍颯颯悲風 되어 있고 눈물겨워 오는 비는 소소 세우蕭蕭細雨 되었어라. 폐기질(딸꾹질) 두세 번에 숨이 덜컥 끊겼으니 곽씨 부인은 이미 다시 이 세상 사람이 아니라. 슬프다, 사람 수명을 하늘이 어찌 도우지 못하는고.

이때 심 봉사 안맹한 사람이라 죽은 줄 모르고 아직도 살아 있는 줄 알고,

"여보 마누라, 병들면 다 죽을까. 그런 일 없나이다. 약방에 가 문의하여 약 지어 올 것이니 부디 안심하옵소서."

심 봉사 속속히 약을 지어 집으로 돌아와 화로에 불을 피우고 부채질해 달여 내어 북포北布[41] 수건에 얼른 짜 들고 들어오며,

"여보 마누라, 일어나 약을 자시오."

하고 약그릇 곁에 놓고 부인을 일어 앉히려 할 제 무서운 증이 나서 사지를 만져 보니, 수족은 다 늘어지고 코밑 찬김이 나니 봉사 비로소 부인이 죽은 줄 알고 실성 발광하는데,

"애고 마누라, 참으로 죽었는가?"

가슴을 꽝꽝 머리를 탕탕 발 동동 구르면서 울며 부르짖는다.

"여보시오 마누라, 그대 살고 나 죽으면 저 자식을 잘 키울걸, 그대 죽고 내가 살아 저 자식을 어찌하며, 구구히 사는 살림 무엇 먹고 살아날까. 엄동설한 북풍 불 제 무엇 입혀 길러 내며 배고파 우는 자식 무엇 먹여 살려 낼까. 평생 정한 뜻 사생동거死生同居 하쟀더니 염라국이 어디라고 나 버리고 어데 갔소. 인제 가면 언제 올까. 청춘작반호환향青春作伴好還鄉[42] 봄을 따라오려는가. 마누라 가신 곳은 몇만 리나 멀었관데 한번 가면 못 오는가. 삼천벽도요지연三千碧桃瑤池宴[43]에 서왕모를 따라갔나, 월궁항아 짝이 되어 도약搗藥 하러 올라갔나, 황릉묘黃陵廟 이비二妃[44] 전前에 회포 말을 하러 갔나."

울다가 기가 막혀 목접이질[45] 덜컥덜컥 치둥굴 내리둥굴 복통 절식伏慟絶息 슬피 우니,

---

40) 굴레는 어린아이 모자로, 옥으로 만든 장식을 붙이고 붉은 술에 다시 진주 구슬을 꿰어 꾸민 것이다.

41) 조선 시대 함경도에서 나던, 올이 가늘고 고운 삼베.

42) 좋은 봄 짝하여 고향으로 돌아가자. 두보의 시구.

43) 삼천벽도는 삼천 년 만에 열린다는 복숭아. 요지는 신선이 있는 곳이며, 요지연은 벽도가 열릴 때 서왕모가 요지에서 벌인 잔치.

44) 순임금의 두 부인인 아황과 여영. 순임금이 창오산에서 죽자 뒤따라 상수에 빠져 죽어 상수의 신이 되었다고 하며, 황릉묘는 아황과 여영을 제사하는 사당.

이때 도화동 사람들이 이 말 듣고 남녀노소 없이 뉘 아니 슬퍼하리. 동네서 공론하되,

"곽씨 부인 작고함도 지극히 불쌍하고 안맹한 심 봉사 그 아니 불쌍한가? 우리 동리 백여 호에 십시일반十匙一飯으로 한 돈씩 추렴 놓아 현철한 곽씨 부인 감장勘葬[46]하여 주면 어떠하오?"

그 말 한번 나니 여출일구如出一口 응낙하고 출상을 하려 할 제 불쌍한 곽씨 부인 의금衣衾 관곽棺槨 정히 하여 신건상두[47] 대틀 위에 결관結棺[48]하여 내어 놓고 명정銘旌, 공포功布, 운아삽雲亞翣[49]을 좌우로 갈라 세고 발인제 지낸 후에 상두를 운용할새, 비록 가난한 초상이라도 동네가 힘을 도와 진심껏 차렸으니 상두 치레 지극히 현란하더라. 남대단藍大緞 휘장, 백공단白貢緞 차양에 초록대단 전을 둘러 남공단 드림에 홍부전[50] 금자 박아 앞뒤 난간 황금 장식 국화 물려 늘이었다. 동서남북 청의동자 머리에 쌍북상투[51] 좌우 난간 비껴 세우고 동에 청봉靑鳳[52], 서에 백봉, 남에 적봉, 북에 흑봉, 한가운데 황봉 주홍당사 벌매듭[53]에 쇠코 물려 늘이고 앞뒤에 청룡 새긴 벌매듭 늘이어서 무명 당줄 상두꾼은 두건 제복 행전까지 생포로 거들고서 상두를 얼메고(걸메고) 갈지자로 운구한다.

댕그랑땡그랑 어화넘차 너하.

그때에 심 봉사는 어린아이 강보에 싸 귀덕 어미에게 맡겨 두고 제복을 얻어 입고 상두 뒤채 검쳐 잡고 여광여취如狂如醉하여 겨우 부축해서 나아가면서,

"애고, 여보 마누라, 날 버리고 어디 가나.

나도 갑세, 나와 가. 만 리라도 나와 갑세.

---

45) 목이 접혀 부러지듯 하는 모양을 자꾸만 하는 것.

46) 장례 지내는 것.

47) 새로 만든 상두. 상두는 상여.

48) 관을 묶는 것.

49) 명정은 죽은 사람의 관직, 품계, 성명 등을 쓴 긴 깃발이고, 공포는 장례 때에 관을 덮는 천, 운아삽은 구름 모양과 아亞 자 모양을 그린 부채꼴 판자로 장례 때 영구의 앞뒤에 세우고 간다.

50) 붉은빛 부전. 부전은 비단에 곱게 수놓아 여자아이들이 허리춤에 차고 다니던 노리개인데, 여기서는 상여를 울긋불긋하게 꾸민 모양이다.

51) 머리를 두 갈래로 나누어 맺은 상투. 북상투는 아무렇게나 감아올려 묶은 상투.

52) 동쪽에 푸른 봉황새를 오려 붙인 것. 동서남북 중앙에 각각 오색을 배열하는데 동은 청색, 서는 백색, 남은 적색, 북은 흑색, 중앙은 황색으로 된다.

53) 끈으로 매듭을 맺는데 고를 많이 내어 벌린 것. 주머니끈 같은 데도 벌매듭으로 장식한다.

어찌 그리 무정한가. 자식도 귀하지 않소?
얼어서도 죽을 테요 굶어서도 죽을 테니
날과 함께 가사이다.
어화 넘차 너하."
심 봉사는 울고 부르기를 마지아니하고 상두꾼은 상두 노래가 끊이지 아니한다.

불쌍한 곽씨 부인 행실도 음전터니 불쌍히도 죽었구나.
어화 넘차 너하.
북망산 멀다 마소, 건넛산이 북망일세.
어화 너하 너하.
이 세상에 난 사람 장생불사 못 하여서 이 길 한번 당하지만
어화 넘차 너하.
우리 마을 곽씨 부인 칠십 향수享壽 못 하고서 오늘 이 길 웬일인가.
어화 넘차 너하.
새벽닭이 재쳐 우니 서산경월西山傾月 다 넘어가고 벽수비풍碧樹悲風 슬슬 분다.
어화 너하 너하.

그럭저럭 건너 안산 돌아들어 향양지지向陽之地 가리어서 깊이 안장한 연후에 평토제平土祭 지내는데 어동육서魚東肉西 홍동백서紅東白西 좌포우혜左脯右醯 벌여 놓고 축문을 읽을 적에, 심 봉사가 근본 맹인이 아니라 이십 후 맹인이라 속에 식자가 넉넉하므로 설운 원정 축문을 읽는다.

"차호 부인嗟乎夫人, 차호 부인, 유차요조숙녀혜惟此窈窕淑女兮여, 태명안지옹옹迨鳴雁之雝雝이라. 기백년지해로혜期百年之偕老兮여, 홀연몰혜혼귀忽然歿兮魂歸로다. 유치자이영서혜遺稚子而永逝兮여, 이하술이양육以何術而養育하리. 귀불귀혜일거歸不歸兮一去하니 무하시이갱래無何時而更來로다. 탁송추이위가托松楸而爲家하여 여취수이장와與翠岫而長臥로다. 상음용혜적막想音容兮寂寞하니 차난견이난문嗟難見而難聞이라. 백양지외월락白楊枝外月落하여 산혜적적山兮寂寂 밤 깊은데 여추추이유성如啾啾而有聲하여 무슨 말을 하소한들 격유현이노수隔幽顯而路殊하여 그 뉘라서 위로하리. 후유, 주과포혜酒果脯醯 박전薄奠이나 많이 먹고 돌아가오."[54]

54) 슬프도다, 부인이여. 슬프도다, 부인이여. 아아 요조숙녀여, 저기 우는 기러기 화락하여 백 년을 살며 함께 늙을 것을 기약하였더니, 저 문득 죽어 혼백이 돌아갔도다. 어린 자식을 두고 영영 가 버리니 무슨 수로 내가 기르리. 돌아가 돌아오지 않음이여. 한번 가니

축문을 다 읽더니 심 봉사 기가 막혀,

"여보시오 마누라, 나는 집으로 돌아가고 마누라는 예서 살고, 으으."

달려들어 봉분에 가 엎드려서 통곡하며 하는 말이,

"그대는 만사를 잊어 버리고 심심한 산곡 중에 송백으로 울을 하고 두견이 벗이 되어 창오야월蒼梧夜月 밝은 달에 화답가를 하려는가. 내 신세 생각하니 개밥에 도토리요 꿩 잃은 매가 되니 뉘를 믿고 살 것인가."

봉분을 어루만져 실성통곡 울음 우니 동중洞中의 행객들이 뉘 아니 설워하리. 심 봉사를 위로하며,

"마오, 마오, 이리 마오. 죽은 안해 생각 말고 어린 자식 생각하오."

심 봉사 마지못하여 고분지통鼓盆之痛[55] 진정하여 집으로 돌아올 제 심 봉사 정신 차려 동중에 오신 손님 백배치사 하직하고 집으로 향하여 돌아가니라.

이때 심 봉사는 부인을 매장하여 공산야월空山夜月에 혼자 두고 허둥지둥 돌아오니 부엌은 적막하고 방은 텅 비었는데 향내 그저 피어 있다. 휑뎅그렁 빈방 안에 벗 없이 혼자 앉아 온갖 슬픈 생각 할 제 이웃집 귀덕 어미 사람 없는 동안에 아기를 가져가 보아 주었다가 돌아와서 아기를 주고 가는지라, 심 봉사 아기를 받아 품에 안고 지리산 갈까마귀 게 발 물어 던진 듯이 혼자 우뚝 앉았으니 설움이 충천한데 품 안에 어린 아기 재우쳐 울음 운다. 심 봉사 기가 막혀 아기를 달래는데,

"아가, 아가, 울지 마라. 너의 모친 먼 데 갔다. 낙양洛陽 동촌東村 이화정梨花亭에 숙 낭자[56]를 보러 갔다. 황릉묘黃陵廟 이비二妃한테 회포 말을 하러 갔다. 너도 너의 모친 잃고 설움 겨워 우느냐. 울지 마라, 울지 마라. 네 팔자가 얼마나 좋으면 칠일 만에 어미 잃고 강보 중에 고생하리. 울지 마라, 울지 마라. 해당화 범나비야 꽃이 진다 설워 마라. 명년 삼월 돌아오면 그 꽃 다시 피느니라. 우리 안해 가시는 데는 한 번 가면 못 오신다. 어진 심덕 착한 행실 잊고 살길 바이없다. 낙일욕몰현산서落日欲沒峴山西[57] 해가 져도 부

어느 때고 다시 올 날이 없도다. 낙락장송 집을 삼아 푸른 산과 함께 길게 누웠구나. 그 목소리 그 모양 그려 보아도 적적하기만 하여 슬프다, 볼 수도 없고 들을 수도 없으니. 백양나무 가지 밖으로 달이 지니 산은 적막한데, 가는 빗소리같이 울음소리가 들리는 듯. 무슨 말을 한들 저승과 이승이 길이 다르니 누가 위로할 수 있으랴. 술, 과실, 포, 식혜 들이 있으니 변변찮으나 많이 먹고 돌아가오.

55) 동이를 두드리며 가슴 아파한다는 뜻으로 안해를 잃은 슬픔을 말한다.

56) 《숙향전》의 주인공. 숙향이가 물에 몸을 던졌다가 용녀에게 구원되었을 때 웬 할미에게 이끌려 간 곳이 낙양 동촌에 있는 이화정이다. 이화정에서 숙향이는 재상의 아들인 이선을 만나 인연을 맺는다.

57) 석양이 되어 해가 서산마루에 넘어가려고 한다. 이백의 시구.

인 생각, 파산야우창추지巴山夜雨漲秋池[58] 빗소리도 부인 생각, 세우청강양량비細雨淸江兩兩飛[59]하던 짝 잃은 외기러기 명사벽해明沙碧海 바라보고 뚜루룩 낄룩 소리하고 북천으로 향하는 양 내 마음 더욱 섧다. 너도 또한 님 잃고 님 찾아가는 길가? 너와 나와 비교하면 두 팔자가 같구나."

이러구러 그날 밤 지낼 적에 아기는 기진하니 어둔 눈이 더욱 침침하여 어찌할 줄 모르더니 동방이 밝아지며 우물가에 두레 소리 귀에 얼른 들리거늘 날 샌 줄 짐작하고 문 펄떡 열뜨리고 우둥퉁 밖에 나가,

"우물가에 오신 부인 뉘신 줄은 모르나 칠일 안에 어미 잃고 젖 못 먹어 죽게 되니 이 애 젖 좀 먹여 주오."

"나는 과연 젖이 없소마는 젖 있는 여인네가 이 동네 많사오니 아기 안고 찾아가서 젖 좀 먹여 달라 하면 뉘가 괄시하오리까."

심 봉사 그 말 듣고 품속에 아기 안고 한 손에 지팡이 짚고 더듬더듬 동네 가서 아이 있는 집을 물어 시비(사립문) 안에 들어서며 애걸복걸 비는 말이,

"이 댁이 뉘시온지 사뢸 말씀 있나이다."

그 집 부인 밥을 하다 천방지방 나오면서 비감히 대답한다.

"그 지난 말은 다 아니 하나, 대저 어찌 고생하시오며 어찌 오시니이까?"

심 봉사 눈물지며 목이 메어 하는 말이,

"현철한 우리 안해 인심으로 생각하나 눈 어둔 나를 본들 어미 없는 어린것이 이 아니 불쌍하오. 댁집 귀한 아기 먹고 남은 젖 있거든 이 애 젖 좀 먹여 주오."

동서남북 다니며 이렇듯 애걸하니 젖 있는 여인네가 목석인들 아니 먹이며 도척盜跖[60]인들 괄시하리.

"칠월이라 유화절流火節[61]에 지심(김) 매고 쉬는 여가 이 애 젖 좀 먹여 주오."

"백석청탄白石淸灘[62] 시냇가에 빨래하다 쉬는 여가 이 애 젖 좀 먹여 주오."

근방의 부인네가 봉사 근본 아는 고로 한없이 긍측矜惻하여 아기 받아 젖을 먹여 봉사 주며 하는 말이,

"여보시오 봉사님, 어려이 알지 말고 내일도 안고 오고 모레도 안고 오면 이 애 설마 굶기리까."

"어질고 후덕하셔 좋은 일을 하시오니 우리 동네 부인 댁들 세상에는 드무오니 비옵건대

---

58) 파산에 밤비가 내려 가을 연못을 넘치게 한다. 이상은의 시구.

59) 가랑비가 맑은 강물에 내리는데 기러기가 쌍쌍이 날고 있다.

60) 중국 춘추시대 공자와 한 시대에 살았던 큰 도적의 이름.

61) 불이 쏟아져 내리는 때라 하여, 칠월을 가리키는 말.

62) 흰 돌이 깔린 맑은 여울.

여러 부인 수복강녕하옵소서."

백배치하하고 아기를 품에 안고 집으로 돌아와서 아기 배를 만져 보며 혼잣말로,

"허허, 내 딸 배부르다. 일 년 삼백육십 일에 일생 이만하고 지고. 이것 뉘 덕이냐? 동네 부인 덕이로다. 어서어서 잘 자라라. 너도 너의 모친같이 현철하고 효행 있어 아비 귀염 뵈이어라. 어려서 고생하면 부귀다남富貴多男 하나니라."

요 덮어 뉘어 놓고 아기 노는 사이사이 동냥할 제, 마포 견대 두 동 지어 외어깨에 엇메고 지팡이 둘러 짚고 구붓하고 더듬더듬 이 집 저 집 다니면서 사철 없이 동냥한다. 한편에 쌀을 넣고 한편에 베를 얻어 주는 대로 저축하고 한 달 육장[63] 전廛 거두어[64] 어린아이 암죽거리 설당雪糖, 홍합 사서 들고 더듬더듬 오는 양이 뉘 아니 불쌍하리.

이렇듯 구걸하며 매월 삭망朔望 소대기小大朞를 궐闕치 않고 지나갈 제 그때 심청이는 장래 크게 될 사람이라, 천지신명이 도와주어 잔병 없이 자라는데 세월이 여류如流하여 그 아이가 육칠 세 되어 가니 소경 아비 손길 잡고 앞에 서서 인도하고, 십여 세가 되어 가니 얼굴이 일색이요 효행이 출천出天이라. 소견이 능통하고 재주가 절등하여 부친 전 조석공양과 모친의 기제사를 지극히 공경하여 어른을 압두壓頭하니 뉘 아니 칭찬하랴.

세상에 덧없는 것은 세월이요 무정한 것은 가난이라. 심청이 나이 십일 세에 가세家勢 가련하고 노부老父가 궁병窮病하니 어리고 약한 몸이 무엇을 의지하여 살리오. 하루는 심청이 부친 전에 여쭈오되,

"아버님 듣조시오. 말 못 하는 까마귀도 공림空林 저문 날에 반포反哺할 줄 알고, 곽거郭巨라 하는 사람 부모 전 효도하여 찬수 공경 극진할 제 삼사 세 된 어린아이 부모 반찬 먹이고자 산 자식을 묻으려고 양주 서로 의논하고, 맹종孟宗은 효도하여 엄동설한 죽순 얻어 부모 봉양하였으니, 소녀 나이 십여 세라 옛 효자만 못할망정 감지공친甘旨供親[65] 못하리까. 아버지 어두신 눈 험로한 길 다니시다 넘어져 상키 쉽고 불피풍우不避風雨 다니시면 병환 날까 염려오니, 아버지는 오늘부터 집 안에 계시오면 소녀 혼자 밥을 빌어 조석 근심 덜리다."

심 봉사 대소大笑하여,

"네 말이 효녀로다. 인정은 그러하나 어린 너를 내보내고 앉아 받아먹는 내가 어찌 편켔느냐? 그런 말은 다시 마라."

"아버지 그 말 마오. 자로子路는 현인으로 백리부미百里負米[66]하여 있고, 옛날 제영緹

---

63) 한 달에 여섯 번 서는 시장.

64) 전방에 가 동냥을 얻는 것.

65) 좋은 음식으로 부모를 봉양하는 것.

66) 공자 제자 자로가 집이 가난하여 콩잎 같은 변변치 않은 음식만 먹고 살았는데, 어버이에게 쌀밥을 드리려고 백 리 밖에서 쌀을 지고 왔다는 고사에서 온 말.

縈[67]이는 낙양옥에 갇힌 아비, 몸을 팔아 속죄하니 그런 일을 생각하면 사람은 일반인데 이만 일을 못 하리까. 너무 만류 마옵소서."

심 봉사 옳게 여겨 허락하되,

"효녀로다, 내 딸이여. 네 말이 기특하니 아무려나 하려무나."

심청이 그날부터 밥을 빌러 나설 적에 원산에 해 비치고 앞마을 연기 나니 가련하다. 심청이가 헌 베 중의中衣 웃대님 매고 깃만 남은 헌 저고리 자락 없는 청목 휘양[68] 볼썽없이 숙여 쓰고 뒤축 없는 헌 짚신에 보선 없어 발을 벗고 헌 바가지 손에 들고 건넛말 바라보니 천산조비千山鳥飛 끊어지고 만경인종萬徑人蹤 바이없다[69]. 북풍에 모진 바람 살 쏘듯이 불어온다. 황혼에 가는 거동 눈 뿌리는 수풀 속에 외로이 날아가는 어미 잃은 까마귀라 옆걸음쳐 손을 불며 옹송그려 건너간다. 건넛말 다다라서 이 집 저 집 밥을 빌 제 부엌문 안 들어서며 가련히 비는 말이,

"모친 상사하신 후에 안맹하신 우리 부친 공양할 길 없사오니 댁에서 잡수시는 대로 밥 한 술만 주옵소서."

보고 듣는 사람들이 마음이 감동하여 그릇밥, 김치, 장을 아끼지 않고 덜어 주며,

"아가, 어서 어한禦寒하고[70] 많이 먹고 가거라."

하는 말은 가련한 정에 감동되어 고마운 마음으로 하는 말이라. 그러나 심청이는,

"추운 방에 늙은 부친 나 오기만 기다리니, 나 혼자 먹사리까?"

하는 말은 또한 부친을 생각하는 지성에서 나옴이러라. 이렇게 얻은 밥이 두세 그릇 족한지라 심청이 급한 마음 속속히 돌아와서 싸리문 밖에 당도하며,

"아버지, 춥지 않소? 대단히 시장하지요? 여러 집을 다니자니 자연 지체되었습니다."

심 봉사 딸 보내고 마음 좋지 못하다가 딸 소리 반겨 듣고 문 펄떡 열고,

"애고, 내 딸, 너 오느냐?"

두 손목을 덥석 잡고,

"손 시리지 아니하냐? 화로에 불 쪼여라."

하고, 부모 마음은 자식 아끼는 것같이 간절한 것은 없는 터이라, 심 봉사 기가 막혀 훌쩍훌쩍 눈물지며,

---

67) 중국 한나라 문제 때 사람 순우의淳于意의 딸. 순우의가 죄를 받아 장안에 갇히자 제영이 울면서 따라가 글을 올려, 자신을 관비官婢로 삼고 아버지를 풀어 달라고 하니, 문제가 가련하게 여겨 아비의 형을 덜어 주고 마침내 죄를 면하게 했다 한다.

68) 푸른 무명으로 만든 휘양. 휘양은 추위를 막아 주는 쓰개.

69) 눈바람 심하여 새마저 날지 않으니, 길마다 눈이 쌓여 사람 발자취도 보이지 않는구나. 유종원의 시구에서 온 것이다.

70) 추위에 언 몸 녹이고.

"애닯도다, 내 딸 팔자야. 앞 못 보고 구차하여 쓰지 못할 이 목숨이 살면 무엇 하자 하고 자식 고생 시키는고."

심청이 장한 효성 부친 위로하여,

"아버지 설워 마오. 부모께 봉양하고 자식에게 효 받는 것이 천지에 떳떳하고 사체事體에 당연하니 너무 심화 마옵소서."

이렇게 봉양할 제 춘하추동 사시절을 쉴 날 없이 밥을 빌고 나이 점점 자랄수록 침선針線 여공女功으로 삯을 받아 부친 공경을 여일히 하더라.

세월이 여류하여 심청이 십오 세를 당하더니, 얼굴이 국색國色이요 효행이 출천한 중, 재질이 비범하고 문필도 유여하여 인의예지 삼강 행실三綱行實 백집사百執事 가감可堪하니, 천생여질天生麗質이라 여중에 군자요 금중禽中에 봉황이요 화중에 모란이라.

상하 촌 사람들이 모친 계적繼蹟하였다고 칭찬이 자자하여 원근에 전파하니, 하루는 월편越便 무릉촌武陵村 장 승상 부인이 심청의 소문을 들으시고 시비侍婢를 보내어 심 소저를 청하거늘, 심청이 그 말 듣고 부친 전에 여쭈오되,

"아버지, 천만의외에 장 승상 부인께서 시비에게 분부하여 소녀를 부르시니 시비와 함께 가오리까?"

"일부러 부르신다니 아니 가 뵈옵겠느냐? 여보아라, 그 부인이 일국 재상 부인이니 조심하여 다녀오라."

"아버지, 소녀가 더디 다녀오게 되면 그간 시장하실 터이니 진짓상을 보아 탁자 위에 놓았은즉 시장커든 잡수시오. 쉬이 다녀오리다."

하직하고 물러서서 시비를 따라갈 제 천연하고 단정하게 천천히 걸음 걸어 승상 문전 당도하니 문전에 드린 버들 오류춘색五柳春色 자랑하고 담 안에 기화요초琪花瑤草 중향성衆香城[71]을 열어 놓은 듯 중문 안을 들어서니 건축이 웅장하고 장식도 화려하다. 중계中階에 다다르니 반백이 넘은 부인 의상이 단정하고 기부肌膚[72]가 풍부하여 복록이 가득하다. 심청을 반겨 보고 일어서 맞은 후에 심청의 손을 잡고,

"네 과연 심청인다? 듣던 말과 다름없다."

좌座를 주어 앉힌 후에 자세히 살펴보니, 별로 단장한 일 없이 천자天姿 봉용丰容 국색이라. 염용斂容하고 앉은 모양, 백석청탄 시냇가에 목욕하고 앉은 제비 사람 보고 놀라는 듯 얼굴이 두렷하여 천심에 돋은 달이 수변에 비치는 듯 추파를 흘려 뜨니 새벽 비 갠 하늘 경경耿耿한 샛별 같고 팔자청산八字靑山[73] 가는 눈썹 초생편월 정신이요 양협兩頰에 고운 빛은 부용화 새로 핀 듯, 단순호치丹脣皓齒 말하는 양 농산隴山의 앵무로다. 전신前身을

---

71) 꽃들이 가득한 성. 불교에서 온 말이다.

72) 사람이나 동물의 몸을 싸고 있는 살.

73) 여덟 팔 자로 그려진 미인의 고운 눈썹.

네 몰라도 분명한 선녀로다. 도화동에 적하謫下[74]하니 월궁에 놀던 선녀 벗 하나를 잃었도다. 무릉촌에 내가 있고 도화동에 네가 나서 무릉촌에 봄이 드니 도화동에 개화로다. 탈천지지정기奪天地之精氣[75]하니 비범한 네로구나.

"심청아, 말 들어라. 승상은 기세棄世하시고 아들은 삼사 형제나 황성 가 여환旅宦[76]하고 다른 자식 손자 없다. 슬하에 말벗 없어 자나 깨나 깨나 자나 적적한 빈방 안에 대하느니 촛불이라 길고 긴 겨울밤에 보는 것이 고서古書로다. 네 신세 생각하니 양반의 후예로서 저렇듯이 궁곤하니 나의 수양딸이 되면 여공도 숭상하고 문자도 학습하여 기출己出[77]같이 성취시켜 말년 재미 보자 하니 네 뜻이 어떠하냐?"

심청이 여쭈오되,

"명도命途가 기구하와 저 낳은 지 칠일 만에 모친 세상 버리시고 안맹하신 늙은 부친 나를 안고 다니면서 동냥젖을 얻어 먹여 근근이 길러 내어 이만큼 되었는데, 모친의 외형 모습 모르는 일 철천지한이 되어 끊일 날이 없삽기로 내 부모를 생각하여 남의 부모 봉양터니, 오늘날 승상 부인 존귀하신 처지로서 미천함을 불구하사 딸 삼으려 하옵시니 어미를 다시 본 듯 반갑고도 황송하나, 부인을 뫼시면은 내 팔자는 영귀榮貴하나 안맹하신 우리 부친 사철 의복 조석공양 뉘라서 하오리까. 길러 내신 부모 은덕 사람마다 있거니와 나는 더욱 부모 은혜 비할 데 없사오니 슬하를 일시라도 떠날 수가 없습니다."

목이 메어 말 못 하고 눈물이 흘러내려 옥면에 젖은 형용 춘풍세우 도화 가지 이슬에 잠기었다 점점이 떨어지듯 부인이 듣고 가상하여,

"네 말이 과연 출천지효녀出天之孝女로다. 노혼老昏하여 늙으니 미처 생각지 못하였다."

그렁저렁 날 저무니 심청이 일어서며 부인 전에 여쭈오되,

"부인의 덕택으로 종일토록 놀다 가니 영광이 무비無比오나 일력日力[78]이 다하오니 제 집으로 가겠나이다."

부인이 연연하여 비단과 패물이며 양식을 후히 주어 시비 함께 보낼 적에,

"심청아, 말 들어라. 너는 나를 잊지 말고 모녀간의 의를 두라."

"부인의 어진 처분 누누 말씀하옵시니 가르침을 받사오리다."

하직하고 돌아오니라.

그때에 심 봉사는 무릉촌에 딸 보내고 말벗 없이 혼자 앉아 딸 오기만 기다릴 제, 배는 고

---

74) 귀양살이 보내는 것.

75) 천지의 정기를 빼앗았다는 말로, 사람의 인물이 아름답고 재주가 뛰어남을 비유하는 말.

76) 집 떠나 벼슬살이하는 것.

77) 제가 낳은 자식.

78) 하루해.

파 등에 붙고 방은 추워 소랭蕭冷하고 잘새는 날아들고 먼 데 절 쇠북 치니 날 서문 술 짐작하고 혼잣말로 자탄하되,

"우리 딸 심청이는 응당 쉬이 오련마는 무슨 일에 골몰하여 날 저문 줄 모르는고. 부인이 잡고 아니 놓나, 풍설이 슬슬瑟瑟하니 몸이 추워 못 오는가. 우리 딸 장한 효성 불피풍우 오련마는."

새만 푸루룩 날아가도,

"심청이 너 오느냐?"

낙엽만 버썩 해도,

"심청이 너 오느냐?"

아무리 기다려도 적막공산寂寞空山 일모도궁日暮道窮[79] 인적이 바이없다.

심 봉사 갑갑하여 지팡막대 걷어 짚고 딸 오는 데 마중 간다. 더듬더듬 주춤주춤 시비 밖에 나가다가 빙판에 발이 미끈, 길 되는 개천 물에 풍덩 뚝 떨어져, 면상에 진흙이요 의복이 다 젖는다. 두 눈을 번쩍이며 나오려면 더 빠지고 사방 물이 출렁거려 물소리 요란하니 심 봉사 겁을 내어,

"아무도 없소? 사람 살리시오."

몸이 점점 깊이 빠져 허리 위 물이 도니,

"아이고, 나 죽는다."

차차 물이 올라와서 목에 가지런하니,

"허푸푸, 아이고 사람 죽소."

아무리 소리한들 내인거객來人去客 끊겼으니 뉘라서 건져 주랴.

그때 몽운사夢雲寺 화주승化主僧[80]이 절을 중창하려고 권선문勸善文[81] 둘러메고 시주집에 내려왔다 절을 찾아 올라갈 제, 충충 걸어가는 거동, 얼굴은 형산 백옥荊山白玉[82] 같고 눈은 소상강 물결이라, 양 귀가 축 처져 수수과슬垂手過膝[83] 하였는데, 실굴갓[84] 총감투 뒤를 눌러 흠뻑 쓰고, 당상 금관자金貫子[85] 귀 위에다 떡 붙여 백세포白細布 큰 장삼 당홍

79) 적막한 빈산에 해는 저물고 갈 길이 없는 것.

80) 시주를 청하러 다니는 중.

81) 사찰, 불상, 탑 따위를 지을 때 신자들에게서 재물을 모으며 적는 책.

82) 형산은 중국 호북성에 있는 산으로, 변화卞和란 사람이 형산에서 아주 품질 좋은 옥을 얻어서, 이를 화씨의 구슬이라 한다.

83) 손을 드리우면 무릎 아래에 내려가는 것. 관상에서 귀하게 친다.

84) 굴갓은 중들이 쓰는 대로 만든 갓. 실굴갓은 가는 굴갓.

85) 금으로 만든 관자. 관자는 망건 좌우에 달아 망건 끈을 꿰는 단추 모양의 고리로, 신분에 따라 금, 옥, 호박, 소뿔 따위로 만들었다.

띠 눌러 띠고, 구리백통 은장도 고름에 느짓 차고, 염주 목에 걸고 단주 팔 개 팔에 걸고, 소상반죽瀟湘斑竹[86] 열두 마디 쇠고리 길게 달아 철철 늘여 짚고 흐늘거려 올라간다.

이 중이 어떤 중인고. 육관대사 명을 받아 용궁에 문안 가다 약주 취케 먹고 춘풍 석교상에 팔선녀 희롱하던 성진이[87]도 아니요, 삭발削髮은 도진세逃塵世요 존염存髥은 표장부表丈夫라던[88] 사명당도 아니요, 몽운사 화주승이 시주 집 내려왔다가 청산은 암암하고 설월雪月은 돋아 올 제 석경石徑 좁은 길로 흔들흔들 흐늘거려 올라갈 제, 풍편에 슬픈 소리 사람을 청하거늘, 이 중이 의심 내어,

"이 울음이 웬 울음? 마외역馬嵬驛[89] 저문 날 양태진楊太眞[90]의 울음인가, 호지설곡胡地雪窖[91] 찬바람에 소통국蘇通國을 이별하던 소 중랑蘇中郞의 울음[92]인가. 이 소리가 웬 소린고?"

그곳을 찾아가니 어떤 사람이 개천 물에 떨어져 거의 죽게 되었거늘, 그 중이 깜짝 놀라 굴갓 장삼 훨훨 벗어 되는대로 내버리고 짚었던 구절죽장九節竹杖 되는대로 내버려 던지고 행전 대님 보선 벗고 고두 누비[93] 바짓가래(바짓가랑이) 둘둘 말아 자개미(겨드랑이)에 딱 붙여 백로구어白鷺求魚 격으로 징검징검 들어가 심 봉사 가는 허리 후리쳐 담쑥 안아 에뚜루 메어쳐 물 밖에 앉힌 후에 자세 보니 전에 보던 심 봉사라,

"허허, 이게 웬일이오?"

심 봉사 정신 차려,

"나 살린 이, 거 누구시오?"

---

86) 소상강 가에서 나는 아롱진 대. 순임금의 두 비 아황, 여영이 물에 빠져 죽을 때 피눈물을 뿌려 대나무에 점점이 맺혔다는 이야기가 있다.

87) 육관대사와 성진은 《구운몽》에 나오는 인물. 성진이 팔선녀와 수작을 한 죄로 스승 육관대사에게 쫓겨나 속세에서 양소유로 환생한다.

88) 머리를 깎은 것은 속세를 피하자는 것이요, 수염을 남겨 둔 것은 대장부임을 표시하기 위해서라는 뜻으로, 여기서는 사명당의 시구라 하나, 김시습의 말이라고도 한다.

89) 중국 섬서성 흥평현 서쪽에 있는 마외진. 당나라 때 안녹산의 난리가 나자 현종이 촉으로 도망할 적에 양 귀비를 데리고 마외역까지 도망 와서는, 신하들의 권고에 못 이겨 양 귀비를 버렸고 양 귀비는 여기서 죽었다.

90) 양 귀비. 처음에 여도사였기에 태진비라고 했으며, 마외역에서 목을 매 죽었다.

91) 북쪽 오랑캐 땅의 눈 쌓인 움 속.

92) 소 중랑蘇中郞은 소무蘇武. 소무가 흉노에게 사신으로 갔다가 붙들려 갖은 고초를 받고도 굴복하지 않다 마침내 기러기발에다 편지를 매어 보내 한나라 궁중에 연락이 닿아, 드디어 십구 년 만에 한나라로 돌아왔다. 그때 그곳 여자에게서 난 아들 소통국을 데려오지 못하고 돌아와서 뒷날 임금에게 사연을 고하여 아들을 데려왔다.

93) 외올로 곧게 누비질한 것.

"소승은 몽운사 화주승이올시다."

"그렇지. 활인지불活人之佛이로군. 죽은 사람 살려 주니 은혜 백골난망이오."

그 중이 손 잡고 심 봉사를 인도하여 방 안에 앉힌 후 젖은 의복 벗겨 놓고 마른 의복 입힌 후에 물에 빠진 내력을 물은즉 심 봉사가 신세 자탄하여 전후사 말을 하니, 저 중이 말하기를,

"우리 절 부처님이 영험이 많으셔서 빌어 아니 되는 일 없고 구하면 응하시나니 부처님 전 공양미 삼백 석을 시주로 올리옵고 지성으로 비시면 생전에 눈을 떠서 천지만물 좋은 구경 완인完人 되오리다."

심 봉사 그 말 듣고 처지는 생각지 않고 눈 뜬단 말만 반가워서,

"여보시오 대사, 공양미 삼백 석을 권선문에 적어 가시오."

저 중이 허허 웃고,

"적기는 적사오나 댁 가세를 둘러보니 삼백 석을 주선할 길 없을 듯하오이다."

심 봉사 화를 내어,

"여보시오, 대사가 사람을 몰라보네. 어떤 실없는 사람이 영험하신 부처님 전 빈말을 할 터인가. 눈도 못 뜨고 앉은뱅이마저 되게. 사람을 너무 재미없이 여기는고? 당장 적어. 그렇지 않으면 칼부림 날 터니."

화주승이 허허 웃고 권선문에 올리기를 제일층 홍지紅紙에다,

'심학규 미米 삼백 석.'

이리 대서특서하더니 하직하고 간 연후에, 심 봉사 중 보내고 화 꺼진 뒤에 생각하니 도리어 후환이라 혼자 자탄하여,

"내가 공을 드리려다가 만약에 죄가 되면 이를 장차 어찌하잔 말가?"

묵은 근심 새 근심이 불같이 일어나서 신세 자탄하여 통곡하는 말이,

"천지가 공公하사 별로 후박厚薄이 없건마는 이내 팔자 어이하여 형세 없고 눈이 멀어 해달같이 밝은 것을 분별할 수 전혀 없고 처자妻子 같은 지정至情 간에 대하여 못 보는가. 우리 망처亡妻 살았으면 조석 근심 없을 터인데, 다 커 가는 딸자식이 삼사 동리 품을 팔아 근근 호구하는 중에 삼백 석이 어데 있어 호기 있게 적어 놓고 백 가지로 헤아려도 방책이 없이 되니 이를 어찌하잔 말가. 도깨그릇(독그릇) 다 팔아도 한 되 곡식 살 것 없고 장롱함을 방매放賣한들 단돈 닷 냥 싸지 않고 집이나 팔자 한들 비바람 못 가리니 내라도 안 살 테라. 내 몸이나 팔자 한들 눈 못 보는 이 잡것 어느 누가 사 가리오. 어떤 사람 팔자 좋아 이목구비 완연하고 수족이 구비하여 곡식이 진진 재물이 넉넉 용지불갈用之不竭 취지무금取之無禁[94] 그른 일이 없건마는, 나는 혼자 무슨 죄로 이 몰골이 되었는가. 애고애고 설운지고."

94) 써도 다하지 않고 가져도 말리는 이 없다는 뜻. 소동파의 '적벽부'에 있는 구절.

한참 이리 슬피 울 제 이때 심청이 속속히 돌아와서 닫은 방문 펄쩍 열고,

"아버지."

부르더니 저의 부친 모양 보고 깜짝 놀라 달려들어,

"애고, 이게 웬일이오. 나 오는가 마중코자 문밖에 나오시다 이런 욕을 보시니이까? 벗으신 의복 보니 물에 흠씬 젖었으니 물에 빠져 욕보셨소? 애고 아버지, 춥긴들 오죽하며 분함인들 오죽할까. 승상 댁 노부인이 굳이 잡고 만류하여 어언간 더디었소."

심청이 옷을 내어 바꾸어 입히고 일변으로 승상 댁 시비더러 방에 불을 때 달라 하고, 치마를 걷어쥐고 눈물을 씻으면서 얼풋 밥을 지어 부친 앞에 상을 놓고,

"아버지, 진지 잡수시오."

심 봉사 어쩐 곡절인지,

"나 밥 아니 먹을란다."

"어디 아파 그리시오? 소녀가 더디 오니까 괘씸하여 그리시오?"

"아니다."

"무슨 근심 계시니이까?"

"네 알 일 아니다."

"아버지, 그 무슨 말씀이오? 소녀는 아버지만 바라고 사옵고 아버지께서는 소녀를 믿어 대소사를 의논터니 오늘날에 무슨 일로 네 알 일이 아니라니, 소녀 비록 불효인들 말씀을 속이시니 마음에 섧사이다."

하고 심청이 훌쩍훌쩍 우니, 심 봉사가 깜짝 놀라,

"아가, 아가, 울지 마라. 너 속일 리 없지마는 네가 만일 알고 보면 지극한 네 효성에 걱정이 되겠기로 진즉 말을 못하였다. 아까 내가 너 오는가 문밖에 나가다가 개천 물에 빠져서 거의 죽게 되었더니, 몽운사 화주승이 나를 건져 살려 놓고 내 사정 물어보기, 내 신세 생각하고 전후 말을 다 했더니, 그 중 듣고 말을 하되, 몽운사 부처님이 영험하기 또 없으니 공양미 삼백 석을 불전에 시주하면 생전에 눈 떠서 완인이 된다기로, 형세는 생각지 않고 홧김에 적었더니, 도리어 후회로다."

심청이 그 말 듣고 반겨 웃고 대답하되,

"후회를 하옵시면 정성이 못 되오니 아버지 어두신 눈 정녕 밝아 보이려면 삼백 석을 아무쪼록 준비하여 보오리다."

"네 아무리 하자 한들 안빈낙도安貧樂道 우리 형세 단 백 석은 할 수 있나?"

"아버지 그 말 마오. 옛일을 생각하니 왕상王祥은 고빙叩氷하여 얼음 궁게 잉어 얻고 맹종孟宗은 읍죽泣竹하여 눈 가운데 죽순 나니[95], 그런 일을 생각하면 출천대효出天大孝 사친지절事親之節 옛사람만 못하여도 지성이 감천이라, 아무 걱정 마옵소서."

---

95) 고빙은 얼음을 깨는 것이고, 읍죽은 대숲에서 우는 것.

심청이 부친의 말을 듣고 그날부터 후원을 정히 하고 황토로 단을 무어 두고 좌우에 금줄 매고 정화수 한 동이를 소반 위에 받쳐 놓고 북두칠성 자야반子夜半[96]에 분향재배한 연후에 두 무릎 공순히 꿇고 두 손 합장 비는 말이,

"상천上天 일월성신이며 하지下地 후토后土 성황城隍 사방지신 제천제불 석가여래 팔금강 보살八金剛菩薩 소소응감昭昭應感 하옵소서. 하나님이 일월 두기 사람의 안목이라 일월이 없사오면 무슨 분별 하오리까. 소녀 아비 무자생戊子生 이십 후 안맹하여 시물視物을 못하오니 소녀 아비 허물을랑 이 몸으로 대신하고 아비 눈을 밝게 하여 천생연분 짝을 만나 오복을 갖게 주어 수부다남자壽富多男子를 점지하여 주옵소서."

주야로 빌었더니 도화동 심 소저는 천신이 아는지라 흠향하옵시고 앞일을 인도하셨더라.

하루는 유모 귀덕 어미가 오더니,

"아가씨, 이상한 일 보았나이다."

"무슨 일이 이상하오?"

"어떠한 사람인지 십여 명 다니면서 값은 고하간에 십오 세 처녀를 사겠다 하고 다니니 그런 미친놈들이 있소?"

심청이 속마음에 반겨 듣고,

"여보, 그 말 진정이오? 정말로 그리 될 양이면 그 다니는 사람 중에 노숙하고 점잖은 사람을 불러오되 말이 밖에 나지 않게 조용히 데려오오."

귀덕 어미 대답하고 과연 데려왔는지라, 처음은 유모 시켜 사람 사려는 내력을 물은즉 그 사람 대답이,

"우리는 본디 황성 사람으로서 상고차商賈次로 배를 타고 만 리 밖에 다니더니 배 갈 길에 임당수라 하는 물이 있어 변화불측하여 자칫하면 몰살을 당하는데, 십오 세 처녀를 제수祭需 넣고 제사를 지내면 수로 만 리를 무사히 왕래하고 장사도 흥왕興旺하옵기로 생애가 원수로, 사람 사러 다니오니 몸을 팔 처녀 있사오면 값을 관계치 않고 주겠나이다."

심청이 그제야 나서며,

"나는 본촌 사람으로 우리 부친 안맹하여 세상을 분별 못 하기로 평생에 한이 되어 하나님 전 축수하더니, 몽운사 화주승이 공양미 삼백 석을 불전에 시주하면 눈을 떠서 보리라 하되 가세가 지빈하여 주선할 길 없삽기로 내 몸을 방매하여 발원發願하기 바라오니 나를 삼이 어떠하오? 내 나이 십오 세라 그 아니 적당하오."

선인船人이 그 말 듣고 심 소저를 보더니 마음이 억색抑塞하여 다시 볼 정신이 없어 고개를 숙이고 묵묵히 섰다가,

---

96) 북두칠성이 밤중을 가리킬 때.

"낭자 말씀 듣자오니 거룩하고 장한 효성 비할 데 없습니다."

이렇듯이 치하한 후에 저의 일이 긴한지라,

"그리하오."

허락하니,

"행선行船 날이 언제니이까?"

"내월 십오일이 행선하는 날이오니 그리 아옵소서."

피차에 상약相約하고 그날에 선인들이 공양미 삼백 석을 몽운사에 보냈더라.

심 소저는 귀덕 어미를 백 번이나 단속하여 말 못 내게 한 연후에 집으로 들어와 부친 전에 여쭈오되,

"아버지."

"왜 그리느냐?"

"공양미 삼백 석을 몽운사로 올렸나이다."

심 봉사 깜짝 놀라서,

"그게 어쩐 말이야? 삼백 석이 어디 있어 몽운사로 보냈어?"

심청이 같은 효성으로 거짓말을 하여 부친을 속일까마는 사세부득이라 잠깐 속여 여쭙는다.

"일전에 무릉촌 장 승상 댁 부인께서 소녀보고 말씀하기를 수양딸 노릇 하라 하되, 아버지 계시기로 허락 아니 하였는데, 사세부득하여 이 말씀 사뢨더니 부인이 반겨 듣고 쌀 삼백 석 주기로 몽운사로 보내옵고 수양딸로 팔렸니이다."

심 봉사 물색 모르고 대소大笑하며 즐겨한다.

"어허, 그 일 잘 되었다. 언제 데려간다더냐?"

"내월 십오일날 데려간다 하옵디다."

"너 게 가 살더라도 나 살기 관계찮지. 어, 참으로 잘되었다."

부녀간에 이같이 문답하고 부친 위로한 후, 심청이 그날부터 선인을 따라갈 일을 곰곰 생각하니 사람이 세상에 생겨나서 한때를 못 보고 이팔청춘에 죽을 일과 안맹하신 부친 영결하고 죽을 일이 정신이 아득하여, 일에도 뜻이 없어 식음을 전폐하고 시름없이 지내다가, 다시 생각하여 보니 얼크러진 그물이 되고 쏟아 놓은 쌀이로다.

'내 몸이 죽어 놓으면 춘하추동 사시절에 부친 의복 뉘라 다 할까. 아직 살아 있을 때에 아버지 사철 의복 망종 지어 드리리라.'

하고 춘추 의복과 하동 의복 보에 싸서 농에 넣고, 갓 망건도 새로 사서 걸어 두고 행선 날을 기다릴 제 하룻밤이 격한지라. 밤은 점점 삼경인데 은하수는 기울어져 촛불이 희미할 제 두 무릎을 쪼크리고 아무리 생각한들 심신을 난정難靜이라.[97]

---

97) 마음과 몸을 진정하기 어려움.

'부친의 벗은 보선볼이나 망종 봐 드리리라.'

바늘에 실을 꿰어 손에 들고 하염없는 눈물이 간장에서 솟아올라 경경열열哽哽咽咽[98]하여 부친 귀에 들리지 않게 속으로 느껴 울며 부친의 낯에다가 얼굴도 가만히 대어 보고 수족도 만지면서,

"오늘밤 뫼시면은 다시는 못 볼 테지. 내가 한번 죽어지면 여단수족如斷手足[99] 우리 부친 뉘를 믿고 사실까. 애닯도다, 우리 부친 내가 철을 안 연후에 밥 빌기를 하였더니, 이제 내 몸 죽게 되면 춘하추동 사시절을 동리 걸인 되겠구나. 눈총인들 오죽하며 괄시인들 오죽할까. 부친 곁에 내가 뫼셔 백세까지 공양타가 이별을 당하여도 망극한 이 설움이 측량할 수 없을 터인데 하물며 생이별이 고금천지 간 또 있을까. 우리 부친 곤한 신세 적수단신赤手單身[100] 살자 한들 조석공양 뉘라 하며, 고생하다 죽사오면 또 어느 자식 있어 머리 풀고 애통하며 초종장례 소대기며 연년 오는 기제사에 밥 한 그릇 뉘라서 차려 놀까.

몹쓸 년의 팔자로다. 칠 일 안에 모친 잃고 부친마저 이별하니 이런 일도 또 있는가. 하량낙일수운기河梁落日愁雲起[101]는 소통국蘇通國의 모자 이별[102], 편삽수유소일인遍揷茱萸少一人[103]은 용산龍山의 형제 이별, 정객관산노기중征客關山路幾重 오희 월녀吳姬越女 부부 이별[104], 서출양관무고인西出陽關無故人[105]은 위성渭城의 붕우 이별. 그런 이별만 하여도 피차 살아 당한 이별이라 소식 들을 날이 있고 만나 볼 때 있었으나, 우리 부녀간 이 이별은 내가 영영 죽어 가니 어느 때에 소식 알며 어느 날에 만나 볼까.

돌아가신 우리 모친 황천으로 들어가고 나는 이제 죽게 되면 수궁水宮으로 갈 터이니, 수궁에 들어가서 모녀 상봉을 하자 한들 황천과 수궁길이 수륙이 현수懸殊하니 만나 볼 수 전혀 없네. 수궁에서 황천 가기 몇천 리나 멀다는지 황천을 묻고 물어 불원천리 찾아간들 모친이 나를 어이 알며 나는 모친 어이 알리. 만일 알고 뵈옵는 날 부친 소식 묻자오

---

98) 느껴 훌쩍거리며 우는 것.

99) 손발을 끊는 것 같음.

100) 가난하여 아무것도 가진 것 없는 홀몸.

101) 하량에 해가 지니 근심이 구름과 함께 피어난다.

102) 소무가 돌아올 때 두고 온 소통국을 나중에 데려오지만 소통국의 어머니는 데려오지 않았다. 그 어머니와 아들의 이별.

103) 명절이면 고향의 형제들이 산에 올라 산수유를 머리에 꽂고 노는데 지금은 그 형제들 노는 자리에 자기 하나가 빠져 섭섭하다는 뜻. 왕유의 시구.

104) 멀리 변방 수자리로 남편들을 보낸 오나라 여인, 월나라 여인들의 부부 이별.

105) 그대가 서쪽으로 양관을 나서고 나면 내겐 친구가 없노라는 뜻. 왕유가 위성에서 친구와 이별하며 쓴 시구.

면 무슨 말로 대답할꼬. 오늘밤 오경시五更時를 함지咸池에 머무르고 내일 아침 돋는 해를 부상扶桑에 매었으면[106] 하늘 같은 우리 부친 더 한 번 보련마는 밤 가고 해 돋는 일게 뉘라서 막을쏜가."

천지가 사정없어 이윽고 닭이 우니 심청이 기가 막혀,

"닭아, 닭아, 울지 마라. 반야半夜 진관秦關의 맹상군孟嘗君[107]이 아니 온다. 네가 울면 날이 새고 날이 새면 나 죽는다. 나 죽기는 섧지 않으나 의지 없는 우리 부친 어찌 잊고 가잔 말가."

밤새도록 섧게 울고 동방이 밝아 오니 부친 진지 지으려고 문을 열고 나서 보니 벌써 선인들이 시비 밖에 주저주저하며,

"오늘 행선 날이오니 쉬이 가게 하옵소서."

심청이가 그 말 듣고 대번에 두 눈에서 눈물이 빙빙 돌아 목이 메어 시비 밖에 나아가서,

"여보시오, 선인네들. 오늘 행선하는 줄은 내가 이미 알거니와 부친이 모르오니, 잠깐 지체하옵시면 불쌍하신 우리 부친 진지나 망종 하여 상을 올려 잡순 후에 말씀 여쭈옵고 떠나게 하오리다."

선인이 가긍하여,

"그리하오."

허락하니, 심청이 들어와서 눈물 섞어 밥을 지어 부친 앞에 상을 올리고 아무쪼록 진지 많이 잡숫도록 하느라고 상머리에 마주 앉아 자반도 뚝뚝 떼어 수저 위에 올려놓고 쌈도 싸서 입에 넣어,

"아버지, 진지 많이 잡수시오."

"오냐, 많이 먹으마. 오늘은 별로 반찬이 매우 좋구나. 뉘 집 제사 지냈느냐?"

심청이는 기가 막혀 속으로만 느껴 울며 훌쩍훌쩍 소리 나니 심 봉사 물색없이 귀 밝은 체 말을 한다.

"아가, 네 몸 아프냐? 감기가 들었나 보구나. 오늘 며칠이냐? 오늘이 열닷새지, 응?"

부녀 천륜이 중하니 몽조夢兆가 어찌 없을쏘냐. 심 봉사가 간밤 꿈 이야기를 하되,

"간밤에 꿈을 꾸니, 네가 큰 수레를 타고 한없이 가 보이니, 수레라 하는 것은 귀한 사람

---

106) 함지는 하늘 서쪽 끝에 있는 연못으로 해가 잠기고 뜨는 곳. 부상은 세상 동쪽 끝에 있는 뽕나무로, 황금빛 수탉이 여기 앉아 있다가 아침에 울기 시작하면 세상 모든 닭이 따라 울어 해가 솟게 한다고 한다.

107) 중국 춘추전국시대 때 사람 전문田文. 진나라에 사신 갔다가 위급한 지경을 만나 한밤중에 성을 빠져나오려고 할 때 아랫사람 중에 닭 울음소리를 잘 내는 사람이 닭 울음소리를 내어 근처 닭들이 모두 따라 우니 성문 지키는 군사가 날이 샌 줄 알고 성문을 열어 그곳을 빠져 나왔다는 고사가 있다.

타는 것이라 아마도 오늘 무릉촌 승상 댁에서 너를 가마 태워 가려나 보다."

심청이 들어 보니 분명히 자기 죽을 꿈이로다. 속으로 슬픈 생각 가득하나 겉으로는 아무쪼록 부친이 안심토록,

"그 꿈이 장히 좋소이다."

대답하고, 진짓상 물려 내고 담배 피워 물린 후에 사당에 하직차로 세수를 정히 하고 눈물 흔적 없앤 후에 정한 의복 갈아입고 후원에 돌아가서 사당문 가만히 열고 주과酒果를 차려 놓고 통곡재배 하직할 제,

"불효 여식 심청이는 부친 눈을 띄우려고 남경 장사 선인들께 삼백 석에 몸이 팔려 임당수로 돌아가니 소녀가 죽더라도 부친의 눈 띄워 착한 부인 작배作配하여 아들 낳고 딸을 낳아 조상 향화香火 전케 하오."

이렇게 축원하고 문 닫치어 우는 말이,

"소녀가 죽사오면 이 문을 뉘가 여닫으며 동지 한식 단오 추석, 사명절이 돌아온들 주과 포혜를 누가 다시 올리오며 분향재배 누가 할꼬. 조상의 복이 없어 이 지경이 되옵는지, 불쌍한 우리 부친 무강근지친족無强近之親族하고 앞 못 보고 형세 없어 믿을 곳이 없이 되니 어찌 잊고 돌아갈까."

우루루 나오더니 자기 부친 앉은 앞에 섰다 철썩 주저앉아,

"아버지."

부르더니 말 못 하고 기절한다. 심 봉사 깜짝 놀라,

"아가, 웬일이냐? 봉사의 딸이라고 뉘가 정가하더냐. 이것이 회 동하였구나. 어쩐 일이냐? 말 좀 하여라."

심청이 정신 차려,

"아버지."

"오냐."

"내가 불효 여식으로 아버지를 속였소. 공양미 삼백 석을 누가 나를 주오리까. 남경 장사 선인들께 삼백 석에 몸이 팔려 임당수 제수로 가기로 하와 오늘 행선 날이오니 나를 오늘 망종 보오."

사람이 슬픔이 극진하면 도리어 가슴이 막히는 법이라, 심 봉사 하 기가 막혀 놓으니 울음도 아니 나오고 실성을 하는데,

"애고, 이게 웬 말이냐, 응? 참말이냐, 농담이냐? 말 같지 아니하다. 나더러 묻지도 않고 네 마음대로 한단 말가? 네가 살고 내 눈 뜨면 그는 응당 좋으려니와 네가 죽고 내 눈 뜨면 그게 무슨 말이 되랴. 너의 모친 너를 낳고 칠 일 만에 죽은 후에 눈조차 어둔 놈이 품 안에 너를 안고 이 집 저 집 다니면서 동냥젖 얻어먹여 그만치나 자랐기로 한시름 잊었더니 네 이게 웬 말이냐. 눈을 팔아 너를 살 터에 너를 팔아 눈을 산들 그 눈 해서 무엇 하랴. 어떤 놈의 팔자로서 안해 죽고 자식 잃고 사궁지수四窮之首[108]가 되단 말가.

네 이 선인 놈들아, 장사도 좋거니와 사람 사다 제수 넣는 데 어데서 보았느냐. 하나님

의 어지심과 귀신의 밝은 마음 앙화殃禍가 없을쏘냐. 눈먼 놈의 무남독녀 철모르는 어린 것을 나 모르게 유인하여 산단 말이 웬 말이냐. 쌀도 싫고 돈도 싫고 눈 뜨기 내 다 싫다. 네 이 독한 상놈들아, 옛일을 모르느냐. 칠년대한七年大旱 가물 적에 사람 잡아 빌려 하니 탕 임금 어진 마음, '내가 지금 비는 바는 백성을 위함이라. 사람 죽여 빌 양이면 내 몸으로 대신하리라.' 하고 몸으로 희생犧牲 되어 전조단발剪爪斷髮 신영백모身嬰白茅[109] 상림 뜰에 비시니 대우방수천리大雨方數千里[110] 그런 일도 있느니라. 차라리 내 몸으로 대신 가면 어떠하냐. 너의 놈들, 나 죽여라. 평생에 맺힌 마음 죽기가 원이로다. 애고, 나 죽는다. 지금 내가 죽어 노면 네놈들이 무사할까. 무지한 강도 놈들아. 생사람 죽이면은 《대전통편大典通編》 율律 있느니라."

홀로 장담 이를 갈며 죽기로 시작하니 심청이 부친을 붙들고,

"아버지, 이 일이 남의 탓이 아니오니 그리 마옵소서."

부녀 서로 붙들고 뒹굴며 통곡하니 도화동 남녀노소 뉘 아니 설워하리. 선인들 모두 운다. 그중에 한 사람이 발론하되,

"여보시오 영좌領座[111] 영감, 출천대효 심 소저는 의론도 말려니와 심 봉사 저 양반이 참으로 불쌍하니 우리 선인 삼십여 명이 십시일반으로 저 양반 평생 신세 굶지 않고 벗지 않게 주선을 하여 주세."

하니, 중개衆皆[112] 왈,

"그 말이 옳다."

하고 돈 삼백 냥, 백미 백 석, 백목 마포 각 한 바리 동중洞中으로 들여놓으며,

"삼백 냥은 논을 사서 착실한 사람 주어 도조賭租로 작정하고, 백미 중 열닷 섬은 당년 양식 하게 하고, 남저지(나머지) 팔십여 석은 연년 흩어 놓아 장리長利로 추심推尋하면 양미가 풍족하니 그렇게 하옵시고, 백목 마포 각 일 태(바리)는 사철 의복 짓게 하소서."

동중에서 의논하여,

"그리하라."

하고 그 연유로 공문 내어 일동이 구일俱一하게 구별하였더라.

그때에 무릉촌 장 승상 부인께서 심청이 몸이 팔려 임당수로 간단 말을 그제야 들으시고

---

108) 사궁은 아내 잃은 홀아비, 남편 잃은 과부, 부모 잃은 고아, 자식 없는 늙은이로, 사궁지수는 아내 잃은 홀아비가 가장 딱한 처지라는 말.

109) 손톱 깎고 머리 자르고 몸에 흰 띠풀을 두른다는 뜻으로, 탕 임금이 자기를 희생물로 삼은 것을 말한다.

110) 바야흐로 수천 리에 걸쳐 큰비가 내리는 것.

111) 우두머리 되는 어른. 여기서는 뱃사람 가운데 으뜸인 선장.

112) 뱃사람들이 모두.

시비를 급히 불러,

"늘으매 심청이가 죽으러 간다 하니, 생전에 건너와서 나를 보고 가라 하고 급히 데리고 건너오라."

시비 분부 듣고 심청을 와서 보고 그 연유로 말을 하거늘, 심청이 시비 함께 무릉촌 건너가니 승상 부인 밖에 나와 심청의 손을 잡고 눈물지어 하는 말이,

"너 이 무정한 사람아, 내가 너를 안 이후로 자식으로 여겼는데, 너는 나를 잊었느냐. 내 말을 들어 보니 부친 눈을 띄우려고 선인에게 몸을 팔려 죽으러 간다 하니 효성은 지극하나 네가 죽어 될 일이냐. 그리 일이 될 양이면 나한테 건너와서 이 연유를 말했으면 이 지경이 없을 것을 어찌 그리 무상하냐."

손 끌고 들어가서 심청을 앉힌 후에,

"쌀 삼백 석 줄 것이니 선인 불러 도로 주고 망령 의사 먹지 마라."

심청이 그 말 듣고 한참 생각다가 천연히 여쭈오되,

"당초 말씀 못 한 일을 후회한들 어찌하며 또한 몸이 위친爲親하여 정성을 다하자면 남의 무명색한 재물을 바라리까. 백미 삼백 석을 도로 내준다 한들 선인들도 임시 낭패 그도 또한 어렵삽고, 사람이 남에게다 한번 몸을 허락하여 값을 받고 팔렸다가 수삭이 지낸 후에 차마 어찌 낯을 들고 무엇이라고 보오리까. 노친 두고 죽는 것이 이효상효以孝傷孝[113]하는 줄은 모르는 바 아니로되 천명이니 하릴없소. 부인의 높은 은혜와 어질고 착한 말씀 죽어 황천에 돌아가서 결초보은하오리다."

승상 부인이 놀라워 심청을 살펴보니 기색이 엄숙하여 다시 권치는 못하고 차마 놓기 애석하여 통곡하여 하는 말이,

"내가 너를 본 연후에 기출己出같이 정을 두어 일시일각 못 보아도 한이 되고 연연하여 억제치 못하더니 목전에 네 몸이 죽으러 가는 것을 차마 보고 살 수 없다. 네가 잠깐 지체하면 네 얼굴 네 태도를 화공을 불러 그려 두고 내 생전 볼 것이니 조금만 머물러라."

시비를 급히 불러 일등 화공 불러들여 승상 부인 분부하되,

"여보아라, 정신 들여 심 소저 얼굴 체격 상하 의복 입은 것과 수심 겨워 우는 형용 차착差錯 없이 잘 그리면 중상重賞을 할 터이니 정신 들여 잘 그리라."

족자를 내어 노니 화공이 분부 듣고 족자 포쇄曝曬[114]하여 유탄柳炭[115]을 손에 들고 심 소저를 똑똑히 바라본 후, 이리저리 그린 후에 오색 화필을 좌르륵 펼쳐 각색 단청 벌여 놓고, 난초같이 푸른 머리 광채가 찬란하고 백옥 같은 수심 얼굴 눈물 흔적 완연하고 가는 허리 고운 수족 분명한 심 소저라, 훨훨 떨어 놓으니 심 소저가 둘이로다. 부인이 일어나서

113) 효도로 효도를 상하게 함. 곧 효도한다는 것이 불효가 되는 것.

114) 햇빛을 쬐고 바람을 쐬는 것.

115) 버드나무를 태워 만든 숯. 윤곽을 그리는 데 쓴다.

우수右手로 심청의 목을 안고 좌수左手로 화상을 어루만지며 통곡하여 슬피 우니 심청이 울며 여쭈오되,

"정녕히 부인께서 전생에 내 부모니 오늘날 물러가면 어느 날에 뫼시리까. 소녀의 일점 수심 글 한 수 지어 내어 부인 전에 올리오니 걸어 두고 보시오면 증험이 있으리다."

부인이 반가이 여겨 필연을 내어 놓으니 화상 족자 상에 화제畵題 글 모양으로 붓을 들고 글을 쓸 제 눈물이 피가 되어 점점이 떨어지니 송이송이 꽃이 되어 향내가 날 듯하다. 그 글에 하였으되,

생기사귀일몽간生寄死歸一夢間이라
권정하필누산산眷情何必淚珊珊가.
세간최유단장처世間最有斷腸處는
초록강남인미환草綠江南人未還을.[116]

부인이 놀라시며,

"네 글이 진실로 신선의 글귀니, 이번 네가 가는 길 네 마음이 아니라 아마 천상에서 부름이로다."

부인이 또한 주지周紙[117] 한 축 끊어 내어 얼른 써서 심청 주니, 그 글에 하였으되,

무단풍우야래흔無端風雨夜來痕은
취송명화낙해문吹送名花落海門이라.
적고인간천필념積苦人間天必念이어늘
무고부녀단정은無辜父女斷情恩이로다.[118]

심 소저 그 글 받아 단단히 간직하고 눈물로 이별할 제 무릉촌 남녀노소 뉘 아니 통곡하랴. 심청이 건너오니 심 봉사 달려들어 심청의 목을 안고 뛰놀며 통곡한다.

"나고(나하고) 가자, 나고 가자. 혼자 가지 못하리라. 죽어도 같이 죽고 살아도 같이 살자. 나 버리고 못 가리라. 고기밥이 되더라도 나와 너와 같이 되자."

심청이 울음 울며,

---

116) 사람이 죽고 사는 게 한 꿈속이니, 정에 끌려 어찌 군이 눈물을 흘리랴마는, 세간에 가장 애끊는 곳이 있으니, 풀 돋는 강남에 사람이 돌아오지 못하는 일이라.

117) 두루마리.

118) 난데없는 비바람 어두운 밤에 불어오니, 아름다운 꽃 날려서 바닷가에 떨어지누나. 인간 세상 쌓은 고생 하늘이 알고 계시거늘, 죄 없는 아비와 자식 정을 끊게 하누나.

"우리 부녀 천륜을 끊고 싶어 끊사오며 죽고 싶어 죽사리까마는 액회厄會가 수數에 있고 생사가 한이 있어 인자지정人子之情 생각하면 떠날 날이 없사오나 천명이니 하릴없소. 불효 여식 심청이는 생각지 마옵시고, 아버지 눈을 떠서 광명천지 다시 보고 착한 사람 구혼하여 아들 낳고 딸 낳아 후사 전케 하옵소서."

심 봉사 펄쩍 뛰며,

"애고애고, 그 말 마라. 처자 있을 팔자 되면 이런 일이 있겠느냐. 나 버리고 못 가리라."

심청이 저의 부친을 동리 사람에게 붙들리어 앉혀 놓고 울면서 하는 말이,

"동네 남녀 어른네들, 혈혈단신 우리 부친, 죽으러 가는 몸이 동중만 믿사오니 깊이 생각하옵소서."

하직하고 돌아서니, 동리 남녀노소 없이 발 구르며 통곡한다.

심청이 울음 울며 선인을 따라갈 제, 끌리는 치맛자락 거듬거듬 걷어 안고 만수비봉滿首飛蓬[119] 흩은 머리 귀밑에 와 드리웠고 피같이 흐르는 눈물 옷깃에 사무친다. 정신없이 나가면서 건넛집 바라보며,

"김 동지 댁 큰아기, 너와 나와 동갑으로 격장간隔墻間[120] 피차 크며 형제같이 정을 두어 백 년이 다 진토록 인간고락 사는 흥미 함께 보자 하였더니 나 이렇게 떠나가니 그도 또한 한이로다. 천명이 그뿐으로 나는 이미 죽거니와 의지 없는 우리 부친 애통하여 상하실까, 나 죽은 후라도 수궁원혼 되겠으니 네가 나를 생각거든 불쌍하신 나의 부친 극진 대우하여 다고.

앞집 작은아가, 상침질 수놓기를 뉘와 함께 하려느냐. 작년 오월 단오야에 추천하고 놀던 일을 네가 그저 생각느냐. 금년 칠월 칠석야에 함께 걸교乞巧[121]하잤더니 이제는 허사로다. 나는 이미 위친하여 영결하고 가거니와 네가 나를 생각거든 불쌍한 우리 부친 나 부르고 애통커든 네가 와서 위로해라. 너와 나와 사귄 본정 네 부모가 내 부모요 내 부모가 네 부모라. 우리 생전 있을 제는 별로 혐의 없었으나 우리 부친 백 세 후에 지부地府[122]에 들어오셔 부녀 상봉하는 날에 네 정성 내 알겠다."

이렇듯 하직할 제 하나님이 아시던지 백일白日은 어데 가고 음운陰雲이 자옥하다. 이때 금 빗방울이 눈물같이 떨어지고 휘늘어져 곱던 꽃이 이울고자 빛이 없고 청산에 섰는 초목 수색을 띠어 있고 녹수에 드린 버들 내 근심을 돕는 듯 우나니, 저 꾀꼬리 너는 무슨 회포런가. 너의 깊은 한을 내가 알든 못 하여도 통곡하는 내 심사를 네가 혹시 짐작할까. 뜻밖에 저 두견이 귀촉도 불여귀라, 야월강산 어따 두고 진정제송단장성盡情啼送斷腸聲[123]을 어

119) 바람에 엉킨 쑥대같이 흐트러진 머리.

120) 담을 사이에 둠.

121) 칠석날 저녁에 여자들이 견우직녀에게 길쌈과 바느질을 잘할 수 있게 해 달라고 비는 일.

122) 지하. 저승.

이 살자 사뢰느냐. 네 아무리 가지 위에 불여귀不如歸라 울건마는 값을 받고 팔린 몸이 다시 어찌 돌아오리. 바람에 날린 꽃이 낯에 와 부딪치니 꽃을 들고 바라보며 약도춘풍불해의若道春風不解意하면 하인취송낙화래何因吹送落花來요[124], 춘산에 지는 꽃이 지고 싶어 지랴마는 바람에 떨어지니 네 마음이 아니오라, 박명홍안薄命紅顔 나의 신세 저 꽃과 같은 지라, 죽고 싶어 죽으랴마는 사세 부득이라 수원수구誰怨誰咎할 것 없다. 한 걸음에 눈물 지고 두 걸음에 돌아보며 곧 떠나가니 명도 풍파命途風波가 이로부터 위험하다.

강두江頭에 다다르니 선인들이 모여들어 뱃머리에 좌판 놓고 심 소저를 모셔 올려 뱃장 안에 앉힌 후에 닻 감고 돛을 달아 소리하며 북을 둥둥 울리면서 지향 없이 떠나간다.

범피중류泛彼中流[125] 떠나갈 제 망망한 창해 중에 탕탕한 물결이라, 백빈주白蘋洲[126] 갈매기는 홍료안紅蓼岸[127]으로 날아들고 삼강三江에 기러기는 평사平沙로 떨어진다. 요량嘹喨한[128] 남은 소리 어적漁笛[129]인 듯하건마는 곡종인불견曲終人不見[130] 유색柳色만 푸르렀다. 애내성중만고수欸乃聲中萬古愁[131]는 나를 두고 이름이라. 장사長沙를 지나니 가 태부賈太傅[132] 간곳없고 멱라수汨羅水 바라보니 굴 삼려屈三閭[133] 어복 충혼魚腹忠魂 어디로 가셨는고. 황학루黃鶴樓 다다르니 일모향관하처시日暮鄕關何處是요 연파강상사인수烟波江上使人愁는 최호崔顥의 유적이라[134]. 봉황대 다다르니 삼산반락청천외三山半落青天外 이수중분백로주二水中分白鷺洲[135]는 태백이 놀던 데요, 심양강潯陽江 다다르니 백낙

---

123) 애끊는 심정으로 노래를 불러 사람을 보냄.

124) 봄바람이 사람의 마음을 모른다면, 어찌 지는 꽃을 날려 보내겠느뇨.

125) 두둥실 저 물 한가운데 떠서.

126) 흰 마름꽃 핀 물갓.

127) 붉은 여뀌꽃 핀 언덕.

128) 맑고 화락한.

129) 고기잡이 배에서 부는 피리 소리.

130) 노래는 끝이 나도 사람은 보이지 않는다.

131) 배 젓는 소리 가운데 만고의 근심을 자아낸다.

132) 이름은 가의賈誼. 중국 한나라 사람으로 장사왕長沙王의 태부로 좌천되어 자신의 불우한 처지를 굴원에 빗대어 쓴 '조굴원부弔屈原賦'가 유명하다.

133) 이름은 굴평屈平, 자가 원. 중국 초나라 사람으로 참소를 입어 강남으로 추방되었는데 끝내 멱라수에 빠져 죽었다.

134) 날이 저문데 고향은 어드메인고, 안개 덮인 강물은 사람의 수심을 자아내는구나. 최호는 당나라 때 시인으로, 그의 '황학루黃鶴樓' 시가 유명하다.

135) 삼산은 아득하여 반쯤 청천 밖에 떨어져 있고 이수는 가운데가 갈라져 백로주를 이루도다. 이백의 시구.

천白樂天이 어데 가고 비파성琵琶聲이 끊이졌다. 석벽강赤壁江 그저 가랴. 소동파蘇東坡 놀던 풍월 의구히 있다마는 조맹덕曹孟德 일세지웅一世之雄이 우금于今에 안재재安在哉오?[136] 월락오제月落烏啼[137] 깊은 밤에 고소성姑蘇城 외에 배를 매고 한산사寒山寺 쇠북 소리 객선客船에 떨어진다.

진 회수秦淮水 건너가니 격강隔江의 상녀商女[138]들은 망국한을 모르고서 연롱한수월롱사煙籠寒水月籠沙[139]를, 후정화後庭花[140]만 부르더라. 소상강 들어가니 악양루岳陽樓 높은 집은 호상湖上에 떠서 있고, 동남으로 바라보니 오산吳山은 첩첩이요 초수楚水는 만중萬重이라. 반죽斑竹에 젖은 눈물 이비二妃 유한遺恨 띄워 있고 무산巫山에 돋는 달은 동정호에 비치니 상하 천광上下天光[141] 거울 속에 푸르렀다. 창오산의 저문 연기 참담하여 황릉묘에 잠기었다. 삼협三峽에 잔나비는 자식 찾는 슬픈 소리, 천객 소인遷客騷人[142] 몇이냐.

심청이 배 안에서 소상팔경瀟湘八景 다 본 후에 한 곳을 가노라니 향풍이 일어나며 옥패 소리 들리더니 의희依稀한 주렴 사이로 어떠한 두 부인이 선관仙冠을 높이 쓰고 자하상紫霞裳[143] 걷어 안고 두렷이 나오더니,

"저기 가는 심 소저야, 나를 어이 모르느냐. 우리 성군 유우씨有虞氏[144]가 남순수南巡狩하시다가 창오야蒼梧野에 붕崩하시니 속절없는 이 두 몸이 소상강 대수풀에 피눈물을 뿌렸더니 가지마다 아롱져서 잎잎이 원한이라. 창오산붕상수절蒼梧山崩湘水絶에 죽상지루내가멸竹上之淚乃可滅이라[145]. 천추 깊은 한을 호소할 길 없었더니 네 효성이 지극키로 너더러 말하노라. 대순붕후기천년大舜崩後幾千年에 오현금五絃琴 남풍시南風詩[146]를 지금까지 전하더냐? 수로 만 리 몇며칠에 조심하여 다녀오라."

홀연히 간곳없다. 심청이 생각하니 소상강 이비二妃로다. 죽으러 가는 나를 조심하여 오라

136) 조맹덕은 조조曹操. 한 시대 영웅 지금은 어데 있는가.
137) 달은 지고 까마귀가 우는데.
138) 강 건너에서 술장사하는 여자.
139) 내가 찬물 위에 잠기고 달은 물갓 모래 위에 잠겨 있는 것.
140) 악곡 이름. 진나라 후주가 양 귀비와 불렀다 하며, 고려 충혜왕 또한 여자들과 놀며 불렀다는 노래로, 조선 세종 때 악곡을 정리하며 조선 창업을 송축하는 가사로 바꾸었다.
141) 머리 위 하늘과 물속에 비친 하늘빛.
142) 천객은 죄를 입어 멀리 추방된 사람, 소인은 시인 문사를 말한다.
143) 자줏빛 안개 무늬를 한 치마. 신선의 옷.
144) 순임금.
145) 창오산이 무너지고 상수가 말라 없어져야 댓잎 위에 뿌린 눈물이 지워져 없어지니라. 이백의 시구.
146) 오현금은 다섯 줄 거문고. '남풍시' 는 순임금이 오현금을 타며 불렀다는 노래.

하니 진실로 괴이하다.

그곳을 지나 회계산會稽山을 당도하니 풍랑이 일어나며 찬 기운이 소삽蕭颯터니 한 사람이 나오는데 두 눈을 꽉 감고 가죽으로 몸을 싸고 울음 울고 나오더니,

"저기 가는 심 소저야, 네 나를 모르리라, 오나라 자서子胥로다. 슬프다, 우리 성상 백비伯嚭 참소 듣고 촉루검屬鏤劍을 나를 주어 목을 찔러 죽인 후에 가죽으로 몸을 싸서 이 물에 던졌구나. 원통함을 못 이기어 월병越兵이 멸오滅吳함을 역력히 보려 하고 내 눈을 일찍 빼어 동문 상에 걸었더니 내 완연히 보았으나 몸에 쌓인 이 가죽을 뉘라서 벗겨 주며 눈 없는 게 한이로다."

홀연히 간곳없다. 심청이 생각하니 그 혼은 오나라 충신 오자서伍子胥라.

한 곳을 다다르니 어떠한 두 사람이 택반澤畔[147]으로 나오는데 앞으로 서신 이는 왕자의 기상이나 의상이 남루하니 초수楚囚[148]일시 분명하다. 눈물지며 하는 말이,

"애닯고도 분한 것이 진나라 속임 되어 무관武關에 삼 년 있다 고국을 바라보니 미귀혼未歸魂이 되었구나. 천추에 한이 있어 초혼조招魂鳥[149]가 되었더니 박랑퇴성博浪槌聲[150] 반겨 듣고 속절없는 동정 달에 헛춤만 추었어라."

그 뒤에 한 사람은 안색이 초췌하고 형용이 고고枯槁한데[151],

"나는 초나라 굴원이라. 회왕懷王을 섬기다가 자란子蘭[152]의 참소 만나 더런 마음 씻으려고 이 물에 와 빠졌노라. 어여쁠사, 우리 임금 사후에나 뫼셔 볼까. 길이 한이 있었기로 이같이 뫼셨노라. 제고양지묘예혜帝高揚之苗裔兮여 짐황고왈백용朕皇考曰伯庸이라, 유초목지영락혜惟草木之零落兮여 공미인지지모恐美人之遲暮로다.[153] 세상에 문장 재사 몇 분이나 계시더냐. 심 소저는 효성으로 죽고 나는 충심으로 죽었으니 충효는 일반이라 위로코자 나왔노라. 창해 만 리에 평안히 가옵소서."

심청이 생각하되,

---

147) 못갓, 물갓.

148) 초나라 회왕懷王이 진나라에 초대받아 갔다가 갇히어 끝내 그곳에서 죽었는데, 그 왕을 말한다.

149) 초혼조는 죽은 사람의 혼을 부르는 새라 하여 두견이를 말한다.

150) 장량이 무사를 시켜 박랑에서 진시황을 철퇴로 치려다 실패했다. 그 철퇴 소리를 말한다.

151) 얼굴이 여위고 모습이 초라한데. '어부사漁父詞' 첫머리에서 굴원이 스스로를 이렇게 묘사하였다.

152) 회왕의 작은아들.

153) 나는 고양씨의 후손이요, 내 아비는 백용이다. 초목이 이울어 떨어짐이여, 내 님이 늦을까 두렵도다. 굴원이 자기가 누군지 밝히며 기울어 가는 나라를 걱정하는 마음을 읊은 '이소경離騷經' 의 한 부분.

'죽은 지 수천 년에 영혼이 남아 있어 내 눈에 뵈는 일이 그 아니 이상한가. 나 죽을 징조로나.'

슬프게 탄식한다.

"물에서 밤이 몇 밤이며 배에서 날이 몇 날이냐. 거연 사오 삭에 물결같이 흘러가니, 금풍삽이석기金風颯而夕起하고 옥우확이쟁영玉宇廓而崢嶸이라, 낙하여고목제비落霞與孤鶩齊飛하고 추수공장천일색秋水共長天一色이라[154]. 강안江岸에 귤롱橘濃하니 황금黃金이 천편千片이요, 노화蘆花에 풍기風起하니 백설白雪이 만점滿點이라[155]. 신포세류新蒲細柳 지는 잎과 옥로청풍玉露淸風 불었는데[156], 외로울사 어선들은 등불을 도두 달고 어가漁歌로 화답하니, 돋우는 게 수심이요, 해반海畔에 청산들은 봉봉이 칼날이라. 일락장사추색원日落長沙秋色遠하니 부지하처조상군不知何處弔湘君이라[157]. 송옥宋玉의 비추부悲秋賦[158]가 이에서 슬플쏘냐. 동녀童女를 실었으니 진시황의 채약採藥 밴가, 방사方士는 없었으나 한 무제 구선求仙 밴가. 내가 진작 죽자 하니 선인들이 수직하고, 살아 실려 가자 하니 고국이 창망하다."

한 곳을 당도하니 닻을 주고 돛을 지으니 이는 곧 임당수라. 광풍이 대작大作하고 바다가 뒤눕는데 어룡이 싸우는 듯, 대양 바다 한가운데 돛도 잃고 닻도 끊겨 노도 잃고 키도 빠져, 바람 불고 물결쳐 안개 뒤섞여 잦아진 날에, 갈 길은 천 리나 만 리나 넘고, 사면 검어 어둑 저물어 천지 지척 막막하여 산 같은 파도 뱃전을 땅땅 쳐 경각에 위태하니, 도사공 이하가 황황 대겁遑遑大怯하여 혼불부신魂不附身하여 고사 절차 차리는데, 섬쌀로 밥을 짓고 큰 돝(돼지) 잡아 큰 칼 꽂고 정하게 받쳐 놓고 삼색실과 오색 당속唐屬, 큰 소 잡고 동이 술을 방위 차려 갈라놓고, 심청을 목욕시켜 의복을 정히 입혀 뱃머리에 앉힌 후에, 도사공이 고사를 올릴 제 북채를 갈라 쥐고 북을 둥둥둥둥 두리둥둥 울리며,

"헌원씨軒轅氏[159] 배를 모아 이제불통以濟不通[160] 하옵신 후, 후생이 본을 받아 다 각기 위업爲業하니 막대한 공 이 아닌가. 하우씨夏禹氏 구년치수九年治水[161] 배를 타고 다스

---

154) 가을바람이 쓸쓸히 석양에 일고, 하늘이 넓게 열리고 높구나. 지는 노을은 외로운 따오기와 가지런히 날고, 가을 물은 긴 하늘과 한빛이로세. 당나라 왕발王勃의 시.

155) 강 언덕에 귤이 익으니 누런 금이 일천 조각이요, 갈대꽃에 바람이 이니 흰 눈이 일만 점이라.

156) 새 부들 가는 버들 잎은 지고, 구슬 같은 이슬에 맑은 바람 불었는데.

157) 해 지는 장사 땅에 가을빛이 아득하니, 어디 가서 아황 여영 조문하리오. 이백의 시구.

158) 송옥은 춘추전국시대 초나라 사람으로, 굴원의 제자. '비추부'는 송옥의 것 중 가장 뛰어나다는 작품으로 가을의 쓸쓸한 심경을 노래하였다.

159) 중국 전설의 제왕. 배와 수레를 처음으로 만들었다 한다.

160) 교통이 통하게 하는 것.

리고 오복소정五服所定[162] 공 세우고 도로 구주九州[163] 돌아들 제, 배를 타고 기다리고 공명孔明의 높은 조화 동남풍을 빌어 내어 조조의 백만 대병 주유周瑜로 화공火攻하여 적벽대전 하올 적에 배 아니면 어이하리. 주요요이경양舟搖搖而輕揚[164]하니 도연명陶淵明의 귀거래歸去來요, 해활海闊하니 고범지孤帆遲[165]는 장한張翰의 강동거江東去요, 임술지추칠월壬戌之秋七月에 종일위지소여縱一葦之所如[166]하여 소동파 놀아 있고, 지국총 어사와로 만선공재월명귀滿船空載月明歸[167]는 어부의 즐김이요, 계도란요하장포桂掉蘭橈下長浦는 오희월녀吳姬越女 채련주採蓮舟요[168], 차군발선하양성嗟君發船下陽城[169]은 상고선商賈船이 그 아닌가.

우리 동무 스물네 명 상고로 위업하여, 십오 세에 조수 타고 경세우경년經歲又經年[170]에 표박서남漂迫西南 다니더니 오늘날 임당수에 제수를 올리오니, 동해신 아명阿明이며 남해신 축융祝融이며 서해신 거승巨勝이며 북해신 우강禹彊이며, 강한지종江漢之宗과 천택지신川澤之神[171]이 제수를 흠향하여 일체 통감하옵신 후, 비렴飛廉으로 바람 주고 해약海若으로 인도하여[172] 백천만금 퇴[173]를 내게 소망 이뤄 주옵소서. 고시레, 둥둥."

빌기를 다한 후, 심청을 물에 들라 선인들이 재촉하니 심청의 거동 보소. 뱃머리에 우뚝 서서 두 손을 합장하고 하나님 전 비는 말이,

"비나이다, 비나이다. 하나님 전 비나이다. 심청이 죽는 일은 추호도 섧지 않으나 안맹하신 우리 부친 천지에 깊은 한을 생전에 풀려 하고 죽음을 당하오니 황천이 감동하사 우리 부친 어둔 눈을 불원간 밝게 하여 광명천지 보게 하오."

뒤로 펄쩍 주저앉아 도화동을 향하더니,

---

161) 구년 동안 홍수가 졌는데 우임금이 이를 잘 다스렸다고 한다.

162) 오복을 정한 것. 오복은 후侯, 전甸, 유綏, 요要, 황荒으로, 여기에 복이라 함은 천자의 직속인 왕기王畿 외의 땅으로 천자의 교화가 미치는 곳.

163) 중국 고대에 땅을 아홉 개의 주로 나누었으므로, 곧 중국 전체라는 뜻.

164) 배가 흔들리며 가볍게 가는 것.

165) 바다가 광활하니 외로운 배 느짓느짓 가누나.

166) 임술년 칠월에 조각배 가는 대로 놓아 두니. 소동파 '적벽부'의 한 구절.

167) 배에 빈 하늘만 가득 싣고 밝은 달 아래 돌아온다. 어부가 종류의 시들에서 많이 나온다.

168) 계수나무 돛대에 난초 삿대 장포로 내려가니, 오나라 월나라 여인들의 연 캐는 배요.

169) 슬프다, 그대는 배를 타고서 양성으로 내려가도다.

170) 해를 지내고 또 해를 지냄.

171) 강물의 조종과 내와 못의 귀신.

172) 비렴은 바람 귀신, 해약은 바다 귀신.

173) 많은 금무지. 곧 많은 재물.

"아버지, 나 죽소. 어서 눈을 뜨옵소서."

손을 짚고 일어서서 선인들께 말하되,

"여러 선인 상고님네, 평안히 가옵시고 억십만금 이利를 얻어 이 물가에 지나거든 나의 혼백 넋을 불러 객귀客鬼 면케 하여 주오."

영채 좋은 눈을 감고 치마폭을 무릅쓰고 이리저리 저리이리 뱃머리에 와락 나가 물에 풍덩 빠지니, 물은 임당수요 사람은 심 봉사의 딸 심청이라.

임당수 깊은 물에 힘없이 떨어진 꽃 허장어복虛葬魚腹[174] 되단 말가.

그 배 선인, 영좌 기가 막혀,

"아차차, 불쌍하다."

영좌가 통곡하며 역군役軍, 화장火匠[175] 엎더져 울며,

"출천대효 심 소저는 아깝고 불쌍하다. 부모 형제 죽었던들 이에서 더할쏘냐."

이때에 무릉촌 장 승상 부인은 심 소저를 이별하고 애석한 마음을 이기지 못하여 심 소저 화상 족자를 침상에 걸어 두고 날마다 증험터니, 하루는 족자 빛이 검어지며 화상에 물이 흐르거늘 부인이 놀라 왈,

"인제는 죽었구나."

비회悲懷를 못 이기어 간장이 끊이는 듯 가슴이 터지는 듯 기막혀 울음 울 제 이슥고 족자 빛이 완연히 새로우니 마음에 괴이하여,

"누가 건져 살려 내어 목숨이 살았는가? 창해 만 리에 소식을 어찌 알리."

그날 밤 삼경 초에 제전을 갖추어 시비侍婢 하여 들리고서, 강가에 나아가 백사장 정한 곳에 주과포 차려 놓고 승상 부인 축문을 높이 읽어 심 소저의 혼을 불러 위로하여 제 지낸다. 강촌에 밤이 들어 사면이 고요할 제,

"심 소저야, 심 소저야, 아깝도다, 심 소저야. 안맹한 너의 부친 어둔 눈을 띄우려고 평생에 한 되어서 지극한 네 효성이 죽기로써 갚으려고 일루잔명一縷殘命[176]을 스스로 판단하여 어복魚腹의 혼이 되니 가련하고 불쌍쿠나. 하느님이 어찌하여 너를 내고 죽게 하며 귀신이 어이하여 죽는 너를 못 살리나. 네가 나지 말았거나 내가 너를 몰랐거나, 생리사별生離死別 어인 일고. 그믐이 되기 전에 달이 먼저 기울었고 모춘暮春이 되기 전에 꽃이 먼저 떨어지니, 오동에 걸린 달은 두렷한 네 얼굴이 분명히 다시 온 듯, 이슬에 젖은 꽃은 선연한 네 태도가 눈앞에 내리는 듯, 조량彫梁[177]에 앉은 제비 아름다운 너의 소리 무슨 말을 하소할 듯, 두 귀밑에서 서리털은 이로조차 희어지고 인간에 남은 해는 너로

174) 헛되게 고기 뱃속에 장사 지냄.
175) 자질구레한 일을 하는 이와 부업일 보는 일꾼.
176) 실오라기같이 남은 목숨.
177) 아름답게 꾸며 조각한 들보.

하여 재촉하니 무궁한 나의 수심 너는 죽어 모르건만 나는 살아 고생일다. 한잔 술로 위로하니, 유유 향혼悠悠香魂[178]은 오호애재嗚呼哀哉. 상향尙饗."

제문 읽고 분향할 제, 하늘이 나직하니 제문을 들으신 듯, 강상에 잦은 안개 채운이 어리는 듯, 물결이 잔잔하니 어룡이 느끼는 듯, 청산이 적적하니 금조禽鳥가 설워한 듯, 평사 지척에 잠든 백구白鷗 놀라 깨어 머리 들고, 등불 단 어선들은 가는 길 머무른다.

부인이 눈물 씻고 제물을 물에 풀 제 술잔이 굴렀으니 소저의 혼이 온 듯 부인이 한없이 설워 집으로 돌아오자, 그 이튿날 재물을 많이 들여 물가에 높이 무어 망녀대望女臺를 지어 놓고, 매월 삭망으로 삼 년까지 제 지낼 제, 때가 없이 부인께서 망녀대에 올라앉아 심 소저를 생각더라.

그때에 심 봉사는 무남독녀 딸을 잃고 모진 목숨 아니 죽고 근근이 부지할 제, 도화동 사람들이 심 소저 지극한 효성으로 물에 빠져 죽은 일을 불쌍히 여겨 망녀대 지은 옆에 타루비墮淚碑[179]를 세우고 새겼으니,

> 심위기친쌍안활心爲其親雙眼活하여
> 살신성효사용궁殺身成孝死龍宮을.
> 연파만리심심벽烟波萬里深深碧하니
> 강초연년한불궁江草年年恨不窮을.[180]

강두江頭에 세워 놓으니 내왕하는 행인들이 그 비문 글을 보고 눈물 아니 지는 이 없더라.

대저 이 세상같이 억울하고 고르지 못한 세상이 없는지라. 가난코 약한 사람은 그 부모가 낳은 몸과 하늘이 주신 귀중한 목숨도 보전치 못하고 심청 같은 출천대효가 필경 임당수 물에 가련한 눈물을 잠겼도다. 그러나 그 잠긴 곳은 이 세상을 이별하고 간 하늘 세상이니 하나님의 능력이 한없이 큰 세상이라. 이욕에 눈 어둔 세상 사람과 말 못 하는 부처는 심청을 도우지 못하였거니와 임당수 물귀신이야 어찌 심청을 모르리오.

그때에 옥황상제께옵서 사해용왕에게 분부하되,

"명일 오시午時 초각初刻[181]에 임당수 바다 중에 출천대효 심청이가 물에 떨어질 터이니, 그대 등은 등대等待하여 수정궁에 영접하고 다시 영을 기다려 도로 출송인간出送人

178) 멀고 아득한 아름다운 넋. 향혼은 미인의 죽은 혼.
179) 죽은 사람을 생각하면서 비석을 바라보면 반드시 눈물을 흘리게 된다는 뜻의 비석.
180) 아비 두 눈 뜨게 하려는 마음으로, 몸을 버려 용궁으로 갔다네. 푸르고 푸른 바다 만 리 길에, 봄풀은 해마다 돋고 한은 끝이 없네.
181) 오시는 오전 11시에서 오후 1시 사이, 초각은 한 시간을 네 등분하여 그 첫 15분.

間[182]하되 만일 시각 어기다는 사해 수궁 제신들이 죄를 면치 못하리라."

분부가 지엄하시니, 사해용왕 황겁하여 원참군 별주부와 백만철갑白萬鐵甲 제장諸將이며 무수한 시녀들도 백옥 교자白玉轎子 등대하고 그 시時를 기다릴 제, 과연 오시 초각이 되자 백옥 같은 한 소저가 해상에 떨어지니, 여러 선녀 옹위하여 심 소저를 고이 뫼셔 교자에 앉히거늘, 심 소저 정신 차려 사양하여 이른 말이,

"나는 진세塵世 천인賤人이라 어찌 황송하여 용궁 교자에 타오리까?"

여러 선녀 여쭈오되,

"상제 분부 계옵시니 만일 지체하옵시면 사해 수궁 탈이오니 지체 말고 타옵소서."

심청이 사양타 못하여 교자에 앉으니 제 선녀 옹위하여 수정궁으로 들어갔다. 위의도 장할시고. 천상 선관 선녀들이 심 소저를 보려 하고 좌우로 벌여 섰는데, 태을진군太乙眞君 학 타고, 안기생安期生은 난조鸞鳥 타고, 적송자赤松子는 구름 타고, 갈선옹葛仙翁은 사자 타고, 청의동자 홍의동자 쌍쌍이 벌여 섰는데, 월궁항아, 서왕모며 마고선녀麻姑仙女, 낙포선녀洛浦仙女, 남악부인, 팔선녀 다 모여들었는데, 고운 물색 좋은 패물 향기가 진동하고 풍악이 낭자하다. 왕자 진晉의 봉피리, 곽郭 처사 죽장고, 농옥弄玉의 옥퉁소, 완적阮籍의 휘파람, 금고琴高의 거문고, 낭자한 풍악소리 수궁이 진동한다.

수정궁 들어가니 집치레가 황홀하다. 천여 간 수정궁에 호박 기둥, 백옥 주추, 대모玳瑁 난간, 산호 주렴 광채 찬란하고 서기가 반공이라. 주궁패궐朱宮貝闕[183]은 응천상지삼광應天上之三光이요 비인지오복備人之五福이라[184]. 동으로 바라보니 삼백 척 부상扶桑 가지 일륜홍一輪紅이 피어 있고[185], 남으로 바라보니 대붕大鵬이 비천飛天하여 수색水色이 남藍과 같고 서으로 바라보니 추야요지왕모강秋夜瑤池王母降[186]하니 일쌍 청조 날아들고, 북으로 바라보니 요첨하처시중원遙瞻何處是中原[187]고, 일발 청산一髮靑山[188]이 푸르렀다. 위로 바라보니 수중주파일봉서袖中奏罷一封書[189]하니 창생화장蒼生禍障을 다 제하고[190] 아래로 바라보니 청효빈문찬배성淸曉頻聞贊拜聲[191]하니 강신江神 하백河伯[192]이 조회朝會한다.

---

182) 인간 세상으로 보내는 것.

183) 붉고 아름다운 조개로 만든 궁궐.

184) 하늘의 삼광, 곧 해, 달, 별에 대응하고 인간의 다섯 가지 복에 대비하는 것.

185) 부상은 전설에 동쪽 바다에 있는 해 뜨는 나무이고, 일륜홍은 붉게 뜨는 해를 비유한다.

186) 가을밤에 요지의 서왕모가 내려온다는 뜻.

187) 멀리 바라보니 어느 곳이 중국 땅인고.

188) 한 가닥 머리털같이 희미하게 보이는 푸른 산.

189) 옷소매 속에 넣은 글월을 아뢰는 것.

190) 세상 모든 사람의 악업을 모두 없애고.

음식을 드릴 적에 세상에 없는 바라. 파려상玻瓈床 화류반樺榴盤에 산호잔珊瑚盞 호박대琥珀臺며[193] 자하주紫霞酒 연엽주蓮葉酒를 기린포麒麟脯로 안주하고 호로병葫蘆甁 제호탕醍醐湯에 감로주를 곁들이고 금강석 새긴 쟁반 안기증조安期蒸棗[194] 담아 놓고 좌우의 선녀들이 심 소저를 위로하고 수정궁에 머물새 옥황상제 영이어든 거행이 범연하랴. 사해용왕께서 선녀들을 보내어 조석으로 문안하고 체번遞番하여 시위侍衛할새[195] 삼 일에 소연小宴이요 오 일에 대연으로 극진히 위로하더라.

심 소저는 이렇듯 수정궁에 머무를새, 하루는 하늘에 옥진부인玉眞夫人이 오신다 하니, 심 소저는 누군 줄 모르고 일어서 바라보니, 오색채운이 벽공에 어렸는데 요량한 풍악이 궁중에 낭자하며 우편에는 단계화丹桂花요 좌편에는 벽도화碧桃花라, 청학 백학 옹위하고 공작은 춤을 추고 안비雁婢로 전인前引하여 천상 선녀 앞을 서고 용궁 선녀 뒤서서 엄숙하게 내려오니 보던바 처음이라 이윽고 내려와 교자로조차 옥진부인이 들어오며,

"심청아, 너의 모 내 왔다."

심 소저 들어 보니 모친이 오셨거늘 심청이 반겨라고 펄쩍 뛰어내려가,

"애고, 어머니요?"

우루루 달려들어 모친 목을 덜컥 안고 일희일비 하는 말이,

"어머니 나를 낳은 지 칠 일 만에 상사 나서 근근한 소녀 몸이 부친 덕에 아니 죽고 십오세 당하도록 모녀간 천지 중한 얼굴을 모르기로 평생 한이 맺혀 잊을 날이 없삽더니, 오늘날 뫼시오니 나는 한이 없사오나 외로우신 아버지는 뉘를 보고 반기실까."

새로웁고 반가운 정과 감격하고 급급한 마음 어찌할 줄 모르다가 뫼시고 누에 올라가 모친 품에 싸여 앉아 얼굴도 대 보고 수족도 만지면서,

"젖도 인제 먹어 보자. 반갑고도 즐거워라."

이같이 즐겨하여 울음 우니 부인도 슬퍼하고 등을 뚝뚝 두드리며,

"울지 마라, 내 딸이야. 내가 너를 난 연후로 상제의 분부 급하여 세상을 잊었으나 눈 어둔 너의 부친 고생하고 사신 일 생각사록 기막힌 중 버섯 같고 이슬 같은, 십분 구사十分九死[196] 네 목숨을 더욱 어찌 믿었으랴. 황천이 도와주사 네 이제 살았구나. 안아 볼까 업어 볼까, 귀하여라 내 딸이야. 얼굴 전형 웃는 모양 너의 부친 흡사하고 손길 발길 고운

---

191) 맑은 새벽에 찬배하는 소리를 자주 듣는 것. 곧 용왕에게 물의 신들이 조회하는 모습을 말한다.

192) 물의 신령.

193) 청옥으로 만든 상, 자단으로 만든 소반에 산호 술잔, 호박 잔 받침대며.

194) 신선 안기생이 먹는다는 찐 대추.

195) 번갈아 모시어 지킬 때.

196) 열에 아홉은 죽을 뻔한 것. 십중구사와 같다.

것이 어찌 그리 나 같으냐. 어려서 크던 일을 네가 어찌 알랴마는 이집 저집 여러 사람 동냥젖을 먹고 크니 저기간 너의 부친 그 고생 알리로다. 너의 부친 고생하고 응당 많이 늙으셨지? 뒷동리 귀덕 어미 네게 매우 극진하니 지금까지 살았느냐?"

심청이 여쭈오되,

"아버지께 듣사와도 고생하고 지낸 일을 어찌 감히 잊으리까."

부친 고생하던 말과 일곱 살에 제가 나서 밥 빌어 봉친奉親한 일, 바느질로 살던 말과 승상 부인 저를 불러 모녀 의로 맺은 후에 은혜 태산 같은 일과 선인 따라오려 할 때 화상 족자 하던 말과 귀덕 어미 은혜 말을 낱낱이 다 고하니, 그 말 듣고 승상 부인 치하하며, 그렁저렁 여러 날을 수정궁에 머물 제, 하루는 옥진부인이 심청더러,

"모녀간에 반가운 마음 한량없건마는 옥황상제 처분으로 맡은 직분 허다하여 오래 지체 못하겠다. 오늘 나를 이별하고 너의 부친 만날 줄을 너야 어찌 알랴마는 후일에 서로 반길 때가 있으리라."

작별하고 일어나니 심청이 기가 막혀,

"아이고 어머니, 소녀는 마음먹기를 오래오래 뫼실 줄로만 알았더니 이별 말이 웬 말이오."

아무리 애걸한들 임의로 못 할지라 옥진부인 일어서서 손을 잡고 작별터니 공중으로 향하여 인홀불견因忽不見[197] 올라가니 심청이 하릴없이 눈물로 하직하고 수정궁에 머물새, 심 낭자 출천대효를 옥황상제께옵서 심히 가상히 여기사 수궁에 오래 둘 길이 없어 사해용왕에게 다시 하교하사,

"대효 심 낭자를 옥정연화玉井蓮花[198] 꽃봉 속에 아무쪼록 고이 모셔 오던 길 임당수로 도로 내보내라."

이르시니, 용왕이 영을 듣고 옥정 연꽃봉 속에 심 낭자를 고이 모셔 임당수로 환송할새 사해용왕 각궁 시녀 팔선녀를 차례로 하직하는데,

"심 낭자 장한 효성 세상에 나가셔서 부귀영화를 만만세나 누리소서."

심 낭자 대답하되,

"죽은 몸이 다시 살아 여러 왕의 은혜 입어 세상에 다시 가니 수궁에 귀한 몸이 내내 무량하옵소서."

한두 마디 말을 할새 인홀불견 자취 없다.

꽃봉 속의 심 낭자는 막지소향莫知所向[199] 모르다가 수정문 밖에 떠나갈 제, 천무열풍음

---

197) 인하여 문득 보이지 않음.

198) 전설에, 화산華山 꼭대기에 있다는 옥정玉井에서 나는 연꽃. 고결한 여인을 비유하는 말로도 쓰인다.

199) 향하여 갈 바를 알지 못하는 것.

우天無烈風淫雨하고 해불양파잔잔海不揚波潺潺한데[200] 삼춘에 해당화는 해수海水 중에 붉어 있고 동풍에 푸른 버들 해수변에 드리웠는데 고기 잡는 저 어옹은 시름없이 앉았구나. 한 곳을 다다르니 일색이 명랑하고 사면이 광활하다. 심청이 정신 차려 둘러보니 용궁 가던 임당수라. 슬프다, 이 또한 꿈 가운데 아닌가.

그때에 남경 장사 간 선인들이 심 낭자를 제수한 후 그 행보에 이利를 남겨 돛대 끝에 큰 기 꽂고 웃음으로 담화하여 춤을 추고 돌아올 제, 임당수 당도해서 큰 소 잡고 동이 술과 각종 과실 차려 놓고 북을 치며 제 지낸다. 두리둥둥둥 북을 그치더니 도사공이 심 낭자의 넋을 쳐들어 큰 소리로 부른다.

"출천대효 심 낭자 수중고혼 되었으니 애닯고 불쌍한 말 어찌 다 하오리까. 우리 여러 선인들은 소저로 인연하여 억십만 냥 이를 남겨 고국으로 가려니와 낭자의 방혼芳魂이야 어느 때나 오시려오? 오가다가 도화동에 소저 부친 평안한가 안부 문안하오리다."

사공도 울고 여러 선인들이 모두 울음을 울 제 해상을 바라보니 난데없는 꽃 한 송이 물 위에 둥실 떠 오거늘 선인들이 모두 내달으며,

"이애야, 저 꽃이 웬 꽃이냐? 천상에 월계화냐, 요지에 벽도화냐? 천상 꽃도 아니요 세상 꽃도 아닌데 해상에 떴을 때는 아마도 심 낭자의 넋인 게다."

공론이 분분할 때, 백운이 몽롱한 중 선연한 청의 선관 공중에 학을 타고 크게 외쳐 이른 말이,

"해상에 떴는 선원들아, 꽃 보고 훤화喧譁[201] 마라. 그 꽃이 천상화니, 타인 통섭通涉[202] 부디 말고 각별 조심 곱게 뫼셔 천자 전에 진상하라. 만일에 불연不然하면 뇌성보화 천존雷聲普化天尊 시켜 산벼락을 내리리라."

선인들이 그 말 듣고 황겁하여 벌벌 떨며 그 꽃을 고이 건져 헛간에 뫼신 후에 청포장 둘러치니 내외 체통 분명하다. 닻을 감고 돛을 다니 순풍이 절로 일어 황성이 순식간이라 해안에 배를 매었더라.

세재歲在 경진 삼월이라. 천자께옵서 황후 상사 당하시니 억조창생 만민들과 십이제국 사신들은 황황급급 분주할 때 천자 마음 수란愁亂하여 각색 화초를 다 구하여 상림원上林苑에 채우시고 황극전皇極殿 앞으로 여기저기 심었으니 기화요초 장하도다. 경보능파답명경輕步凌波踏明鏡 만당추수홍련화滿塘秋水紅蓮花[203], 암향부동월황혼暗香浮動月黃昏[204] 소식 전턴 한매화寒梅花, 공자왕손방수하公子王孫芳樹下[205]에 부귀할손 모란화, 이화만지

200) 하늘에 모진 바람과 큰비가 없고, 바다에 파도가 일지 않고 잔잔한데.

201) 야단스럽게 떠드는 것.

202) 외부 사람과 접촉하는 것.

203) 가벼운 걸음걸이로 물결을 밟으니, 가을 물에 연못 가득 붉은 연꽃.

204) 달빛 기울 때 퍼지는 그윽한 향기.

불개문梨花滿地不開門[206]에 장신궁長信宮 중 배꽃, 촉국蜀國 유한遺恨 못 이겨 성성제혈聲聲啼血[207] 두견화, 황국 백국 석국이며, 백일홍 영산홍 난초 파초 석류 유자 머루 다래 왜철쭉 진달래 맨드라미 봉선화 여러 화초 만발한데, 화간 쌍쌍 범나비는 꽃을 보고 반기어서 너울너울 춤출 제 천자 마음 대희하여 꽃을 보고 사랑하더니, 마침 이때 남경 장사 선인들이 꽃 한 송이를 진상하니, 천자 보시고 대희하여 옥쟁반에 받쳐 놓고 구름 같은 황극전에서 날이 가고 밤이 드니 경점更點 소리[208]뿐이로다.

천자 취침하실 때에 비몽사몽간에 봉래 선관蓬萊仙官이 학을 타고 분명히 내려와 거수장읍擧手長揖[209]하고 흔연히 가로되,

"황후 상사 당하심을 상제께서 아옵시고 인연을 보내셨사오니 어서 바삐 살피소서."

말을 맞지(마치지) 못하여 깨달으니 남가일몽이라. 배회 완보타가 궁녀를 급히 불러 옥쟁반의 꽃송이를 살피시니 보던 꽃 없고 한 낭자가 앉았거늘, 천자 대희하여,

"작일요화반상기昨日瑤花盤上奇 금일선아하천래今日仙娥下天來로구나[210]. 꿈인 줄 알았더니 꿈이 또한 실상인가."

익조翌朝에 이 뜻으로 기록하여 묘당廟堂에 내리시니 삼태육경 만조백관 문무제신이 일시에 들어와 복지伏地커늘 천자께서 하교하시되,

"짐이 거야去夜에 득몽得夢하니 하도 심히 기이키로 작일 선인이 진상한 꽃송이를 살펴보니 그 꽃은 간곳없고 한 낭자가 앉았는데 황후의 기상이라. 경 등 뜻은 어떠한고?"

문무제신이 일시에 아뢰되,

"황후 승하하옵심을 상천이 아옵시고 인연을 보내시니 국조國祚 무궁하와 황천이 보우하심이니이다."

요지 복색 칠보화관 십장생十長生 수복壽福 놓아 진주 옥패, 순금 쌍학, 봉미선에 월궁항아 하강한 듯, 전후좌우 상궁 시녀 녹의홍상 빛이 난다. 낭자 화관족두리며 봉채鳳釵, 죽절竹節, 밀화불수蜜花佛手[211], 산호가지 명월패明月佩, 울금향鬱金香[212] 당의唐衣 원삼圓衫 호품好品으로 단장하고 황후 위의 장하도다. 층층이 뫼신 시녀 광한전廣寒殿 시위한 듯

205) 왕공의 자손들이 꽃다운 나무 아래에 있음.

206) 배꽃이 땅에 가득히 떨어져 차마 문을 열지 못하는 것.

207) 두견새 우는 소리마다 피를 토하는 것.

208) 시간을 알리는 쇠북 소리.

209) 두 손을 들고 길게 절하는 것.

210) 어제 고운 꽃이 상 위에 놓였더니 오늘은 선녀가 하늘에서 내려왔구나.

211) 봉채는 봉황을 새긴 큰 비녀, 죽절竹節은 대마디 모양의 머리꽂이, 밀화불수는 누른빛이 나는 호박으로 부처 손같이 만든 패물.

212) 백합과에 딸린 식물. 심황이라고도 하는데, 튤립 종류이다.

청홍백 비단 차일 하늘 닿게 높이 치고, 금수복金壽福 용문석龍紋席, 공단 휘장, 금병풍에 백자천손 근감하다[213]. 금촛대 홍초 꽂고 유리 산호 좋은 옥병 구비구비 진주로다. 난봉 공작 짓는 사자 청학 백학 쌍쌍이요, 앵무 같은 궁녀들은 기를 잡고 늘어섰다. 삼태육경 만조백관 동서편에 갈라서서 읍양진퇴揖讓進退하는 거동 이부상서 함을 지고 납채를 드린 후에 천자 위의 볼작시면 융준용안隆準龍顔 긴 수염 미대강산정기眉帶江山精氣하고 복은천지조화腹隱天地造化하고[214] 황하수 다시 맑아 성인이 나셨도다[215]. 면류관 곤룡포에 양 어깨 일월 붙여 응천상지삼광應天上之三光이요 비인간지오복備人間之五福이라.

대례를 마친 후에 낭자를 금덩[216]에 고이 뫼셔 황극전에 드옵실 때 위의 예절이 거룩하고 장하도다.

이로부터 심 황후 어진 심덕 천하에 가득하니 조정의 문무백관 각성各城 자사刺史 열읍태수 억조창생 인민들이 복지 축원하되,

"우리 황후 어진 성덕 만수무강 하옵소서."

이때에 심 봉사는 딸을 잃고 실성하여 날마다 탄식할 제, 봄이 가고 여름 되니 녹음방초 한이 되고 가지가지 우는 새는 심 봉사를 비웃는 듯 산천은 막막하고 물소리 처량하다. 도화동 안팎 동리 남녀노소 모두 와서 안부 물어 정담하고 딸과 같이 놀던 처녀 종종 와서 인사하나, 설운 마음 첩첩하여 아장아장 들어오는 듯 앞에 앉아 말하는 듯 무리무리 착한 일과 공경하던 말소리를 일시라도 못 견디고 반시라도 못 견딜 제 목전의 딸을 잃고 목석같이 살았으니 이런 팔자 또 있는가.

이렇듯이 낙루落淚하고 세월을 보내는데 인간에 친절한 것은 천륜이라. 심 황후는 이때 귀중한 몸이 되었으나, 안맹하신 부친 생각 무시로 비감하사 홀로 앉아 탄식한다.

"불쌍하신 우리 부친 생존한가 별세한가? 부처님이 영험하사 시간에 눈을 뜨사 정처 없이 다니시나?"

이렇듯이 탄식할 때 천자께서 내전에 드옵셔 황후를 보옵시니 두 눈에 눈물이 서려 있고 옥면玉面에 수심이 쌓였거늘 천자 물으시되,

"황후는 무슨 일로 미간에 수심이 미만彌滿하시니 무슨 일인지요?"

황후 꿇어앉아 나직이 여쭈오되,

"신첩이 근본 용궁인이 아니오라 황주 도화동 사옵는 심학규의 딸이러니 첩의 부친 안맹하여 철천지원 되옵더니, 몽운사 부처님께 공양미 삼백 석을 향안香案에 시주하면 감은 눈을 뜬다 하옵기로 가세는 빈한하고 판출辦出[217]할 길 바이없어 남경 장사 선인들에게

---

213) 병풍에 많은 자손들이 사시절을 따라 즐겁게 노니는 모양을 그려 꾸민 것이 볼만하다.
214) 눈썹은 강산의 정기를 띠었고 배에는 천지의 조화를 숨겼다.
215) 옛사람이 황하가 맑아지면 성인이 난다고 했다.
216) 왕비가 타는 금으로 된 가마. 임금은 연을 타고 왕비는 덩을 탄다.

삼백 석에 이 몸이 팔려 임당수에 빠졌삽더니, 용왕의 덕을 입어 생환인간生還人間하여 몸은 귀히 되었사오나, 천지 인간 병신 중 소경이 제일 불쌍하오니 특별히 통촉하옵서, 천하에 신칙하사 맹인 불러올려 사찬賜饌[218]하옵시면 첩의 천륜을 찾을 리 있을까 하오며, 또한 국가에 태평한 경사가 아니오리까."

황제 칭찬하시되,

"황후는 과연 여중 대효로소이다."

즉시 근신近臣을 명소命召하사 연유를 하교하사, '금월 말일에 황성에서 맹인연을 여신다.' 는 칙지를 선포하니 각 도 각 현에서 곳곳마다 거리거리 게시하여 노소 맹인들을 황성으로 올려 보낼새, 그중에 병든 소경 약을 먹여 조리시켜 올려 가고, 그중에도 요부饒富한 자 좌우청촉左右請囑[219] 빠지려다 염문廉問[220]에 들어가면 볼기 맞고 올라가고, 젊은 맹인 늙은 맹인 일시에 올라간다. 그러나 심 봉사는 어데 가고 모르던고.

이때 심학규는 몽운사 부처가 영험이 없었는지 딸 잃고 쌀 잃고 눈도 뜨지 못하여 지금껏 심 봉사는 심 봉사대로 있는지라. 그중에 눈만 못 떴을 뿐 아니라 생애의 고생이 세월을 따라 더욱 깊어 간다.

도화동 사람들은 당초에 남경 장사 부탁도 있고 곽씨 부인을 생각하든지 심청의 정곡을 생각하여도, 심 봉사를 위하여는 마음을 극진히 써 도우는 터이라, 그때 선인의 맡긴 전곡을 착실히 신칙하여 이식利食을 늘여 가며 심 봉사의 의식을 넉넉케 하고 형세도 차차 늘어 가더니, 이때 마침 본촌에 뺑덕 어미라 하는 계집이 있어 행실이 괴악한데, 심 봉사의 가세 넉넉한 줄 알고 자원하고 첩이 되어 심 봉사와 사는데 이 계집의 버릇은 아주 인중지말人中之末[221]이라.

그렇듯 어둔 중에도 심 봉사를 더욱 고생되게 가세를 결딴내는데 쌀을 주고 엿 사먹기, 벼를 주고 고기 사기, 잡곡을랑 돈을 사서 술집에 술 먹기와 이웃집에 밥 부치기[222], 빈 담뱃대를 손에 들고 보는 대로 담배 청키, 이웃집을 욕 잘하고 동무들과 쌈 잘하고 정자 밑에 낮잠 자기, 술 취하면 한밤중에 목 놓고 울음 울고, 동리 남자 유인하기, 일 년 삼백육십 일을 입을 잠시 안 놀리고 집안에 살림살이 홍시감 빨듯 홀짝 없이하되, 심 봉사는 수년 공방空房에 지내던 터이라, 기중 실가지락室家之樂이 있어 죽을 동 살 동 모르고 밤낮없이 삯

217) 마련하여 내는 것.
218) 임금이 음식을 주는 것.
219) 부유한 사람이 여러 가지 수단을 다 써서 청을 드리는 것.
220) 염탐과 같은 말로 탐정하여 비밀을 알아내는 것.
221) 사람 가운데 가장 못된 사람.
222) 이웃집에 밥 부치기는 자기 집에서 밥을 짓지 않고 남의 집 밥 짓는데 쌀을 주어 짓게 하는 것.

받고 관가일 하듯 하되, 뺑덕 어미는 마음먹기를 형세를 떨어 먹다가 이삼 일 양식 할 만큼 남겨 놓고 도망할 작정으로 오뉴월 까마귀 곤 수박 파먹듯 불쌍한 심 봉사의 재물을 주야로 퍽퍽 파먹는 터이라. 하루는 심 봉사가 뺑덕 어미를 불러,

"여보소, 우리 형세가 매우 착실터니 지금 남은 살림 얼마 아니 된다 하니 내 도로 빌어 먹기 쉬운즉 차라리 타관에 가 빌어먹세. 본촌에는 부끄럽고 남의 책망 어려우니 이사하면 어떠한가?"

"내사 가장 하자는 대로 하지요."

"당연한 말이로세. 동리 남에게 빚이나 없나?"

"내가 줄 것 조금 있소."

"얼마나 되나?"

"뒷동리 높은 주막에 가 해정주 한 값이 마흔 냥."

심 봉사 어이없어,

"잘 먹었다. 또 어데?"

"저 건너 불똥이 함씨(咸氏, 조카님)에게 엿 값이 서른 냥."

"잘 먹었다. 또?"

"안촌 가서 담배 값이 쉰 냥."

"이것 참 잘 먹었네."

"기름 장사한테 스무 냥."

"기름은 무엇 했나?"

"머릿기름 했지요."

심 봉사 기가 막혀 하 어이없어,

"실상 얼마큼 아니 되네."

"고까짓 것 무엇이 많소?"

한참 이렇듯 문답을 하더니 심 봉사는 그 재물을 생각할 적이면 그 딸의 생각이 더욱 뼈가 울리어 간절한지라 여광여취如狂如醉한 듯 홀로 뛰어나와 심청이 가던 길을 찾아 강변에 홀로 앉아 딸을 불러 하는 말이,

"내 딸 심청아, 너는 어이 못 오느냐. 임당수 깊은 물에 네가 죽어 황천 가서 너의 모친 뵈옵거든 모녀간에 혼이라도 나를 어서 잡아가거라."

이렇듯이 낙루할 때 관차官差[223)]가 심 봉사 강두에서 운단 말을 듣고 강두로 좇아와서,

"여보 심 봉사님, 관가에서 부르시니 어서 바삐 가옵시다."

심 봉사 이 말 듣고 깜짝 놀라,

"나는 아무 죄가 없소."

---

223) 관청에서 나온 사람. 하급 관리를 말한다.

"황성에서 맹인님을 불러올려 벼슬을 주고 좋은 가대家垈[224]를 많이 준다 하니 어서 급히 관가로 갑시다."

심 봉사 관차 따라 관가에 들어가니 관가에서 분부하되,

"황성서 맹인 잔치 하신다니 어서 급히 올라가라."

심 봉사 대답하되,

"옷 없고 노자 없어 황성 천 리 못 가겠소."

관가에서도 심 봉사 일을 다 아는지라 노자를 내어 주고 옷 일습 내어 주며 어서 바삐 올라가라 하니 심 봉사 하릴없어 집으로 돌아 나와 마누라를 부른다.

"뺑덕이네."

뺑덕 어미는 심 봉사가 홧김에 물에나 빠진 줄 알고 남은 살림 내 차지라고 속으로 은근히 좋아하더니 심 봉사가 들어오니까 급히 대답하되,

"네, 네."

"여보게 마누라, 오늘 관가에 갔더니 황성서 맹인 잔치를 한다고 날더러 가라 하니 내 갔다 올 터이니 집안을 잘 살피고 나 오기를 기다리소."

"여필종부라니 가군 가는데 나 아니 갈까. 나도 같이 가겠소."

"자네 말이 하도 고마우니 같이 가 볼까? 건넛말 김 장사 댁 돈 삼백 냥 맡겼으니 그 돈 중에 오십 냥 찾아 가지고 가세."

"에그 봉사님, 딴소리하네. 그 돈 삼백 냥 벌써 찾아 이달에 살구 값으로 다 없앴소."

심 봉사 기가 막혀,

"삼백 냥 찾아온 지 며칠 아니 되어 살구 값으로 다 없앴단 말이야?"

"고까짓 돈 삼백 냥을 썼다고 그같이 노여하나?"

"네 말하는 꼴 들어 본즉 귀덕 어미네 집에 맡긴 돈을 또 썼구나."

뺑덕 어미 또 대답하되,

"그 돈 오백 냥 찾아서는 떡 값 팥죽 값으로 벌써 다 썼소."

심 봉사 더욱 기가 막혀,

"애고 이 몹쓸 년아, 출천대효 내 딸 심청이 임당수에 망종 갈 때 사후에 신체라도 의탁하라 주고 간 돈 네년이 무엇이라고, 그 중한 돈을 떡 값, 살구 값, 팥죽 값으로 다 녹였단 말이냐."

"그러면 어찌하여요? 먹고 싶은 것 안 먹을 수 있소?"

뺑덕 어미가 살망을 피우며[225],

"어찐 일인지 지난달에 몸구실을 거르더니[226] 신 것만 구미에 당기고 밥을 아주 먹기가

---

224) 집터와 그에 딸린 논밭 등을 통틀어 이르는 말.

225) 좀 까불까불 얄밉게 굴며.

싫어요."
그래도 어리석은 사나이라, 심 봉사 이 말 듣고 깜짝 놀라,
"여보게, 그러면 태기가 있을라나베. 그러하나 신 것을 그렇게 많이 먹고 그 애를 낳으면 그놈의 자식이 시큰동하여 쓰겠나. 남녀간에 하나만 낳으소. 그도 그러려니와 서울 구경도 하고 황성 잔치 같이 가세."
이렇듯 말을 하며 행장을 차릴 적에 심 봉사 거동 보소. 제주 양태 굵은 베로 중치막에 목견대木肩帶 둘러 띠고 노수 냥(路需兩, 노잣돈) 보에 싸서 어깨 넘어 둘러메고 소상반죽 지팡이를 왼손에 든 연후에 뺑덕 어미 앞세우고 심 봉사 뒤를 따라 황성으로 올라간다.
한 곳을 다다라 한 주막에 들어 자노라니, 그 근처에 황 봉사라 하는 소경이 뺑덕 어미 잡것인 줄 인근읍에 자자하여 한번 보기를 원하였는데, 뺑덕이네가 으레 그곳 올 줄 알고 그 주인과 의논하고 뺑덕 어미를 유인할 제, 뺑덕 어미 속으로 생각하되 심 봉사 따라 황성 잔치 간다 해도 눈 뜬 계집이야 참례도 못할 터이요, 집으로 가자 하니 외상값에 졸릴 테니 집에 가 살 수 없은즉 황 봉사를 따라갔으면 일신도 편코 한철 살구는 잘 먹으리니 황 봉사를 따라가리라 하고, 심 봉사의 노자 행장까지 도적해 가지고 밤중에 도망을 하였더라.
불쌍한 심 봉사는 아무 조건 모르고 식전에 일어나서,
"여보 뺑덕 어미, 어서 가세. 무슨 잠을 그리 자나?"
하며 말을 한들 수십 리나 달아난 계집이 어찌 대답이 있을 수 있나.
"여보 마누라, 마누라."
아무리 하여도 대답이 없으니 심 봉사 마음에 괴이하여 머리맡을 더듬은즉 행장 노자 싼 보가 없는지라 그제야 도망한 줄 알고,
"애고, 이 계집 도망하였나?"
심 봉사 탄식한다.
"여보게 마누라, 나를 두고 어데 갔나. 나고 가세. 마누라 나를 두고 어딜 갔나. 황성 천리 먼먼 길을 누구와 함께 동행하며 누구 믿고 가란 말가. 나를 두고 어딜 갔나. 애고애고, 내 일이야."
이렇듯이 탄식하다가 다시 생각하고,
"아서라, 그년 생각하니 내가 잡놈일다. 현철하신 곽씨 부인 죽은 양도 보았으며 출천대효 내 딸 심청 생이별도 하였거든 그 망할 년을 다시 생각하면 내가 또한 잡놈일다. 다시는 그년을 생각하여 말도 아니 하리라."
하더니 그래도 또 못 잊어,
"애고, 뺑덕 어미."
부르며 그곳에서 떠났더라.

---

226) 달거리를 거르더니.

또 한 곳을 다다르니 이때는 어느 때인고. 오뉴월 더운 때라 덥기는 불같은데 비지땀 흘리면서 한 곳을 당도하니 백석청탄 시냇가에 복욕 감는 아이들이 저희끼리 재담하며 복욕 감는 소리가 나니 심 봉사도,

"에, 나도 목욕이나 하겠다."

하고, 고의적삼 훨훨 벗고 시냇물에 들어 앉아 목욕을 한참 하고 수변으로 나아가 옷을 입으려 더듬어 본즉 심 봉사보다 더 시장한 도적놈이 다 집어 가지고 도망하였구나.

심 봉사 기가 막혀,

"애고, 이 도적놈아, 내 것을 가져갔단 말이냐. 천지 인간 병신 중에 나 같은 이 뉘 있으리. 일월이 밝았어도 동서를 내 모르니 살아 있는 내 팔자야. 어서 죽어 황천 가서 내 딸 심청 고운 얼굴 만나서 보리로다."

벌거벗은 알봉사가 불같은 볕 아래 홀로 앉아 탄식한들 그 뉘라 옷을 줄까. 그때 무릉 태수가 황성 갔다 오는 길인데, 벽제 소리 반겨 듣고,

'옳다, 저 관원에게 억지나 좀 써 보리라.'

벌거벗은 알봉사가 부자지만 움켜쥐고,

"아뢰어라, 아뢰어라. 급창아, 아뢰어라. 황성 가는 봉사로서 발괄차[227]로 아뢰어라."

행차가 머무르고,

"어데 사는 소경이며 어찌 옷은 벗었으며 무슨 말을 하려는다?"

심 봉사 여쭈오되,

"예, 소맹이 아뢰리다. 소맹은 황주 도화동 사옵더니 황성 잔치에 가옵다가 하도 덥기에 이 물가에 목욕 감다가 의복과 행장을 잃었사오니 세세히 찾아지이다."

행차가 놀라 들으시고,

"그러면 무엇무엇 잃었느냐?"

심 봉사 일일이 아뢰니 행차가 분부하되,

"네 사정 원통하나 졸지에 찾기 어려우니 옷 한 벌 주는 게니 어서 입고 황성에 올라가라."

관행차 급창을 불러 분부하되,

"너는 벙거지 써도 탓 없으니 갓 벗어 소경 주라. 교군꾼 수건 쓰고 망건 벗어 소경 주라."

심 봉사가 입고 나니 잃은 옷보다 한결 나은지라 백배사례하고 황성으로 올라갈 제 신세를 자탄하며 올라간다.

"어이 가리, 내 어이 가리. 내 오늘은 가다 어디 가 자며 내일은 가다 어디 가 잘까. 조자룡 월강하던 청총마나 탔으면은 오늘 황성 가련마는, 바싹 마른 내 다리로 몇 날 걸어 황

227) 백성이 고을 원에게 사정을 진정하는 것.

성 갈까. 어이 가리, 내 어이 가리. 내 정객관산로기중征客關山路幾重에 관산이 멀다 한들 날랜 군사 가는 길이라 눈 어둡고 약한 놈이 황성 천 리 어이 가리. 어이 가리, 내 어이를 가리. 황성은 가건마는 그곳은 무슨 곳인고. 용궁이 아니어든 우리 딸을 만나 보며 황천이 아니어든 곽씨 부인 만날쏘냐. 궁하고 병든 몸이 그곳인들 어이 갈꼬."

이렇듯이 자탄하며 녹수 진경綠樹秦京 이른지라. 낙수교洛水橋를 건너갈 제 가로街路에서 어떠한 여인이 묻는 말이,

"게 가는 게 심 봉사요? 나 좀 보오."

심 봉사 생각하되,

'이 땅에서 나를 알 이 없건마는 괴이한 일이로다.'

하고 즉시 대답을 하고 그 여인 따라가니 집이 또한 굉장하다. 석반夕飯을 드리는데 찬수 또한 기이하다. 석반을 먹은 후에 그 여인이,

"봉사님, 나를 따라 저 방으로 들어가옵시다."

"여보, 무슨 우환 있소? 나는 눈만 봉사지 점도 못 치고 경도 못 읽소."

여인이 대답하되,

"잔말 말고 내 방으로 갑시다."

심 봉사 생각에,

'애고, 암만해도 내가 보쌈에 들었나 보다.'

마지못하여 안으로 들어가니 어떠한 부인인지 은근히 하는 말이,

"당신이 심 봉사요?"

"그러하오. 어찌 아시오?"

"아는 도리가 있지요. 내 성은 안가요. 십 세 전 안맹하여 여간 복술卜術을 배웠더니 이십오 세 되도록 배필을 아니 얻기는 증험하는 일 있기로 출가를 아니 하였더니, 간밤에 꿈을 꾼즉 하늘에 일월이 떨어져 뵈이거늘, 생각에 일월은 사람의 안목眼目이라, 내 배필이 나와 같은 소경인 줄 알고, 물에 잠기거늘 심씨인 줄 알고 청하였사오니 나와 인연인가 하나이다."

심 봉사 속마음 좋아서,

"말이야 좋건마는 그렇기를 바라겠소."

그날 밤에 안씨 여맹인과 동침하며 잠시라도 즐기더니, 몽사 괴이한지라. 이튿날 일어앉아 심 봉사가 큰 걱정을 하니, 안씨 맹인이 묻는 말이,

"우리가 백 년 배필을 맺었는데 무슨 걱정이 그리 많으시오?"

"내가 간밤에 꿈을 꾸니 내 가죽을 벗겨 북을 메어 쳐 뵈이고, 낙엽이 떨어져 뿌리를 다 덮어 뵈니 화염 충천한데 불 지고 왕래하였으니, 반드시 죽을 꿈이오."

안씨 맹인이 한참 생각을 하더니 해몽을 하여 말하되,

"그 꿈인즉 대몽이오. 거피작고去皮作鼓[228]하니 고성鼓聲은 궁성宮聲이라 궁 안에 들 것이요, 낙엽귀근落葉歸根[229]하니 부자 상봉이라 자식 만나 볼 것이요, 화염이 충천한데

불 지고 왕래하기는 몸을 운동 펄펄 뛰었으니 기꺼움 보고 춤출 일이 있겠소."

심 봉사 탄식한다.

"출천대효 내 딸 심청 임당수에 죽은 후에 어느 자식 상봉할꼬?"

이렇듯 탄식한 후 안씨 맹인 만류하므로 수일 유련留連하다가 서로 작별한 후에 심 봉사 다시 황성 길을 떠나니라.

심 봉사 안씨 여인을 작별하고 황성을 당도하니 각 도 각 읍 소경들이 들거니 나거니 각처 여각에 들끓으니, 소경이란 소경이 어찌 많이 왔던지 눈 성한 사람까지 소경으로 보일 지경이라. 봉명 군사奉命軍士가 영기를 들메고 골목골목 외치는 말이,

"각 도 각 읍 소경님네 맹인 잔치 망종이니 바삐 와서 참례하오."

고성高聲하여 외치고 가거늘, 심 봉사가 객주에 쉬다가 바삐 떠나 궁 안을 찾아가니 수문장이 좌기坐起[230]하고 날마다 오는 소경 점고點考하여 들일 적에, 이때에 심 황후는 날마다 오는 소경 거주성명을 받아 보되 부친의 성명은 없으니 홀로 앉아 탄식한다. 삼천궁녀 시위하여 크게 울든 못하고 옥난간에 비켜 앉아 산호렴珊瑚簾에 옥면玉面 대고 혼잣말로 하는 말이,

"불쌍하신 우리 부친 생존한가, 별세한가? 부처님이 영험하여 그간에 눈을 뜨셔 소경 축에 빠지신가, 당년 칠십 노환으로 병이 들어 못 오신가? 오시다가 노중에서 무슨 낭패 보셨는가? 나 살아 귀히 될 줄 아실 길 없으니 어찌 아니 원통한가?"

이렇듯 탄식하더니 이윽고 모든 소경 궁중에 들어와 잔치를 벌여 앉았는데, 말석에 앉은 소경 가만히 바라보니 머리는 반백인데 귀밑에 검은 때가 부친이 분명하다. 심 황후 시녀를 불러 분부하되,

"저 소경 이리 와 거주성명 고하게 하라."

심 봉사가 꿇어앉았다가 시녀를 따라 탑전으로 들어가서 세세 원통한 사연을 낱낱이 말씀을 한다.

"소맹은 근본 황주 도화동 사옵는 심학규옵더니, 이십에 안맹하고 사십에 상처하여, 강보에 쌓인 여식 동냥젖 얻어 먹여 근근이 길러 내어 십오 세가 되었는데 이름은 심청이라. 효성이 출천하여 그것이 밥을 빌어 연명하여 살아갈 때 몽운사 부처님께 공양미 삼백 석을 지성으로 시주하면 눈 뜬단 말을 듣고, 남경 장사 선인들께 공양미 삼백 석에 아주 몸을 영영 팔려 임당수에 죽었는데, 딸 죽이고 눈 못 뜨니 몹쓸 놈의 팔자 벌써 죽자 하였더니, 탑전에 세세 원정 낱낱이 아뢴 후에 죽삽자고 불원천리 왔나이다."

하며 백수풍신白首風神 두 눈에서 피눈물이 흘러내리며,

---

228) 가죽을 벗겨서 북을 만드는 것.

229) 나뭇잎이 떨어져 뿌리로 돌아가는 것.

230) 관청의 으뜸 벼슬아치가 출근하여 일을 보기 시작함.

"애고, 내 딸 심청아."
엎더지며 땅을 치며 통곡을 마지아니하니, 심 황후 이 말을 들으시매 말을 마치기 전에 벌써 눈에 피가 두르고 뼈가 녹는 듯하여 부친을 붙들어 일으키며,

"애고 아버지, 눈을 떠서 나를 보옵소서."

이 말을 심 봉사 듣고 어떻게 반가웠던지, 두 눈 번쩍 뜨이니, 심 봉사 놀라서 두 손으로 눈을 쓱쓱 부비며,

"으으, 이게 웬 말이냐. 딸 심청이가 살단 말이 웬 말이냐. 내 딸이면 어디 보자."
하더니, 백운이 자욱하며 청학 백학 난봉鸞鳳 공작 운무 중에 왕래하며 심 봉사 머리 위에 안개가 자욱터니 심 봉사의 두 눈이 활짝 뜨이니 천지일월 밝아 왔구나. 심 봉사 마음 여취여광하여 소리를 지른다.

"애고 어머니, 애고."

무슨 일로 양짝 눈이 환하더니 세상이 허전허전쿠나. 감았던 눈 뜨니 천지일월 반갑도다. 딸의 얼굴 쳐다보니 칠보화관 황홀하여 두렷하고 어여쁠사. 심 봉사가 그제야 눈 뜬 줄 알고 사방을 살펴보니 형형색색 반갑도다. 심 봉사가 어찌 좋은지 와락 달려 뛰어,

"이애, 이게 누구냐. 갑자 사월 초파일날 몽중에 보던 얼굴일세. 음성은 같다마는 얼굴은 초면일세. 얼씨구나, 지화자 지화자. 이런 경사 또 있을까. 여보게 세상 사람들아, 고진감래 흥진비래 나를 두고 말일세. 얼씨구 좋을시고, 지화자 좋을시고, 지화자 좋을시고, 지화자 좋을시고. 어둑침침 빈방 안에 불 켠 듯이 반갑고 산양수 큰 싸움에 자룡 본 듯 반갑도다. 어둡던 눈을 뜨니 황성 궁중 웬일이며, 궁 안을 살펴보니 내 딸 심청 황후 되기 천천만만 뜻밖이지. 창해 만 리 먼먼 길에 임당수 죽은 딸은 한세상에 황후 되고 내 눈이 안맹한 지 사십 년에 눈을 뜨니, 옛글에도 없는 말, 허허 세상 사람들 이런 말 들었습나? 얼씨구 좋을시고, 이런 경사 어디 있나."

심 황후 또한 대희하사 부친을 뫼시고 삼천궁녀 옹위하여 내전으로 들어가니, 황제께서 용안에 유희有喜하사 심학규로 부원군을 봉하사 갑제甲第[231]와 전답 노비를 사패賜牌하시고, 뺑덕 어미 황 봉사는 일시에 잡아 올려 간죄姦罪를 엄징嚴懲하고, 도화동 백성들은 연호잡역煙戶雜役 제감除減하고, 심 황후 자라날 때 젖 먹여 주던 부인 가택을 내리시고 상급을 후히 주시고, 함께 자란 동무들은 궁중으로 불러들여 황후께서 보옵시고, 장 승상 댁 부인 기구 있게 뫼셔 올려 궁중으로 뫼신 후에 승상 부인과 심 황후와 서로 잡고 우는 양은 천지도 감창感愴[232]이라. 승상 부인이 품 안에서 족자를 내어 심 황후 앞에다 펼쳐 놓으니 그 족자에 쓰인 글은 심 황후의 친필이라 서로 잡고 일희일비하는 마음 족자의 화상도 우는 듯하더라.

231) 아주 훌륭한 집.
232) 슬퍼하는 것.

심 부원군이 선영과 곽씨 부인 산소에 영분榮墳을 한 연후에 중로에서 만난 안씨 맹인에게 칠십에 생남生男하고, 심 황후 어진 성덕 천하에 가득하니, 억조창생들은 만세를 부르고 심 황후의 본을 받아 효자 열녀 가가재家家在라.

슬프다, 후세에 이 글을 보는 자 뉘가 효성이 지극한 보배 되는 줄을 생각지 않으리오 하였더라.

채봉감별곡 원문

제1회 채봉이 후원에서 추색을 구경한다

어젯밤 불던 바람 금성金聲[1]이 완연하다. 모란봉 추운 바람 단풍 낙엽을 흩날려서 평양 성중으로 불어 들뜨리니 사정없이 넘어가는 저녁 빛에 호올로 서창西窓을 의지하여 바람에 부쳐 떨어지는 낙엽을 맥없이 보고 앉은 사람은 평양성 외 김 진사 집 처녀 채봉彩鳳이라.

김 진사는 평양서도 조신[2]하는 양반이라 문벌과 재산이 남부럽지 않을 만하지마는 슬하에 일점혈육이 없어 항상 한탄하더니 만년에 딸 하나를 낳아 이름을 채봉이라 하여 금옥같이 기르니, 채봉이 재주가 총민하여 침선針線 여공女工[3]과 시서문필이 일취월장日就月將하고 화용월태花容月態가 미인의 자질을 갖추었는지라, 김 진사 내외 극히 사랑하여 장차 그와 같은 짝을 구하여 슬하에 낙을 보랴 하고 널리 서랑婿郎[4]을 구하나, 그 부모의 생각에는 평양 같은 시골 구석에는 그와 같은 배필이 없는지라 김 진사는 좋은 인물을 구하려고 서울로 올라가고, 채봉이는 별당 속에 호올로 아름다운 태도를 지키니, 세월이 여류하여 나이 이미 이팔청춘이라. 사창紗窓에 매화꽃 떨어지고 버들가지에 꾀꼬리 울 적마다 적막히 봄소식이 늦어 감을 한탄하더니 무정세월이 멈출 바를 모르는지라. 봄이 가고 여름이 지나도록 아름다운 기약은 멀어지고 정전庭前 낙엽에 금풍金風이 소슬蕭瑟하니[5] 한가한 수심과 숨은 탄식을 금하지 못하는 터이라.

서산에 넘어가는 햇빛을 쳐다보더니 다시 그 단풍잎이 날아가는 곳을 따라 후원으로 나오면서 가라앉은 목소리로 시비를 부른다.

"이애 취향아, 후원으로 나오너라. 단풍 구경이나 하자."

---

1) 가을 소리.

2) 행동이 고상함.

3) 여자들이 주로 하는 일로 바느질과 길쌈 따위.

4) 사위.

5) 마당에 잎이 지고 가을바람이 쓸쓸히 부니.

"예."
하고, 계집종 취향이가 뒤를 따라 나와 동산에 올라서더니,

"아이고, 벌써 나뭇잎이 빨갛게 되었네. 그렇게 푸르고 무성하던 빛이 다 어디로 가고 누가 이렇게 주황 다홍을 물들여 놓았노."

채봉이,

"세월도 쉽구나. 이 동산에 홍도紅桃, 벽도碧桃, 삼색도三色桃[6] 꽃송이 벌어지고 버들잎 눈 틀 적이 어제 같건마는 미각지당未覺池塘에 춘초몽春草夢하여 정전오엽庭前梧葉이 이추성已秋聲이로구나[7]. 인생 백 년이 잠깐이라 금년도 벌써 요도삼월夭桃三月[8] 다 지나고 삭풍朔風이 소슬하니 인생도 또한 저같이 겉늙는구나."

하니, 취향이,

"그러게 말씀이오. 버들가지 채찍으로 안장마鞍裝馬 급히 몰아 진사님 떠나신 지 어제날 같건마는 한여름이 다 지나고 소식조차 망연하구려."

이같이 서로 탄식하며 채봉은 떨어진 나뭇잎을 아끼어 줏어 들고 아름다운 얼굴에 대이면서 가는 허리 석양 서풍 부는 바람에 부치일 듯하게 섰더니, 마침 이때 서편 담장 터진 곳에 나뭇가지 흔들흔들 사람의 소리 두런두런하거늘 깜짝 놀라 돌아보니, 일위一位 소년이 나뭇가지를 휘어잡고 담장 안을 엿보는데 나이 십팔구 세가량이요, 의복이 선명하고 얼굴이 관옥冠玉이요, 풍채 수려秀麗한지라, 한번 보매 마음에 갑자기 반가운 생각이 있으나 아녀자의 마음이라 만면수색滿面羞色[9]으로 다시는 얼굴을 들어 보지 못하고 취향을 앞세우고 초당으로 급히 들어가고 동산으로 난 문을 잠그니라.

그 소년이 채봉이가 취향을 데리고 들어가 문 거는 것을 보고 담 터진 데로 들어와 좌우로 동산을 구경하며 채봉의 앉았던 자리에 가 앉아 보니 오히려 나머지 향기가 있는 듯한지라.

"아, 신선이 귀동천歸洞天하니 공여양류연空餘楊柳煙이요 지문조작헌只聞鳥雀喧하니 미인갱불견美人更不見이로구나."[10]

한번 탄식하고 초당을 바라보다가 우연히 고개를 숙이어 땅을 보니 이삼 보 밖에 수건 하나가 떨어졌거늘 급히 주워 보니 삼 척가량 되는 명주 수건이라. 자세히 펼치고 본즉 수건 끝에 '채봉' 이자二字를 수놓았는지라, 이는 분명히 그 처녀의 수건이요 채봉은 그 이

---

6) 복사나무의 종류들.
7) 아직 못가의 봄꿈을 깨지 못하였는데 어느덧 뜰 앞에 오동잎 떨어지는 가을이 왔구나.
8) 복숭아나무 아름다운 삼월.
9) 부끄러움이 가득 찬 얼굴.
10) 신선이 산천으로 돌아가니 수양버들만 헛되이 남아 새들 지저귐만 들릴 뿐 미인은 다시 나타나지 않는구나.

름이라 생각하고 따뜻한 향기를 품속에 품고 무슨 큰 보배나 얻은 듯이 기꺼하여 앉았던 자리로 다시 오려 하는데, 문 안으로 사람의 소리가 들리거늘 급히 담 터진 데로 도로 나와 서서 동정을 본즉 앞서서 들어가던 여자가 나와서 무엇을 두루 찾으며 혼잣말로,

"이상도 하다. 지금 떨어진 수건이 어데로 갔을까?"

하는지라, 소년이 이 소리를 듣고 입속으로 말이 나옴을 깨닫지 못하고,

"벌써 내게 와서 있는 물건을 아무리 찾으면 찾을 수가 있나. 공연히 애만 쓰지."

그때 채봉이는 동산에서 급히 들어오느라고 수건 떨어진 것을 몰랐다가 이윽고 깨닫고서 취향을 보내 찾아오라 하니, 취향이가 수건을 찾다가 이 말을 듣고 앞으로 와서 공손한 말로 수건을 달라 청한다.

"서방님이 뉘신지 모르거니와 지금 말씀을 들은즉 수건을 얻으신 듯하오니 얻으시었삽거든 내어 주시면 감은만만感恩萬萬[11]이올시다."

소년이 말했다.

"수건이 어떤 사람의 물건이냐?"

"우리 소저 가지던 것이올시다."

"소저의 물건이면 도로 줄 터이니 소저더러 와서 가져가시라고 해라."

취향이,

"아이고 서방님, 그 무슨 말씀이오? 소저는 규중閨中 처녀라 어찌 외인外人을 대면하오리까. 이는 필경 희언戱言[12]이시니 어서 주옵소서."

"나는 물건 주인을 친히 보고 전코자 하여 그러함이라, 어찌 희언을 하리오. 그러나 너는 누구냐?"

"저는 소저를 근시近侍[13]하는 시비 취향이올시다."

"너의 소저는 이름이 무엇이냐?"

취향이 방긋 웃으며 대답했다.

"외간 남자께서 남의 집 규수의 이름은 알아 무엇 하시렵니까? 천부당만부당한 말씀 마시고 수건을 어서 주시오."

소년이 껄껄 웃고,

"이애 취향아, 이름이라 하는 것은 남녀를 물론하고 알고 부르는 것인데 그렇게 천부당만부당이라 할 것이 무엇이냐? 내가 아는 것이 있기로 묻는 말이라."

취향이가,

"규수의 이름이라 하는 것은 부모가 부르자고 지은 것이지 외간 남자야 어찌 남의 집 규

11) 대단히 고마움.

12) 희롱하는 말.

13) 가까이 모심.

수의 이름을 부르리까?"
"이애, 네 말도 그럴듯하다마는 나는 이름을 알고야 수건을 줄 터이니 이름을 말하려거든 하고 말려거든 말려무나."
취향이 속으로 생각하되,
'어떠한 양반인지 우리 소저와 인물이 상적相適[14]할 뿐 외라, 소저의 이름이 수건에 있은즉 알고 짐짓 묻는 것이라, 말하면 무슨 관계 있으리오.'
하고, 또 한 번 상긋상긋 웃으며 못 이기는 체 말을 한다.
"진정 알자 하시면 말씀할 터이니, 수건을 주시렵니까?"
"암, 주다 뿐이겠느냐."
"채봉이라고 하신답니다."
소년이 허허 웃으며,
"허허, 채봉이라 말하기가 그렇게 어려우냐. 이 수건에도 그 글자 있으되 네 말을 듣고자 함이로라. 그러나 수건을 주기는 줄 것이니 거기 잠깐 섰거라. 곧 다녀오마."
"다녀오실 때 오실지라도 수건을 주고 가시오."
"오냐, 잠깐 섰거라. 즉시 올 터이니."
하고, 급히 아랫집으로 들어와 용연龍硯에 먹을 갈아 양호무심필羊毫無心筆[15]을 흠씬 찍어 수건에 절구絶句를 써서 취향을 갖다 주며,
"나는 대동문 밖 사는 장필성張弼成이라. 선친께서는 일찍이 선천宣川 부사로 계시다가 귀천歸天하시고 편모 시하에 지금까지 성취成娶[16]를 못 하였으매 주야로 전전반측輾轉反側하여 숙녀를 구하려고 오매불망하는 사람이라고 소저께 말씀하고 이 수건을 드리어라. 수건을 보시면 답장이 있을 것이니 불안하다마는 회답을 전하여 주기를 바라노라. 여기 서서 기다리마."
취향이 수건을 받아 보고 깜짝 놀라,
"에그, 이 수건을 어떻게 갖다 드리라고 이렇게 글씨를 써서 못 쓰게 만들었습니까? 갖다 드리면 걱정을 하실 터이니 이를 어찌하나?"
장생이,
"수건을 버려도 내 허물이라, 네야 무슨 관계 있느냐. 갖다 드려만 보아라. 불안하다마는 일후에는 은혜를 후히 갚을 날이 있을까 하노라."
취향이 마지못하여 수건을 가지고 초당으로 들어간다.
이때 채봉이 취향으로 수건을 찾으러 보내고 홀로 난간을 의지하여 기다리되 한 식경이

14) 서로 적합함.
15) 양의 털로 만든 무심필. 무심필은 속에 다른 종류의 털을 박지 않은 붓.
16) 장가드는 것.

나 되도록 들어오지 아니하니 속으로 생각하되,

'이 애가 무슨 일로 그저 아니 들어올까? 수건을 찾느라고 이렇게 늦는가? 혹시 그 엿보던 소년이 수건을 집어서 승강이를 하나? 아, 참 이상스러운 일이로군. 내가 규중처녀 되어 외간 남자의 일을 생각함이 온당치 못하나 그 소년이 대체 누구인지 모르되 남자 중에도 그런 인물이 있는가? 그런 인물로 문학이 유여裕餘[17]하면 가위 금상첨화錦上添花라 하련마는 무무貿貿[18]한 시골 생장으로 무식한 지경이면 그 인물이 아깝지 아니하랴!'

이렇게 여러 가지로 생각을 하는데 취향이가 손에 수건을 들고 앞으로 오며,

"참, 세상에 희한한 일도 있지요."

채봉이 이 소리를 듣고 급한 말로,

"이애 취향아, 무슨 일이 희한하며 무엇 하느라고 이제야 찾아 오느냐?"

취향이 대답한다.

"다른 일이 아니올시다. 수건을 아무리 찾아도 없더니 아까 담 밖에서 보던 이가 수건을 집어 가지고 서서, 수건 찾는 양을 보고 여차여차하기에, 달라고 했더니 무수히 승강이를 하다가 수건에 글을 써 주며 이리이리하기로 마지못하여 받아 가지고 왔습니다마는, 소저께 꾸중이나 아니 들을는지요? 참 그 양반이야 인물도 잘생겼어요."

하고, 수건을 앞에다 놓으니 채봉이 얼굴이 붉어지며 수건을 펴서 보니, 그 글에 하였으되,

수건이 가인에게 나옴은 분외의 향기인데
하늘이 유정랑에게 부쳐 주셨도다.
은근히 서로 생각하는 글귀를 부치노니
비기어 붉은 실을 지어 동방에 들리노라.
帕出佳人分外香　天公付與有情郞
慇懃寄取相思句　擬作紅絲入洞房
○년 ○월 ○일 만생晩生[19] 장필성은 근정謹呈[20].

이라 하였거늘, 소저 보기를 다 하고 얼굴이 더욱 붉어지며 속으로 무슨 생각을 하며 눈정기를 모두 붓 먹은 흔적에 모았는데 취향이가 소저의 눈치를 알고 소저를 쳐다보고 웃으며,

"무엇이라고 글을 썼어요? 좀 일러 주십시오."

채봉이가 천연한 낯으로,

17) 넉넉함.
18) 서툴고 무지함.
19) 자기를 낮추는 말.
20) 삼가 드림.

"이르면 네가 알겠느냐? 그러나 수건을 못 찾을지언정 부질없이 받아 가지고 왔느냐? 그러나 남의 글을 받아 보고 회답 아니 할 수도 없고 어찌하면 좋단 말이냐?"

"아무렇게나 두어 자 적어 주십시오. 그 양반이 지금 서서 기다립니다."

채봉이 마지못하여 방으로 들어가 색간지色簡紙에 글 한 귀를 지어 취향을 주며,

"이번은 처음 같은 일이라 마지못하여 회답하거니와 차후는 이런 글을 가져오지 마라."

취향이 웃고 받으며,

"소저께서는 무엇이라고 하셨어요? 에그, 글을 모르니 갑갑해라."

채봉이 취향의 등을 탁 치며,

"이따가 밤에 일러 줄 것이니 어서 갖다 주고 오너라. 그러나 아랫집에서 글 지어 가지고 나오더라지? 네 그 양반이 또 그리 들어가나 보고 오너라."

취향이,

"예. 김 첨사僉使[21] 집에서 유하고 있다고 해요."

"그러면 김 첨사 집하고 어찌 되나 물어보아라."

취향이 대답하고 장필성 있는 곳으로 나와 소저의 글을 전하니 생이 급히 받아 본즉, 하였으되,

> 권하노니 그대는 양대陽臺 꿈[22]을 생각지 말고
> 힘을 써 글을 읽어 한림翰林[23]에 들어갈지어다.
> 勸君莫想陽臺夢 努力讀書入翰林

장생이 보기를 다 하고 속으로 깊이 감동하며 취향을 쳐다보고 말을 묻는다.

"회답을 전해 주어 감사하다. 그러나 지금 소저의 연광年光이 몇 살이나 되셨느냐?"

"지금 십육 세올시다."

"십육 세 규수로 글공부를 어떻게 이처럼 하셨느냐?"

"우리 댁 진사님께서 알뜰히 교훈하셔 금옥같이 기르시는 터이올시다."

"지금 진사께서 댁에 계시냐?"

"서울 가셨습니다."

"서울은 무슨 일로 가셨느냐?"

"그는 자세히 모르오나 아마 서랑을 구하러 가신 법합니다."

장생이 이 소리를 듣고 속으로 은근히 놀라며 다시 채쳐 묻는다.

---

21) 절도사 아래 있는 종3품의 무관 벼슬.
22) 중국 초나라 양왕이 양대에 산다는 무산선녀와 꿈에 서로 사랑했다는 고사에서 온 말.
23) 예문관 검열의 별칭.

"응, 그래. 소저를 서울로 시집보내려고 하는 모양이냐?"
"예. 평양 바닥에는 가감可堪[24]한 인물이 없다 하시더니 올라가셨으니까 알 수 없어요. 그러나 서방님은 김 첨사 댁이 어떻게 되셔요?"
"나의 외가댁이어니와 내가 너더러 청할 말이 있으니 들으려느냐?"
"무슨 말씀이시오? 들을 만하면 듣고 못 들을 만하면 못 듣지요."
"다름 아니라 너의 소저도 절대가인이요 나는 소년 재자才子라, 군자호구君子好逑[25]가 다시 더할 것 있겠느냐. 초면에 이런 말 부탁하기 어렵다마는 네가 중간에 들면 될 터이니 소저와 한번 대면케 하여 주면 네 은혜를 잊지 아니하마."
취향이가 그 말을 듣고 아무 말 없이 서서 속으로 무슨 생각을 하면서 장필성을 자주 쳐다본다.
"왜 대답이 없이 나만 쳐다보느냐?"
"우리 댁 진사님이 성품이 엄숙하시니 만일 이런 일을 아시면 나는 죽고 말지니 내게는 그런 말을 마시고 외처의 매파를 보내어 통혼을 하시는 것이 좋을 듯합니다."
"나도 그런 생각이 없는 것은 아니다마는 소저와 한번 대면 후 매파라도 보낼 것이니 너는 나와 소저를 위하여 가약佳約을 맺게 하여라."
취향이 속으로 생각하되,
'문벌도 상적하고 인물도 막상막하이니 가위 군자호구라. 일차 시험을 하여 보리라.'
하고, 이윽고 무슨 생각을 하더니 필성의 귀에 입을 대고 무엇이라고 두어 마디를 하고 한번 방긋 웃으며 말하였다.
"그리한 후 성사 여부는 서방님에게 있사오니 후회가 없도록 하시오."
"과연 그렇게 하여 주면 은혜난망이라 백골이 진토되어도 잊지 못하리라."
"그런 말씀 마시고 실기失期[26]나 마시오."
"오냐! 나는 너만 믿고 간다."
이같이 약속을 단단히 하고 장필성은 김 첨사 집으로 가고 취향은 초당으로 들어가니라.
이때 채봉이 답서를 지어 취향을 주어 보내고 수건을 펴서 놓고 수삼차 음영吟咏하며 생각이 간절하여 속으로 말하되,
"신언서판身言書判[27] 이만한데 무슨 일로 그저 입장入場[28]을 못 하였을까? 가세家勢가 적빈赤貧함인가, 가합한 처가 없어서 그저 있음인가? 세상에 남녀는 다를지언정 마땅한

24) 충분히 감당함.
25) 어진 사나이의 좋은 짝이라는 뜻.
26) 때를 놓침.
27) 남자가 갖춰야 할 몸가짐, 언변, 문필, 판단력.
28) 과거에 합격하는 것.

실가室家[29]를 얻지 못한 사람이 또 있구나."

하고 앉았더니, 취향이 초낭에 들어와 뒤도 가만가만 섰어 채봉의 눈치를 보나가 그 혼사 하는 말을 듣고 채봉의 앞으로 와서 웃으며 말하되,

"하, 무슨 말씀을 그렇게 재미있게 혼자 하셔요. 소저께서 직녀가 되시려면 저는 오작교가 되어 볼까요?"

채봉이 얼굴이 붉어지며,

"아이고, 그 애가 그게 무슨 소리냐? 에라, 미친년 듣기 싫다. 그러나 그 글을 갖다 주니까 무엇이라고 하더냐?"

"시를 보더니 입이 째어질 듯이 좋아하며, 군자호구라 다시 더할 수 없다고 해요."

채봉이는 다시 묻지 아니하고 방으로 들어가더라.

제2회 월하에 장생을 만나다

취향이 장생과 그렇게 약속을 하여 두고 틈을 탈 길이 없더니, 하루는 소저를 뫼시고 초당에 앉았는데 이윽고 월출동령月出東嶺[1]에 밝기 낮 같아 사람의 심회를 돕는지라 취향이 채봉을 쳐다보고,

"소저는 월색이 이같이 밝은데 뒷산에 가서 완월玩月[2]이나 아니 하시렵니까?"

"글쎄, 달이야 참 좋다. 중추명월中秋明月이로구나. 후원에 가서 달구경이나 할까."

채봉이 취향을 데리고 후원으로 나가 이리저리 거닐며 월색을 완상한다.

이때 필성은 취향과 약속하고 이날 저녁을 일찍이 먹고 담 터진 데로 들어와 취향의 기침 소리를 기다리니 취향이가 채봉과 같이 들어옴을 보고 급히 몸을 감추고 취향의 동정을 보는데 취향이가 필성의 은신한 데를 자주 보며 기침을 두어 번 하며 나오라 하는 모양이라, 필성이 급히 몸을 일어 채봉의 앞으로 나와 달 아래 우뚝이 서니 채봉이 대경大驚하여 급히 몸을 피하려 드는데 취향이가 채봉의 앞을 막아서며,

"소저는 놀라지 마옵소서. 이 양반은 일전에 글로 화답하시던 장 서방님이올시다."

"그 양반이 무슨 일로 나의 집 후원에를 들어오셨단 말이냐? 빨리 나가시라고 해라."

---

29) 안해.

1) 달이 동산 마루로 솟아오름.

2) 달구경.

취향이가 미처 말할 새 없이 장필성이 앞으로 와 길이 읍하며,

"소생의 말은 일찍이 취향에게 들으신 법합니다. 그러나 소생을 지금 나가라 하시니 꽃 본 나비 어찌 그저 지나가며 물 본 기러기 어옹漁翁을 어찌 두려하리까. 소저는 소생을 저버리지 마시고 숙녀와 군자의 좋은 언약을 맺어 백년해로를 맹세함이 소원이올시다."

채봉은 아무 말 없이 얼굴에 홍조를 띠어 차운 달빛 아래 섰는데 취향이 채봉을 쳐다보며,

"소저는 소비의 말을 들읍소서. 오늘 이 일이 삼생기연三生奇緣[3]이 아니면 어찌 이같이 되리까? 전일 수건 잃으신 것도 우연한 일이 아니요, 또 수건이 장 공께 들어가는 것도 하늘이 시키심이라 인력으로 막지 못할 것이며, 겸하여 장 공과 문벌도 상당하고 또 장 공은 아직 취실娶室[4]치 아니하심도 소저를 기다리심이라, 이 아니 천사기연天賜奇緣[5]이오니까. 소저께서는 조금도 서슴지 마시고 한 말씀만 하시면 백년대사를 정하는 것이올시다."

채봉은 더욱 부끄러워하여 고개를 돌이켜 숨소리도 없이 섰는데, 조급히 서두는 장필성은 다시 읍하며,

"소저께서 이같이 말씀을 아니 하심은 소생을 더럽다 하시고 용납지 아니하심이오니까? 소저께서 굳이 말씀이 아니 계시면 소생은 이 가련한 신세를 세상에 버리고자 하오니 말씀하여 주옵소서."

하고 앞으로 다가서며 연해 말을 하니, 채봉이 마지못하여 아미娥眉[6]를 숙이고 아니 나오는 목소리를 모깃소리만큼 내어 하는 말이라.

"전일 군자께서 주신 시구도 잊지 아니하고 있사오며 겸하여 취향에게 들은 말도 있사오니 어찌 다른 말씀 하오리까."

취향이 채봉의 말 떨어지는 것을 보고 반가운 생각이 나서 말을 가로타 하는 말이,

"그만하면 우리 소저의 뜻을 알 것이니 서방님은 댁으로 돌아가서 매파를 보내시어 통혼하심이 좋을 듯합니다. 밤도 깊었사오니 어서 환택還宅[7]하시고 명일 매파를 보내소서."

하고 채봉을 데리고 초당으로 들어가는데, 장필성은 정신없이 초당만 바라보고 섰는 형상의마심원意馬心猿[8]은 채봉을 따라 초당 속으로 들어가고 몸뚱이는 허수아비같이 섰다가

---

3) 삼생에 걸쳐 계속되는 아주 기특한 인연. 삼생이란 과거, 현재, 미래이다.

4) 장가드는 것.

5) 하늘이 준 기이한 인연.

6) 미인의 눈썹.

7) 집으로 돌아감.

8) 생각은 말이 달리는 듯하고 마음은 원숭이처럼 조급하다는 뜻으로, 걷잡을 수 없는 마음을 비유하는 말.

이윽고 돌아가니라.

이때 채봉의 모친 이 씨가 월색이 명랑함을 보고 딸을 보려 초당으로 나오니, 채봉과 취향이 없거늘 마음에 괴이하여 후원으로 찾아오는데 바람으로조차 남자의 음성이 들리는지라. 마음에 수상하여 몸을 감추고 엿들으니, 채봉이가 취향을 데리고 어떤 남자와 수작하는 말이 귀에 역력히 들리는지라. 어찌 된 일을 몰라 나가지는 못하고 눈을 부비며 그 남자를 보니 백옥 같은 풍채 월하月下에 채봉과 같이 섰는 형상 가위 원앙의 쌍이라. 여취여광如醉如狂[9]하여 수작하는 이야기만 듣다가 취향이가 필성과 작별하고 채봉과 같이 돌아옴을 보고 급히 초당마루로 앞서 올라가 앉으니 뒤미처 채봉과 취향이가 오거늘 이 부인이 시침을 떼고 말을 묻는다.

"아가, 어데를 갔다가 이렇게 늦게 오느냐?"

채봉은 자연 마음에 부끄러운 태도가 있어 미처 대답을 못 하고 취향이가 대답을 한다.

"달이 하도 밝기에 후원에서 놀다가 인제야 옵니다."

"어린아이들이 무섭지도 아니하냐. 근일 들은즉 후원 담 터진 데 사람의 발자취가 있더라고 하는데 다시는 밤중에 들어가지 말아라. 그러나 지금 들은즉 남자의 소리가 들리니 누가 들어왔더냐?"

채봉이는 천만뜻밖에 이 말을 듣고 감히 고개를 들지 못하고 취향은 창황하여 즉시 대답을 못 하는데, 이 부인이 이 거동을 보고 노기를 띠어 채쳐 묻는다.

"왜 대답이 없느냐? 나는 남자와 같이 말하는 것을 보고 어떤 남자가 들어온 것을 책하여 내어 보내는 줄 알았더니, 지금 여등汝等의 동정을 보니 무슨 사정이 있구나. 이 일을 진사님이 아시기 전에 진작 실토로 말하면 내가 먼저 조처를 하고 진사님께 좋도록 말씀하려니와 만일 기망欺罔을 하면 진사님께 여쭈어 살풍경이 일 것이니 이실직고하라. 응, 취향아, 너는 사정을 자세히 알겠지? 만일 네가 기망하면 너부터 치죄治罪를 하리라."

채봉은 더욱 망지소조罔知所措[10]하여 어찌할 줄 모르고 취향은 속으로 생각하되 부인의 말씀이 이 같으니 부인을 속일 수도 없을 뿐 아니라 바로 말씀하여 일이 없도록 하는 것이 도리어 좋은 도리가 아닌가 하고 부인 앞에 가 앉으며,

"마님께서 이같이 하문下問하시니 어찌 기망하오리까. 이는 다 소비의 죄오니 만사무석萬死無惜[11]이로소이다."

이 부인이 그 말을 들으매 더욱 수상하여,

"그래? 네가 죄를 지었으면 사정이 어떻게 되었단 말이냐?"

취향이가 앞날 채봉을 따라 후원에 단풍 구경 갔다가 수건을 잃고 찾으러 나갔던 일과

9) 기쁘거나 감격하여 취한 듯 미친 듯 마음이 어지럽고 걷잡기 어려움.

10) 어찌할 줄 모르는 것.

11) 만 번 죽어도 아까움이 없음.

수건이 천만의외에 장필성에게 들어가 글귀로 화답한 말이며 오늘 밤 달구경 갔다가 그 남자와 문답한 일장 설화를 다 하고 입에 침이 없이 장필성의 인물을 칭찬한다.

"아이고, 그 양반이야 참 가위可謂 여옥기인如玉其人[12)]이라, 평양 땅에서도 처음 보는 인물이니 소저의 배필 되기 부끄럽지 아니합디다."

이 부인이 이 말을 듣고 한참 앉아서 익히 생각하더니,

"이 일을 진사님이 아시면 큰일 나겠구나. 어떻게 해야 무사히 된단 말이냐?"

취향이 대답하기를,

"그 역亦 연분이라 이왕에 그리 된 일을 걱정하시면 어찌하십니까? 그는 마님이 무사히 처치하려면 어려울 것 없지요."

"어떻게 하면 좋겠느냐?"

취향이 부인의 귀에 입을 대고 채봉이 듣지 않게 무어라 무어라 말을 하더니,

"그렇게 하면 이런 사정을 누가 알며 일은 좀 잘되겠습니까?"

"네 말도 그럴듯하다마는 장 씨의 문벌이 어떠하더냐?"

"한번 청해서 물으시면 아시려니와 장 선천 자제이고 외가댁은 앞집 김 첨사 댁이라 하시니 댁과 상당치 아니하십니까?"

"혼인이라 하는 것은 사람이 임의로 못하는 것이라, 약비기연若非其緣이면[13)] 비록 일실지내一室之內에 있어도 초월楚越 같되[14)] 연분이 되려 하면 수만 리 외에 각각 있어도 자연 모이나니 어찌 인력으로 억제하리오. 사이지차事而至此[15)] 하였으니 네 말과 같이 주선하려니와 대관절 장 씨의 글씨가 어데 있느냐?"

취향이 의장을 열고 수건을 내어 놓으니 이 부인도 문한文翰[16)]이 유여한지라, 필성의 글씨를 보더니 절절節節[17)] 칭찬하며 채봉을 돌아보고,

"아가, 네 마음을 내가 인제는 짐작하였으니 다시 더 말할 것 없거니와 한 가지 염려는 너의 부친께서 혼사로 인연하여 서울로 올라가셨는데 만일 혼인을 정하고 내려오시면 어찌한단 말이냐?"

취향이가 깔깔 웃으며,

"아이고, 마님은 별 걱정을 다하십니다. 아무리 정하고 내려오실지라도 예단禮緞을 받으시었습니까? 파의破議[18)]하기가 무엇이 어려워서 염려를 하십니까?"

12) 사람됨이 옥같이 맑고 깨끗함.

13) 만일 인연이 아니라면.

14) 한방 안에 있어도 초나라와 월나라 사이처럼 원수 같되.

15) 일이 이렇게 됨.

16) 문필.

17) 구구절절.

"오냐, 어찌할 수 있느냐? 비록 채단采緞[19]을 받으시었더래도 파의를 할 수밖에 없겠다."

부인은 밤이 늦도록 이같이 의논을 하고 안으로 들어가니라.

제3회 장생과 혼약을 맺다

장필성은 그날 밤에 채봉을 만나 은근히 백년가약을 맺고 집으로 돌아와서 모친 최 씨더러 말하되,

"어머님, 옛글에 하였으되 국란國亂에 사양상思良相이요 가빈家貧에 사현처思賢妻라[1] 하였사온데, 지금 소자의 나이 십팔 세를 당하와도 모친을 봉양할 처속妻屬[2]이 없고 가세는 점점 쇠퇴하오니 어찌 민망치 아니하오리까? 듣사온즉 외성 김 진사 집 규수가 현숙하다 하오니 매파를 보내셔 통혼을 하여 보옵소서."

"네 나이 지금 십팔 세라 그런 생각이 없겠느냐마는 김 진사 집과 우리와 문벌은 상당하나 빈부가 현수懸殊[3]하니 우리와 결혼하기 즐기겠느냐?"

"모사謀事는 재인在人이요 성사成事는 재천在天이라[4], 성사는 하늘에 있거니와 통혼이야 못할 것이 있습니까?"

"통혼은 해 보마는 들을는지 몰라서 하는 말이다."

이튿날 최 부인이 매파를 김 진사 집으로 보내어 통혼하니, 이때 이 부인이 혼자 앉아서 채봉의 혼사를 생각하고 온갖 걱정을 무수히 하는데 밖으로 매파 들어오며 인사를 한다.

"마님, 안녕하십니까?"

이 부인이 대답한다.

"어, 중매 할멈 오나. 근일은 볼 수 없을 적에는 아마 재미가 많은 것이지? 오늘은 무슨 바람이 불어서 왔나?"

---

18) 의논을 깨치는 것.

19) 혼인 때 신랑 집에서 신부 집에 보내는 청색 홍색의 비단 옷감.

1) 나라가 어지러우매 훌륭한 재상을 생각하고 집이 가난하매 어진 안해를 생각하는도다.

2) 안해.

3) 아주 다름.

4) 일을 꾸미는 것은 사람에게 달렸으나 일이 이루어지는 것은 하늘에 달렸다.

매파가 방으로 들어와 앉으며,

"좋은 신랑 하나 있기에 왔습니다."

"어떠한 신랑이란 말인가?"

"다른 신랑이 아니라 대동문 밖 장 선천 아드님인데 인물이 반악潘岳 같고 풍채는 두목杜牧 같고 문장은 이태백李太白 같고 필법은 왕 우군王右軍 같사오니 가위 댁 소저의 배필이라 중매가 수삼십 년을 돌아다니되 평생에 처음 보는 바이옵기 말씀하오니, 진진지호晉秦之好[5]를 맺으시면 두 댁에 중매의 생색이 날 듯합니다."

"나도 일찍이 그 신랑이 출중하단 말을 들었거니와 내가 한번 친히 보고자 하니 하루 나의 집으로 데리고 오게."

"그리하십시오. 내일 신랑을 뫼시고 오겠습니다."

매파가 장필성의 집으로 와서 이 말을 하니 최 부인이 의외의 이 말을 듣고 불승희열不勝喜悅[6]하여 이튿날 필성을 김 진사 집으로 보낼새 의복 일습을 새로이 입히니 가위 선풍도골仙風道骨이라 표표表表한 인물은 한 붓으로 기록할 수 없더라. 필성이 중매를 따라 김 진사 집으로 오니, 이 부인이 안방을 정결히 치우고 안으로 청하거늘 필성이 중매를 따라 들어가 이 부인에게 절하여 뵈오니, 이 부인이 반쯤 답례하고 앉으라 한 후 자세히 보니 보던바 처음이라 희불자승喜不自勝하여.

"여보, 내가 그대를 청함은 알았으려니와 오늘 그대를 보니 기꺼운 마음을 측량할 수 없소. 그러나 우리 내외 연만 오십에 슬하에 아무도 없고 지금 혈육이라고는 딸 하나뿐이라, 아무것도 배운 것이 없어 미거하기가 한량없는데, 댁 모당母堂께서 헛소문을 들으시고 통혼을 하시니 감히 거역지 못하거니와 사주단자四柱單子나 걸어 놓은 후 신부의 부친이 내려오시거든 성례를 할 터이니 그리 알고 모당께 말씀을 여쭈시오."

하고 웃는 낯으로 수건 하나를 내어 보이며,

"그대가 이왕 공부를 도저히 했다 하니 이 글을 누가 지은 것인지 짐작하겠나?"

필성이 고개를 들어 보니 그 글은 곧 자기가 채봉에게 지어 보낸 것이라 속으로 이 일이 벌써 탄로가 나서 이같이 됨이로구나 생각하고 도리어 기꺼하여 공손히 대답을 한다.

"어찌 모르리까. 존문尊門을 더러이 하였사오니 황송무지惶悚無地로소이다."

"내가 이런 것을 다 알았으니 어찌 다른 의향이 있으리오. 안심하고 학업에 힘을 써 남아의 본색을 잃지 마오."

"삼가 이 명령대로 하겠나이다."

장생이 하직하고 돌아가니 이때 취향이 마침 안으로 들어왔다가 필성과 부인이 말하는

5) 혼인한 두 집 사이에 좋은 정의가 있다는 뜻. 춘추시대 진晉나라와 진秦나라가 혼인 관계를 맺어 나라 사이의 우호 관계를 꾀했다.

6) 기쁨을 이기지 못함.

것을 듣고 급히 초당에 나가서 채봉을 보고,

"소저아, 소저아, 장생이 지금 안에 오서서 마님과 이야기를 하시니 전후사가 다 무사타첩無事妥帖[7]이라 어찌 즐겁지 아니하리까."

하고, 문틈으로 장생이 나가는 모양을 가리켜 보이면서,

"여보 소저, 저이가 신랑 되시기로 작정이 되었다오. 저 양반 처갓집 다녀가는 거동이나 좀 보시오."

하는데, 취향이는 제 혼인하는 것보다 더 좋아하고 채봉은 말없이 기뻐하더라.

제4회 김 진사 서울서 구사求仕한다

이때 평양 외성에서는 새로이 좋은 혼인을 정한 모녀는 이같이 기뻐하여 그 가장 김 진사 돌아오기를 하루가 삼추三秋[1]같이 기다리건마는 서울 간 김 진사는 어찌하여 돌아올 기약이 망연하던고. 당초에 그 김 진사는 서랑도 듣볼 겸 환로宦路[2]에 유의하여 다수한 재산을 가지고 서울로 올라간 터이라 남북 촌 재상의 세돗집을 찾을 제 당시 허 씨가 제일 세가勢家로 조정이 붙좇는 바라, 김 진사 이 소문을 듣고 허 씨 집 긴한 문객門客 하나를 친하니 이 사람은 김 양주라 하는지라. 위인이 아첨소인阿諂小人[3]으로 허 씨에게 제일 긴하여 양주 목사楊州牧使[4]까지 얻어 하고 매관매작에 일등 거간으로 붙어 있는 사람이러니, 김 진사 거액의 재산을 가지고 구사차求仕次[5]로 올라왔단 말을 듣고 금혈金穴[6]이나 얻은 듯이 대단 절친히 지내어 은근히 평양으로 사람을 보내어 김 진사 허실虛實을 알아보고, 김 양주가 하루는 김 진사를 대하여 말하되,

"여보 종씨, 서울 올라온 지가 일 삭이나 되어도 성사는 못 되고 부비浮費[7]만 나니 남의

---

7) 무사히 일이 끝나는 것.

1) 세 해의 가을. 긴 세월이란 뜻.
2) 벼슬길.
3) 남의 환심을 사고자 하는 덜된 사람.
4) 목사는 지방의 목牧을 다스리던 정삼품 벼슬.
5) 벼슬을 구하는 차.
6) 금이 나는 구멍.
7) 비용.

일 같지 않아서 딱하구려."
"부비야 관계 있소마는 종씨 애쓰는 것을 보면 불안하오."
"천만에 말씀이오. 그러나 좋은 도리가 하나 있으니 해서 보시려오?"
"무엇이오?"
"종씨가 단 진사로만 있으니 위선 출륙出六[8]은 해야 아니 하오?"
"그렇지요."
"우선 돈 천 냥만 주시오. 건릉 정자각健陵丁字閣 수리 별단修理別單[9]에 출륙을 하시게 하리다."
김 진사가 출륙에 입이 벌어져서 백목전白木廛[10]에 찾을 어음표를 주며,
"출륙만 하면 수령하기가 쉽겠지요?"
"그렇고말고. 벼슬이라 하는 것이 계제階梯[11]가 있어서 수령을 하려면 출륙부터 해야 하는 고로 만일 출륙을 못 하면 오백 날 가기로 할 수 있소?"
"제야 시골 사람이라 무엇을 알리까. 영감 하시기에 있지요."
"염려 마시오. 내가 다 알아서 할 터이니 뒤나 잘 대시오."
"예, 주선만 잘 해서 주시오."
"돈이 얼마나 되오? 허 판서 욕심이 여간 돈 가지고는 못 되는데."
"돈이라서 가지고 올라온 것이 한 오천 냥 되지요."
"오천 냥 가지고 되겠소? 소불하少不下[12] 만 냥은 가져야 현감이라도 얻어 하오."
"그러면 표라도 해서 놓고 내려가서 치르리다그려."
"그 역 관계없소. 어찌했던지 삼 일 안에 출륙 칙지勅旨를 갖다가 드릴 것이니 한턱이나 하오."
"한턱뿐이오? 정 그러면 두 턱이라도 하리다."
이같이 단단상약斷斷相約하여 보내고 김 진사는 돈 구처를 생각하느라고 잠을 자지 못하며 김 양주 오기를 고대하더라.
하루는 김 양주가 분발分撥[13]과 칙지를 갖다 주며 헛생색을 무척 낸다.
"종씨, 이번 출륙은 참 만 냥 싸오. 그러나 칙지 같은 것은 함부로 못 받는 것이니 사모관

---

8) 칠품 이하 벼슬아치가 육품 벼슬로 오르던 일.
9) 능 앞에 있는 정丁 자형으로 지은 집을 수리하는 데 일을 맡은 사람들이나 쓴 물품을 적어 덧붙인 문서.
10) 무명을 파는 가게. 한때 은을 같이 팔기도 해 은목전이라고도 했다.
11) 층층대. 여기서는 절차라는 뜻.
12) 적어도.
13) 승정원의 관보인 조보朝報를 발행하기 전에 꼭 필요한 사항을 먼저 베껴서 돌리던 문서.

대를 하고 북향사배北向四拜한 후 정한 소반에 받아 놓는 것이니 예절대로 하시오."

"관대가 있어야 아니 합니까?"

"참, 없겠구려. 가만히 계시오. 내 집에 있으니 가져오라고 합시다."

하고, 하인을 시키어 갖다가 입고 북향사배 후 칙지를 받은 후 또 김 양주께 사례를 한다.

"영감의 혜택이 아니시면 어찌 오늘 천은天恩을 뭇자오리까."

"내야 심부름만 할 따름이지 무슨 힘이 있소. 모든 주선이 다 허 판서 대감의 힘이지요. 그러나 가지고 온 사람을 예단으로 피륙 몇 끝을 주시오. 그것은 으레 주는 것이오."

"참, 영감이 말씀 아니 하시더면 실례를 할 뻔했소."

하고, 명주 한 필, 백목 한 필을 주어 보내고 또 하인을 보내어 좋은 탕건을 사온 후에 의관을 일신하게 차리고 나니 김 양주가 쳐다보며,

"허허 훌륭한 참봉 나으리로구나."

하는데, 김 참봉은 좋은 생각이 절로 나서 김 양주를 대하여 말하되,

"영감, 승륙陞六[14] 턱을 아니 할 수 없은즉 어데든지 가서 소리나 한마디 듣고 술이나 한 잔 잡수십시다."

김 양주는 속으로 돈 백이나 인정을 쓸 줄 알았더니 술로 때우려 하는 것을 보고 헛괘장을 피운다.

"종씨, 천만의 말씀이오. 한턱이 무엇이오. 일전에 말한 것은 실없는 말인데 정말로 들으셨소?"

"정말이든지 실없는 말이든지 가십시다. 내가 서울 온 후 기생의 집이라고는 구경을 못 하였으니 구경 좀 시키어 주시구려."

"그리하시오. 어렵지 않소. 나는 종씨가 과용過用하실까 그리하는 것이오."

"그토록 알아주시니 어떻다 할 길 없소. 하여간에 갑시다."

"정 가시고 싶거든 갑시다."

"어떤 집이 좋소?"

"산홍이도 좋고 옥희도 좋고 난홍이도 좋지. 어떤 집으로 가시려오?"

"그중에 가곡 잘하는 기생에게 갑시다."

"오궁골 난홍이 집으로 갑시다."

하고, 둘이서 오궁골로 가서 김 참봉은 뒤에 서서 있고 김 양주가 대문에서 부른다.

"이리 오너라, 이리 오너라."

안으로서 어떤 자가 대답한다.

"기생 놀음 가고 없소."

김 양주가 이 소리를 듣고 김 참봉을 돌아보며,

---

14) 칠품 이하 벼슬아치가 육품으로 오르는 것. 출륙.

"여보 참봉, 우리가 아마 난홍이와 연이 없나 보오. 남문동 산홍이 집으로 갑시다."

김 참봉은 절에 간 새아씨라 또 김 양주를 따라가니 김 양주 남문으로 들어가더니 한 집 대문에 가 또 서서,

"이리 오너라, 이리 오너라."

오궁골서 대답하듯 안에서 대답을 한다.

"들어오오."

김 양주가 김 참봉을 돌아보며,

"산홍이가 있나 보오. 들어갑시다."

하고 안으로 들어가니, 방 안이 툭 터지도록 사람이 둘러앉았고 기생은 아랫목에 앉았더라. 김 양주가 방 안으로 들어서며,

"평안하오? 무사한가?"

하는데, 기생은 일어서며,

"평안하시오?"

앉았던 사람은 일제히,

"네, 평안하오."

김 양주가 좌우를 돌아보며,

"좌석 좀 좁시다."

한즉, 여럿이 아이 기름 짜듯 조금씩 조금씩 좁히니 두 사람 앉을 자리가 생기었더라. 김 양주와 김 참봉은 빈 좌석에 앉아서 김 양주가 담배를 빽빽 빨아 뿜으니 방 안이 용문산 안개 끼듯 천장이 뵈지 않도록 연기가 자옥하여 사람의 골머리를 때리는데, 좌우에 앉았던 사람들이 미안한 마음이 있어 하더니 하나 둘씩 차차 나가니, 만일 만만한 사람이 이같이 할 것 같으면, "명색이 무엇이냐? 너 같은 외입쟁이는 처음 본다. 나가거라." 하겠지마는, 김 양주는 당시 허 판서 집 일긴一緊[15]으로 도처에 세력이 홍두깨 같은 터이라, 이러므로 아무 말도 못 하고 각기 나가니 나중에는 주인 기생과 김 양주, 김 참봉 세 사람만 남았더라.

김 양주가 껄껄 웃으며,

"허허허, 그 외입쟁이들이 우리가 오니까 왜 모두들 달아나나."

산홍이가 상글상글 웃으며,

"신입구출新入舊出[16]이니까 그렇습니다그려."

"가워 외입쟁이 문자로구나. 이애 산홍아, 어데 가서 상이나 차려 오라고 해라."

산홍이가 미닫이를 열고 내다보며,

---

15) 가장 긴요함.

16) 새 사람은 들어오고 옛 사람은 나가는 것.

"이리 좀 오오."

부르니, 어떠한 궐자 하나가 의복은 이 도령 딩년에 어사출또 하딘 의복길이 입고 이마에는 망건 자리가 없이 머리는 수양버들같이 귀 뒤로 축축 늘어졌고 얼굴은 아편쟁이같이 누렇게 뜬 위인이 건넌방에서 톡 튀어나오며,

"어, 왜 그러나?"

"어데 가서 약주 좀 차려 오오."

그자가 뒤축도 없는 승혜繩鞋[17]를 찍찍 끌고 밖으로 나가더니 얼마 만에 주안상을 차려다 놓는지라. 산홍이가 주전자를 잡고 술을 잔과 같이 가득 부어 놓고 김 양주를 쳐다보며,

"영감, 수배受杯[18]하십시오."

"어떻게 먹으란 말이냐?"

"어떻게 잡숫다니요? 아시지요."

"이애, 나도 마실 줄은 안다마는 너의 집에 와서 술 먹을 때는 소관所關이 하사何事 아니냐[19]. 가곡 한마디 듣자는 것이지."

산홍이가 이 말 저 말 없이 잔을 들며,

잡으시오 잡으시오.
이 술 한잔 잡으시오.
이 술이 술이 아니라
한 무제 승로반承露盤[20]에
이슬 받은 것이오니
이 술 한잔 잡으시면
천만년을 사오리다.

김 양주가 술을 받아 마신 후에 산홍은 또 한 잔 가득 부어 김 참봉에게 권하며,

"먼저 권주가 했으니 지금은 다른 것으로 해요?"

김 참봉이,

"네 마음대로 하여라."

산홍이가 잔을 여전히 들며,

---

17) 미투리.

18) 술잔을 받음.

19) 관계할 일이 무엇이냐.

20) 한 무제가 장생불사하겠다고 이슬을 받아 마시던 쟁반.

창밖에 국화를 심어 국화 밑에 술을 빚어 두니
술 익자 국화 피자 벗님 오자 달이 돋아 온다.
아이야, 거문고 내어 청쳐라 님 대접하리라.

김 참봉이 술 받아 마시고 희색이 만면하여 기생을 쳐다보며,

"이애, 그 가곡 참 좋다. 가위 명기名妓로구나."

김 양주가,

"이애 산홍아, 수고한 끝에 편編[21] 하나 하려무나."

산홍이 웃으며,

"황송한 말씀이올시다마는 줄수록 양양이라더니 들을수록 양양이오니까?"

김 양주 역시 웃으며,

"요년 서방을 떼어 버릴라? 고게 무슨 버릇없는 소리냐?"

"이 기생은 영감과 흉허물 없어서 웅석으로 한 소리인데 노하시었습니까?"

"허허허, 그 계집애. 나는 정말이냐마는 좌석에 초면 친구가 계신데 그런 소리를 한단 말이냐?"

"실수했습니다. 편을 하라시니 편이나 하나 하고 속죄를 할까요? 그러나 요사이 실음失音[22]이 되어서 목청이 나가야 하지요."

하더니, 두세 번 기침을 하고 고하성을 내어서 한다.

진국명산만장봉鎭國名山萬丈峯 청천삭출금부용靑天削出金芙蓉이라, 거벽巨壁은 흘립屹立하여 북조삼각北朝三角이요 기암奇巖은 두기斗起하여 남안잠두南案蠶頭로다. 좌룡낙산左龍駱山 우호인왕右虎仁王, 서색瑞色은 반공응상궐蟠空凝象闕이요, 숙기淑氣는 종령출인걸鐘靈出人傑이니, 미재美哉라 아동산하지고我東山河之高여. 성대의관태평문물聖代衣冠太平文物이 만만세지금탕萬萬歲之金湯이로다. 연풍年豐코 국태민안國泰民安할새 구추황국단풍절九秋黃菊丹楓節에 인유麟遊 보랴 하고 면악등림面嶽登臨하여 취포반환醉飽盤桓하오면서 감격군은感激君恩하여라.[23]

---

21) 가곡 곡조의 한 가지. 대체로 잔가락이 없고, 음정의 높낮이가 심하게 나타나며 여러 박자가 섞여 있다.

22) 목소리가 쉬는 것.

23) 나라의 명산 만길 높은 봉우리 푸른 하늘에 깎은 듯이 솟구쳤으니 금으로 만든 부용꽃인 양, 웅장한 벼랑 우뚝 솟았으니 북쪽으로 삼각산이요, 기이한 바위 삐죽삐죽 남쪽으로 남산이로구나. 왼쪽에는 용이 지키고 있는 낙산이요, 오른쪽에는 범이 호위하는 인왕산이니, 상서로운 기운 궁궐로 모여들고 맑은 기운 모여 뛰어난 인재가 나오니, 아름답구나,

김 양주가,
"기생 수고했네."
"천만에 말씀이올시다. 제 수고올시다."
김 양주가 김 참봉을 쳐다보며,
"종씨 어떠하오?"
"여러 달 객회客懷가 울적하더니 오늘에야 심신이 쾌활하외다."
"허허허, 미상불 울적할 때에 이런 가곡을 들으면 정신이 상쾌하여집니다. 어찌했든지 오늘은 취토록 먹읍시다."
하고, 일배일배부일배一杯一杯復一杯[24]로 취토록 먹은 후 김 양주는 더욱 희떠운 소리가 나오고 김 참봉은 한층 더 친한 정분이 생긴다.
"종씨, 어찌했든지 허씨 댁만 잘 다니면 삼상육경三相六卿[25]이라도 할는지 모르니 똑 나 하라는 대로만 하오."
"암, 이를 말씀이오. 나는 종씨만 태산같이 믿고 있소."
"그러니 내일 허 판서를 가서 뵈옵시다."
"내 가서 뵈오면 무엇 하오. 종씨가 있는데."
"그러해도 한번 가서 눈에 뵈이는 것이 요담날 좋은 일이 많소."
"아무리나 종씨 하라는 대로 합시다."
하면서, 이야기를 주고받고 하면서 순박구미淳樸口味[26]로 술을 잔뜩 먹고 밤이 늦어 그 기생의 집을 나와 각기 돌아가니라.

제5회 김 진사 혼인을 정하고 내려온다

이튿날 김 양주와 김 참봉이 일찍 소세하고 서로 찾을새 김 참봉 유留한 데는 야주개요 김 양주 집은 사직골이라 각각 심방尋訪차로 나섰다가 내수사 앞에서 서로 만났더라. 김

우리 산하의 높음이여. 태평 시절 훌륭한 예절 빛나는 문화 영원토록 아름다우리로다. 해마다 풍년 들어 나라와 백성이 편안할새 국화 누렇게 피고 나무마다 울긋불긋, 기린 노니는 것 보려 건넛산에 올라 취토록 마시고서 이리저리 거닐면서 임금님 은혜에 감격하노라.

24) 한 잔 한 잔 또 한 잔.

25) 영의정, 좌의정, 우의정과 육조의 판서들.

26) 순박한 입맛.

양주가 김 참봉을 보고 반겨서 말하는데,

"아 종씨, 병이나 아니 나셨소? 나는 지금 궁금해서 종씨에게 가는 길인데."

"나는 관계없지마는 영감도 관계치 않으십니까? 나도 지금 궁금해서 영감 댁으로 문안 차로 가는 길이올시다."

"대단 불안하외다. 우리는 나선 김에 허 판서나 가서 뵈오시려오?"

"아무리나 합시다."

하고 김 양주를 따라 사직동으로 가니, 김 양주가 허 판서 집 사랑으로 쑥 들어가더니 얼마 만에 김 양주가 도로 나와 들어가자 하거늘, 김 참봉이 옷을 다시 고쳐 입고 따라 들어가니, 큰사랑을 지나며 뒤 별당으로 들어가더니,

"방으로 들어와 뵈라."

하거늘, 김 참봉이 절하고 뵈니 허 판서가 김 양주를 쳐다보고,

"이 사람이 그저께 출륙한 사람인가?"

김 양주가 허리를 땅에 가 닿도록 꾸부리고,

"이에, 그렇습니다."

허 판서가 다시 김 참봉을 쳐다보고,

"어, 매우 단아한 선비로 되었군. 그대 어데 수령 하나 하기가 원이라지. 위선 시험조로 조그마한 과천 현감을 하여 볼까. 미상불 과천이 좋지. 울고 들어가서 웃고 나오는데."

김 참봉은 무슨 영문인지도 모르고 가만히 섰는데 김 양주가 묻는다.

"지금 과천이 공관空官[1]이오니까?"

"응, 과천 현감이 사직소辭職疏[2]를 했지."

"가격은 얼마가량을 하십니까?"

"만 냥 하나는 있어야 할걸. 내 생각 같아서는 택인擇人하는 처지에 돈이 관계없지마는 다른 사람이야 그리한가."

이같이 가장 청백한 체하는 것을 김 참봉은 진실한 마음에 정말로 알고 어떻게 고맙게 여기어 말하되,

"대감 혜택으로 출륙을 시키어 주시고 또 현감까지 맡기시니 황송무지올시다."

"별소리를 다 하는구나. 오늘 별당에 시키어 줄 것이니 돈표를 써서 두고 가소."

하고 허 판서가 말하자, 김 양주가 급히 연상硯箱[3]을 열고 먹을 갈려 하는데 마침 연적에 물이 없는지라 김 양주가 현령懸鈴 줄[4]을 치는데 현령 줄 소리가 덜렁 나더니 십륙 세가량

---

1) 벼슬자리가 빈 것.

2) 벼슬을 사양하는 상소.

3) 벼루가 들어 있는 함.

4) 사람을 부를 때 방울을 울리기 위하여 달아 놓은 줄.

된 미동美童 하나가 소리를 길게 빼어 대답을 하고 나온다.

김 양주가 연석을 주며,

"아따, 여기 물을 넣어 가지고 오너라."

미동이 받아 가지고 별당으로 내려가는데 비록 남자이지마는 얼굴은 추천명월秋天明月이요 풍채는 두목지杜牧之라, 그 아름답고 출중한 모양이 김 참봉 눈에 보던바 처음이라 문득 채봉의 생각이 나서 옆의 사람이 듣는 줄을 깨닫지 못하고,

"그 아이 신통히 우리 애기와 같기도 하다. 언제나 저런 사위를 얻어 짝을 지어 줄꼬!"

하는데, 허 판서와 김 양주가 역력히 듣고 있더라. 미구未久에 미동이 연적을 갖다 놓고 들어가거늘 김 참봉은 혼을 잃고 미동 가는 데만 바라보니, 이 미동은 허 판서의 미동인데 허 판서 눈에 어찌 들던지 세상 남녀 간에 이 미동만 한 인물이 없다고 허 판서가 항상 칭찬하는 터이러니, 김 참봉의 말을 듣고 별안간 딴 욕심에 생각이 들어가니, 슬프다 오백여 리 밖에 있는 채봉의 신상에 무허한 풍운이 이로부터 일어남을 어찌 뜻하였으리오.

김 양주가 먹을 다 갈고 김 참봉을 탁 치며,

"무엇을 그리 정신없이 보고 있소? 어서 어음이나 써서 바치고 나갑시다."

"네, 쓰지요. 그런데 오천 냥은 지금 있고 오천 냥은 평양으로 기별을 해서 가져오든지 그렇지 않으면 내가 내려가야 할 터인데 어찌하면 좋습니까?"

허 판서는 다년 벼슬 팔기에 수단 있는 양반일 뿐 아니라 기왕 김 참봉의 본가 허실을 아는 고로 이 말을 듣고 선듯 허락을 한다.

"응, 그러면 오천 냥 찾을 표는 나를 주고 오천 냥 조는 어음만 써서 놓았다가 나중에 들여놓게그려."

김 참봉이 임치표任置表[5] 오천 냥 어음을 내어 놓고 또 오천 냥 표를 써서 놓으니 허 판서가 받아 연상 서랍에 넣고 웃는 낯으로 김 참봉을 쳐다보고,

"내일이면 과천을 할 터이니 인제는 김 과천이라고 하지. 응, 김 과천!"

"황송합니다."

"내일이면 할 터이야 무슨 관계 있나. 그런데 아까 댁 상노 놈을 보고 무엇이라고 했나?"

"하도 위인이 얌전하기로 칭찬하였습니다."

"글쎄, 칭찬한 줄은 알아. 그런데 사위를 삼았으면 좋겠다고 하지 아니했나?"

허 판서는 속이 있어서 묻는 말이지마는 김 참봉이 어찌 그런 속을 알리오. 조금도 의심치 아니할 뿐 아니라 도리어 황감하여 대답한다.

"네, 그리했습니다. 소인에게 미거한 여식 하나가 있사온데 위인이 과히 용렬치 아니하므로 신랑을 듣보아 그와 같은 것으로 짝 지어 주려고 우금于今[6] 십륙 세가 되도록 시집

---

5) 금전, 물품을 남에게 맡겨 둔다는 표.

6) 지금.

을 못 보냈사온 터이온데, 댁 상노를 보온즉 모양이 비슷하옵기 무심코 속으로 한다는 말이 대감께까지 입문入聞[7]되었습니다."

허 판서가 이 말을 듣고 불같은 욕심이 일어나서 체면도 아니 돌아보고 너털웃음 한번을 껄껄 웃으며,

"여보게 김 과천, 나는 그 상노 놈과 등분等分[8]이 어떠한가?"

"황송합니다."

"황송하다고 할 것이 아니라 내가 김 과천더러 청할 말이 있으니 즐기어 들을 터인가?"

"대감의 분부오면 사차불피死且不避[9]오니 어찌 감히 아니 듣사오리까."

"다른 청이 아니라, 내가 자네 사위가 되고자 하니 어떠한가?"

"천만의 말씀이올시다."

"천만의 말이란 것이 아니라 내 말을 들어 보게. 김 양주가 여기 앉았지마는 김 양주는 내 속을 다 아네. 내가 작년에 별실別室[10] 되는 사람을 죽이고 인해 가합可合한 사람이 없어서 지금껏 그저 있는 모양이니 자네 딸을 날 줄 것 같으면 자네 딸도 호강을 시킬 것이요 또 자네도 작은 수령으로만 다니겠나. 감사라든지 참판, 판서는 못 할라구."

당초에 김 씨가 서울로 올 때는 천금 같은 딸을 위하여 좋은 배필을 얻어 슬하에 낙을 보려 함이러니, 그때는 평안도 사람으로는 벼슬 얻어 하기 승천적성昇天摘星[11]같이 어려운 세월이라, 김 참봉이 천만뜻밖에 세가를 만나 출륙하고 또 이같이 세도 재상의 농락에 들어 수작을 하여 보매 헛된 영광에 불같은 욕심이 나는지라, 스스로 생각하되,

'채봉의 위인이 녹록지 아니한즉 제 팔자가 세어서 부가富家의 별실이나 그렇지 않으면 남의 재취나 될 터이니, 그럴 지경이면 바로 재상의 별실을 주어 호강이나 시키고 나는 부원군 부럽지 아니하게 벼슬이나 실컷 얻어 하리라.'

하고 흔연히 허락한다.

"미련한 여식을 더럽다 아니 하시고 이같이 하념下念하시니 어찌 감히 거역하겠습니까마는 미거한 것이 감당할는지 그것을 몰라 염려올시다."

"허허허, 별소리를 다 하네그려. 내 이야기를 들은즉 평양 사람들이 남녀간 숙성하다는걸. 그래 어느 날 떠나가려나?"

"내일 내려가서 데리고 오겠습니다."

"그러면 빨리 데리고 올라오게. 그동안 나는 자네 일을 주선하여 줄 것이니."

---

7) 귀에 들림.
8) 신분 등급.
9) 죽어도 피할 수 없음.
10) 첩.
11) 하늘에 올라가 별을 땀.

김 참봉이 대열大悅하여 익일翌日에 허 판서에게 하직하고 평양으로 내려가니라.

제6회 김 진사 내외 채봉을 데리고 상경한다

이때 이 부인은 채봉의 혼인을 정하고 김 진사 내려올 동안에 혼수 범절을 준비하여 방안에서 채봉의 의복 마련하고 앉았더니 김 진사가 내려와 밖으로 들어오며,

"마누라 어데 갔소?"

하고 마루에 털걱 앉으니, 이 부인이 그 목소리를 듣고 손에 잡았던 가위를 집어던지고 급히 뛰어나오며 기다리던 차에 첫인사로,

"진사님이오? 왜 이렇게 더디 내려오셔요? 나는 그간 애기 혼인을 정하고, 내려오시기를 고대했지요."

참봉이 혼인 정하였다는 소리를 듣고 깜짝 놀라며,

"응? 혼인을 정하였다니 누구와 정했단 말이오?"

"노독路毒도 계실 터이니 방으로 들어와 앉으시오. 차차 이야기할 것이니 방에 들어오시오."

"아니 관계치 않소. 위선 급하니 말을 하오. 그러나 이제도 진사님이야? 내가 그새 참봉 초사初仕[1]를 했는데."

하면서 방에 들어와 갓탕을 벗어 부인을 주니, 부인이 받아 벽에 걸고 반기어 옆에 들어앉으며,

"아이고 반가워라. 올해 운수가 겹겹이 좋구나. 영감 초사하시고 애기 혼인 정하고. 그러나 왜 혼인 정하였다는 말을 듣고 깜짝 놀라시오?"

"위선 듣기가 급하니 말부터 하오."

"그런 것이 아니라 대동문 밖 사는 장 선천 아들과 정하였다오."

"장 선천 아들과 정했어? 그 거지 다 된 것하고? 흥, 기막힌 사위를 정하고 내려왔으니 애기를 데리고 우리 서울로 올라가서 삽시다."

이 부인이 이 소리를 듣고 눈이 휘둥그레져서,

"기막힌 사위가 어떠한 것이란 말이오?"

묻는다.

김 참봉은 연해 허풍을 친다.

---

1) 첫 벼슬.

"흥! 알면 곧 기가 막히지. 누구인고 하니 당장 이 천지에 세도하는 사직골 허 판서야."

부인은 일변 끔찍하고 일변 기가 막혀 다시 묻는다.

"허 판서면 정실正室이란 말이오, 부실副室이란 말이오?"

"정실도 아니요, 부실도 아니요, 별실別室이라오."

"나는 그러지 못하겠소. 허 판서 아니라 허 의정議政[2]이라도."

"왜 못 해?"

"영감도 서울 가시더니 환심換心[3]이 되셨구려. 전일에는 평생 말씀이 저같이 얌전한 신랑을 택해서 슬하에 두고 걱정 근심이나 아니 시키자고 하시더니, 오늘 이게 무슨 말이오. 그래 그것을 금지옥엽같이 길러서 남의 첩을 준단 말이오?"

"허허허, 아무리 남의 첩이 되더라도 호강만 하고 몸 편했으면 좋지."

"남의 눈엣가시가 되어 무슨 독을 당할는지를 몰라 바늘방석에 가 앉은 것 같아도 호강만 하면 제일강산이란 말이오? 나는 죽어도 그런 호강을 아니 시키겠소."

김 참봉이 이 말을 듣고 열이 버썩 나서 무릎을 탁 치며 큰소리를 한다.

"그래, 그런 자리가 싫어? 조런 복철[4] 보았나. 딴소리 말고 내 말을 좀 들어 보아. 위선 춤 출 일이 있으니."

"무엇이 그리 좋은 일이 있어 춤을 춘단 말이오?"

"내가 백두白頭[5]로 늙을 것을 위선 허 판서 주선으로 출륙을 하였지, 또 내일모레 과천 현감을 할 터이지. 인제 채봉이가 그리 들어가 살면 제 평생도 좋거니와 감사도 있고 참판도 있은즉 그때는 마누라가 정경부인貞敬夫人은 떼어 놓은 당상이니 이런 경사가 어디 있소. 두말 말고 데리고 올라갑시다."

이 부인도 역시 그 말에 솔깃하여 하는 말이,

"영감이 기어코 하려 드시면 낸들 어떻게 하겠소마는 애기가 즐기어 말을 들을는지 모르겠소."

채봉은 이때 초당에 앉아 글을 읽더니 부친의 음성을 듣고 취향을 데리고 내당에 들어오다가 자기 혼삿말 하는 소리를 듣고 걸음을 멈추고 서서 듣고 말이 그치기를 기다려서 부친의 앞에 나와서 날아가듯 절을 하고,

"아버님, 원로에 안녕히 다녀 내려오셨습니까?"

김 참봉이 보고 귀한 생각이 한층 더 나서 등을 어루만지며,

"오, 잘 있었더냐? 그래, 그간 글공부도 더 하고 바느질도 많이 익혔느냐?"

---

2) 의정은 의정부의 우두머리. 영의정, 좌의정, 우의정의 총칭.

3) 마음이 바뀌는 것.

4) 복처리. 복이 없는 사람.

5) 벼슬을 하지 못한 사람.

하고, 부인을 쳐다보고 벙글벙글 웃으며,

"여보 미누리, 참 애기가 인제는 여공을 배워도 쓸대가 없구려. 침모가 있어서 다 해서 바칠 터이니."

하는데, 채봉은 얼굴을 숙이고 양협兩頰[6]에 도화桃花 기운이 띠었더라.

김 참봉이 다시 채봉을 보며,

"아가, 너 재상의 별실이 좋으냐, 여염집 부인이 좋으냐? 아비어미 있는데 부끄러울 것 무엇 있니? 네 소원대로 말해라."

채봉이가 예사 여염집 처녀 같으면 이런 말을 대하여 아무리 부모의 말일지라도 무엇이라고 개구開口를 하여 대답하리오마는, 채봉은 원래 학식도 있을 뿐 외라 장생의 일이 잠시라도 잊히지 아니하고 부모의 하는 말을 들은 터이라 조금도 서슴지 않고 안색을 바로 하고 대답하되,

"차라리 닭의 입이 될지언정 소의 뒤 되기는 원이 아니올시다."

"허허허, 그 자식. 네가 남의 별실 구경을 못 해서 이런 소리를 하나 보다마는 별실도 시골말이지, 경재상京宰相의 별실이야. 참, 세상에 그 같은 호강은 또 없느니라."

이 부인이 말을 가로막아 김 참봉을 쳐다보며,

"영감은 자식더러 별말씀을 다 하시는구려. 계집애 자식이란 것은 으레 밭부모 하시는 대로 좇아가는 법이지. 아가, 너는 네 방으로 가거라."

채봉을 보내고 두 내외 서울 올라갈 의논을 하고 그날로 가장집물을 방매放賣하여 내외와 딸의 상경上京할 행장을 차리니라.

이때 채봉이 초당으로 나와 장 씨의 일을 생각하고 호올로 탄식하되,

"부운浮雲 같은 이 세상에 부귀공명이 무엇인고. 그같이 나를 사랑하던 우리 부모가 일조一朝에 나로 하여금 신의를 배반하고 천첩의 몸이 되게 하려 하니 가엾고 한심한 일이로구나. 그러나 부모는 부귀에 눈이 어두워 그러하거니와 나는 여자의 몸이 되어 한번 허락한 마음을 변치 아니하여 잠깐 동안 부모의 근심을 끼칠지라도 내 몸이나 불의지죄不義之罪를 면하리라."

하는데 눈물이 옷깃을 적신다. 이윽고 한 꾀를 생각하고 취향을 대하여,

"이애 취향아, 내가 너를 몇 해 동안 친형제간같이 알고 지낸 터이어니와 나의 억울한 사정을 알아줄 사람은 너밖에 없구나. 장 씨의 일은 너도 아는 바이어니와 아무리 부모의 분부인들 그 중한 언약을 오늘날 배반할 수 있나. 이를 어찌하면 좋을까?"

"글쎄올시다. 당초에 서울서 정혼을 하고 오더라도 퇴혼退婚을 하겠다고 말씀하시던 마님까지 마음이 변하였으니 아마 소저는 서울 마나님이 꼭 되실밖에 없을까 뵈다. 그러나 소저는 올라가시면 그만이지만 나는 이 바닥에서 살며 장 씨를 무슨 낯으로 봅니까?"

---

6) 두 뺨.

채봉이 이 말을 듣더니,

"이애, 그렇지 않은 도리가 있다."

하고, 취향의 귀에 입을 대고 무슨 비밀한 말을 하고 다시 말을 이어,

"아무리 생각해도 그리할 수밖에 없으니 나는 어떻게 하든지 가다가 중로에서 몸을 피할 터이니 너는 어멈하고 뒤를 밟아 오너라."

취향이 고개를 까딱까딱하고,

"그러시면 진사님과 마님께서 오죽하시겠습니까? 그러나 소저 생각이 그러하시면 시키시는 대로 하지요."

익일 오경五更[7]에 발정發程[8]할새 취향이 손을 잡고 이별하거늘 채봉이 주머니에서 돈 오십 냥을 주며 은근히 부탁하되,

"이걸로 노자를 삼아 부디 어젯밤 약속을 잊지 말고 따라오너라."

총총히 작별하고 교군轎軍[9]에 올라앉으니, 김 참봉과 이 부인은 속도 모르고 채봉의 마음 돌림이 만분다행萬分多幸하여 곧 발정하더라.

제7회 채봉이 중로에서 도주해 돌아오다

이날은 전후 분별하노라고 자연 해가 오시午時[1]나 되었으니 이튿날 떠나도 좋으련마는 김 씨 생각에는 하루가 바빠서 급히 떠나는 터이라, 중화中和 지경地境[2] 들어서서 만리교萬里橋에서 해가 저물거늘 조용한 주막을 얻어 이 부인과 채봉은 안으로 들어가고 김 참봉은 밖에서 쉴새, 밤이 삼경三更쯤[3] 되어 사면에서 으악 소리가 나면서 화광火光이 충천하거늘, 김 씨가 누웠다가 깜짝 놀라 일어나 나와 보니 사면에 화적火賊이 물밀듯 들어오며 사람을 만나는 대로 죽이는데, 집안에 있는 사람은 벌써 어데로 도망하고 어리친 개새끼 하나 볼 수 없는지라, 창황 망조愴惶罔措[4]하여 급히 안으로 들어가니 이 부인과 채봉은 간

7) 오전 네 시쯤.
8) 길을 떠나는 것.
9) 가마.

1) 오전 열한 시부터 낮 한 시.
2) 중화 땅.
3) 밤 열두 시쯤.

데없고 처처에 들리나니 곡성뿐이라. 어찌할 줄 모르며 연하여,

"채봉아, 채봉아."

부르는데, 화적은 벌써 그 집으로 가까이 왔는지라, 방에 있는 행장은 미처 집어내지도 못하고 담을 넘어 밖으로 나와서 곡성 나는 쪽을 바라고 좇아가며 뒤를 돌아보니 벌써 자던 집은 불덩이가 되었다. 김 씨는 행장에 있는 돈 생각도 둘째요, 부인과 채봉을 목이 터지도록 부르며 좇아간다. 이때 이 부인은 채봉을 데리고 자다가 주인마누라가 깨우는 소리에 깜짝 놀라 일어나니 옆에 누웠던 채봉은 간데없고 사면에 화광이 충천하여 낮같이 밝으며 아우성 소리가 귀를 때리는데, 아무 정신을 못 차려 주인마누라에 엇걸려 뒷문으로 나와 달아나는데 앞길에 남녀가 섞이어 피란하는지라, 이 부인은 영감과 채봉이가 저기 섞이어 달아나는 줄 생각하고 급히 다리로 가며 채봉을 부르다가 대답이 없으면 김 참봉을 부르며 따라가는데, 뒤에서 채봉이 부르는 소리가 들리거늘 급히 고개를 돌리며 마주 채봉을 부르니 김 씨가 앞에서 마주 부르는 소리를 듣고 급히 뛰어오니, 또한 채봉은 보이지 아니하고 부인뿐이라, 부인을 붙들고,

"채봉이 어디 갔소?"

"애이고, 이를 어찌하면 좋단 말이오. 나도 영감과 채봉을 찾느라고 여기까지 오는 길인데 채봉이가 어데를 갔단 말이오? 이 사람 중에 섞이었나 좀 찾아봅시다."

두 내외 손을 마주 잡고 지척을 분별치 못하는 밤길에 허둥지둥하며 채봉을 부르니, 채봉은 벌써 평양 길을 향하여 간 지 십 리나 상거相距[5]가 되었는지라 누가 대답을 하리오. 사람의 자취는 점점 멀어지고 부르는 소리만 기진하여진다.

두 내외 땅에 털썩 주저앉으며,

"에그머니, 이를 어찌하나? 우리 채봉이가 죽었구나. 죽지 아니하면 도적에게 잡히어 갔을 터이니 이 노릇을 어찌한단 말이오?"

이같이 기가 막혀 탄식하더니, 이때 도적놈들이 노략질을 다하여 가지고 평양으로 돌아가고 피란꾼들도 들어와 동네 불을 끈 후에 주인 노파가 김씨 내외를 찾아 데리고 집으로 오니, 이 부인은 다시 정신을 차려 자던 방으로 급히 들어가 채봉을 찾고 김 참봉은 급히 바깥방으로 들어가 보니 도적이 벌써 행장을 풀어 헤치고 재산을 다 가져간지라. 김 참봉은 눈이 캄캄하여져서 방바닥에 가 털썩 주저앉아 부담負擔[6]을 안고,

"에구에구."

하는데, 이 부인은 채봉의 행장을 안고,

"채봉아, 채봉아, 너는 어데 가고 쓰던 세간만 있단 말이냐? 죽었느냐 살았느냐? 죽었으

---

4) 놀라서 어쩔 줄 모름.

5) 서로 떨어진 거리.

6) 짐을 넣어서 말 등에 지우는 농짝.

면 잊기나 하련마는 살아서 도적에게 붙들려 갔으면 고생이 오죽하랴."
하며 뼈가 녹는 듯 울고 김 씨는 다시 부인을 붙들고 우니, 주인 노파가 옆에서 보다가 위로하되,

"울지 마시오. 이런 일이 다 일시 액운이라, 가엾은 말씀 어찌 다 하겠소마는 이곳이 도적이 심한 데라 여간 재물 잃고 자식 잃은 사람이 비일비재외다. 차역此亦[7] 운수이니 우시면 무엇 하시오."

하고 물러나니, 부인은 이날 밤을 이렇게 새우는데 김 씨의 마음에는 당장 생각하면 자결이라도 하고 싶으나, 사람이 허욕에 뜨이면 눈앞이 어두운 법이라, 홀로 생각하되 서울로 오천 냥 맡긴 것이 있고 겸하여 과천 현감은 그간 되었을 터이니, 몸이 귀히 된 후 채봉도 수소문하여 찾고 재산도 다시 모으리라 하고, 여간 나머지 행구行具를 팔아 노수路需를 삼아[8] 두 내외 도보로 서울을 올라가니라.

김씨 내외 상경하여 이왕 정하였던 객줏집으로 사관舍館[9]을 정하고 이튿날 허 판서를 가서 보니, 허 판서가 김 참봉을 보고 반기어,

"아, 김 과천 오시나. 그래, 올라오는데 노독이나 아니 났나? 자, 위선 급한데 과천 현감을 구경하려나?"

하더니 문갑文匣에서 칙지를 내어 주는지라, 김 참봉이 칙지를 보고 가슴이 주저앉으며 혼 빠진 사람처럼 앉아서 눈물만 흘리고 감히 받지를 못한다.

허 판서가 거동을 보고 껄껄 웃으며,

"왜 그래? 응? 너무 반가워서 그러하지?"

김 참봉이 일어나 절을 하여 칙지를 받아 앞에 놓고,

"대감 혜택으로 천은을 입었습니다마는 소인은 운수가 불길하여 올라오다가 죽을 풍파를 겪고 올라왔으나 대감 뵈올 낯이 없습니다."

허 판서 깜짝 놀라며,

"응? 그게 무슨 소리야? 풍파를 겪다니?"

김 참봉이 전후 말을 다 하니, 허 판서가 별안간 눈이 실쭉하여지며 조금도 가엾은 생각이 없이,

'응? 이런 맹랑한 놈 보아. 제가 어찌했던지 과천은 할 터이니까 내려갈 때는 허락을 다 하고 지금은 딴소리를 해?'

하며, 한번 부러 더 놀라는 체하고 김 씨의 얼굴을 훑어보며,

"대단 놀라운 말일세. 그러면 재물은 도적이 가져갔거니와 딸이야 못 찾아 가지고 온단

7) 이것 역시.
8) 행구는 행장 곧 짐이고, 노수는 노잣돈.
9) 여관.

말인가?"

"아무리 찾으나 찾을 수가 있어야지요. 대감 위력이나 빌어 가지고 찾고자 하여 올라왔습니다."

허 판서가 별안간 발연변색勃然變色[10]하며 대성大聲으로 꾸짖어 왈,

"이놈, 소위 부모가 되어서 난중亂中에 자식을 잃고 찾을 생각도 아니 하고, 뉘 위력을 빌어서 찾으려고 내버리고 와서, 맹랑한 놈!"

하더니 하인을 불러,

"사구류私拘留[11]를 시키라."

하며,

"이놈! 네 딸을 데려오든지 그렇지 않으면 돈 오천 냥을 마저 바치든지 해야 무사하리라. 이놈아, 이따위 소리를 뉘 앞에서 하느냐? 시골 내려간 동안에 주선은 다 해서 주마고 했더니 현감은 할 터이니까 지금 와서 그까짓 소리를 한단 말이냐?"

하고, 다시 말할 새 없이 가두더라.

이때 이 부인은 사관에 혼자 앉아서 채봉을 생각하고 눈물을 흘리며 김 참봉 나오기만 기다리는데 이날 밤이 지나고 또 하루가 지나되 김 참봉이 아니 나오는지라, 마음에 의혹이 들어가서 사람을 얻어 보내어 알아보니 약시약시若是若是한[12] 일로 갇히었단 말을 듣고 가슴이 오뉴월 장마에 토담 무너지듯 하고 눈이 캄캄하여,

"에그머니!"

한소리에 엎드러져서 까무러치는지라. 식주인食主人[13]이 이 거동을 보고 급히 더운 물을 먹이며 사지를 주무르니 한 식경이나 되어 정신을 차리고 길게 한숨 한 번을 휘 쉬고 하수河水[14] 같은 눈물이 옷 앞에 더벅더벅 떨어지며,

"에구, 이게 웬일이야. 자다가 얻은 병인가, 졸다가 얻은 병인가. 인제는 속절없이 채봉의 소식도 못 알아보고 죽겠구나."

"어떻게 된 일이오?"

식주인이 물으니 이 부인이 전후 설화를 다 하매 식주인이 혀를 홰홰 두르며,

"에구, 가엾어라. 이런 것은 돈 주고 얻은 병이로구려. 바깥양반은 좀체로 나오실 수 없소. 이런 일이 한두 번이라고. 대단 어렵소. 필경 돈을 해서 놓든지 따님을 찾아 놓든지 해야 나오지 그렇기 전에는 댁 일이 썩 상했소."

---

10) 별안간 성이 나서 얼굴빛을 바꿈.

11) 권세 있는 사람이 마음대로 사람을 가둬 두는 것.

12) 이러이러한.

13) 침식을 의탁한 집주인.

14) 개울물.

이 부인이 눈물을 더욱 흘리며,

"그러면 돈 할 수 없고 딸 찾을 수 없으니 볼일은 다 봤구려."

"그것 참 안 되었소이다. 그러나 세상일을 알 수가 없으니 혹시 따님이 밤중에 피란을 하여 평양으로 도망하였는지 알 수 있소? 평양으로 내려가 찾아보오. 여기는 오만 날 있어도 소용없소."

이 부인이 이 말을 듣고 가만히 생각한즉 그럴듯한지라,

"주인의 말이 당연하오. 그러나 노수가 없으니 어떻게 오백여 리를 내려갈 수가 있소. 어렵지마는 이것을 좀 팔아다가 주시오."

하고 머리의 비녀 빼어 주니, 식주인이 받아 가지고 나가더니 팔아다 주거늘, 부인이 받아 가지고 평양으로 내려가더라.

제8회 이 부인 채봉을 찾아 평양으로 오다

대저 세상의 근심과 고생은 공교한 기회에서 생기는지라. 이때 채봉은 취향과 약속한 후 만리교에서 이 부인 잠든 사이를 타서 도망하여 취향과 취향 어미를 데리고 평양으로 도로 내려와 취향의 집에 있어 부친의 기별을 기다리고 차차 길을 얻어 장 씨에게 통하려고 위선 서화에 낙을 붙이고 있으니, 대개 채봉이는 만리교에 화적이 들기 전 두어 식경이나 앞서 도망한 고로 김 참봉이 도적에게 그 지경 된 줄은 모르고 있더라.

이때 이 부인은 주야 열흘 만에 평양을 당도하니 어데로 가리오. 속으로 생각하되,

'애기가 이리로 오면 필연 취향의 집으로 왔을 터이니 취향의 집으로 찾아가는 것이 옳다.'

하고, 대동문을 들어서며 좌우를 돌아보고 위연탄식喟然歎息하는 말이,

"산천과 물색은 의구하다마는 나는 불과 일삭 동안에 행색이 이렇게 초췌하여졌단 말이냐."

이렇듯 한숨하고 애련당골로 들어서 취향의 집으로 들어가니, 이때 채봉은 취향을 데리고 선후 방침을 의논하며 앉았더니, 이 부인이 안으로 들어오며 취향부터 부른다.

"취향아, 취향아."

채봉과 취향이가 부인의 음성을 어찌 모르리오. 한달음에 우루루 뛰어나오는데 이 부인은 미처 채봉은 보지 못하고 앞선 취향부터 보고,

"취향아, 우리 댁 아기씨 여기 왔니?"

채봉이 급히 이 부인 손을 잡고,

"어머니, 나 여기 있소."

이 부인이 얼싸안고,

"이 일을 어찌하면 좋단 말이냐? 우리 집이 오늘날같이 불시에 망할 줄 꿈에나 생각하였을까."

채봉이 이 말을 듣고 소스라쳐 놀라 울며,

"망하다니요? 불초녀不肖女로 무슨 풍파가 났소?"

이 부인이 정신을 진정하고 채봉을 붙들고 방으로 들어가 앉으며,

"어떻게 되어서 네가 이리 왔니?"

채봉이 부인의 행색을 보고 이 말은 대답 아니 하고 도리어 묻기부터 한다.

"어머니, 나 여기 온 것은 종차 이야기할 것이니 어머니 이야기부터 하시오. 아버지는 어데 계시며 어머니는 무슨 일로 이렇게 혼자 오시오?"

하는데, 부인은 한참 동안 가슴이 답답하여 앉았다가 만리교에서 도적 만난 일과 서울 갔다가 허 판서가 영감을 가두고 으르고 공갈하던 말을 다 하며,

"이를 어떻게 하면 좋으냐? 돈을 오천 냥을 하여 놓든지 너를 데려오든지 하라 하니, 너는 아버지를 살리려거든 나와 같이 서울로 올라가자."

채봉이 이 말을 듣고 눈물을 머금고 앞날 만리교 주막에서 취향과 약속하고 밤중에 도망하여 온 말을 대강 하고,

"어머니, 나는 죽어도 서울 올라가기는 싫소. 이 자식은 죽은 걸로 알으십시오."

"네가 아니 가면 아버지는 아주 돌아가시란 말이냐? 너를 찾아 놓든지 돈을 해서 놓으라 하니, 네라도 가야지."

채봉이 묵묵히 앉아 호올로 사세를 생각하니,

'가련한 부모는 이미 범의 아가리에 들었으며 가산은 탕진무여蕩盡無餘[1]하고, 이 몸은 죽어도 먹은 마음을 변할 생각이 없으니 이 일을 장차 어찌하리오. 내가 올라가면 장 씨의 죄인이 될 것이요, 돈도 못 하고 나도 아니 올라가면 부모는 환란患難을 면치 못할 것이니, 차라리 이 몸이 죽고 모를까. 죽으면 나는 허물이 없는 사람이려니와 늙고 병든 부모는 속절없이 죽는 사람이라. 죽기도 어렵고 살기도 어려우니, 슬프다, 천지 광활하나 가련한 박명 여자의 한 몸을 용납할 곳이 없는가. 세상에 뉘가 만일 돈을 주어 나의 부모를 구하게 하는 사람이 있으면, 나를 데려다가 종노릇을 시키거든 종노릇을 하고 기생 노릇을 시키거든 기생 노릇이라도 하리라.'

이같이 결심하니 세상에 한없는 것은 눈물이라 어린 간장을 녹여 뜨거운 눈물이 되어 옷자락에 떨어진다.

채봉이 안색을 천연히 하고 모친을 대하여,

"그러면 돈을 해서 드릴 터이니 어떠하시오?"

---

1) 몽땅 다 써서 남음이 없는 것.

"네가 오천 냥 돈이나 되는 것을 어떻게 판비辦費[2]를 한단 말이냐?"
"네, 염려 마시오. 며칠만 기다려 보시옵소서."
하고 창연悵然히 하수河水 같은 눈물을 흘리며 앉았는데 부인은 일희일비하여 의혹이 만단萬端[3]하여 다만 채봉의 눈치만 보고 앉았고 채봉은 치맛자락을 들어 시름없이 흐르는 눈물만 씻는다.
채봉이 취향을 돌아보며,
"취향아, 어멈 어디 갔니? 좀 불러라."
"어멈이 봉선의 집 가셨소."
"가서 좀 불러라."
취향이 밖으로 나가더니 한 식경이나 되어 어멈과 같이 들어오더니 취향 모가 이 부인을 보고 깜짝 놀라며,
"에그 마님, 웬일이십니까?"
하는데, 부인이 위연탄식하고,
"허, 우리 댁은 기둥뿌리 하나 없이 졸지에 이 지경이 되었으니까 말이 아니 나오네."
"왜 그렇게 되셨어요? 벼슬하러 올라가신다더니. 그러나 애기씨 못 보아 오죽 그리워하겠습니까?"
채봉이 취향 모를 바라보며,
"내가 어멈에게 청할 말이 있으니 힘을 좀 쓰려나?"
"무슨 청이시오?"
"부끄러워 말이 아니 나오네마는 내 몸을 팔아 주게."
취향 모 이 말을 듣고 펄쩍 놀라며,
"에그, 그게 무슨 말씀이오? 공연 망령의 말씀을 하시는구려."
"정말일세."
채봉이 전후사연을 다 말하니 취향 모 역시 눈물을 흘리고,
"아이고, 딱해라. 댁이 어떻게 하면 오늘 이런 변괴가 납니까. 그런데 팔리면 어떻게 팔리세요?"
"지금 형편이 이러하니 돈이 쉬이 되도록만 주선하게그려."
"기생이나 되시려면 돈이 쉬이 나오지마는."
"박복한 인생이 무엇을 관계하겠나. 기생으로 팔릴 것이니 어디 가합한 곳이 있나?"
"그러기로 기생 노릇을 어찌하시려오? 한 자리가 있기는 있지요."
"어데인가?"

2) 돈을 장만하는 것.
3) 어떤 일의 실마리가 여러 가지로 얽힘.

"지금 봉선의 집에를 갔더니 봉선 어미가 봉선을 팔아 서울로 보내고 집이 비었는데 기생 하나를 시지 못해시 하딘데요."

"그러면 주선을 하게."

이 부인이 앞에 앉아서 이 말을 듣고 한심하고 분한 생각이 나서 채봉을 돌아보며,

"이애, 나는 네 일을 알 수가 없다. 재상의 별실은 싫고 기생 노릇 하기가 원이란 말이냐? 내가 너를 길러 마땅한 사위를 얻지 못하고 기생을 만든단 말이냐? 네가 정말 아비를 살릴 생각이 있거든 나와 같이 올라가자."

"나는 기생이 될지언정 재상의 별실은 소원이 아니오."

"애기씨, 무슨 마음을 그렇게 이상히 잡수시오. 그러지 마시고 마님과 같이 올라가시오."

"나는 살아도 평양, 죽어도 평양, 살아도 평양, 죽어도 평양. 다른 마음 없으니 부질없이 권하지 말게."

대저 채봉은 속으로 생각하는 일이 있어서 이리하지마는 이 부인과 취향 모는 도리어 못마땅하게 알더라. 취향 모 어찌할 수 없어 봉선 어미 집으로 가서 이 말을 하니 채봉의 자색과 재주가 이르는 터이라 봉선 어미가 듣고 불승대희不勝大喜하여,

"취향 어머니, 정말이오?"

"그러면 정말이지. 어떤 소리라고 거짓말하겠소."

"정말이면 좋기는 한량없이 좋소. 그런데 돈은 얼마나 달라고 합더이까?"

"그런 것은 대면하여 의논하구려. 봉선이는 얼마에 팔았소? 그가량이겠지."

"칠천 냥에 데려갔소."

"어찌했던지 같이 가서 의논을 합시다."

하고 봉선 어미를 데리고 취향의 집으로 오니, 채봉이 봉선 어미를 보고,

"봉선 어머니 오시오? 청하기는 다름이 아니라 내가 기생이 되고자 하니 마음에 어떠하시오?"

"좋기는 하지마는 정말인지 알 수 없다."

"정말이오. 취향 어미에게 대강이라도 들으셨겠지요?"

"그래 들었다. 그러면 돈을 얼마나 주랴?"

"육천 냥만 주시오."

봉선 어미 껄껄 웃으며,

"그리하지. 봉선이가 가더니 채봉이가 오니, 내가 봉하고는 연이 대단한 모양이로군."

하고 집으로 돌아가서 돈 육천 냥을 갖다 주고 이 부인의 표를 받아 가니, 이 부인은 하 어이가 없어 속으로,

'조런 복 찰 년이 어디 있나. 오냐, 나는 모르겠다.'

하면서도, 모녀 정리情理라 천륜이야 어찌하리오. 채봉의 손을 잡고,

"아가, 정말 이렇게 마음을 먹느냐? 네가 평생에 장 씨를 지키노라 하더니 오늘 네 거동

을 보니 어데 장 씨 지키는 것 같으냐?"

"어머니는 이 자식 생각을 마시고 서울 가서 아버지나 나오시게 하시고, 나는 만리교에서 불에 타 죽었다 하시오."

하고 돈 오천오백 냥을 주며,

"오천 냥은 아버지 나오시게 하고, 오백 냥은 아버지 나오시거든 노자를 쓰시고 내려오시오. 오백 냥은 내가 쓰겠소."

이 부인이 하릴없이 영감이나 구해 내고 차차 조처하리라 하고, 눈물을 씻고 돈을 받아가지고 서울로 올라가니라.

제9회 채봉이 몸을 팔아 기생이 되어 다시 장생을 만나다

채봉이 모친을 이별하고 봉선 어미 집으로 들어와 기생 노릇을 시작할새 위선 이름을 '송松' 이라 개칭하니, 이는 대개 스스로 절개를 솔에 비하여 장생의 언약을 변치 아니하려 함이라. 그러나 속으로 기모妓母[1]는 춘삼월 호시절에 피어나는 꽃송이로 생각하고 더욱 사랑하여 사방에 광파廣播[2]하니, 이때 평양 소년들이 송이라 하는 기생이 새로 나왔는데 인물도 똑똑할 뿐 외라 서화가 분명탄 말을 듣고 한번 보기를 원하는데, 송이는 모두 불응하여 이상한 문제 하나를 내어 놓았으니, 그 문제는 다름이 아니라,

권하노니 그대는 양대 꿈을 생각지 말고
힘을 써 글을 읽어 한림에 들어갈지어다.
勸君莫想陽臺夢 努力讀書入翰林

이라 하는 글귀를 알아보기 좋게 써서 방문 위에 붙이고 또 주서朱書[3]하되,

'이 시詩는 답한 것이니 어떻게 한 시를 대하여 이같이 답장한 것을 알아내는 사람이라야 몸을 허하리라.'

하였더라.

대저 이는 앞날 장필성에게 답한 바라, 하늘도 모르고 땅도 모르고 귀신도 모르고 아는

1) 기생 어미.
2) 널리 퍼뜨림.
3) 붉은색으로 씀.

사람은 다만 채봉과 장생뿐이라, 뉘가 능히 해득하리오? 평양 바닥의 모든 사람들이 이것을 알아내어 한번 상관하기를 원하니 한 사람이 열 사람에게 물어보고 열 사람이 백 사람에게 묻더니, 외입하는 사람이나 아니 하는 사람이나 입으로 외기를 중의 나무아미타불 부르듯 하되 아무도 맞히는 자 없으니, 대저 기생 어미는 나룻배 부리는 사공과 일반이라, 한번이라도 더 태울 데로 부리고 한 사람이라도 더 태울 데로 내리기를 조이는 터에, 하물며 중가重價[4]를 주었는데, 첫 개시부터 형편이 이러하니 이 시로 인연하여 봉이 아니 든다 하여 불쾌히 여기지마는, 송이는 원래 서화가 분명한 고로 서화를 받아 가는데 공전工錢[5]이 적지 아니하니 기모는 속으로 생각하되,

'서화 받아 가는 공전이 이와 같이 많으니 글귀를 풀어내는 사람 있어 한번 머리를 얹어 주면 그 후로는 생기는 것이 불소不少할 터인데, 평양 바닥에 이렇게 글이 없나.'

하고 은근히 글귀 풀 사람을 기다리더라.

이때 장필성은 김 진사가 서울서 오면 혼인을 하려니 하고 고대하더니 김 진사가 내려와서 이 말 저 말 없이 서울로 모두 살러 갔다는 소리를 듣고 낙심천만하여 속으로,

'세상의 인심은 난측이라.'

하고 마음을 단단히 먹고 단념하고 가끔 채봉이가 보낸 답시를 보며 심사가 불평하더니, 하루는 한 친구가 와서 송의 문제를 말하고 한번 생각해 보라 하며,

"이런 시가 혹 이전에 있기는 한가?"

하는데, 장필성이 시를 보니 앞날 김 진사 집 동산에서 취향의 손으로 전하던 채봉의 시라 한참 들여다보며 홀로 생각하되,

'세상에 알 수 없는 일도 있다. 이 글은 나와 채봉이 외에는 알 사람이 없는데 어찌 기생의 방에 붙었으며, 그 기생이 어떠한 계집이게 글 푸는 사람을 구하기는 무슨 까닭인고? 내 한번 그를 보고 이허裏許[6]를 알아보리라.'

하고, 겉으로 모르는 체하며,

"글쎄 아무리 생각하여도 알 수 없네그려."

하여 보내고, 궁금증이 나서 곧 송의 집을 찾아와서 기생 어미를 보고,

"내가 글귀를 알아낼 터이니 어떠하오?"

기생 어미는 밤낮 이로 걱정하다가 이 말을 듣고 불승대희하여 좇아 나가 보니, 의복이 초라한 사람이라 심중에 미흡하여 필성을 한참 유심히 보더니,

"한 번도 뵈온 적이 없사온데 댁이 어디세요?"

"나는 대동문 밖 사는 장 서방이오."

---

4) 많은 값.

5) 품값.

6) 속내.

기생 모, 장 씨를 데리고 들어오는데 필성은 뒤를 서고 기생 모 앞을 서 송의 방으로 들어가며 기생 모 송을 불러,

"송아, 대동문 밖 사는 장 서방이 글귀를 해석하마 하셨으니 청하여 들어 보아라."

송이 적적히 앉아 붓으로 매란梅蘭을 그리더니 대동문 밖 장 서방이란 소리를 듣고 별안간 무색한 빛이 생기니, 이는 다름 아니라 장차 정인을 만나 제 소원을 이루게 되었으나 전일을 생각하고 오늘을 생각하니 분하고도 무안한 생각이 남이러라. 송이가 벌떡 일어서며,

"그러면 들어옵시사고 하시오."

기생 어미가 필성을 내다보며,

"그러면 이리 들어오셔서 말씀하시오."

필성이 방으로 들어서며 위선 아랫목에 앉은 기생을 보니 갈데없는 김 진사 딸이요, 문 위에 붙인 글을 보니 채봉의 필적이 분명하다. 송이는 들어오는 필성을 보니 갈데없이 그리고 기다리는 장필성이라, 서로 무색하여 한참 앉았다가, 송이 아니 나오는 목소리로,

"글귀를 푸신다니 말씀하시오."

하니, 이는 기생 모 보는데 감히 사색을 내지 못함이러라. 필성이 그제야 송을 바라보며,

"내 의견껏 하여 보지마는 기생의 주견主見과 적합할는지?"

하고, 수건에 써서 취향이 주었던 말을 달리 비유하여 글귀를 말하니, 송이가 눈에 눈물이 가랑가랑하여지며 얼굴을 겨우 들어 기생 어미를 쳐다보고,

"장 서방께서 맞히시었습니다."

기생 어미는 오래 기다리던 터에 해석한 것만 다행하고 아무 내평을 모르지마는 양인심사兩人心思를 양인지兩人知[7]라, 필성과 송이는 서로 심사를 짐작한다.

그러나 필성이는 채봉이가 무슨 일로 이처럼 됨을 몰라 궁금하고 또 무료無聊하여 앉았더니 송이가 어미를 보고,

"어머니, 내가 한 말이 있으니까 오늘 장 서방님을 모시고 잘 터이니 장국이나 장만하여 주시오."

기생 어미 급히 나가서 장국을 마련하며 속으로,

'장 씨가 넉넉지 못한 모양인데 마수걸이에 헛방이나 아닐까. 오냐, 그래도 관계없다. 차후로는 송이가 외입을 시작할 터이니, 봉이나 지지 않다.'

하고 장국을 장만하여 겸상을 하여서 들여다 놓으며,

"세상에 글이라 하는 것이 보배올시다. 오늘 장 서방님께서 저런 꽃 같은 기생을 글 아니면 머리를 쪽 지어 주시겠습니까?"

하고 나가니, 송이는 더욱 아미를 숙이고 얼굴이 붉어졌다가 겨우 진정하고 겸상한 장국 한 그릇을 내려놓으며,

---

7) 두 사람의 생각은 두 사람이 안다.

"서방님은 전일 생각을 잊지 않으셨는지 모르되 첩은 오늘 몸이 기생이 되었으나 조금도 실신失身[8]한 일이 없으니 더럽나 마시고, 장국을 잡수신 후 오늘 가약을 이루실 줄 아시옵소서. 첩의 몸이 이같이 됨은 밤이 늦은 후 말씀하오리다."

필성이가 장국 그릇을 집어 올리어 놓으며,

"전자 일은 말할 것 없이 자네가 이같이 됨은 나의 불행이라, 정화情話는 이따 하려니와 인제는 아주 파탈擺脫[9]하고 같이 먹세."

송이 옥루玉淚가 떨어짐을 깨닫지 못하고 억지로 두어 젓가락 먹은 후 상을 물리고 밤을 지낼새, 때는 정히 모춘暮春 삼월이라 만화방창萬花方暢[10]에 기화난만奇花爛漫[11]하고 서천西天의 밝은 달이 사창을 비추었고 동산에 우는 두견 불여귀不如歸를 화답하니, 사람의 심사 창연하다.

대저 채봉이 앞날 후원에서 꿈결같이 만난 후로 심중에 있는 장 씨를 이같이 다시 만나기는 오늘이 처음이라. 앞날은 요요寥寥한[12] 별당 후원에서 규수의 몸으로 만났거니와 오늘은 기생의 집에서 기생의 몸으로 대하니, 내 마음은 비록 일편빙심一片氷心이 금석수昔이 일반一般[13]이언마는, 장 씨의 생각이야 어떠한지도 알 수 없고, 또 장 씨의 생각에도, 나는 오히려 전일사前日事를 생각하여 한없이 반갑건마는 기생 된 사람의 생각이 어떠한지 몰라, 적적한 방 가운데 둘이서 마주 보고 앉았다가 필성이가 먼저 말을 한다.

"전일에는 규수라 함부로 말을 못 하였지마는 오늘은 송이로 대접할 수밖에 없네그려. 송이 어찌해서 기생으로 나왔어?"

송이 이 말을 들으니 금석지탄今昔之歎[14]을 견디지 못하여 뜨거운 눈물이 치마 앞자락에 떨어진다. 장필성이 이 거동을 보고 속으로 그 마음을 짐작하고 도리어 측은하고 분한 생각이 들어 위로한다.

"여보게, 자네 몸이 비록 오늘 기생이 되었으나 나는 전일 화원에서 맹세한 마음은 조금도 변치 아니하리니 안심하고 무슨 일로 이같이 된 이야기를 하게."

송이 수건으로 눈물을 씻고,

"군자께서 이처럼 말씀하시니 더욱 불안하외다. 첩이 전일에는 규중처녀라 정실로 인정

---

8) 몸을 더럽힘.

9) 예절 구속에서 벗어나는 것.

10) 온갖 꽃이 활짝 핀 것.

11) 기이한 꽃이 무르녹은 것.

12) 고요하고 쓸쓸한.

13) 한 조각 맑고 깨끗한 마음이 예나 지금이 같음.

14) 옛일과 지금이 다름을 한탄하는 것.

15) 얼음과 옥. 깨끗하고 아무 흠이 없는 것.

하시었거니와 오늘은 기생의 몸이 되었사오니 어찌 정실로 알아주시리까. 내 몸은 비록 빙옥氷玉[15]같이 가졌지마는, 정절이라 하는 것은 여자의 목숨이라 첩인들 모르리까마는, 몸이 죽을 지경에 들어 죽지 아니함은 죽어도 못 잊히는 님을 위함이요, 또 첩은 비록 부모로 인하여 기생으로 팔리었사오나 몸이 일만 번 죽어 수화水火[16]에 들지라도 수절守節 이자二字를 지킬 터이니 버리시지 말으심을 바라나이다."

"그는 염려 말게. 자네 마음이 이러할진대 나도 정남貞男 이자二字[17]를 가져 서로 저버리지 아니할 것이요, 또는 비록 자네의 몸이 일시 액운으로 이같이 되었으나 마음이 변치 않은 줄을 아는 바니, 나는 정처正妻[18]로 맞을 터이로라. 그러나 한갓 걱정은 내 집안 형세가 빈한한즉 자네 몸을 빼내어 올 도리가 없네그려."

"그는 염려 마시오. 첩이 형편을 보아서 차차 주선하오리다."

처음에는 서로 서먹하여 자세한 말을 못 하다가 이같이 정화情話를 타파하매 일야지간一夜之間에 몇십 년 살던 부부같이 정밀情密하였더라.

필성이 또 묻는다.

"무슨 일로 이렇게 되었단 말인가? 나는 처음에 서울로 반이搬移[19]한단 말을 듣고 속으로 세상인심을 난측이라 한탄하였네그려."

"처음에 군자께 분란紛亂[20]당한 말씀을 아니 함은 군자의 마음을 모름이러니 인제야 무슨 말씀을 못 하오리까."

하고, 채봉이 당초에 김 진사가 서울서 내려와 하던 말이며, 이 부인과 자기는 반대하다가 이 부인은 호강한다는 데 마음이 변하여 서울로 데리고 올라가던 말과, 뒤로 은근히 취향과 약속하고 만리교 주막에서 밤중에 도망한 말이며, 김 진사 내외는 도적을 만나 재산을 잃고 올라갔다, 허 판서가 오천 냥 돈을 해서 놓든지 자기를 찾아 놓든지 하라고 부친을 구수拘囚하였기로 모친이 찾아 내려온 일과 자기가 몸을 팔아서 올려 보낸 말을 다 하며, 또 한숨을 쉬고,

"우리 어머니는 돈 가지고 올라가신 지가 월여月餘[21]나 되었는데 그저 소식을 몰라 걱정이올시다."

하는데, 정랑情郞[22]을 만나 맺힌 회포 풀고 나니 부모의 생각이 다시 나서 흐르나니 눈물

16) 물과 불. 매우 곤란한 상황을 말함.
17) 곧은 절개를 가진 사나이라는 두 글자.
18) 정실 부인.
19) 집을 옮기는 것.
20) 어수선하고 소란스러움.
21) 달포.
22) 정을 준 남자.

이라.

"나는 그런 줄 보르고 분하고 야속한 생각이 들었네그려."

밤이 깊도록 만단정회萬端情懷[23]를 다 하고 등촉燈燭을 물린 후 금침衾枕에 드니 원앙이 녹수에 깃들임 같더라. 이같이 삼 일을 지낸 후 송이가 돈 백 냥을 내어 필성을 주며,

"화채花債[24]라 하는 것을 어미를 아니 줄 수 없사오니 이 돈을 주시고 내일 또 오시옵소서."

필성이가 받아 가지고 있다가 기생 어미를 불러 돈 주니 기생 어미가 당초에 장 씨의 모양을 보고 아주 꺾자를 치고 있다가 천만의외에 돈을 보고 불승대희하여, 차후로는 필성이가 매일 오는데 기생 어미가 조금도 싫은 기색이 없이 대접을 하더니, 마침 하루는 어떤 소년 호객豪客[25]이 들어와 놀음을 받으라 하거늘 기생 어미가 좋아서 허락하고 송이더러 말하니, 송이가 대경하여 급히 돈 삼백 냥을 내어 놓으며,

"아이고 어머니, 장 서방님께서 아까 가실 때 한 달만 더 유하겠다 하시고 이 돈을 어머니 어데 가신 새 주고 간 것을 진시 못 드렸사오니 이를 어찌하나? 선후 차례가 있사오니 지금 오신 양반은 곧 퇴하시오."

기생 어미 돈을 보고,

"암, 선후가 있지. 나는 그런 줄 몰랐구나."

하고 돈 삼백 냥에 입이 벌어져서 그 놀음을 퇴하니라.

이날부터 필성이는 한 달을 숙식하고 지내는데 송이가 가끔 돈 관貫[26]씩 필성을 주어 용을 쓰게 하니 기생 어미는 더욱 좋아한다. 필성은 이로부터 날로 와 서로 사랑이 가득하나 필성도 적빈한 사람이라 송이도 남은 돈이 차차 다하매 몸을 빼쳐 날 틈을 탈 길이 없어 수심이러라.

---

23) 온갖 정과 회포.

24) 놀음차.

25) 세력이 있는 사람.

26) 엽전을 묶어 세던 단위로, 1관은 엽전 10냥을 이른다.

제10회 채봉이 이 감사 집에 입시하다

고진감래苦盡甘來는 인간의 공도公道[1]라. 이때 평양 감사로 내려오는 양반은 당시 명망이 조야朝野에 진동하고 이보국이라 하는 양반이신데, 행년行年 팔십에 벼슬로는 못 지내본 것이 없으나 무슨 일로 인연함인지 팔십이 되어도 평양 감사를 못 지낸 고로 물색도 구경 겸 수석水石이 좋단 말을 듣고 을밀대 아래에 별저別邸를 굉장히 짓고 평양 감사를 일부러 해서 내려와 지내더니, 하루는 송이가 서화 분명하다는 말을 듣고 송이를 부르니, 송이가 감사의 부름을 듣고 속으로,

'옳다, 오늘이야 이 굴혈屈穴[2]을 벗으리로다.'

하고 즉시 사자使者[3]를 따라가서 이 감사에게 절하여 뵈니, 이 감사가 송이를 보고 붉은 얼굴에 백수白鬚를 어루만지며,

"오, 네가 송이냐? 오늘 보니 듣던 말과 같구나. 들으니 네가 서화가 도저하다 하니, 과연이냐?"

송이 두 손을 마주 잡고 공손히 하는 말이,

"변변치 못하온 것을 그렇게 하문하셨나이다."

"내가 친히 보아야 알지."

하고 문방사우를 내어 놓는데, 남포 벼루 수양명월垂楊明月[4]에 산호 연적이요, 청황모 무심필靑黃毛無心筆에 백릉운화지白凌雲花紙라, 송이 마지못하여 섬섬옥수纖纖玉手로 붓대를 잡고 먹을 진케 갈아 지상紙上에 일필휘지하니 자자주옥字字珠玉[5]이라. 이 감사 보기를 다 하고,

"글씨 보고 너를 보니 과연 명불허전名不虛傳[6]이로구나. 글씨 체격과 네 위인을 보니 기생 될 아이는 아닌데 어떻게 되어서 기생이 되었느냐?"

송이 이 말을 들으매 그 감사의 인후仁厚한 도량에 몸을 도와줄 듯한즉 일변은 반갑지마는 일변은 옛날 일을 생각하매 창자가 끊어지는 듯하여 눈물을 머금고,

"기생은 본래 외성 사는 김 진사 딸로 양가良家 여자옵더니 부모의 빚을 갚으려고 몸을 자매自賣[7]하였나이다."

---

1) 일반적인 길. 당연한 이치.

2) 굴 속.

3) 심부름꾼.

4) 좋은 먹의 이름.

5) 글자들이 구슬같이 아름다움.

6) 이름이 헛되이 퍼진 것이 아니라는 뜻.

이 감사 웃고 칭찬하며,

"허허, 가위可謂 효녀로구나. 그러면 너는 원래 천인의 자식이 아니란 말이냐? 너의 부모는 어데 있으며 무슨 빚이 있었더란 말이냐?"

물으니, 송이 안색을 바로 하고 김 진사가 서울로 구사求仕하러 간 일과 모친이 내려와 빚 걱정 하던 일과, 부득이하여 몸을 팔아서 보낸 일을 대강 말하니, 이때 감사는 연로한지라 안력眼力이 쇠하여 허다한 공사를 일일이 볼 수 없고 아객衙客[8]들더러 글을 보아 대강 뜻을 말하라 하여 처결하나 항상 미덥지 못하여 마음에 들지 아니하는 일이 많은 터이라, 감사 생각하되,

'저 기생이 문필이 유여하고 나이 어린 여자라 문자를 보라 하면 남자보다 소상영리昭詳伶俐[9]할 것이요, 또 내가 제 몸이 액운에 빠진 것을 건져 주면 아마 은혜를 감동하여 나의 심복이 될 터이니 내가 한번 저 기생을 부려 보리라.'

하고 좌석을 조용히 하고 송을 불러 이르되,

"이애, 내가 연만年晩[10]하여 눈이 어두워 공사公事가 들어오면 친히 못 보니 네가 내 안목이 되어 마음을 정히 먹고 내 앞에서 전후 문자를 살펴 주면 어떠하겠느냐? 네가 내 앞에 있으면 네 부모를 만나기도 자연 쉬울 도리도 있을 터이니."

송이 만심희열滿心喜悅[11]하여 일어나 절하며,

"천기를 불쌍히 여기사 이같이 하해지택河海之澤[12]을 내리사 건져 주고자 하시니 백골이 진토 되어도 잊지 못하겠사오나 몸값이 있사오니 봉행奉行치 못할까 하나이다."

"이 자식아, 내가 너를 부리고자 할진대 몸값을 주고 데려오겠지 그저 오라고 할 리가 있느냐. 대관절 몸값이 얼마란 말이냐?"

"본전이 육천 냥이올시다."

"오냐, 그는 걱정 마라."

하고 즉시 사령으로 기생 어미를 불러들여 돈 칠천 냥을 내어 주며,

"이 애 송이는 내가 부리고자 하여 본전에 천 냥을 더 주는 것이니 네 마음이 어떠하냐?"

기생 어미의 생각에는 좀 재미가 없으나 어찌하리오.

"사또께서 몸값을 아니 주시기로 바치라 하시면 거역지 못하올 터이온데, 하물며 돈을 더 차하[13]를 하시니 무슨 잔말을 하오리까."

---

7) 스스로 몸을 파는 것.

8) 지방 관아에 묵는 손인데, 여기서는 구실아치들을 말한다.

9) 분명하고 자세하며 재주가 많다는 것.

10) 나이 많음.

11) 기쁨이 마음에 가득 참.

12) 바다같이 큰 혜택.

하고 바로 가지고 나오니라.

차후로 송은 감사 있는 별당 건넌방에 가 독처獨處하고 있어 감사 앞에서 전후 거행을 하며, 마음에 기생을 면함은 다행하나 주야 잊지 못하는 바는 부모 소식과 장필성을 못 봄을 한하고 이 감사 보는 데는 감히 그 기색을 드러내지 못하나 혼자 있을 때에는 주야 탄식으로 지내더라.

장필성이 이 소문을 듣고 또한 다행하나, 이때 감사는 송이 있는 별당은 외인 출입을 일절 엄금하니, 다시 만날 길이 없어 수심으로 지내더니 한 계책을 생각하되,

'나도 감사 앞에서 거행하는 관속官屬[14]이 되었으면 채봉을 만나기 쉬우리라.'

하고 여러 가지로 주선하더니, 이때 마침 감사가 문필 있는 이방吏房을 구하는지라, 필성이 한 길을 얻어 이방이 되어 감사에게 현신現身하니 감사가 일견一見에 대희하여 칭찬하며 왈,

"가위 여옥기인如玉其人이로다. 필성아, 이방이라 하는 것은 승상접하承上接下[15]하는 책임이 중대하니 아무쪼록 일심봉공一心奉公하여 민원民怨이 없도록 잘 거행하라."

필성이 국궁수명鞠躬受命[16]하고 차후로 공사 문첩文牒[17]을 가지고 매일 드나들며 송의 소식을 알고자 하나 별당이 깊고 깊어 지척이 천 리라 어찌 알리오.

차시 송이는 별당에 있어 이 감사가 들어와 공사에 쓸 것을 쓰라면 쓰고 제사題辭[18]를 내라면 내고 하더니, 하루는 공사 문첩 한 장을 본즉 필성의 글씨 완연한지라, 속으로 생각하되,

'이상하다. 필법이 장 서방님 필적 같으니 혹 공청에를 드나드나?'

하고 감사더러 묻는다.

"요사이 공사 들어온 것을 보면 전자 글씨와 다르오니 이방이 갈리었습니까?"

"응, 전 이방은 갈고 장필성이란 사람으로 시켰다. 네 보아라. 글씨가 잘 썼다지?"

송이 이 말 듣고, 속으로 암암히 기꺼하며 어떻게 하면 한번 만나 보든지 그렇지 못하면 서사 왕복이라도 할까, 사람을 시키자니 만일 대감이 알면 무슨 죄벌이 내릴지 몰라 못 하고, 무슨 기회를 기다리나 때를 타지 못하여 필성이나 송이나 서로 글씨만 보고 창연히 지내기를 이미 반년이라 자연 서로 상사병이 될 지경이더라.

---

13) 지불, 지급.

14) 관아에서 일하는 아전과 하인.

15) 윗사람을 받들고 아랫사람을 대함.

16) 존경하는 뜻으로 몸을 굽히며 분부를 받는 것.

17) 관아에서 사무 볼 때 쓰는 책.

18) 관부에서 백성의 소장訴狀 또는 원서에 쓰던 판결이나 지령.

제11회 채봉이 별당 추야에 감별곡을 짓는다

때는 추구월秋九月 망간望間이라, 월색은 명랑하여 남창南窓에 비치었고 공중에 외기러기 옹옹雝雝한 긴 소리로 짝을 찾아 날아가고 동산의 송림간松林間에 두견이 슬피 울어 불여귀를 화답하니, 무심한 사람도 마음이 상하거든 독수공방獨宿空房에 눈물로 세월을 보내는 송이야 오죽할까. 송이 모든 심사를 잊어버리고 책상머리에 의지하여 잠깐 졸다가 기러기 소리에 놀라 눈을 뜨고 보니 남창에 밝은 달이 발허리에 가득하고 쓸쓸한 낙엽성은 심회를 돕는지라, 잊었던 심사 다시 가슴에 가득하여지며 눈물이 무심히 떨어진다.

송이 남창을 가만히 열고 달빛을 내다보며 위연탄식喟然歎息하는데,

'달아, 너는 내 심사를 알리라. 작년 이때 뒷동산 명월 아래 우리 님을 만났더니 달은 다시 보건마는 님은 어찌 못 보는고. 심양강상潯陽江上 탄금녀彈琴女는 만고문장萬古文章 백낙천白樂天을 달 아래 만날 적에 설진심중무한사說盡心中無限事[1] 세세히 하였건마는, 나는 어찌 박명하여 명랑한 저 달 아래서 부득설진심중사不得說盡心中事[2]하니 가련치 아니한가. 사람은 없어 말 못 하나 차라리 심중사를 종이 위에나 그리리라.'

하고 연상硯床을 내어 먹을 흠썩 갈고 청황모 무심필 덤썩 풀어 백릉화주지를 책상에 펼쳐 놓고 섬섬옥수로 붓대를 굳게 쥐고 장우단탄長吁短歎에 맥맥히 앉았다가 고개를 돌리어 벽공碧空[3]에 높은 달을 두세 번 우러러보더니 서두에 '추풍감별곡秋風感別曲' 다섯 자를 쓰고 상사相思가 생각되고 생각이 노래되고 노래 글이 되어 붓끝을 따라 나오니 붓대가 쉴 새 없이 쓴다.

어젯밤 바람 소리 금성金聲이 완연하다.
고침단금孤枕單衾에 상사몽相思夢 훌쳐 깨어
죽창竹窓을 반개半開하고 막막히 앉았으니
만리 장공萬里長空에 하운夏雲이 흩어지고
천재 강산千載江山[4]에 찬 기운 새로워라.
심사心思도 창연悵然한데 물색物色도 유감有感하다.
정수庭樹에 부는 바람 이별 한恨을 아뢰는 듯
추국秋菊에 맺힌 이슬 별루別淚를 머금은 듯

---

1) 마음에 맺힌 사연을 깡그리 털어놓음으로써 원한스러운 일이 없음.
2) 마음속의 사연을 다 말하지 못함.
3) 푸른 하늘.
4) 천 년이나 오랜 강산. 평양을 가리키는 듯.

잔류남교殘柳南郊에 춘앵春鶯은 이귀已歸하고
소월동령素月東嶺[5]에 추원秋猿[6]이 슬피 운다.
님 여의고 썩은 간장 하마하면 끈치련만
삼춘三春에 즐기던 일 예런가 꿈이런가.
세우사창細雨紗窓 요적寥寂한데 흡흡洽洽한 깊은 정은
야월삼경夜月三更 사어시私語時[7]에 백 년 살자 굳은 언약
단봉丹峯이 높고 높고 패수浿水가 깊고 깊어[8]
무너질 줄 몰랐으니 끈쳐질 줄 알았으랴.
양신良辰에 다마多魔[9]함은 예로부터 있건마는
지이인하地邇人遐[10]는 조물造物의 탓이로다.

홀연히 부는 바람 화총花叢[11]을 요동하니
웅봉자접雄蜂雌蝶이 애연히 흩단 말가.
진장秦帳에 감춘 호구狐裘[12] 도적할 길 바이없고
금롱金籠에 잠긴 앵무 다시 희롱 어려워라.
지척이 천리 되어 바라보기 아득하다.
은하작교銀河鵲橋 끈쳤으니 건너갈 길 묘연하다.

은정恩情이 그쳤거든 차라리 잊히거나
아름다운 자태 거동 이목耳目에 매양 있어
못 보아 병이 되고 못 잊어 원수로다.
천수만한千愁萬恨 가득한데 끝끝이 느꺼워라.
하물며 이는 추풍 심회를 부쳐 내니
눈앞의 온갖 것이 전혀 다 시름이라.

---

5) 달 밝은 동쪽 영 마루.
6) 가을 잔나비.
7) 정답게 소곤거리며 말할 때.
8) 단봉은 모란봉, 패수는 대동강을 가리킴.
9) 좋은 때, 곧 사랑을 맺는 때 사악한 기운이 많음.
10) 거리는 가까우나 사람은 멀다. 가까이 있으면서도 만나지 못한다는 뜻.
11) 꽃떨기.
12) 진나라 궁정 안에 감추어 둔, 여우 겨드랑이의 흰 털로 만든 옷. 여기서는 사랑하는 사람이 천금같이 소중함을 말한다.

바람에 지는 낙엽 풀 속에 우는 짐승
무심히 듣게 되면 관계할 바 없건마는
유유별한悠悠別恨 간절한데 소리 소리 수성愁聲이라.

구곡九曲[13]에 맺힌 시름 어찌하면 풀쳐 낼꼬.
아이야 술 부어라, 행여나 관회寬懷할까[14]
잔대로 가득 부어 취토록 먹은 후에
석양夕陽 산로山路로 을밀대 올라가니
풍광風光은 예와 달라 만물이 소연蕭然하다.
능라도 쇠한 버들 성긴 가지 소슬蕭瑟하고
금수봉錦繡峯 꽃 진 낡에 상엽霜葉이 표불飄拂하다[15].

인간에 변화함을 측량하여 이를쏜가.
가련히 눈을 들고 원근을 바라보니
마탄馬灘에 이는 물결 탕양蕩漾함이 회포 같고
용산龍山의 늦은 경景은 창울蒼鬱함이 심사 같다[16].
보통문普通門[17] 송객정送客亭에 이별 아껴 설워 말라.
초패왕의 장한 뜻도 죽기로 이별 설워
옥장비가玉帳悲歌[18]에 눈물을 지었으나
오강풍우烏江風雨[19]에 운단 말은 못 들었네.

천지는 몇몇 재載[20]며 이별은 누구누구
세상 이별 남녀 중에 나 같은 이 뉘 있을까.
수로문水路門[21]에 뜨는 배는 향하는 곳 어드메요.

13) 깊은 속마음.
14) 시름이 풀릴까.
15) 능라도는 대동강에 있는 섬이고, 금수봉은 모란봉이다.
16) 마탄은 대동강의 지류이고, 용산은 용악산으로, 평양의 금강산으로 알려져 있다.
17) 평양성의 서문. 고구려 때 처음 세웠다.
18) 초패왕이 연인 우미인과 장막 안에서 이별하며 부른 슬픈 노래.
19) 오강은 초패왕이 끝내 패배한 곳.
20) 해.
21) 대동강 가에 있던 문.

만단수회萬端愁懷 실은 후에 천리약수千里弱水 건너가서
우리 님 계신 곳에 수이수이 풀고 지고
성두城頭의 늦은 경을 견디어 못 볼러라.

장탄단우長歎短吁에 곡란曲欄을 비겼으니
바람결에 오는 종성鍾聲 묻나니 어느 절고.
초혜草鞋를 떨쳐 신고 삼가히 일어 걸어
영명사永明寺[22] 찾아들어 중아 물어보자.
인간 이별 내신 부처 어느 탑전 앉으신고.
님을 다시 못 볼망정 불전에 발원發願하여
님 그린 일편단심 차라리 죽어져서
백골은 진토 되나 혼령은 높이 날아
님 앉으신 난간 앞에 얼우와 보리로다.

다시금 생각하니 이 또한 천수天數로다.
죽장竹杖을 고쳐 짚고 부벽루 올라 보니
들 밖의 점점봉點點峯은 구름 속에 솟아 있고
청강淸江에 흐르는 물 추천秋天과 한 빛이라.
이윽고 뜨는 명월 교교皎皎히 비쳤는데
그린 상사相思 지리한 중 옥면玉面인가 반겼더니
어이한 뜬구름이 명광明光을 가리었소.
어와 이 웬일고, 조물의 탓이로다.
저 구름 언제 걷혀 밝은 빛 다시 볼까.

송지문宋之問의 명하편明河篇[23]을 길이 읊어 배회하니
한로상풍寒露霜風 소슬한데 취한 술이 다시 깨었다.
낙엽을 깔아 앉어 금준金樽을 다시 열고
일배일배부일배一盃一盃復一盃에 몽롱히 취했어라.
짧은 탄식 긴 한숨에 발을 밀어 일어 걸어
지향 없이 가는 길에 애련당愛蓮堂[24] 드단 말가.

---

22) 모란봉 서쪽 기슭에 있던 절.
23) 중국 당나라 시인 송지문이 은하수를 두고 쓴 '명하편' 이란 시로, 은하수를 볼 수는 있어도 갈 수 없음을 한탄한 것이다.

부용 일지芙蓉一枝 꺾어 쥐고 유정히 돌아보니
수면에 비친 꽃은 님이 나를 반기는 듯
엽간葉間에 듣는 비는 내 심정 아뢰는 듯
양량백구兩兩白鷗[25]는 홍료변紅蓼邊[26]에 왕래하고
쌍쌍 원앙은 녹수 중에 부침浮沈한다.
이 인생 가련함이 미물만도 못하도다.

홀연히 다 떨치고 백마를 채를 쳐서
산이냐 구름이냐 정처 없이 갈까 하니
내 맘이 현황眩恍하여 갈 곳이 아득하다.
허희噓唏 탄식하며 초로草路로 돌아오니
간 곳마다 뵈는 물색物色 어이 그리 심란한고.
울밑에 피는 황국黃菊 담 안에 섰는 단풍
님과 같이 볼 양이면 경개景槪롭다 하련마는
도도 심사滔滔心事 울울한 중 도리어 수색愁色 된다.

무정세월 여류如流한데 나날이 깊어 가니
가기佳氣는 때를 찾아 구추九秋에 늦었어라.
상하床下에 우는 실솔蟋蟀[27] 너는 무슨 나를 미워
지는 달 새는 밤에 잠시도 끊지 않고
긴 소리 짜른 소리 경경히 슬피 울어
적이 남은 간장 어이 마저 썩여 주노.
촌계村鷄도 더디 울어 밤도 자못 길었어라.
상풍霜風에 놀란 홍안鴻雁 운소雲霄에 높이 떠서[28]
옹옹雝雝한 긴 소리로 짝을 불러 슬피 우니
춘풍화월야春風花月夜에 두견성도 슬프거든
오동추야梧桐秋夜 단장시斷腸時에 차마 어이 들을쏜가.
네 비록 미물이나 사정은 나와 같다.

---

24) 전날 지금의 대동문 서쪽에 있던 누각.
25) 쌍쌍이 나는 흰 갈매기.
26) 붉은 여뀌가 핀 기슭.
27) 귀뚜라미.
28) 서릿바람에 놀란 기러기 구름 낀 하늘에 높이 떠서.

일폭 화전一幅花箋 떨쳐 놓고 세세사정細細事情 그려 내어
외우쳐 이르기를 이내 사정 가져다가
월명사창月明紗窓 요적寥寂한데 님 앞에 던져 주렴.
인비목석人非木石 아니어든 님도 응당 느끼리라.

지리한 이별이 생각사록 끝이 없네.
인연 없어 못 보는지 유정有情하여 그러는지
인연이 없었으면 유정인들 어이하며
유정함이 없었으면 그리 긴들 어이할까.
연분도 없지 않고 유정도 하건마는
일성중一城中 남북촌[29]에 어이 그리 못 보는고.
오호 명월五湖明月 밝은 때와 초산 운우楚山雲雨 성길 적에
설진심중무한사說盡心中無限事도 황연怳然한 꿈이로다.

무진정회無盡情懷 강잉强仍하여[30] 문을 열고 바라보니
무심한 뜬구름은 끊쳤다가 다시 잇네.
우리 님 계신 곳은 저 구름 아래 있건마는
오며 가며 두 사이에 무슨 약수弱水 가렸관데
양처가 막막하여 연신連信[31]이 끊단 말가.

둘 데 없는 이내 사정 어데다가 지접止接[32]하리
벽상에 걸린 오동 강잉하여 내려놓고
봉구황鳳求凰[33] 한 곡조를 한심寒心 섞어 길이 타니
여음餘音이 요요嫋嫋하여[34] 원怨하는 듯 한恨하는 듯
상여相如[35]의 옛 곡조는 의연히 있건마는
탁문군卓文君[36]의 맑은 지음知音[37] 심심히 자취 없다.

---

29) 같은 성안(평양)에 남북 마을들.
30) 다함없는 정회를 마지못하여.
31) 소식.
32) 머물러 둠.
33) 봉황새 수컷이 암컷을 찾는다는 뜻의 사랑 노래.
34) 소리가 그친 뒤에도 아직 남아 있는 소리가 부드러워.
35) 사마상여. 중국 한나라 때 사람으로 '봉구황곡'을 지었다.

결연缺然한 이 이별이 잊히기도 어렵도다.
전생 차생 무슨 죄로 ᄋᆞ리 둘이 생겨나서
인간 백 년 얼마관데 각재동서各在東西 그리는고.
황천후토皇天后土[38] 이 뜻 알아 이별 없기 원이로다.
창힐蒼頡이 조자造字 후에 가증可憎한 이별 이자二字
진시황秦始皇 분서焚書 시에 어느 틈에 숨었다가
지금껏 유전하여 나의 일신 병이 된고.

수양명월首陽明月 흠썩 갈아 황모필黃毛筆 덤썩 풀어
월매초죽月梅草竹 그리기는 옳건마는
명월사창 앞에 나는 무엇 그리는고.
상사相思 두 글자를 나를 위해 지었도다.
창해월영두운滄海月嶺頭雲[39]은 님의 곳에 비치리라.
심중에 무한심수無限深愁 나 혼자뿐 아니로다.

가뜩이 심란한데 해는 어이 쉬이 가노.
잘새는 깃을 찾아 무리무리 돌아가고
야색夜色은 참담한데 먼 데 닭이 희미하다.
경경히 흐르는 빛 절기節期 찾는 형화螢火[40]로다.

적적한 빈방 안에 천연히 혼자 앉아
지난 일 풀쳐 내고 오는 시름 생각하니
산 밖에 태산이요 물 밖에 대해로다.
구의산九疑山[41] 구름같이 바라도록 멀어진다.
단장추야斷腸秋夜 긴긴 밤에 차마 어이 견딜쏘냐.
아무쪼록 잠을 들어 꿈에나 보려 하나

36) 중국 한나라 때 여자. 열여섯에 과부가 되었을 때 사마상여가 거문고를 뜯어 그의 마음을 흔들었다 한다.
37) 음악을 잘 알아듣는 것.
38) 황천은 하늘의 신, 후토는 땅의 신.
39) 푸른 바다에 뜬 달과 영마루에 뜬 구름.
40) 반딧불.
41) 중국 호남에 있는 산 이름.

원앙침鴛鴦枕 서늘하고 비취금翡翠衾 냉락冷落한데
효월잔등曉月殘燈에 꿈 되기도 어렵도다.

일병 잔촉一柄殘燭[42] 벗을 삼아 전전불매輾轉不寐 앉았으니
금강령金剛嶺 새벽달이 오경인 줄 깨닫게라.
앉았다가 누웠다가 다시금 일어 앉아
이리 헤고 저리 헤어도 첩첩이 원수로다.

고진감래는 이윽히 알건마는
황천皇天이 감동하고 귀신이 유의有意하여
남교藍橋의 군센 풀로 월로승月老繩[43] 다시 맺어
소상강瀟湘江 어느 날에 고인을 다시 만나
봄바람 가을 달에 거울같이 마주 앉아
이런 일 저런 말씀 정회情懷 중에 넣어 두고
백 년이 다 진토록 끝없이 즐기다가
유자생녀有子生女하고 한없이 지낼 적에
인심이 괴이하여 뉘라서 시비커든
추풍오호秋風五湖 저문 날에 금범錦帆을 높이 달고
가다가 아무 데나 산 좋고 물 좋은 데
자좌오향子坐午向[44] 제법으로 수간초옥數間草屋 지어 내니
집터를 볼작시면 평생의 소원이라
경태용묘입수庚兌龍卯入首[45]에 고두안산高頭安山[46] 더욱 좋다.
창송蒼松은 울울하니 울 대어 무엇 하며
벽계碧溪는 유유하니 우물 파 무엇 하랴.
감천甘泉에 토후土厚로다 농업을 하여 보세.
석전石田을 깊이 갈고 초식草食[47]을 먹을망정

42) 한 자루 남은 초.
43) 월로는 부부의 인연을 맺어 준다는 월하노인月下老人을 말하며, 승은 노끈, 곧 인연을 나타냄.
44) 자방子方에서 오방午方에 향한 것. 곧 남향을 말함.
45) 경태룡은 풍수에서 서쪽에서 동쪽으로 흐르는 맥이고, 묘입수는 동남남쪽으로 진행하는 산의 정기가 모인 곳으로, 아주 좋은 집터를 말한다.
46) 집 앞에 머리가 우뚝 솟은 산이 있음, 곧 좋은 집터.

백 년이 다 진토록 이별 없기 원이로다.

다시금 생각하니 쓸데없는 한별恨別[48]일세.
이별 회한 뫼 같은데 단장초혼斷腸招魂뿐이로다.
악수환연握手歡然[49] 만나 보아 적조진정積阻盡情[50]하고 지고.
님 이별하던 날에 나는 어이 못 죽었노.
대천 바다 깊은 물에 풍덩실 빠지련만
지금까지 살았기는 부모와 님을 만날는지
창천도 미워하고 조물의 시기로다.
성음이 귀에 쟁쟁 불사이자사不思而自思[51]하며
태도가 눈에 암암 욕망欲忘이 난망難忘[52]이라
상사의 중한 병이 어찌하면 고쳐 낼꼬.
신농씨神農氏 갱생更生하고 편작扁鵲이 부기復起한들[53]
상사의 깊은 병이 어이하여 고칠쏜가.
상사의 곤한 몸이 상두床頭에 잠을 들어
그리던 우리 님을 꿈 가운데 잠깐 만나
비희悲喜가 교집交集[54]하고 별래사정別來事情[55] 다 못 하고
수가誰家[56]의 옥적성玉笛聲[57]이 추풍秋風에 섞여 불어
처량한 한 곡조로 잠든 나를 깨울세라.

---

47) 대수롭지 않은 음식.
48) 한스러운 이별.
49) 손을 잡고 기뻐하는 모양.
50) 풀지 못하여 쌓이고 쌓인 진정을 다 푸는 것.
51) 생각지 않아도 저절로 생각이 감.
52) 잊고자 하여도 잊기 어려움.
53) 신농씨가 다시 태어나고 편작이 다시 나오더라도. 신농씨는 중국의 태곳적에 처음으로 농사를 가르쳐서 굶주린 백성들을 살렸다고 하며, 편작은 중국 전국 시대 명의로 못 고치는 병이 없었다 한다.
54) 엇바뀌면서 한데 모임.
55) 이별 후의 사정.
56) 뉘 집.
57) 옥피리 소리.

쓰기를 마치매 붓대를 던지고 정신없이 앉았으니, 하늘이 비록 눈이 없으나 박명홍안薄命紅顔[58]의 원탄怨嘆을 모르리오. 월도천심月到天心[59] 야삼경에 슬픈 소리 안남비雁南飛[60]라. 아득한 정신은 기러기 소리를 따라 멀어지고 몸은 책상머리에 엎드리더니 잠시간에 잠이 들어 주사야몽晝思夜夢[61] 꿈이 되어 장주莊周[62]의 나비같이 두 날개를 떨치고 바람 좇아 중천에 떠다니며 사면을 살피니, 오매불망하던 장필성이 적막공방寂寞空房[63]에 혼자 몸이 전일의 답시答詩를 내어 놓고 보며 울고 울고 보며 전전반측 누웠거늘, 송이 달려들어 마주 붙들고 울다가 꿈 가운데 우는 소리 잠꼬대가 되어, 아주 내처 울음이 되었더라.

사람이 늙어지면 상하 물론하고 잠이 없는 법이라, 이때 이 감사는 연광도 팔십여 세뿐 아니라 일도 방백方伯이 되어 밤이나 낮이나 어떻게 하면 백성의 원정冤情이 없을까 어떻게 하면 국은을 보답할까 하며 잠을 이루지 못하고 누웠더니, 홀연히 송의 방에서 느껴 우는 소리 들리거늘 깜짝 놀라 속으로 짐작하되,

'지금 송이가 나이 십팔 세라 필연 무슨 사정 있어 저리하나 보다.'

하고 가만히 나와 보니, 남창을 열고 책상머리에 누웠는데 불을 돋우어 놓고 책상 위에 무엇을 써서 펼쳐 놓았거늘 마음에 괴이하여 가만히 들어가 주지周紙[64]를 펼치고 본즉 추풍감별곡秋風感別曲이라. 대강 보고 손으로 송을 흔들어 깨우니 송이 깜짝 놀라 눈을 떠본즉 감사이라. 대경실색하여 급히 일어서니 이 감사 주지를 말아 들고,

"송아, 놀라지 마라. 비록 상하지분上下之分은 있으나 내가 너를 친딸이나 다름없이 귀애하는 터이니 무슨 사정 있거든 내게 말을 하면 그 아니 좋겠느냐. 오늘 심중에 미한微恨[65]한 일을 다 말하여라. 이 자식아, 나는 너를 딸같이 사랑하는데 너는 나를 아비같이 생각 않고 이 같은 원한을 가지고 말 아니 하고 있단 말이냐."

송이 창황하여 어찌할 줄 모르다가 겨우 입을 열어,

"소녀의 죄가 만사무석萬死無惜이올시다."

이 감사 허허 웃고,

"내가 너의 소회를 듣고자 하니 마음 있는 대로 다 말을 하여라."

---

58) 어여쁜 여자가 팔자가 사나운 것.

59) 달이 중천에 이르는 것.

60) 기러기가 남쪽으로 날아감.

61) 낮에는 생각, 밤에는 꿈. 곧 밤낮으로 생각에 골똘함.

62) 중국 전국 시대 때 사람 장자. 꿈에 나비가 되어 자유로이 날아다니니, 나비가 저인지 제가 나비인지 분간치 못했다 한다.

63) 쓸쓸한 빈방.

64) 두루마리.

65) 조금이라도 한스러움.

송이 한출첨배汗出沾背[66] 되고 몸이 떨려 말 못 하고 섰더니 감사 또 말을 재촉한데,

"이처럼 하문하시니 어찌 감히 기망하리까."

하고 눈물 지우고 손길 잡고 단정히 서서, 당초에 후원에서 장 씨와 글로 화답하던 일과 그 모친 장 씨를 청하여 혼약을 정한 일과 김 진사 서울을 올라가서 벼슬 구하다가 허 판서와 관계된 말이며, 허 판서가 저를 별실로 달라는 것을 김 진사는 허락하였으되 저는 장 씨의 약속을 지키느라고 만리교에서 도망하였다가, 그 후 모친이 찾아 내려오므로 몸을 팔아 올려 보내고, 기생이 된 후 오히려 장 씨를 잊지 아니하고 글로써 해답할 사람을 구하여 장 씨를 다시 만나 몸을 허락한 말을 다 하고,

"대감의 천지 같은 은혜는 결초보은하여도 잊지 못하겠나이다."

하며 엎데어 우니, 감사가 등을 어루만지며,

"송아, 송아, 울지 마라. 네 사정이 그런 줄은 몰랐구나. 오늘은 알았으니 어찌 네 원을 못 풀어 주겠느냐. 이제야 안즉 장필성이도 사정이 있어 이방으로 들어왔구나. 명일은 장필성을 불러 보게 하리라."

눈물이라 하는 것은 인정의 지극한 이슬이라, 그러므로 억울하고 그리워도 눈물이요 좋고 반가워도 눈물이라. 송이 감사의 말을 들으매 다시 눈물이 떨어짐을 깨닫지 못하다가, 하도 반갑고 상쾌한 끝에 부모 생각이 새로 나서 다시 감사에게 말을 한다.

"분부 이 같사오니 하정下情에[67] 망극하오이다. 그러하오나 소녀의 부모 소녀로 인하여 곤경에 들어 소식을 모르오니 차생 원한이올시다."

감사 그 말을 듣고 더욱 기특히 여겨,

"허허, 네 마음이 더욱 가상하다. 효열지심孝烈之心이 가위 천심天心에서 나오는 말이로구나. 오냐, 그도 급히 주선하여 알게 할 터이니 염려 마라."

하고, 안방으로 건너와 혼자 누워 주지에 쓴 글을 여러 번 뒤쳐 보더니 칭찬함을 마지아니하더라.

이튿날 조조早朝에 장필성을 부르니, 필성이 속으로 생각하되,

'사또께서 일찍이 부르시는 일이 없더니 무슨 일로 이같이 부르시나?'

하고 이 감사께 문안하니, 감사가 은연隱然히 희색을 띠고 별당으로 들어오라 하거늘, 필성이 더욱 이상히 여기고 따라 들어오매 감사가 방으로 불러들여 앉히고, 송을 부르니 송이 건넌방으로 들어오매, 필성과 서로 만나 놀라고 소스라쳐 말없이 마주 앉으니 가위 양인심사兩人心事 양인지兩人知라, 감사의 앞이라 감히 말을 못 하니 그 근경이 어떠할까.

감사 껄껄 웃고 필성을 보며,

"필성아, 네가 송이를 보기 위하여 이방吏房 천역賤役[68]을 자원하고 들어온 지가 육칠

---

66) 몹시 두려워 흐르는 땀이 등을 적심.

67) 어른에게 대하여 자기의 마음을 겸손하게 일컫는 말. 곧, 제 생각에.

삭이 되어도 못 보았다가 오늘 서로 만나 보니 어떠하냐?"
필성이 더욱 놀라 어찌할 줄 모르다가 일어서 절하며,
"황송하오이다."
"내가 이미 너의 사정을 아는 도리 있으니 안심하라. 너희 둘을 앉히고 보니 가위 천생여질天生麗質을 난자기難自棄[69]로구나. 오늘 곧 송이를 내어 줄 터이로되, 네가 송의 수건에 써서 준 글을 보매 의작홍사입동방擬作紅絲入洞房[70]이라, 언약이 깊었으니 혼인 아니 할 수 없은즉, 송의 부모를 내려오게 한 후 내가 중매 되어 혼인을 시킬 터이니 그리들 알아라. 그러나 오랫동안 서로 그리던 정회 많을 터이니 송을 데리고 건넌방으로 건너가라."
하여 보내니, 서로 반가운 생각이 가슴에 사무쳐서 그리던 정회는 오히려 뒤지고 감사의 은덕을 감동하여 서로 놀랍고 반가운 이야기만 한다.
"허허, 사또께서 우리 일을 어찌 아시고 이같이 은덕을 내리시니 대체 이게 어떤 일이오? 우리가 죽어도 이 은덕을 잊지 못하리로다."
"꿈 가운데 만난 님을 생시에 뵈옵기는 다름이 아니라 작야昨夜에 월색이 하도 명랑하기로 소회를 풀어 글을 지어 책상에 두고 누웠더니, 잠이 들어 꿈을 꾸어서 꿈에 서방님과 만나 붙들고 울다가 잠꼬대하는 소리를 사또께서 들으시고 나를 깨워 약시약시若是若是히 하문하시고 오늘 이같이 되었으니 이 은혜를 어찌하면 만분지일이라도 갚을까."
하고 필성의 무릎에 앉으며 뼈가 녹아 눈물이 쏟아지니, 이는 송이 님 그리던 원정에 나오는 눈물도 아니요, 부모를 생각하는 눈물도 아니요, 하해河海 같은 이 감사의 은덕을 느껴 우는 눈물이라.
필성이 또한 울음 반 웃음 반으로,
"우리의 양인 심사를 하늘이 통촉하사 이러한 감사를 뫼셔 하늘 같은 은덕을 입었구나."
하며 울고 붙들고 하더니, 이때 동헌東軒에서 공사청령公事廳令[71] 길게 나니 송이 깜짝 놀라 필성을 일으켜 보내며,
"공사령이 내렸으니 어서 나가시오. 인제는 우리가 원이 없거니와, 부탁하오, 부탁하오, 은혜를 생각하여 공사에 조심하시오."
필성이 웃고 대답하되,
"부탁한 말 명심불망銘心不忘[72]할 것이니 하루바삐 장인 장모 돌아오시도록 주선을 하

68) 이방이란 천한 일.
69) 타고난 맑은 소질을 스스로 버리기 어려움.
70) 신랑 신부가 되어 신방에 들 것이라는 뜻.
71) 공사를 시작하라는 관아의 명령.
72) 마음에 새겨 잊지 않음.

오."

만딕산萬德山 늦은 안개 햇살에 스러지듯 얼굴에 가득하던 수색愁色이 벗어지고 희색이 가득하여 총총 작별하고 물러 나오니, 감사가 공사를 하직하고 이방 장필성을 불러 형조刑曹에 보장報狀[73]을 써 김 진사를 빼어 내려고 급히 전인傳人[74]을 띄우니라.

제12회 채봉이 부녀 상봉하고 장생과 혼례를 이루다

슬프다, 세상사는 귀천貴賤이 유명有命이요 비희무상悲喜無常이라[1]. 평양 성중에서는 채봉의 일개 소녀가 이러한 풍랑을 겪고 차차 호운好運을 만회하건마는 오백여 리 밖의 옥중고객獄中孤客 김 진사는 이를 어찌 알며 또 그같이 세력이 흔천동지掀天動地[2]하던 허 판서인들 어찌 이러한 지위를 오래 누리기를 기필期必[3]하리오.

이때 이 부인이 평양서 채봉을 이별하고 서울로 올라와 돈 오천 냥을 바치고 김 진사 방송放送[4]되기를 구하니, 허 판서는 돈을 받은 후 과천 현감을 면직시키고 또 트집하여 이르되,

"무단히 양반을 속였은즉 딸을 마저 찾아 놓아야 무사 방송하리라."

하거늘, 김 씨가 기가 막혀 어찌할 수 없어,

"내 딸은 벌써 죽었으니 나를 죽이든지 살리든지 대감 마음대로 하시오."

악을 쓰니 허 판서 더욱 노하여 아주 옥중 귀신을 만들리라 하고 여전히 가두어 두니, 이 부인이 속으로 생각하되,

'사세가 이 같으니 평양으로 내려가서 채봉더러 이런 말을 하여도 인제는 더구나 채봉이가 하고 싶어도 소용없으니 여기서 죽으나 사나 끝이나 보리라.'

하고 남의 집 방을 얻어 들고 침선을 팔아 가며 옥중 공궤供饋[5]를 하더니, 미구에 허 판서

---

73) 보고하는 공문.
74) 문서를 멀리 가져가 전달하는 사람.

1) 귀히 되고 천하게 됨이 운수에 달렸고, 슬픔과 기쁨이 한결같지 않음.
2) 하늘과 땅을 뒤흔들 만큼 세력이 굉장함.
3) 꼭 이루어지기를 기약함.
4) 감옥에서 놓여 나감.
5) 음식을 드리는 것.

가 범람한 마음을 먹다가 발각되어 복주伏誅[6]를 당한 후, 조정에서 허 씨의 삼족을 멸하고 문인은 죄지경중罪之輕重을 마련하여 각기 처벌하는데 김 양주는 처교處絞[7]하고, 또 사구류私拘留에 있는 김 참봉은 우선 형조에 이수移囚[8]하고 죄지유무를 사실査實[9]하더니, 마침 이때 평양 감사의 보장報狀이 들어오니 조정에서 의심치 아니하고 김 씨를 무죄 방송하니라.

김 씨 천은을 축수祝手하고 옥문을 나서니 이 부인이 벌써 옥문에서 기다리는지라. 반기어 같이 사관으로 나와 서로 붙들고 일장통곡一場痛哭하며 전후사를 말하고,

"만일 채봉이가 아비만 믿고 허가와 결친結親을 하였던들 어린 자식이 참화를 면치 못하였으리니 기생에 팔렸더라도 오히려 죽기보담은 다행이오. 그러나 아무리 부녀지간이라도 나는 채봉이를 볼 낯이 없소그려."

"차역此亦 운수요 피역彼亦 운수라, 왕사往事[10]는 물론하시고 평양으로 내려가서 채봉의 몸이나 빼낼 도리를 합시다."

하고 즉시 도보로 발정發程하여 평양으로 내려오니, 산천풍물은 의구히 있건마는 사람은 어이 금석今昔이 달라졌으며 불쌍한 채봉이는 뉘게 가 의탁하였는고. 김 씨 내외 취향의 집으로 찾아오니 취향 모녀 반기어 맞으며 인사를 하는데 김 참봉이 위선 채봉의 말을 묻는다.

"아가씨가 잘 있느냐?"

"예, 잘 있습니다."

하고, 그간 봉선 어미 집에서 글귀로 장 씨를 만나던 말이며, 이 감사가 몸값을 갚고 데려다 둔 말을 일일이 하니, 김 씨 내외 듣고 만심환희滿心歡喜[11]하여 묻되,

"그러면 그간 아가씨를 보았느냐?"

"감사 댁으로 들어가신 후로는 당초에 외인은 남녀 물론하고 출입을 못 하게 하시므로 들어가 뵈옵지 못하였습니다."

김 씨 내외 즉시 이 감사 댁으로 찾아가니 이 감사 보고 일면여구一面如舊같이 반기며 별당으로 불러들여 송을 만나게 하니, 인륜에 맺힌 정곡情曲 근심 슬픔이 다 녹아 눈물이 되어 흐르고 세 부녀 마주 붙들고 일장통곡한 후, 송이 이 감사의 은덕으로 신명을 보전하고 장 씨를 만난 말과 형조에 보장報狀한 일을 세세히 말하니 김 씨 더욱 놀라 일어나 절을

---

6) 형벌을 순순히 받아 죽음.
7) 교수형에 처함.
8) 죄인을 옮김.
9) 사실을 조사함.
10) 지나간 일.
11) 마음 가득 기뻐함.

하며,

"대삼의 하해 같은 은혜 백골난망白骨難忘이올시다."

감사가 껄껄 웃으며,

"이는 관장官長[12] 된 사람의 떳떳한 일이라 무슨 은혜라 하리오. 사람이 귀천이 유명이라, 헛된 영광을 바라면 패가망신하기 쉬운 법이니 어린 자식을 생각하여 후일을 경계하라. 그러나 그대는 복이 많아 송이 같은 딸을 두고 장필성 같은 사위를 보게 되는 것을 나는 다행한 일로 아나니, 오늘날 송을 내어 주니, 급히 혼인을 성례하여 가업家業을 안락케 하라."

분부하고 송을 불러 오래 부리던 행하行下[13]로 집과 전곡錢穀[14]을 주어 보내니 김 씨 부녀 고두사은叩頭謝恩[15]하고 물러 나와 길일吉日을 택하여 장생을 맞아 혼례를 행하니라.

슬프다, 채봉의 슬픈 회포와 반가운 정이 지금에 과연 어떠한고.

---

12) 관아의 우두머리 벼슬. 원님 따위.

13) 품삯 위에 더 주는 돈.

14) 돈과 곡식.

15) 머리를 조아리고 사례하는 것.

장화홍련전 원문

화설話說[1] 해동 조선국 세종 대왕 시절에 평안도 철산군에 한 사람이 있으니, 성은 배요 이름은 무용이니, 본디 향반鄕班으로 좌수座首를 지내었으니 성품이 순후하고 가산이 유여하여 그리울 것이 없으되 다만 슬하에 일점혈육이 없으므로 부부 매양 슬퍼하더니, 하루는 부인 장 씨 몸이 곤하여 침석을 의지하고 조을새, 문득 한 선관仙官이 하늘로서 내려와 꽃 한 송이를 주거늘 부인이 받으려 할 때에 홀연 광풍이 일어나며 그 꽃이 변하여 한 선녀가 되어 완연히 부인의 품속으로 들어오는지라, 부인이 놀라 깨달으니 남가일몽南柯一夢이라. 부인이 좌수를 청하여 몽사夢事를 이야기하고 괴이히 여기거늘, 좌수 이 말을 듣고 가로되,

"우리 무자無子함을 하늘이 불쌍히 여기사 귀자貴子를 점지하심이라."

하며 서로 기뻐하더니, 과연 그달부터 태기 있어 십 삭이 차매, 하루는 방중房中에 향기 진동하며 순산하여 옥녀를 낳으니 용모와 기질이 특이하여, 좌수 부부 크게 사랑하며 이름을 장화薔花라 하고 장중보옥같이 여기더라.

장화 두어 살이 되매 장 씨 또한 태기 있어 십 삭이 되어 가니 좌수 부부는 주야로 아들 낳기를 바라다가 역시 딸을 낳으매 마음에 서운하나 하릴없어 이름을 홍련紅蓮이라 하였더니, 장화의 형제 점점 자라매 얼굴이 화려하고 기질이 기묘할 뿐더러 효행이 특출하니, 좌수 부처 형제의 자라 감을 보고 사랑함이 비할 데 없는 중 너무 숙성함을 매양 염려하더니, 시운時運이 불행하여 장 씨 홀연히 병을 얻어 자리에 누우니, 좌수와 장화 정성을 다하여 주야로 약을 쓰되 증세 날로 위중할 뿐이요 조금도 효험이 없는지라. 장화 초조하여 하늘께 축수祝手하여 모친의 회춘回春하기를 바라더니, 이때 장 씨 자기의 병이 회춘치 못할 줄을 짐작하고 여아 형제의 손을 잡고 좌수를 청하여 슬퍼하여 가로되,

"첩이 전생에 죄가 많아 이 세상에 오래지 못하리니 죽기는 섧지 아니하나 장화 형제를 기를 사람이 없사오니 지하에 갈지라도 눈을 감지 못할지라. 슬프다, 이제 골수에 맺힌 한을 가슴에 품고 돌아가거니와 외로운 혼백이라도 바라는 바는 다름이 아니라 첩이 죽은 후 다시 취처娶妻하실진대 낭군의 마음이 자연 변하기 쉬울 것이매 그를 두리는지라(두

1) 이야기를 하건대. 옛 소설에서 이야기를 시작할 때 쓰는 말.

려워하는지라). 낭군은 첩의 유의遺意를 저버리지 마사 전일의 정의를 생각하시고 이 두 딸을 어여삐 여겨 장성한 후 같은 가문의 배필을 얻어 봉황의 짝을 지어 주신다 하면 첩이 비록 명명冥冥[2]한 가운데라도 낭군의 은택을 감축感祝하여 결초보은하리다."

하고 길이 탄식한 후 인하여 명이 진하거늘, 장화 동생을 안고 하늘을 우러러 통곡하니 그 가련한 정경은 철석간장鐵石肝腸이라도 슬퍼할레라. 그러그러 장일葬日이 다다라 선산에 안장하고, 장화 효심을 다하여 조석으로 상식上食을 받들며 주야 과상過傷[3]하더니, 세월이 여류如流하여 훌훌히 삼상三喪[4]이 지나매 장화 형제의 망극함은 더욱 새롭더라.

이때 좌수 비록 망처亡妻의 유언을 생각하나 후사後嗣를 아니 돌아볼 수 없는지라, 이에 혼처를 두루 구하되 원하는 자 없으매, 부득이하여 허 씨를 장가드니, 그 용모를 의논할진대, 두 볼은 한 자가 넘고, 눈은 퉁방울 같고, 코는 질병 같고, 입은 미역이(메기) 같고, 머리털은 돼지털 같고, 키는 장승만 하고, 소리는 이리 소리 같고, 허리는 두 아름이나 되는 것이, 게다가 곰배팔이요 수중다리에 쌍언청이를 겸하였고, 그 주둥이를 썰어 내면 열 사발은 되겠고 얽기는 콩멍석 같으니, 그 형용은 차마 바로 보기 어려운 중에, 그 심사가 더욱 불량하여 남의 못할 노릇은 골라 가며 행하니, 집에 두기 일시가 난감하되, 그래도 그것이 계집이라고 그달부터 태기 있어 연하여 아들 삼 형제를 낳으매, 좌수 그로 말미암아 적이 부지하나 매양 여아로 더불어 장 부인을 생각하며 일시라도 두 딸을 못 보면 삼추三秋같이 여기고, 들어오면 먼저 딸의 침소를 들어가 손을 잡고 눈물을 흘리며 가로되,

"너희 형제 깊이 규중에 있어 어미 그리워함을 노부老父도 매양 슬퍼하노라."

하며 애연哀然히 여기는지라.

허 씨 이러하므로 시기하는 마음이 대발大發하여 장화, 홍련을 모해하고자 꾀를 생각하더니, 좌수 허 씨의 시기함을 짐작하고 허 씨를 불러 크게 꾸짖어 가로되,

"우리 본디 빈곤히 지내더니 전처의 재물이 많으므로 지금 풍부히 살매 그대의 먹는 것이 다 전처의 재물이라. 그 은혜를 생각하면 크게 감동할 바이어늘 저 여아들을 심히 괴롭게 하니 무슨 도리뇨? 다시 그리 말라."

하고 조용히 개유開諭하나, 시랑豺狼[5] 같은 그 마음이 어찌 회과悔過함이 있으리오. 그 후로는 더욱 불측不測하여 장화 형제 죽일 뜻을 주야로 생각하더라.

하루는 좌수 외당으로 들어와 딸의 방에 앉으며 두 딸을 살펴보니, 딸의 형제 손을 서로 잡고 슬픔을 머금어 눈물을 흘려 옷깃을 적시거늘, 좌수 이것을 보고 매우 자닝히[6] 여겨 탄

---

2) 어두워서 드러나지 않음.

3) 지나치게 슬퍼함.

4) 삼년상.

5) 승냥이와 이리.

6) 애처롭고 불쌍하게.

식하여 가로되,

"이는 반드시 너희 죽은 모친을 생각하고 슬퍼함이로다."

하고, 역시 눈물을 흘려 위로하여 이르되,

"너희 이렇듯 장성하였으니 너희 모친이 있었던들 오죽 기쁘랴마는 팔자 기구하여 허 씨를 만나 구박이 자심하니 너희들의 슬퍼함을 짐작할지라. 이후에 이런 연고 또 있으면 내 처치하여 너희의 마음을 편하게 하리라."

하고 나왔더니, 이때에 흉녀 창틈으로 이 광경을 엿보고 더욱 분노하여 흉계를 생각하다가 문득 깨닫고, 제 자식 장쇠를 시켜 큰 쥐를 한 마리 잡아 오라 하여 가만히 튀하여 피를 바르고 낙태한 모양으로 만들어 장화 자는 방에 들어가 이불 밑에 넣고 나와 좌수 들어오기를 기다려 이것을 보이려 하더니, 마침 좌수가 외당에서 들어오거늘 허 씨 좌수를 보고 정색하며 혀를 차는지라, 좌수 괴이히 여겨 그 연고를 묻는데 허 씨 가로되,

"가중에 불측한 변이 있으나 낭군이 반드시 첩의 모해라 하실 듯하기로 처음에 감히 발설하지 못하였거니와, 낭군은 친어버이라 나면 이르고 들면 반기는 정을 자식들은 전혀 모르고 부정한 일이 많으나 내 또한 친어미 아닌 고로 짐작만 하고 잠잠하더니, 오늘은 늦도록 기동起動하지 아니하기로 몸이 불편한가 하여 들어가 본즉, 과연 낙태하고 누웠다가 첩을 보고 미처 수습지 못하여 황망하기로, 첩의 마음에 놀라움이 크나 저와 나만 알고 있거니와 우리는 대대 양반이라 이런 일이 누설되면 무슨 면목으로 세상에 서리오."

하고 가장 분분한지라. 좌수 크게 놀라 이에 부인의 손을 이끌고 여아의 방으로 들어가 이불을 들치고 보니, 이때 장화 형제는 잠이 깊이 들었는지라, 허 씨 그 피 묻은 쥐를 가지고 여러 가지로 방비하거늘 용렬한 좌수는 그 흉계를 모르고 가장 놀라며 이르되,

"이 일을 장차 어찌하리오?"

하며 애를 쓰거늘, 이때 흉녀 가로되,

"이 일이 가장 중난重難하니 이 일을 남이 모르게 죽여 흔적을 없이하면, 남은 이런 줄을 모르고 첩이 심하여 애매한 전실 자식을 모해하여 죽였다 할 것이요, 남이 이 일을 알면 부끄러움을 면하지 못하리니 차라리 첩이 먼저 죽어 모름이 나을까 하나이다."

하고 거짓 자결하는 체하니, 저 미련한 좌수는 그 흉계를 모르고 곧 대들어 급히 붙잡고 빌어 가로되,

"그대의 진중한 덕은 내 이미 아는 바이나 빨리 방법을 가르치면 저를 처치하리라."

하며 울거늘, 흉녀 이 말을 듣고,

'이제는 원을 이룰 때가 왔다.'

하고 마음에 기꺼하여 겉으로 탄식하여 가로되,

"내 죽어 모르고자 하였더니 낭군이 이다지 과념過念[7]하시매 부득이 참거니와 저를 죽

---

7) 지나치게 걱정함.

이지 아니하면 문호에 화를 면하지 못하리니, 기세양난其勢兩難[8]이나 빨리 처치하여 이 일이 단로 나지 않게 하소서."

한데, 좌수 망처의 유언을 생각하고 망극하나 일변 분노하여 처치할 묘책을 의논하니, 흉녀 기뻐하여 가로되,

"장화를 불러 거짓말로 속여 저희 외삼촌 집에 다녀오라 하고 장쇠를 시켜 같이 가다가 뒤 연못에 밀쳐 넣어 죽이는 것이 상책일까 하나이다."

좌수 듣고 옳이 여겨 장쇠를 불러 이리이리하라 하고 계교를 가르치더라.

이때 두 소저는 망모를 생각하고 슬픔을 금하지 못하다가 잠을 깊이 들었으니 어찌 흉녀의 이런 불측함을 알았으리오. 장화 잠을 깨어 심신이 울울하므로 십분 괴이히 여겨 다시 잠을 이루지 못하고 일어앉았더니, 부친이 부르시거늘 장화 놀라며 즉시 나아가니 좌수 가로되,

"너희 외삼촌 집이 여기서 멀지 아니하니 잠깐 다녀오라."

하거늘, 장화 너무도 의외의 영을 들으매 일변 놀라우며 일변 슬퍼 눈물을 머금고 대답하여 가로되,

"소녀 오늘까지 지게를 나지 아니하여 외인을 대한 일이 없삽거늘 부친은 어찌하여 이 심야에 알지 못하는 길을 가라 하시나이까?"

좌수 대로하여 가로되,

"네 오라비 장쇠를 데리고 가라 하였거늘 무슨 잔말을 하여 아비의 영을 거역하느냐?"

하거늘, 장화 이 말을 듣고 방성대곡放聲大哭하여 가로되,

"부친께서 죽으라 하신들 어찌 영을 거역하리까마는 야심하였삽기로 어린 생각에 사정을 고함이요, 분부 이러하시니 황송하오나 다만 바라옵기는 밤이나 새거든 가게 하옵소서."

하였더니, 좌수 비록 용렬하나 자식의 정을 생각하고 망설이거늘, 흉녀 이렇듯 수작함을 듣고 문득 문을 발길로 박차며 꾸짖어 가로되,

"너는 아비의 영을 순히 좇을 것이어늘 무슨 말을 하여 부명父命을 어기느냐!"

호령하거늘, 장화 이를 보매 더욱 설우나 하릴없어 울며 가로되,

"아버님 분부 이러하시니 다시 여쭐 말씀이 없사오며 분부대로 하오리다."

하고, 침방으로 들어가 홍련을 불러 손을 잡고 울어 가로되,

"부친의 의향을 알지 못하거니와 무슨 연고 있는지 이 심야에 외가에 다녀오라 하시매 마지못하여 가거니와, 이 길이 아무리 하여도 불길하니 시급하여 사정을 못다 하거니와 가장 망극한지라. 다만 슬픈 마음은 우리 형제 모친을 여의고 서로 의지하여 세월을 보내되 일각이라도 떠남이 없이 지내더니 천만의외에 이 길을 당하여 너를 적적한 빈방에

8) 일의 형편이 이러지도 저러지도 못할 곤란한 지경.

혼자 두고 갈 일을 생각하면 흉격胸膈이 터지고 간장이 타는 이 심사는 청천일장지青天一張紙[9]로도 다 기록지 못할지라. 아뭏게나 잘 있으라. 내 길이 좋지 못할 듯하나 만일 순하면 속히 돌아오리니 그사이 그리운 생각이 있을지라도 참고 기다리라. 옷이나 갈아입고 가리라."

하고, 옷을 갈아입은 후 형제 다시 손을 잡고 울며 아우를 경계하여 가로되,

"너는 부친과 계모를 극진히 섬겨 득죄함이 없게 하고 나의 돌아오기를 기다리면, 가서 오래 있지 않고 수삼 일에 곧 오려니와 그동안 그리워 어찌하며 너를 두고 가는 형의 마음 측량없나니 너는 슬퍼 말고 부디 잘 있어라."

말을 마치매 대성통곡하며 다만 손을 붙잡고 서로 나뉘지 못하니, 슬프다, 생시에 그지없이 사랑하는 그 모친은 어찌 이런 때를 당하여 저 형제의 형상을 굽어 살피지 못하는고.

홍련이 무망중無妄中에[10] 형의 일장 설화를 들으매 간담이 미어지는 듯하여 서로 붙잡고 통곡하니 그 가련한 정상은 일필난기一筆難記러라.

이에 흉녀 밖에서 장화의 이렇듯 함을 듣고 들어와 시랑猜狼 같은 소리를 지르며 꾸짖어 가로되,

"네 어찌 이렇듯 요란히 구느뇨?"

하고, 장쇠를 불러 이르되,

"네 누이를 데리고 속히 외가에 다녀오라."

하거늘, 개도야지 같은 장쇠는 바로 염라왕의 분부나 멘 듯이 소리를 벽력같이 질러 어깨춤을 추며 삼간 마루를 떼구르며[11] 가로되,

"누님은 바삐 나오소서! 부명을 거역하여 공연히 나를 꾸지람 들리니 이 아니 원통한가."

하며 재촉이 성화같은지라. 장화 하릴없어 홍련의 손을 떨치고 나오려 한즉, 홍련이 형의 옷자락을 잡고 울며 가로되,

"우리 형제 일시도 떠남이 없더니 갑자기 오늘은 나를 버리고 어데로 가려 하시느뇨?"

하며 좇아 나오니, 장화 홍련의 자닝한 형상을 보매 간장이 촌촌寸寸이 끊어지는 듯하나 하릴없어 홍련을 달래어 가로되,

"내 잠깐 다녀오리니 울지 말고 잘 있으라."

하는 소리 설움에 잠겨 말을 이루지 못하니, 노복들도 이 정상情狀을 보고 눈물을 머금더라. 홍련이 형의 치마를 굳이 잡고 놓지 아니하거늘 흉녀 들이달아 홍련의 손을 뿌리치며 가로되,

---

9) 푸른 하늘과 같이 넓은 종이.

10) 별생각 없이 있던 중에. 뜻밖에.

11) 떼거리를 쓰면서 발로 구르며.

"네 형은 외가에 가거늘 네 어찌 이처럼 요괴로이 구느냐?"
하며 꾸짖으매, 홍련이 하릴없어 물러시니 흉녀 장쇠에게 넌지시 눈 주매 장쇠의 재촉이 성화같으니, 장화 마지못하여 홍련을 이별하고 부친께 하직하고 말께 올라 통곡하며 가니라.

장쇠 말을 급히 몰아 산곡 중으로 들어가 한 곳에 다다르니 산은 첩첩 천봉千峰이요 물은 잔잔 백곡百曲이라. 초목이 무성하고 송백이 자욱하여 인적이 적막한데 달빛만 휘영청 밝아 있고 구슬픈 두견 소리 일촌간장一寸肝腸 다 끊는다.

장화 굽어보니 송림 중에 한 못이 있으되 크기가 사십여 리요, 그 깊이는 알지 못할러라. 한번 보매 정신이 아득한 중 물소리만 처량한지라. 장쇠 말을 잡고,

"내리라."

하거늘, 장화 크게 놀라 가로되,

"이곳에 내리라 함은 어쩐 말이냐?"

하니, 장쇠 대답하여 가로되,

"누이의 죄를 알 것이니 어찌 묻느뇨? 그대를 외가에 가라 함이 정말이 아니라 그대 실행失行[12]함이 많으되 계모 착하신 고로 모르는 체하시더니, 이미 낙태한 일이 나타난 고로 나로 하여금 남이 모르게 이 못에 넣고 오라 하기로 이에 왔으니 속히 물에 들라!"

하며 잡아 내리는지라. 장화 이 말을 들으매 청천백일에 벽력이 내리는 듯 넋을 잃고 소리를 외어 가로되,

"하늘도 야속하오. 이 일이 웬일이오. 무슨 일로 장화를 내시고 또 천고에 없는 누명을 싣고 이 깊은 못에 빠져 죽어 속절없이 원혼이 되게 하시는고. 하늘은 굽어 살피소서. 장화는 세상에 난 후로 문밖을 모르거늘 오늘날 애매한 누명을 얻사오니 전생 죄악이 이같이 중하든지, 우리 모친은 어찌 세상을 버리시고 슬픈 인생을 끼쳤다가[13] 간악한 사람의 모해를 입어 단불에 나비 죽듯 죽는 것은 섧지 않거니와 원통한 이 누명은 어느 제나 설원雪冤[14]하며 외로운 저 동생 장차 어찌할꼬."

하고 통곡하여 기절하니, 그 정상은 목석간장木石肝腸이라도 설워하련마는, 저 불측하고 무정한 장쇠 놈은 서서 다만 재촉하여 가로되,

"이 적막한 산중에 밤이 이미 깊었는데 아무래도 죽을 인생 발악하나 무익하니 바삐 물에 들라!"

하거늘, 장화 정신을 진정하고 가로되,

"나의 망극한 정지情地[15]를 들으라. 우리 비록 이복이나 아비 육肉은 한가지라. 전에 우

---

12) 도의에 어긋난 행실.
13) 사람(여기서는 자식)을 이 세상에 남겼다가.
14) 원망을 푸는 것.

리 우애하던 정을 생각하여 영영 황천으로 돌아가는 인명을 가련히 여겨 일시 말미를 주면, 삼촌 집에 가 망모의 묘하에 하직이나 하고 외로운 홍련을 부탁하여 위로하고자 하나니, 이는 결단코 내 목숨을 보존하고자 함이 아니라 발명發明[16]한즉 계모의 시기 있을 것이요, 살고자 한즉 부명을 거역함이니 일정한 명대로 하려니와 바라건대 잠깐 말미를 얻어 다녀와 죽음을 청하노라."

하며, 비는 소리 애원 측은哀願惻隱[17]하건마는, 목석같은 장쇠 놈은 조금도 측은한 빛이 없어 마침내 듣지 않고 재촉이 성화같으니, 장화 더욱 망극하여 앙천통곡仰天痛哭하여 가로되,

"명천明天은 이 지원至冤한 사정을 살피소서. 장화의 팔자 기박奇薄하여 칠 세에 모친을 여의옵고 형제 서로 의지하여 서산에 지는 해와 동령東嶺에 돋는 달을 대할 제면 간장이 슬퍼지고 후원에 피는 꽃과 옥계玉階에 나는 풀을 볼 적이면 비감悲感하여 눈물이 비 오듯 지내옵더니, 삼 년 후 계모를 얻으매 성품이 불측하여 구박이 자심하온지라 설운 간장 슬픈 맘을 이기지 못하오니, 낮이면 부친을 바라고 밤이면 망모를 생각하며 형제 서로 손을 잡고 장장하일長長夏日과 긴긴 추야秋夜를 장우단탄長吁短歎으로 보내옵더니[18], 궁흉窮凶 그악한 계모의 독수毒手를 벗어나지 못하옵고 오늘날 물에 빠져 죽사오니, 이 장화의 천만 애매함을 천지일월성신天地日月星辰은 질정質定[19]하소서. 홍련의 자닝한 인생을 어여삐 여겨 잘 인도하여 부모에 득죄함이 없게 하고 부모를 모셔 백세 무량百世無量[20]함을 바라노라."

하며 좌수左手로 홍상紅裳을 잡고 우수로 월귀탄[21]을 벗어 못가에 놓고 발을 구르며 눈물을 비 오듯 흘리고 오던 길을 향하여 실성통곡하는 말이,

"어여쁠사, 홍련아! 적막한 깊은 규중 너 홀로 남았으니 자닝한 네 인생이 뉘를 의지하여 살아간단 말가. 너를 두고 죽는 나는 쓰라린 이 간장이 굽이굽이 다 녹는다."

말을 마치고 만경창파 나는 듯이 뛰어드니, 가련하다! 문득 물결이 하늘에 닿으며 찬바람이 일어나고 월광月光이 무색하며 산중으로 대호(大虎, 큰 범) 내달아 꾸짖어 가로되,

"네 어미 무도하여 애매한 자식을 모해하여 죽이니 어찌 천도天道 무심하시랴!"

이에 달려들어 장쇠 놈의 두 귀와 한 팔 한 다리를 떼어 먹고 간데없거늘 장쇠 기절하여

---

15) 딱한 사정이 있는 가엾은 처지.

16) 변명.

17) 애처롭게 사정하여 불쌍함.

18) 길고 긴 여름날과 길고 긴 가을밤을 끊임없이 탄식하며 보내더니.

19) 헤아려 바로잡음.

20) 몇백 년을 두고 한이 없음.

21) 귀에 거는 장신구의 하나인 듯하다.

땅에 꺼꾸러지니 장화의 탔던 말이 크게 놀라 집으로 돌아오는지라.

흉녀 장쇠를 보내고 밤이 깊도록 아니 오매 가장 괴이히 여기더니 문득 장화의 탔던 말이 소리를 지르고 달아오거늘 흉녀 생각하기를 장화를 죽게 한 줄 알고 내달아 본즉, 그 말이 온몸에 땀을 흘리고 들어오되 사람은 없는지라 흉녀 크게 놀라, 이에 노복을 불러 불을 밝히고 말이 오던 자취를 찾아가 보니, 한 곳에 장쇠가 쓰러졌거늘 놀라 자세히 보니 한 팔, 한 다리와 두 귀가 없고 피를 흘리고 불성인사不省人事[22] 되었으매 모두 놀라 어찌할 줄 모르더니, 문득 향내 진동하며 냉풍이 소슬하매 괴이히 여겨 살펴보니 향내 못 가운데로서 나는지라.

노복 등이 장쇠를 구하여 오니, 그 어미 놀라 즉시 약을 먹이고 상한 곳을 동여 주니 장쇠 비로소 정신을 차리는지라. 흉녀 기꺼 그 연고를 물으니 장쇠 전후사연을 다 말하거늘 흉녀 더욱 원망하여 홍련을 마저 죽이려고 주야로 생각하더라.

이때 좌수 장쇠의 변을 보아 장화 애매히 죽은 줄을 깨닫고 한탄하여 슬퍼함을 마지않던 중, 홍련이 또한 가중사家中事를 전연히 모르다가 집안이 요란함을 보고 가장 괴이히 여겨 계모더러 그 연고를 물으니 흉녀 발연勃然 대로하여 가로되,

"장쇠 요괴로운 네 형을 데리고 가다가 길에서 범을 만나 물려 병이 중하다."

하거늘, 홍련이 다시 사연을 물은데 흉녀 눈을 흘기며 가로되,

"네 무슨 괴로운 말을 이리하는다?"

하고 떨치고 일어나거늘, 홍련이 이렇듯 박대함을 보고 가슴이 터지는 듯하여 일신이 떨려 제 방으로 돌아와 형을 부르며 통곡하다가 홀연 잠이 들었더니, 비몽사몽간에 물속에서 장화 황룡을 타고 북해로 향하거늘, 홍련이 깨 내달아 물으려 한즉 장화 본 체 아니 하는지라. 홍련이 울며 가로되,

"형님은 어찌 나를 본 체 아니 하시고 혼자 어디로 가나이까?"

하니, 장화 눈물을 뿌리며 가로되,

"이제는 내 몸이 길이 다른지라. 내 옥황玉皇께 명을 받아 삼신산三神山[23]으로 약을 캐러 가매 길이 바쁘기로 정회情懷를 베풀지 못하나 네 나를 무정함으로 여기지 말라. 내 장차 너를 데려가마."

하며 수작할 즈음에 홀연 장화의 탄 용이 소리를 지르거늘, 홍련이 놀라 깨달으니 침상일몽枕上一夢이라. 기운이 서늘하고 일신에 땀이 나서 정신이 아득한지라. 이에 부친께 이 사연을 말씀하며 통곡하여 가로되,

"오늘을 당하오매 소녀의 마음이 무엇을 잃은 듯하와 자연 슬프오니 형이 이번에 가매 필경 연고 있어 사람의 해를 입은가 하나이다."

---

22) 정신을 잃어서 인사를 차리지 못함. 인사불성.

23) 신선들이 산다는 세 산. 봉래산, 방장산, 영주산.

하고 실성통곡하니, 좌수 여아의 말을 들으매 흉격이 막혀 한 말도 이루지 못하고 다만 눈물만 흘리거늘, 흉녀 곁에 있다가 문득 변색하여 가로되,

"어린아이 무슨 군말을 하여 어른의 마음을 무단히 슬프게 하여 이렇듯 상하게 하는다?"

하며 등을 밀어 내치거늘, 홍련이 울며 나와 생각하되,

'내 몽사를 여쭈오매, 부친은 슬퍼하시며 아무 말도 못 하시고 허 씨는 변색하고 이렇듯 구박하니, 이는 반드시 이 가운데 무슨 연고 있도다."

하며 그 허실虛實을 알려 하더니, 하루는 흉녀가 나가고 없거늘 이에 장쇠를 불러 달래며 장화의 거취를 탐문하니, 장쇠 감히 기이지(속이지) 못하여 장화의 전후사연을 토파吐破[24] 하는지라. 그제야 홍련이 제 형이 애매히 죽은 줄 알고 깜짝 놀라 기절하였다가, 겨우 인사를 차려 형을 부르짖으며 가로되,

"어여쁠사 형님이여, 불측할사 흉녀로다. 자닝한 우리 형님 이팔청춘 꽃다운 시절에 불측한 누명을 몸에 싣고 창파에 몸을 던져 천추원혼千秋冤魂 되었으니 뼈에 새긴 이 원한을 어찌하여 풀어 볼꼬. 참혹할사 우리 형님! 가련한 이 동생을 적막한 공방空房에 외로이 남겨 두고 어데 가서 아니 오시는가. 구천九泉에 돌아간들 이 동생 그리워서 피눈물 지실 제 구곡간장九曲肝腸이 다 녹았으리로다. 고왕금래古往今來에 이런 지원극통至冤極痛한 일이 또 어데 있으리오?

소소昭昭한 명천明天은 살피소서. 소녀 삼 세에 어미를 잃고 형을 의지하여 지내옵더니 이 몸의 죄가 지중하와 모진 목숨이 외로이 남았다가 이런 변을 또 당하니 형과 같이 더러운 욕을 보지 말고 차라리 이내 몸이 일찍 죽어 외로운 혼백이라도 형을 따라 지하에 놀고자 하나이다."

말을 마치고 옥루玉淚 만면滿面하여 정신이 아득한지라. 아무리 형의 죽은 곳을 찾아가고자 하나 규중처녀의 몸으로 문밖 길을 모르거든 어찌 그곳을 능히 찾아가리오. 침식을 전폐하고 주야로 한탄할 뿐이라.

하루는 청조靑鳥[25] 한 마리가 날아와 백화만발한 사이로 오락가락하거늘 홍련이 심중에 헤아리되,

"어여쁠사 우리 형님! 우리 둘이 이별하여 한이 되매, 저 청조 비록 미물微物이나 저렇듯 왕래하니 필경 나를 데려가려 옴이로다."

하며 슬픈 정회를 진정하지 못하여 좌불안석坐不安席하더니, 청조 간데없거늘 마음이 서운하나 하릴없는지라. 날이 다시 밝으매 홍련이 또 청조 오기를 기다리나 종시 오지 아니

24) 사실을 모두 털어놓음.

25) 파랑새. 심부름을 맡아서 소식을 전해 준다는데, 동방삭이 파랑새가 온 것을 보고 서왕모의 심부름꾼이라고 한 고사에서 온 말.

하므로 슬픔을 이기지 못하여 종일 통곡하다가 이에 일모日暮하매 창을 의지하고 혼자 생각하되,

"이제 청조 아니 와도 내 형의 죽은 곳을 찾아가려니와 이 일을 부친께 말씀하면 못 가게 하시리니 이 사연을 기록하여 두고 가리라."

하고 인하여 지필을 내어 유서를 쓰니, 그 글에 아뢨으되,

"슬프다, 일찍이 모친을 이별하고 형제 서로 의지하여 세월을 보내옵더니 천만의외에 형이 사람의 불측한 모해를 입어 무죄히 몹쓸 누명을 쓰고 마침내 원혼이 되오니 어찌 슬프며 지원至冤치 아니하리오. 불초녀不肖女 홍련은 부친 슬하에 이미 십여 년을 모셨다가 오늘날 가련한 형을 좇아가오매 자금이후自今以後로는 부친의 용모를 다시 뵈옵지 못하며 성음조차 들을 길이 없사오니 이런 일을 생각하오매 눈물이 앞을 가리와 흉격胸膈이 억색臆塞[26]하온지라, 바라옵건대 부친은 불초녀를 생각지 마시고 만수무강하옵소서."

하였더라.

이때는 오경五更이라, 월색月色이 만정滿庭하고 청풍淸風이 서래徐來하더니 문득 청조 날아와 나무에 앉으며 홍련을 보고 반기는 듯 지저귀거늘, 홍련이 이르되,

"네 비록 짐승이나 우리 형님의 있는 곳을 가르치러 왔느냐?"

그 청조 듣고 응하는 듯한지라, 홍련이 다시 가로되,

"네 만일 나를 가르치러 왔거든 길을 인도하면 너를 따라가리라."

하니, 청조 고개를 조아 응하는 듯하거늘, 홍련이 가로되,

"가련하다, 내 이제 이 집을 나가면 언제 다시 이 문전을 보리오."

하며, 청조를 따라갈새 수 리를 다 못 가서 동방이 밝는지라. 점점 나아가매 청산은 중중重重하고 장송長松은 울울鬱鬱한데 백조百鳥는 슬피 울어[27] 사람의 심회를 돋우더라. 청조 한 못가에서 주저하거늘 홍련이 좌우를 살펴보니 물 위의 오색구름 자욱한 가운데로서 슬픈 울음소리 나며 홍련을 불러 가로되,

"너는 무슨 죄로 천금같이 귀중한 목숨을 속절없이 이곳에 버리고자 하느뇨? 사람이 한번 죽으매 다시 살지 못하나니, 가련하다 홍련아, 세상일을 난측難測이라. 이런 일 다시 생각지 말고, 속히 돌아가 부모 봉양을 극진히 하고 성현 군자를 만나 유자생녀有子生女하여 돌아가신 어머님 혼령을 위로하라."

하거늘, 홍련이 형의 소리인 줄 알고 급히 소리 질러 불러 가로되,

"형님은 전생에 무슨 죄로 나를 두고 이곳에 와 외로이 있나니이꼬. 내 형님을 버리고 혼자 살 길이 없사오니 한가지로 돌아다니고자 하나이다."

---

26) 억울하고 원통하여 가슴이 답답함.

27) 청산이 겹겹이 있고, 큰 소나무가 울창한데, 온갖 새가 슬피 울어.

하고 또 들으니, 공중에서 울음소리 그치지 아니하고 슬피 울거늘, 홍련이 더욱 설워 정신을 차리지 못하다가 겨우 진정하여 하늘께 절하며 축수하여 가로되,

"비나이다, 비나이다. 빙옥氷玉 같은 우리 형님 천추에 몹쓸 누명 설원雪冤하여 주옵소서. 황천후토皇天后土[28]는 이 홍련의 지원극통至冤極痛한 한을 밝히 굽어 살피옵소서."

하고, 방성대곡 슬피 울 제 공중에서 홍련을 부르는 소리에 더욱 비감하여, 우수右手로 나상羅裳을 부여잡고 나는 듯이 물속에 뛰어드니 슬프고 애닯도다. 일광이 무색하고 그 후로는 물 위의 안개 자욱한 속으로 슬피 우는 소리 주야로 연속하여 계모의 모해로 애매히 죽음을 사설하니 이는 원근 사람을 다 알게 함이러라.

장화 형제의 애원한 한이 구천에 사무쳐 매양 설원코자 하매, 철산 부사 아문衙門[29]에 들어가 지원극통한 원정을 아뢰려 하면 부사들이 놀라 기절하여 죽는지라. 이렇듯이 철산 부사로 오는 사람은 도임到任[30]한 이튿날이면 죽으므로, 그 후로는 부사로 오는 사람이 없어 철산군은 자연 폐읍이 되었으며 연년이 흉년이 들어 사람이 아사지경에 이르니 백성들이 사방으로 헤어져 한 고을이 텅 비게 된지라. 이러한 사연으로 여러 번 장계를 올리니, 상上이 크게 근심하사 조정에서 의논이 분분하더니, 하루는 정동호라 하는 사람이 부사로 가기를 자원하니 이는 성품이 강직하고 체모 정중한 사람이라. 상이 들으시고 인견引見하여 가로되,

"철산읍에 이상한 변이 있어 폐읍이 되었다 하매 가장 염려하더니, 경이 이제 자원하니 심히 다행하고 아름다우나 또한 근심이 되매 십분 조심하여 인민을 잘 안돈安頓[31]하라."

하시고 철산 부사 제수하시니, 부사 사은하고 물러 나와 즉일 발행發行하여, 고을에 도임하고 이방을 불러 물어 가로되,

"내 들으니 네 고을에 관장이 도임한 후면 즉시 죽는다 하니 과연 옳으냐?"

이방이 여쭈오되,

"아뢰옵기 황송하오나 오륙 년 이래로 등내等內[32]마다 밤이면 비몽사몽간에 꿈을 깨닫지 못하옵시고 죽사오니 그 연고를 아옵지 못하나이다."

하거늘, 부사 듣기를 다하고 분부하여 가로되,

"너희들은 밤에 불을 끄고 잠을 자지 말며 고요히 있어 동정을 살피라."

하니, 이방이 청령聽令[33]하고 나아가거늘, 부사 객사에 가 등촉을 밝히고 《주역》을 읽더니,

---

28) 하늘의 신과 땅의 신.
29) 관리가 일하는 곳. 관청.
30) 지방관이 자기에게 맡겨진 지방에 도착함.
31) 잘 정돈하고 안정되게 함.
32) 벼슬아치가 그 벼슬살이를 하고 있는 동안.
33) 명령을 들음.

밤이 깊은 후에 홀연히 찬바람이 일어나며 정신이 아득하여 아무런 줄 모르더니 난데없는 한 미인이 녹의홍상으로 완연히 들어와 절하거늘, 부사 정신을 가다듬어 물어 가로되,

"너는 어떠한 여자관데 이 깊은 밤에 와 무슨 사정을 말하려 하는다?"

그 미인이 고개를 숙이고 몸을 일어 다시 절하여 가로되,

"소녀는 이 고을에 사는 배 좌수의 딸 홍련이옵더니, 소녀의 형 장화는 칠 세 되옵고 소녀는 삼 세 되는 해에 어미를 여의옵고 아비를 의지하여 세상을 보내옵더니, 아비 후처를 얻으니 후처의 성품이 사납고 시기 지극하온 중 공교히 연하여 삼 자를 낳으니 아비 혹하와 계모의 참소讒訴를 신청信聽[34]하고 소녀의 형제를 박대 자심滋甚하오나, 소녀 형제는 그래도 어미라 계모 섬기기를 극진히 하오되 박대와 시기는 날로 심하오니 이는 다름 아니오라, 본디 소녀의 어미 재물이 많사와 노비 수천 구口요, 전답이 천여 석이니 보화거재두량寶貨車載斗量[35]이라, 소녀 형제 출가하오면 재물을 다 가질까 하여 시기심을 품고 소녀 형제를 죽여 재물을 빼앗아 제 자식을 주고자 하와 주야로 모해할 뜻을 두었는지라, 스스로 흉계를 내어 큰 쥐를 튀하여 피를 많이 바르고 낙태한 형상을 만들어 형의 이불 밑에 넣고 아비를 속여 죄를 이룬 후에, 거짓 외삼촌 집으로 보낸다 하고 불시에 말을 태워 그 아들 장쇠 놈으로 하여금 데려다가 못 가운데 넣어 죽였삽기로, 소녀 이 일을 아옵고 지원극통하와 스스로 생각하온즉 소녀 구차히 살았다가 또 흉계에 빠질까 두려워 마침내 형이 빠져 죽은 못에 빠져 죽었사오니, 죽음은 섧지 않사오나 이 불측한 누명을 설원할 결[36]이 없삽기로 더욱 원통하와, 등내마다 원통한 시정을 아뢰고자 하온즉 모두 놀라 죽사오매 뼈에 맺힌 원한을 이루지 못하옵더니, 이제 천행으로 밝으신 사또를 맞자와 감히 원통한 원정을 아뢰오니 사또는 소녀의 설운 혼백을 어여삐 여기사 천추의 원한을 풀어 주옵시고 형의 누명을 벗겨 주옵소서."

말을 마치매 일어 하직하고 나가거늘, 부사 괴이히 여겨 헤오되,

'자초自初[37]로 이런 일이 있어 폐읍이 되었도다.'

하고, 이튿날 평명平明[38]에 동헌에 나아가 좌기坐起[39]하고 이방을 불러 물어 가로되,

"이 고을에 배 좌수라 하는 사람이 있느냐?"

"과연 배 좌수 있사외다. 두 딸은 일찍 죽삽고 세 아들이 살아 있나이다."

"두 딸은 어찌하여 죽었다 하느뇨?"

---

34) 터무니없이 남을 헐뜯어 말하는 것을 곧이듣는 것.
35) 보배와 재물이 수레에 싣고 말로 될 만큼 많음.
36) 원통함을 풀 겨를. '결' 은 '겨를' 의 준말.
37) 어떤 일이 비롯된 처음.
38) 해가 돋는 때.
39) 관청의 으뜸 벼슬아치가 출근하여 일을 보기 시작함.

"남의 일이옵고 자세히 알지 못하오나 대강 듣사온즉, 장녀는 무슨 죄 있어 연못에 빠져 죽은 후 그 동생이 있어 서로 우애하므로 주야 통곡하다가 필경 제 형을 좇아 역시 연못에 빠져 죽어 한가지로 원혼이 되어, 날마다 못가에 나와 앉아 울며 이르되, '계모의 모해를 입어 죽었다.' 하고 허다한 설화說話를 하매 행인들이 듣고 눈물을 아니 흘리는 이 없다 하더이다."

하거늘, 부사 듣기를 다하고 즉시 관차官差[40]를 놓아 분부하되,

"배 좌수 부처夫妻를 잡아들이라."

하니, 관차 영을 듣고 경각頃刻에 잡아 왔는지라. 부사 이에 좌수더러 물어 가로되,

"내 들으니 전처의 두 딸과 후처의 세 아들이 있다 하니 그러하냐?"

"그러하외다."

"다 살았는고?"

"두 딸은 병들어 죽삽고 다만 세 아들만 살았나이다."

"두 딸이 무슨 병으로 죽었는고? 바른대로 아뢰면 죽기를 면하려니와 그렇지 아니하면 장하杖下에 죽으리라[41]."

좌수 얼굴이 흙빛이 되어 아무 말도 못 하나 흉부凶婦 이 말을 듣고 크게 놀라 아뢰되,

"안전案前에서 이미 아옵시고 묻삽는 바에 어찌 일호一毫라도 기망欺罔하옴이[42] 있사오리까. 전실에 두 딸이 있어 장성하옵더니 장녀 실행失行하와 잉태하여 장차 누설케 되었삽기로 노복들도 모르게 약을 먹여 낙태하였사오나, 남은 실로 이러한 줄을 모르옵고 계모의 모해인 줄 아올 듯하옵기 저를 불러 경계하되, '죄는 죽어 아깝지 아니하나 너를 죽이면 남이 나의 모해로 알겠기로 짐작하여 죄를 사하나니 차후는 다시 이러한 행실을 말고 마음을 닦으라. 만일 남이 알면 우리 집을 경멸히 여길 것이니 그러하면 무슨 면목으로 사람을 대하리오.' 하고 경계하여 꾸짖었삽더니, 저도 죄로 알고 스스로 부모 보기를 부끄러하여 밤에 나가 못에 빠져 죽었삽고, 그 아우 홍련이 또한 제 형의 행실을 본받아 승야도주乘夜逃走한 지 격년隔年이 되었사오나[43], 그 종적을 모를 뿐 아니오라 양반의 자식이 실행하여 나갔다고 어찌 찾을 길이 있사오리까? 이러하므로 나타내지 못하였나이다."

부사 듣기를 다하고 물어 가로되,

"네 말이 그러할진대 낙태한 것을 가져오면 가히 알리라."

흉녀 대답하여 여쭈오되,

---

40) 관아에서 파견하는 아전.

41) 장형으로, 곧 매 맞아서 죽으리라.

42) 털끝만큼이라도 속임이.

43) 밤을 타서 달아난 지 해포가 지났사오나.

"소녀의 골육骨肉이 아닌 고로 이런 일을 당할 줄 알고 그 낙태한 것을 심심장지深深藏之[44]하였다가 가져왔나이다."

하고 즉시 품속으로 내어 드리거늘, 부사 본즉 낙태한 것이 분명한지라, 이에 분부하되,

"말과 일이 방불彷彿하나 죽은 지 오래되어 분명히 징험이 없으매, 내 생각하여 처치할 것이니 아직 물러 있으라."

하고 방송放送[45]하였더니, 이날 밤에 홍련의 형제 완연히 부사 앞에 나아와 절하고 여쭈오되,

"소녀 등이 천만의외에 밝으신 사또를 만나 오매 소녀 형제의 누명을 설원할까 바라옵더니 사또 흉녀의 간특한 꾀에 빠지실 줄 어찌 알았사오리까."

하며 슬피 울다가 다시 여쭈오되,

"일월같이 밝으신 사또는 깊이 통촉洞燭하옵소서. 옛날에 순舜임금도 계모의 화를 입었다[46] 하옵거니와, 소녀의 각골지통刻骨之痛은 삼척동자라도 다 아옵는 바이어늘 이제 사또 간악한 계집의 말을 곧이들으사 깨닫지 못하옵시니 어찌 애닯지 않사오리까? 바라건대 사또는 흉녀를 다시 부르사 낙태한 것을 올리라 하와, 배를 가르고 보시면 반드시 통촉할 바 있사오리니, 소녀 형제를 천만 긍측矜惻히 여기사 법을 밝혀 주옵시고, 소녀의 아비는 본성이 착하와 어두운 탓으로 흉녀 간계에 빠져 흑백을 분변치 못함이오니 십분 용서하여 주옵기를 바라나이다."

말을 마치고 홍련의 형제 일어 절하고 청학을 타고 반공半空에 솟아 가거늘, 부사 그 말을 들으매 기어코 분명하여 자기가 흉녀에게 속음을 깨닫고 더욱 분노하여 날이 밝기를 기다려, 평명平明에 좌기坐起를 베풀고 좌수 부처를 성화같이 잡아들여 다른 말은 묻지 아니하고 그 낙태한 것을 바삐 들이라 하여 살펴본즉, 낙태가 아닌 줄 분명히 알지라. 좌우를 명하여,

"그 낙태한 것을 배를 가르라."

호령이 서리 같은지라. 좌우 청령하고 칼을 가져 배를 가르니 그 속에 쥐똥이 가득하거늘, 허다한 관속官屬들이 이를 보고 모두 흉녀의 간계를 알고 저마다 침을 뱉어 꾸짖으며 홍련 형제의 애매히 죽음을 불쌍히 여겨 눈물을 흘리는지라. 부사 이를 보매 대로하여 큰칼을 씌우고 소리를 높여 호령하여 가로되,

"이 간특한 년아, 네 천고의 불측한 죄를 짓고도 방자히 공교한 말로 속이기로 내 생각하

44) 깊이깊이 감추어 둠.

45) 죄인을 풀어 줌.

46) 순임금이 어렸을 적에 계모가 그를 미워하여 죽이려고 하였는데 매번 꾀를 써서 그 봉변을 피하였다. 순임금의 지극한 정성으로 흉악하던 계모도 나중에는 마음을 고쳐서 착한 이가 되었다.

는 바 있어 방송하였거니와 이제 또한 무슨 말을 꾸며 발명하고자 하느냐? 네 국법을 가벼이 여기고 못할 짓을 행하여 무죄한 전실 자식을 죽였으니 그 연고를 바른대로 아뢰어 형벌의 괴로움을 받지 말라."

좌수 이 광경을 보매 애매한 자식이 원통히 죽음을 뉘우치고 뉘우쳐 눈물을 흘리며 가로되,

"소생의 무지한 죄는 성주城主[47] 처분이어니와 비록 하방遐方의 용렬한 우맹愚氓인들[48] 어찌 사체事體[49]를 모르리까. 전실 장 씨 가장 현숙하더니 불쌍히 죽고 두 딸이 있사오매 부녀 서로 의지하와 위로하며 세월을 보내옵더니, 후사를 아니 보지 못하와 후처를 얻어 삼자三子를 낳사오매 가장 기꺼하옵더니, 하루는 소생이 내당에 들어간즉 흉녀 문득 발연변색하여 가로되, '상공이 매양 장화를 세상에 없이 귀히 여기시더니, 제 행실이 불측하여 낙태하였으니 들어가 보라.' 하고 이불을 들치옵기로 소생이 놀라 어두운 눈에 본즉 과연 낙태한 것이 적실하오매, 미련한 소견에 암연暗然히 깨닫지 못하는 중 더욱 전처의 유언을 잊삽고 흉계에 빠져 죽을시 분명하오니, 그 죄 만 번 죽어도 사양하지 아니하나이다."

말을 마치자 통곡하거늘, 부사 곡성을 금하고, 이에 흉녀를 형틀에 올려 매고 문초를 받으니, 흉녀 매를 이기지 못하여 여쭈오되,

"소첩의 몸이 대대 거족巨族으로 문중이 쇠잔하고 가세 탕진하던 차, 좌수 간청하므로 그 후처 되오니 전실의 양녀兩女 있으매 그 행동거지 심히 아름답거늘, 내 자식같이 양육하여 이십에 이르러, 제 행사 점점 불측하여 백 말에 한 말도 듣지 아니하고 성실치 못하온 일이 많사와 원망이 심하옵기로 때때 저이를 경계하고 개유開諭하여 아무쪼록 사람이 되도록 하였삽더니, 하루는 저희 형제의 비밀한 말을 우연히 엿듣고 보니 그 말이 과연 소첩의 매양 염려하던 바와 같이 불측한 일이온지라, 마음에 가장 놀랍고 분하오나, 가부家夫[50]더러 이른즉 반드시 모해하는 줄로 아올지라, 부득이 가부를 속이고 쥐를 잡아 피를 묻혀 장화의 이불 밑에 넣고 낙태하였다 하여 소첩의 자식 장쇠에게 계교를 가르쳐 장화를 유인하여 연못에 넣어 죽였삽더니, 그 아우 홍련이 또한 화를 만날까 두려 승야도주乘夜逃走하였사오니, 법대로 처분을 기다리려니와 첩의 아들 장쇠는 이 일로 천벌을 입어 이미 병신이 되었사오니 죄를 사赦하옵소서."

장쇠 등 삼 형제 일시에 여쭈오되,

"소인 등은 다시 아뢸 말씀이 없사오나 다만 늙은 부모를 대신하여 죽고자 바라옵니다."

---

47) 성의 우두머리라는 뜻으로, 고을 원님을 가리키는 말.

48) 멀리 떨어진 시골의 어리석은 백성인들.

49) 일의 형편.

50) 남에게 제 남편을 말할 때 쓰던 말.

하거늘, 부사, 좌수의 처와 장쇠 등의 초사招辭[51]를 듣고 일변 흉녀의 소위所爲를 깨달으며 일변 장화 형제의 원통한 죽음을 불쌍히 여겨 가로되,

"이 죄인 여타자별與他自別[52]하니 내 임의로 처치 못할지라."

하고 감영에 보장報狀[53]한데, 감사 이 말을 듣고 크게 놀라 가로되,

"이런 일은 고금에 없는 일이라."

하며, 즉시 이 뜻으로 조정에 장계하였더니, 상이 보시고 홍련의 형제를 불쌍히 여기사 하교하여 가로되,

"흉녀의 죄상은 만만불측하니 흉녀는 능지처참하여 후일을 징계하며 그 아들 장쇠는 교絞하여 죽이고 장화 형제의 혼백을 신원伸冤하여 비를 세워 표하여 주고 제 아비는 방송하라."

하시니, 감사 하교를 받자와 그대로 철산부에 관자關子[54]하니, 부사 관자를 드디러[55] 즉시 좌기를 베풀고 흉녀는 능지처참 회시回示[56]하고 아들 장쇠는 교하여 죽이고 좌수는 뜰아래 꿇리고 꾸짖어 가로되,

"네 아무리 불명不明한들 어찌 그 흉녀의 간계를 깨닫지 못하고 애매한 자식을 죽였으매 마땅히 네 죄를 다스릴 것이로되, 홍련 형제의 소원이 있고 또 하교 그러하시기로 네 죄를 특별히 사하노라."

좌수 천은을 사례하고 두 아들을 거느리고 나가니라.

부사 친히 관속을 거느리고 장화 형제 죽은 못에 나아가 물을 치고 본즉 두 소저의 시체 옥평상에 자는 듯이 누웠으되 얼굴이 조금도 변치 아니하여 산 사람 같은지라. 부사가 보고 기이히 여겨 관곽棺槨을 갖추어 명산明山[57]을 가려 안장하고 무덤 앞에 세 자 길이의 비석을 세웠으니, 그 비석에 새겼으되 '해동 조선국 평안도 철산군 배무용의 딸 장화, 홍련의 불망비不忘碑라.' 하였더라.

부사 장사를 마치고 돌아와 정사를 다스리더니 하루는 부사 몸이 곤하여 침석을 의지하여 조을새 문득 장화 형제 들어와 절하고 사례하여 가로되,

"소녀 등은 일월같이 밝으신 사또를 만나 뼈에 사무친 한을 푸옵고 또 해골까지 거두어 주옵시며 아비의 죄를 용서하여 주옵시니 그 은혜는 태산이 낮삽고 하해가 옅사온지라,

---

51) 죄인이 잘못을 털어놓은 것.
52) 다른 것과 달라서 특별히 중요함.
53) 위에 보고함.
54) 위 관청에서 아래 관청으로 문서를 보냄.
55) 그대로 좇아 집행하여서.
56) 여러 사람들에게 돌려 보임.
57) 묘를 쓰면 자손들이 잘된다는 좋은 산.

명명지중冥冥之中[58]이라도 결초보은하오리다. 미구에 관작官爵이 돋워 오르리니 두고 보옵소서."

하고 간데없거늘, 부사 놀라 깨달으니 침상일몽이라. 몽사를 기록하여 그 후 징험하여 보더니 과연 그달부터 차차 승직陞職하여 통제사에 이르니라.

배 좌수 나라의 처분으로 흉녀를 능지陵遲하여 두 딸의 원혼을 위로하였으나 오히려 마음에 쾌함이 없고 오직 두 딸의 애매히 죽음을 주야로 슬퍼하여 그 형용이 보이는 듯 음성이 들리는 듯 거의 미칠 듯하여, 다시 이 세상에서 부녀지의를 맺어 남은 한을 풀고자 매양 축원하는 중, 더욱 집안에 조석공양할 사람조차 없어 마음 둘 곳이 없으므로 부득이 혼처를 구할새, 향속鄕屬[59] 윤광호의 딸을 장가드니 나이 십팔 세요, 용모재질이 비상하고 성정이 또한 온순하여 자못 숙녀의 풍도風度가 있는지라. 좌수 크게 기꺼 금실이 자별하더니, 하루는 좌수 외당에 있어 두 딸을 생각하여 밤이 깊도록 잠을 이루지 못하고 전전반측할새 홀연 장화 형제 단장을 황홀히 차리고 완연히 들어와 절하며 가로되,

"소녀 팔자 기구하여 모친을 일찍이 여의옵고 전생 업원業冤으로 모진 계모를 만나 마침내 애매한 누명을 쓰고 부친 슬하를 이별하오매 지원극통하옴을 이기지 못하여 이 원정을 옥황상제께 아뢰었더니, 상제 통촉하여 가라사대 '너희 정상이 가긍하나 이 역시 너희 팔자라 누구를 원망하리오. 그러나 너희 아버지와 세상 인연이 미진未盡하였으니 다시 세상에 나아가 부녀지의를 맺어 서로 원한을 풀라.' 하시고 물러가라 하시니, 그 의향을 알지 못하나이다."

하거늘, 좌수 붙잡고 반길 즈음에 닭 소리에 놀라 깨달으니 무엇을 잃은 듯 여취여광如醉如狂[60]하여 심신을 능히 진정치 못할레라.

후취 윤 씨 또한 일몽을 얻으니 선녀 구름으로 내려와 연꽃 두 송이를 주며 가로되,

"이는 장화와 홍련이라. 그의 기구한 팔자를 옥제 불쌍히 여기사 부인께 점지하나니 귀히 길러 영화를 보라."

하고 간데없거늘, 윤 씨 깨어 보니 꽃송이 손에 쥐여 있고 향기 방 안에 가득하거늘 크게 괴이히 여겨 좌수를 청하여 몽사를 전하며,

"장화 홍련이 어찌 된 사람이니이까?"

물으니, 좌수 이 말을 듣고 꽃을 보니 꽃이 넘놀며 반기는 듯하는지라, 두 딸을 다시 만난 듯하여 눈물을 흘리고 딸의 전후사연을 이른 후에,

"내 전일에 그러한 몽사 있더니 오늘 부인이 또 그런 몽사를 얻으시니 이는 반드시 두 딸이 부인께 태어날 징조인가 하나이다."

---

58) 어둠의 세상, 인간들이 알지 못하는 귀신들의 세상 가운데.

59) 시골의 하급 관리.

60) 취하거나 미친 것처럼 마음이 어지럽고 걷잡기 어려움.

하며, 서로 기꺼하여 꽃을 옥병에 꽂아 장 속에 넣어 두고 시시로 상대하여 사랑하니 슬픈 마음이 사라지더라.

윤 씨 그달부터 태기 있어 십 삭이 되어 가매 배부르기 유명하니 쌍태가 분명한지라. 달이 차매 몸이 피곤하여 침상에 의지하였더니 이윽고 순산하여 쌍태에 두 딸을 낳으니, 좌수 밖에 있다가 급히 들어와 부인을 위로하며 산아産兒를 본즉, 용모와 기질이 옥으로 새긴 듯 꽃으로 모은 듯 짝이 없이 아름다워 그 연꽃과 같은지라. 좌수 부부 기꺼하여 그 꽃을 돌아보니 벌써 간데없는지라. 가장 기이히 여겨 꽃이 반드시 화하여 여아가 되었도다 하며 이름을 다시 장화, 홍련이라 하고 장중보옥으로 기르더라.

세월이 여류하여 사오 세에 이르매 두 소저 골격이 비상하고 부모를 효성으로 받들더니 점점 자라 십오 세에 이르매 덕이 구비하고 재질이 또한 출중하므로, 좌수 부부 사랑함이 비할 데 없어 그와 같은 배필을 구하고자 매파를 널리 놓았으되 마침내 합당한 곳이 없어 가장 근심하던 중, 이때 평양에 이연호라 하는 사람이 있으되 가산이 누거만累巨萬[61]이 있으나 다만 슬하에 일점혈육이 없어 슬퍼하다가 늦게야 신령의 현몽現夢을 얻고 쌍태에 아들 형제를 두었으니 이름은 윤필, 윤석이라. 이제 나이 십육 세요, 용모 화려하고 문필이 출중하여 도내에 딸 둔 사람들이 모두 탐하여 매파를 보내어 청혼하매 그 부모도 또한 자부를 선택하는 데 심상치 않던 중 배 좌수의 딸 쌍동 형제가 비상히 특이함을 듣고 크게 기꺼 혼인을 청하였더니 양가가 서로 합의하여 즉시 허락하고 택일하니 때는 추구월 망간望間이더라.

이때 천하태평하고 나라에 경사 있어 과거를 보일새 윤필의 형제 방榜에 참여하여[62] 장원 급제를 한지라, 상이 그 인재를 기특히 여기사 즉시 한림학사를 제수하시니 한림 형제 사은하고 인하여 말미를 청하였더니 상이 허락하시매, 한림 형제 바로 떠나 집으로 내려오니 이 공이 잔치를 배설하고 친척과 고구故舊[63]들을 청하여 즐길새, 본관 수령이 각각 풍악과 포진鋪陳[64]을 보내고 감사와 서윤庶尹이 신래新來를 불리며[65] 잔을 나눠 치하하니, 가문의 영화는 고금에 드물더라.

이러구러 혼일을 당하매 한림 형제 위의威儀를 갖추고 풍악을 울리며 혼가에 이르러 예를 마치고 신부를 맞아 돌아와 구고舅姑[66]께 현신하니 그 아름다운 태도는 가위可謂 한 쌍

---

61) 만을 몇 갑절 한 만큼. 곧 엄청나게 많은 양.

62) 방은 과거에 급제한 사람들을 기록한 것이니, 방에 참여한다는 말은 급제했다는 말이다.

63) 옛 친구들.

64) 바닥에 깔아 놓는 방석이나 돗자리 따위.

65) 서윤은 서울이나 평양에 두던 종4품 벼슬이며, 신래를 불린다는 것은, 과거에 새로 급제한 사람을 선배들이 짓궂은 짓으로 괴롭히는 것.

66) 시부모.

의 명주明珠요 두 낱의 박옥璞玉이라, 부모 기꺼움을 측량 못 하더니, 신부 형제 구고를 효성으로 받들고 군자君子를 승순承順하며[67] 장화는 이남일녀를 낳으니 장자는 문관으로 공경재상公卿宰相이 되고 차자는 무관으로 대장이 되었으며, 홍련은 이자二子를 두어 장자는 벼슬이 정랑[68]에 이르고 차자는 학행이 높아 산림에 숨어 풍월로 벗을 삼고 금서琴書를 즐기더라.

이리하므로 배 좌수는 구십이 되매 나라에서 특별히 좌찬성을 제수하시매 이것으로 여년을 마치고, 형제 한집에 동거하여 자손을 거느리고 지내더니, 장화 형제는 칠십삼 세에 한가지로 죽고 한림 형제는 칠십오 세에 죽으매, 그 자손이 유자생녀有子生女하여 복록을 누리며 자손이 창성昌盛하더라.

67) 남편에게 순종하며.

68) 정랑은 육조의 정5품 벼슬.

세 소설에 관하여

문예출판사 편집부

고전 소설 〈심청전〉, 〈채봉감별곡〉, 〈장화홍련전〉은 창작 연대와 작자가 밝혀져 있지 않지만 대체로 18세기에서 19세기에 창작된 작품으로 알려져 있다.

이 작품들은 다 같이 우리 인민들의 아름다운 정신과 풍모를 보여 주고 있다. 특히 우리 나라 여성들이 지니고 있는 슬기롭고 아름다운 풍모를 잘 그리고 있는 점이 이채를 띠고 있다.

고전 소설 〈심청전〉은 전해 오는 설화를 바탕으로 쓰인 작품이다. 주인공 심청이가 소경 아버지의 눈을 뜨게 하려고 몸을 팔아 바닷물에 빠져 죽었다가 다시 인간 세상으로 나와 행복을 누리는 것을 기본 줄거리로 하여, 봉건 시기 인민들의 암담한 생활 처지와 정신 도덕적 풍모, 행복한 생활을 바라는 염원을 보여 주고 있다.

작품은 주인공 심청과 아버지 심학규, 도화동 마을 사람들을 긍정 인물로, 몽운사 화주승과 남경 장사꾼, 뺑덕 어미 들을 부정 인물로 그린다.

소설에서 심청은 아버지를 위해 모든 것을 다 바치는 효녀의 전형으로 그려져 있다. 또한 이 소설은 사람을 착취하고 죽이는 당대의 모순에 찬 현실, 남을 희생해 제 배를 채우는 착취자들을 심각하게 비판한다. 이 소설이 지난날 인민들 속에 널리 보급된 것은 바로 이 작품에 그려진 봉건 시기 인민들의 피눈물 나는 생활 처지와 아름다운 정신, 행복한 생활을 지향하는 낭만주의 정서가 읽는 이

들에게서 끝없이 공감을 자아냈기 때문이다.

하지만 효성 문제를 계급 관점에서 옳게 밝히지 못하고 자식은 부모에게 덮어놓고 순종해야 한다는 입장에서 형상한 것은 이 작품의 한계이다. 그뿐 아니라 봉건 관료를 인정 많고 덕망 높은 인물로 그린 것이라든지 근거가 없는 종교 미신을 도입한 것들도 마찬가지다.

그 밖에 언어 문체와 사건이 나아가는 방식, 해결 들에서 18세기 국문 소설치고는 중세의 낡은 틀에서 벗어나지 못했다는 점도 아쉽다.

하지만 〈심청전〉은 봉건 시기 인민들의 아름다운 정신과 인정 세계, 행복한 생활에 대한 동경 따위를 민족적 색채가 진하게 그린 것이라든가 인민들과 양반 관료들의 대조적인 성격 형상을 통하여 당대 봉건 사회의 불합리한 사회 현실을 잘 드러낸 것으로 하여 문학사에서 의의가 큰 작품이다.

고전 소설 〈채봉감별곡〉은 주인공 김채봉과 장필성의 곡절 많은 사랑을 줄거리로 하여 봉건 사회 말기의 부패한 사회 현실을 사실주의 수법으로 보여 준 작품이다.

채봉과 장필성은 봉건 사회 속에서 싹튼 자본주의적 상품 화폐 관계가 천천히 형성되는 과정에서 새로운 시대적 윤리를 겪어 보이며 나온 인물 형상들이다.

소설은 사랑에 대한 봉건 구속에서 벗어나려는 청춘 남녀들의 개성 해방의 지향을 보여 주면서 허 판서, 김 양주, 김 진사 같은 몰락해 가는 양반 관료들의 탐욕과 출세, 매관매직에 눈이 어두워 돌아가는 썩어 빠진 생활을 폭로하고 있다. 그러나 착취 사회에서 사회관계의 기본으로 되는 착취 계급과 피착취 계급의 대립과 갈등을 보여 주는 인물들을 바로 설정하지 못함으로써 무너져 가는 봉건 사회 말기 증상을 똑똑히 보여 주지 못하였다. 그리고 선정을 베푸는 '어진 왕', '어진 벼슬아치'에 대한 환상도 커다란 흠이다.

하지만 이 소설은 예술 형상에서 근대 소설에 접근한 측면들을 보여 주었다. 곧, 주인공이 태어나서부터 죽기까지를 다 쓰는 일대기 구성이나 중세적 환상 수법을 도입하지 않고 생활을 있는 그대로 그리고 있으며, 저마다 개성을 가진

다양한 인물들과 그들의 호상 관계를 진실하게 그리고 있다. 특히 작품에 들어 있는 장편 가사 '추풍감별곡'은 짙은 서정과 낭만, 심오한 사색과 뜨거운 정열로 충만한 것으로, 그 시만으로도 하나의 완결된 가사 문학 작품이다.

이렇듯 〈채봉감별곡〉은 19세기 우리 나라 현실과 우리 인민들의 고상한 미감을 반영하여 창작된 가정 윤리 주제의 대표 작품이며 중세 소설 문학에서 근대 소설로 나아가는 이행 과정을 뚜렷이 보여 주는 귀중한 문학 유산이다.

고전소설 〈장화홍련전〉은 한문본이 17세기에 활동한 전동흘(全東屹, 1610~1685)의 〈가재집〉에 박경수 작으로 기록되어 있는 것으로 보아, 17세기 말에서 18세기 초에 창작된 것으로 보고 있다.▪ 소설은 사실을 바탕으로 창작된 것이라고 한다.

〈장화홍련전〉은 양반집에서 벌어지는 전처 자식들 대 후처와 후처 자식들의 알력 관계를 통하여 가부장적 가족 제도의 불합리와 양반 가정의 부패상을 드러내고 있다.

소설의 기본 주인공 장화와 홍련은 용모가 아름답고 마음씨 착하며 부모에게 효성이 지극한 처녀들이다. 그리고 이들의 아버지 좌수 배무용은 자식을 사랑하면서도 간악한 처 허 씨의 꼬임에 빠져, 양반 가문을 더럽힌다는 이유로 두 딸을 죽여 버리는 것을 두고 보는 완고하고 무능하며 무지막지한 인물이다. 계모 허씨는 배 좌수의 죽은 전처가 남긴 재산을 전처 자식들이 차지하게 될 것을 시기하여 장화에게 부정한 행실로 애를 배고 낙태했다고 누명을 씌워 죽여 버리는 간악한 여인이며, 그 아들 장쇠는 미련하기 그지없는 멍텅구리이다.

▪ 남에서는 〈장화홍련전〉의 출처를 달리 보고 있다. 이 이야기는 효종 때 전동흘이 평안도 철산 부사로 재직할 당시 처리한 사건이 이야기가 되어 사람들 사이에 떠돌았고, 국문 소설로 되어 꽤 널리 퍼진 듯하다. 그러던 것이, 1818년에 전동흘의 6대손 전만택이 박경수라는 이에게 국문본 '장화홍련전'을 한문으로 옮겨 달라 하였고, 8대손 전기락이 그 글을 〈가재사실록嘉齋事實錄〉에 실었다고 한다.

소설은 사건 전반에서 봉건 양반 가정 안의 비극이 무엇 때문에 발생하고 있는가를 잘 보여 주고 있다. 작자는 장화 형제가 당하는 비극의 원인을 봉건 윤리의 비인간성에서 찾고 있다.

작자는 또한 배 좌수의 형상을 통하여 가문의 명예만을 중히 여기는 양반 계급의 완고하고 보수적인 사고방식이 얼마나 허망한지를 폭로하고 있으며 봉건 유교 교리가 인간을 얼마나 머저리로 만들고 기형화하는가를 보여 주었다.

작품에는 자식은 부모에게 덮어놓고 복종해야 한다는 봉건 유교 교리를 맹목으로 따르게 하는 약점도 있다. 그러나 이 소설은 봉건 시기 양반 가정에서 벌어지는 악덕을 사회 경제 관계와 연결해 생동하게 펼치면서 이야기를 처음부터 첨예한 갈등 속에서 흥미롭게 보여 준 점 때문에 가정 윤리 주제의 대표작으로 일정한 의의가 있는 작품이다.

이렇듯 고전 소설 〈심청전〉, 〈채봉감별곡〉, 〈장화홍련전〉은 우리 인민들의 고상한 정신과 풍모, 특히 우리 나라 여성들이 지니고 있는 슬기롭고 아름다운 풍모를 진실하게 형상한 점으로 문학사에서 의의가 큰 작품들이다.

글쓴이 옛사람

고쳐 쓴 이 림호권, 최창섭, 신진순

림호권은 옛 소설을 공부한 학자로, 이 책에 든 〈심청전〉과 〈구운몽〉과 〈사씨남정기〉를 고쳐 썼다.
최창섭은 〈채봉감별곡〉을 고쳐 썼다.
신진순은 1931년 경기도 이천에서 났으며 작가이자 시인으로, 해방 뒤 월북했다. 조선문학예술총동맹 부위원장을 지냈다. 쓴 책으로 〈산촌의 새 력사〉, 〈남녘 마을 아이들〉이 있으며, 옛 소설 〈장화홍련전〉을 고쳐 썼다.

겨레고전문학선집 25

심청전, 채봉감별곡, 장화홍련전

2007년 6월 30일 1판 1쇄 펴냄 | 2014년 11월 14일 1판 2쇄 펴냄 | **글쓴이** 옛사람 | **고쳐 쓴 이** 림호권, 최창섭, 신진순 | **편집** 김성재, 남우희, 전미경, 하선영 | **디자인** 비마인bemine | **제작** 심준엽 | **영업 홍보** 백봉현, 안명선, 양병희, 이옥한, 정영지, 조병범, 최민용 | **경영지원** 임혜정, 전범준, 한선희 | **인쇄** 미르인쇄 | **제본** (주)상지사 | **펴낸이** 윤구병 | **펴낸곳** (주)도서출판 보리 | **출판 등록** 1991년 8월 6일 제 9-279호 | **주소** 경기도 파주시 직지길 492 우편 번호 413-756 | **전화** 영업 (031) 955-3535 홍보 (031) 955-3673 편집 (031) 955-3678 | **전송** (031) 955-3533 | **홈페이지** www.boribook.com | **전자 우편** classics@boribook.com

ISBN 978-89-8428-446-3 04810
978-89-8428-185-1 04810(세트)

이 책의 국립중앙도서관 출판시도서목록(CIP)은 e-CIP 홈페이지 (http://www.nl.go.kr/cip.php)에서 볼 수 있습니다. (CIP 제어 번호: CIP2007001726)